Josie Charles stammt aus einer mittelgroßen deutschen Stadt. Früh entdeckte sie ihre Leidenschaft fürs Schreiben. Sie würde sich selbst als Romantikerin bezeichnen und hat eine Schwäche für schwierige Typen und mutige Frauen – trotzdem hat es eine ganze Weile gedauert, bis sie den Mut fand, ihren ersten romantischen Roman zu veröffentlichen. Mit fast dreißig hat sie beschlossen, dass die Zeit reif ist. Seitdem sind verschiedenste Storys aus dem Bereich Romance

erschienen, von Sportler-Liebesromanen über College Love bis hin zu romantischen Kleinstadtgeschichten. Für Leser und alle anderen ist sie auf Facebook und Instagram jederzeit zu erreichen und freut sich über Rückmeldungen aller Art.

Josie Charles ist ein Pseudonym.

JOSIE CHARLES

MILLIONAIRE

EINE SPICY ENEMIES TO LOVERS ROMANCE

Überarbeitete Neuausgabe April 2025

Copyright © 2025 dp Verlag, ein Imprint der
dp DIGITAL PUBLISHERS GmbH
Made in Stuttgart with ♥
Alle Rechte vorbehalten

Bad Millionaire

ISBN 978-3-69090-065-2
E-Book-ISBN 978-3-98998-727-2

Copyright © 2017, Josi Charles
Dies ist eine überarbeitete Neuausgabe des bereits
2017 bei Josi Charles erschienenen Titels
Three Millionaires - Dashiel (ISBN: B076CR7PJN).

Covergestaltung: D-Design Cover Art
Umschlaggestaltung: ARTC.ore Design
unter Verwendung von Motiven von
stock.adobe.com: © Usman, © rabbit75_fot
Lektorat: Katharina Pomorski

Satz: dp DIGITAL PUBLISHERS GmbH
Druck und Bindung: Books on Demand GmbH, Norderstedt

Vorwort

Ihr Lieben ...

Diesmal habe ich mich an etwas ganz anderes gewagt – ein Gemeinschaftsprojekt mit zwei anderen Autorinnen! Unsere Idee war es, drei Geschichten zu schreiben, jede in ihrem ganz eigenen Stil, die aber trotzdem irgendwo zusammenlaufen. Nach einigem Grübeln und viel Brainstorming sind so die Pine-Brüder entstanden, drei (Möchtegern-)Millionäre, die unterschiedlicher nicht sein könnten. Der eine, Micah, ein Träumer mit Musik im Blut und jeder Menge Fernweh. Der andere, Tyron, ein eiskalter Manager mit einem Händchen für Frauen, aber (scheinbar) ohne Herz. Und der dritte im Bunde ... nun ja. Lest selbst ;-)

Vorher möchte ich mich aber noch bedanken. Zum einen bei Hailey J. Romance und Nicola J. West, zwei Kolleginnen, mit denen nicht nur die gemeinsame Arbeit Spaß gemacht hat. Auch die gegenseitige Inspiration und Unterstützung waren unbezahlbar. Danke für alles, Mädels <3

Dann möchte ich mich bei meinen vielen tollen Probeleserinnen bedanken. Eure Kritik, euer Lob, eure Tipps und auch eure Vorlieben und Nicht-Vorlieben (Wie war das mit dem Muscleshirt ...? ;-)) helfen mir jedes Mal, das Buch am Ende mit einem guten Gefühl hochzuladen. Danke für eure Zeit, euer offenes Ohr und eure ehrlichen Meinungen, liebe Alex H., Bärbel W., Carina I., Christine P., Daniela F., Gisela W. Irene F., Katja E., Lea P., Michelle H., Nina S., Petra K., Ricky S., Susann B., Susan S., Susanne K., Tanja R., Tanja W., Tina J., Tina O. und Ursula Z. und an alle anderen, die das Buch vorab gelesen haben! Ihr seid die Besten!

Zum Schluss möchte ich mich noch bei euch allen bedanken, die meine Bücher lesen. Ihr wisst gar nicht, wie viel mir das bedeutet! Wenn ihr Feedback habt, schreibt mir jederzeit gern eine Nachricht über www.facebook.de/autorin.josiecharles oder per Instagram, wo ich auch autorin.josiecharles heiße :-)

Jetzt wünsche ich euch ganz viel Spaß mit Teil 1 unserer Millionärsreihe. Auf geht's in die Welt der Pine-Brüder!

Eure Josie

Prolog

Das Violet Skies ist einer dieser Clubs, die von außen nach einem Abrisshaus aussehen, aber von innen als Ballsaal des Ritz Carlton durchgehen würden. Um hineinzukommen, muss man durch einen Hinterhof voller überfüllter Mülltonnen, drinnen gibt es dafür samtbezogene Sessel, Magnum-Champagnerflaschen und vergoldete Poledance-Stangen. Die Bühne ist mit schweren roten Vorhängen versehen und sieht aus, als gehöre sie zu einem alten Theater. Und auch das, was darauf passiert, hat eine Menge mit Theater zu tun: Die Mädchen lächeln, werfen Kusshände in die Menge, manche entblößen für einen Moment ihre Brüste oder recken dem Publikum lasziv den Hintern entgegen.

Dabei wissen alle hier, dass keine dieser Frauen freiwillig mitmacht. Es interessiert nur niemanden.

»Kann ich Ihnen noch etwas bringen, Mr. Pine?« Die Kellnerin, die vor mir aufgetaucht ist und mir für einen Moment den Blick auf die Bühne versperrt, auf der sich gerade eine vollbusige Brünette räkelt, ist nicht schlecht. Sie ist groß und hat verdammt lange Beine,

7

die in Netzstrümpfen und einem knappen Panty stecken.

»Wie wär's mit deiner Nummer?«, frage ich.

Ein wenig überrascht fixiert sie mich aus ihren großen Augen, deren Farbe ich im schummrigen Licht des Clubs nicht erkennen kann. »Die muss ich Ihnen nicht bringen, die habe ich im Kopf.«

Und schon hat sie ihren Reiz verloren. Das war viel zu einfach. Ich weiß, dass viele Männer davon träumen, jede Frau haben zu können, die sie wollen. Aber wenn das zur Gewohnheit wird, fühlt es sich fast wie ein Fluch an. Wo bleibt da die Herausforderung? Unglücklicherweise mag ich Herausforderungen, und diese Kellnerin hier ist keine.

»Ich hab's mir anders überlegt«, sage ich darum. »Ich nehme doch lieber einen Wodka auf Eis.«

Der Ausdruck in ihren Augen verwandelt sich in Sekundenschnelle und ein ungläubiges Funkeln macht sich in ihrem Blick breit.

»Na schön«, sagt sie und rauscht beleidigt ab. Anstatt ihrem Hintern nachzustarren, konzentriere ich mich wieder auf die Bühne. Schließlich bin ich nicht hier, um mit der Kellnerin zu flirten und auch nicht dafür, sie abblitzen zu lassen.

Ich habe etwas ganz anderes vor.

Die Brünette tanzt mittlerweile an einer der Stangen und ich erkenne, dass sie eine Latina ist. Sie hat langes, seidiges Haar, ist ganz schön gelenkig und als sie ein Bein um die Stange wickelt und sich mit dem anderen am Boden abstützt, um sich nach hinten in eine Brücke sinken zu lassen, können ihr die Typen in der ersten Reihe wahrscheinlich bis zu den Mandeln gucken.

Sofort schnellen die ersten Gebotsschilder in die Höhe.

Leinwände links und rechts der Bühne zeigen mir, wie schnell die Summe, die für sie geboten wird, in die Höhe klettert. 3.000 Dollar, dann 5.000, dann 10.000 ...

Zweifellos, diese Brücke hat der kleinen Latina eine Menge Fans eingebracht. Auch ich finde die Vorstellung, was sie mit ihren akrobatischen Fähigkeiten so alles im Bett anstellen könnte, nicht uninteressant. Trotzdem biete ich nicht mit. Sie ist einfach nicht die Frau, nach der ich suche.

Als gerade das Endgebot bestätigt wird, das bei 15.000 Dollar für eine Nacht liegt, reißt mich ein lautes Knallen aus meinen Gedanken, das sogar die Musik übertönt, zu der bereits die nächste Frau auf die Bühne stöckelt.

Irritiert sehe ich neben mich und mir wird klar, dass die Kellnerin den Krach verursacht hat, als sie mein Wodkaglas so heftig auf den kleinen Tisch neben meinem Sessel geknallt hat, dass es übergeschwappt ist. Sie wirft mir einen eisigen Blick zu, dann dreht sie sich um, um wieder zur Bar zu gehen, doch ich halte sie am Handgelenk fest.

»Hey.«

Irritiert sieht sie mich an und ich deute mit dem Kinn auf das Glas.

»Ich finde, dafür ist 'ne Entschuldigung fällig.«

Ihre Augen werden schmal. »Vorher friert die Hölle zu, Pine.« Sie schüttelt den Kopf. »Es stimmt wirklich genau, was die Leute über dich sagen!«

Damit macht sie sich los und eilt zurück zur Theke.

Ich sehe ihr grinsend nach und schnappe mir mein Glas. Was die Leute über mich sagen, weiß ich, dem Internet sei Dank, ganz genau.

Dashiel Pine ist ein Mistkerl, ein Aufreißer, ein Weiberheld der schlimmsten Sorte.

Tja. Wenn ich meinen Ruf verteidigen will, halte ich mich heute Abend wohl besser ran.

Ich trinke einen Schluck von dem scharfen Wodka, dann lehne ich mich zurück, und wie auf ein Stichwort betritt in diesem Moment genau die Frau die Bühne, auf die ich warte.

Serena – mit diesem Namen hätte sie eigentlich schon viel früher als Stripperin anfangen müssen. Auch ihr Aussehen passt gut zu diesem Job: ihr platinblondes Haar, ihr kurviger Körper und ihre sehr vollen Lippen, die sie schon immer ein Stück weit billig aussehen lassen haben.

Sie wirft einen fast schüchternen Blick ins Publikum, dann tritt sie in ihrem regenbogenfarbenen Glitzerbikini an die Stange und beginnt zu tanzen. Wenn die Latina eine 9 war, dann ist Serena eine 5. Höchstens. Ihre Bewegungen wirken hölzern und man sieht ihr die Lustlosigkeit förmlich an. Die Klügste ist sie nicht – sie sollte wissen, dass so ein Verhalten ihr Probleme machen kann.

Und sie sollte ein bisschen glaubhafter sexy sein. Sonst wird es schwer für mich, sie zu ersteigern. Warum sollte Dash Pine die Nacht mit einer Frau verbringen, die es nicht draufhat?

Doch als hätte sie meine Gedanken gehört, zieht sie sich schließlich doch noch an der Stange hoch, hält sich mit den Armen fest und spreizt die Beine bis fast zum

Spagat. Um mich herum saugen ein paar der Zuschauer scharf die Luft ein und ich muss unwillkürlich schmunzeln.

Geht doch, Serena.

Auf den Bildschirmen erscheint das Startgebot, das bei 2.000 Dollar liegt. Schnell klettert es auf das Doppelte. Ich warte noch zwei weitere Gebote ab, dann hebe auch ich meine Tafel und überbiete das letzte Angebot deutlich, indem ich hoch auf 12.000 gehe.

Ein paar Gesichter wenden sich mir zu. Einige der Typen kenne ich, und trotz Serenas heißer Einlage wirken sie einigermaßen verwirrt. Klar, ich hab es ja auch eigentlich nicht nötig, mir eine Frau zu ersteigern. Das haben allerdings viele der anderen Männer hier auch nicht. Der Grund, weshalb sie hier sind und weshalb sie für eine einzige Nacht derart hohe Preise bezahlen, sind zwei Dinge.

Erstens: Bei diesen Frauen gibt es keine Grenzen. Sie machen alles, absolut alles mit.

Und zweitens: Sie werden niemandem davon erzählen. Dafür ist ihnen ihr Leben zu kostbar.

Ja, das Ganze hier ist eine ziemlich finstere Nummer. Und nein, eigentlich hätte ich das tatsächlich nicht nötig. Wie die anderen Bieter hier habe ich genug Geld, um die Frauen auch so anzuziehen; und anders als die meisten anderen Bieter bin ich unter sechzig und sehe nicht aus wie Hugh Hefner.

Aber um seine Ziele zu erreichen, muss man manchmal neue Wege gehen.

Auf den Bildschirmen leuchtet die Information auf, dass Serena von dem Bieter mit der Nummer 13 ersteigert worden ist. Ich lege die Tafel zurück auf den Tisch und leere meinen Wodka.

Nummer 13 – das wäre dann wohl ich.

***

Das Separee, in dem ich auf Serena warte, ist kaum so groß wie eine Flugzeugtoilette und vermutlich nicht mal halb so hygienisch. Es gibt keine Fenster, dafür ist der Raum vollgestopft mit allem, was das Perversenherz begehrt. Manches davon kenne ich. An der Wand hängt ein Andreaskreuz, auf einer Ablage befinden sich gleich mehrere Dildos. Einer davon ist sehr groß und knallrosa. 50 Shades of Pink.

Außerdem ist es extrem warm hier drin und ich frage mich, wie es die alten Säcke schaffen, in diesen Räumen auf ihre Kosten zu kommen, ohne dabei an einem Herzanfall zu sterben.

Ich schiebe die Ärmel meines Jacketts hoch und höre dann, wie sich die Tür öffnet. Gerade drehe ich mich danach um, als auch schon Serena reinkommt. Zuerst macht sie die Tür hinter sich zu, dann mustert sie mich mehr als fassungslos.

»Dashiel«, sagt sie und ihre Stimme bebt. »Ich habe also richtig gesehen.«

»Ja, und ich zum Glück auch«, gebe ich gelassen zurück.

Serena verschränkt die Arme vor der kaum bedeckten Brust und schüttelt den Kopf. »Ich hätte nicht gedacht, dass mich noch was schocken kann, aber ...«

Innerlich seufze ich. Jetzt kommt sie mir also auf die Tour. Klar. Sie denkt vermutlich, dass mich die Tatsache, dass sie bei unserer letzten Begegnung noch die Freundin meines besten Freundes war, davon abhalten müsste, sie für mich zu ersteigern. Aber da kennt sie mich verdammt schlecht.

»Serena.«

»Ich muss wirklich sagen«, plappert sie unbeirrt weiter, »dass ich das selbst von dir nicht gedacht hätte.«

Erwartungsvoll sieht sie mich an und ich erwidere ihren Blick ungerührt. Was? Denkt sie jetzt, dass ihre Worte mich in irgendeiner Form überraschen? Ich glaube, ich tue in meinem Leben einige Dinge, die mir niemand zutrauen würde.

»Bist du fertig?«, frage ich. »Dann halt deine Klappe und setz dich dahin.«

»Soll ich mich vorher vielleicht ausziehen?«, erwidert sie immer noch leicht fassungslos.

»Du sollst tun, was ich dir sage. Und im Moment heißt das: einfach nur hinsetzen.«

Einen Augenblick rechne ich fest damit, dass sie gleich nach dem pinken Riesendildo greifen wird, um ihn mir über den Kopf zu ziehen. Aber dann setzt sie sich ohne ein weiteres Wort hin.

Na endlich.

Kapitel 1

»Verfluchter Mist!«, zische ich und stemme mich mit beiden Armen fest gegen die Rohrzange.

Doch das blöde Ding bewegt sich keinen Millimeter und der Wasserhahn tropft ungeniert weiter. Natürlich. Um ihn reparieren zu können, muss ich ja auch erst mal diese blöde Düse lösen. Aber dafür bräuchte man, wie es aussieht, einen Bodybuilder mit Superkräften oder zumindest eines von beidem. Da leider weder ein Bodybuilder in Sicht ist noch das Schicksal Lust zu haben scheint, mir Superkräfte zu schenken, gebe ich schließlich auf und lasse die Rohrzange schnaufend sinken. Feindselig starre ich dabei den Wasserhahn an, aber vor Angst aufgeben will er leider auch nicht. Er tropft und tropft und tropft.

»Süße, ich sag es dir nicht gerne, aber das wird heute nichts mehr.«

Ich blicke auf, wische mir den Schweiß von der Stirn und sehe mich nach Hannah um, die an der Wand neben der Toilette lehnt und mir amüsiert zusieht. Hannah ist meine große Schwester und beste Freundin in einem. Sie ist nur ein Jahr älter und hat genau wie ich Moms große Augen geerbt, dazu aber Dads schmale Lippen. Einer ihrer Ex-Freunde hat mal zu ihr gesagt, sie würde aussehen wie ein kleiner Gecko. Das war von ihm als Kompliment gemeint. Verlassen hat sie ihn trotzdem.

»Tu dir doch den Gefallen und ruf einen Klempner an«, fährt Han fort, wobei sie sich eine blonde Strähne hinter die Ohren streicht.

»Das schaffe ich nicht mehr, ich wollte schon lange losgefahren sein«, erwidere ich, auch wenn das nur die halbe Wahrheit ist. Denn im Endeffekt habe ich auch einfach kein Geld für einen Klempner.

»Ist doch kein Problem«, widerspricht Hannah. »Dad gibt mir sicher heute Nachmittag frei, dann warte ich einfach hier.«

»Ach was. Die paar Tropfen. Ich lasse das einfach reparieren, sobald ich wiederkomme.« Ich ignoriere den verständnislosen Blick meiner Schwester und schleudere die Zange zurück in den Werkzeugkoffer. Dann schiebe ich ihn mit dem Fuß unters Waschbecken und verlasse das winzige Badezimmer, in dem noch nicht mal eine Dusche Platz hat. Eine richtige Dusche gibt es nirgends in der Wohnung, nur eine Badewanne, die sich allerdings in der Küche befindet. Keine Ahnung, was der Architekt für ein Scherzkeks war, aber der ungewöhnliche Standort der Wanne ist der einzige Grund, aus dem ich mir die Wohnung leisten kann. Und ich kann gleichzeitig baden und mir das Abendessen zubereiten, was ja wohl ein unschlagbarer Vorteil ist.

Ein Schlafzimmer gibt es in meinem Apartment auch nicht. Aber auf der linken Seite des Wohnzimmers befindet sich ein Wandschrank, in dem sich ein Klappbett versteckt. Ungefähr einmal die Woche dreht es plötzlich durch und klappt sich von alleine aus, als sei es ein übermütiges Kind, das aus dem Schrank gesprungen kommt, um mich zu erschrecken. Einmal ging ich genau in diesem Moment vorbei und bekam es mit voller Wucht gegen die Schulter. Meine Mom meinte daraufhin, ich solle den Vermieter auf Schadenersatz verklagen. Das sei meine Chance, endlich mal etwas Geld aus eigener Kraft zu verdienen. Meine Mutter ist Engländerin und hat einen ganz eigenen Humor. Leider.

»Süße.« Hannah folgt mir aus dem Bad und sieht mir zu, während ich das Telefon ausstöpsle und kontrolliere, ob der Herd aus ist. »Vielleicht ist dein tropfender Wasserhahn ja auch ein Zeichen. Möglicherweise solltest du dir noch mal überlegen, ob du wirklich fahren willst – oder ob du nicht besser erst mal hier alles in Ordnung bringst.«

Alles in Ordnung bringen. Das ist die diplomatische Ausdrucksweise für alles wegwerfen, was ich mir bisher erarbeitet habe. Ich weiß, dass Hannah es nur gut meint. Trotzdem bringen mich ihre Worte erst recht dazu, diese Reise antreten zu wollen.

»Ich weiß, was ihr alle denkt. Aber ich muss jetzt einfach mal raus. Den Kopf freikriegen. Und dann werde ich eine Entscheidung treffen.« Ich mache die Badezimmertür zu und schnappe mir meine Reisetasche, bei der es sich genau genommen um den ausgefransten Navy-Seesack meines Großvaters handelt. Ich habe ein Faible für alte Dinge und Kleider im Vintage-Style. Für alte Männer jedoch nicht, weswegen ich an der Wohnungstür innehalte, das Ohr an das Holz lege und genau lausche. Keine Schritte. Kein Schniefen. Kein unangenehmes Räuspern. Ein Glück.

»Okay, die Luft ist rein. Wir können.«

Hannah runzelt die Stirn. »Stellt dir dieser Opa etwa immer noch nach?«

Ich nicke und verziehe das Gesicht. »So ungefähr jedes zweite Mal, wenn ich die Wohnung verlasse, steht er irgendwo im Hausflur rum und macht mir ein nett gemeintes Kompliment.« Nur dass seine nett gemeinten Komplimente stets wie eine Mischung aus Shakespeare-Zitat und Pornoheft klingen. Und da beschwert sich Hannah, dass sie „kleiner Gecko" genannt wurde.

Hannah macht ein angewidertes Geräusch. »Ein Grund mehr, dir einen vernünftigen Job zu suchen und dieses Wohnklo ein für alle Mal hinter dir zu lassen.«

Wohnklo. Diesen netten Spitznamen für mein Zuhause habe ich Mom zu verdanken. Ich sage nichts dazu, sondern werfe wortlos einen letzten Blick in den gesplitterten Tiffany-Spiegel an der Wand. Ich ordne den Pony meines pechschwarzen Bob-Haarschnitts, dann öffne ich die Tür und lasse Hannah raus, ehe ich alle drei Schlösser hinter uns verriegle.

»Dir ist schon klar, dass in dieser Gegend vermutlich trotzdem eingebrochen wird?«, kommentiert meine Schwester, während sie den Blazer ihres schicken Kostüms mit den Händen glättet.

»Egal, bei mir ist eh nichts zu holen.« Alles Wertvolle, das ich besitze, befindet sich in meinem Laden. Sollen sich die Einbrecher mit meinem tropfenden Wasserhahn und dem mordlüsternen Klappbett herumschlagen.

Hannah seufzt. »Wie du meinst.« Sie wendet sich ab und nimmt die Treppen in Angriff.

Ich folge ihr und wir haben gerade die ersten zwei Absätze hinter uns gelassen, als uns doch noch der greise Stalker von gegenüber entgegenkommt.

Während Hannah ihn einfach ignoriert, sage ich schnell »Guten Morgen, Mister Whitcomb« und will mich an ihm vorbeiquetschen. Aber er stellt sich mir in den Weg und wenn ich ihn nicht umrennen will, womit ich ihn vermutlich ins Grab befördern würde, muss ich notgedrungen stehen bleiben.

»Guten Morgen? Mit Verlaub, es ist längst Mittag. Was hat Sie denn so lange im Bett gehalten, Miss? Oder sollte ich besser fragen: Wer?«

»Das war ich«, sagt meine Schwester trocken und ich werfe ihr einen vernichtenden Blick zu. Muss sie die schmutzigen Fantasien dieses alten Widerlings noch anheizen?

Hannahs Mundwinkel zucken und ich zeige ihr versteckt einen Mittelfinger, ehe ich mich wieder meinem unangenehmen Nachbarn zuwende.

Von oben bis unten mustert er mich. Erst meine Original-Vintage-Bluse mit dem Spitzenkragen, dann den schwarzen Tellerrock, meine Beine und schließlich, leicht missbilligend, meine Chucks.

Ich zwinge mich, cool zu bleiben und zucke gleichmütig mit den Schultern. »Nein, das stimmt schon. Eine ganz hartnäckige Sommergrippe ist schuld. Kennen Sie diesen dickflüssigen grünen Schleim, der bei den Kids Choice Awards immer über den Promis ausgeschüttet wird?« Ich bemühe mich, meine Stimme verschnupft klingen zu lassen, dann ziehe ich geräuschvoll die Nase hoch und huste so qualvoll ich kann.

Whitcomb weicht zurück, als hätte ich gerade mit einem Messer nach ihm gestochen. »Oh je, dann kurieren Sie sich mal …«

»Ja, danke, Mister Whitcomb«, unterbreche ich ihn und schiebe mich ganz dicht an ihm vorbei.

Rache muss sein.

Während Hannah das Lachen kaum unterdrücken kann, huste ich noch mal schön gequält, dann erreichen wir die Haustür und treten raus in die heiße, feuchte Luft von Everglades City. Es fühlt sich an, als würde man in Badewannenwasser tauchen. Obwohl ich hier geboren und aufgewachsen bin, werde ich mich an die extreme Luftfeuchtigkeit, an der die nahen Sumpfgebiete schuld sind, wohl nie gewöhnen.

»Puh«, sagt Hannah und bindet ihr langes Haar zu einem Zopf. »Willst du meinen Wagen nehmen?«, fragt sie dann. »Du hast immerhin anderthalb Stunden Fahrt vor dir. Ohne Klimaanlage wird das die Hölle.«

»Ach, weißt du, mein Auto hat diese praktischen …« Ich runzle die Stirn und lege mir den Finger an die Lippen, als würde ich nicht auf das Wort kommen.

Meine Schwester sieht mich fragend an.

»Ach ja, ich hab's.« Ich deute auf sie. »Mein Wagen hat diese praktischen Dinger namens Fenster. Ich werd's also überleben.«

Hannah lacht, dann mustert sie mich tadelnd und schüttelt den Kopf. »Du bist unverbesserlich.«

»Und du verwöhnt.«

»Ja, ja.« Sie breitet die Arme aus und drückt mich an sich. »Pass auf dich auf, Schwesterchen.«

Ich erwidere ihre Umarmung und muss schmunzeln, weil sie tut, als hätte ich eine Dschungelexpedition vor mir. »Grüß Mom und Dad.«

»Sicher. Und du denk bitte über Dads Angebot nach.«

Ich verspreche es ihr, lasse sie los und sehe zu, wie sie in ihren glänzend schwarzen Mercedes steigt. Erst als sie weg ist, wende ich mich meinem eigenen Wagen zu.

Ich bin gespannt, wie es in Miami ist. Ich war ewig nicht dort – zuletzt vor sieben oder acht Jahren, wenn ich mich nicht vertue. Aber ich freue mich auf die kleine Auszeit, für die ich von Amanda zu allem auch noch bezahlt werde. Haus hüten für reiche Tanten, das sollte ich mir für den Fall, dass ich mit meinem Geschäft ein für alle Mal scheitere, dringend merken.

Schade allerdings, dass ich nur eine einzige reiche Tante habe. Mein Vater ist Architekt, meine Eltern sind demnach auch ziemlich wohlhabend. Aber sie verreisen nie, weil Dad ein echter Workaholic ist. Auch ich habe die letzten Jahre kaum etwas getan als zu arbeiten, nur dass es mir dabei nie um die große Karriere ging, sondern um etwas, das mir wirklich am Herzen lag. Wahrscheinlich fühlt sich mein Herz deshalb auch so gebrochen an und vermutlich liegt es auch daran, dass es mir so schwerfällt, Dads Angebot ernsthaft in Erwägung zu ziehen.

Als wir uns zu seinem Geburtstag alle im Haus meiner Eltern zum Essen getroffen haben, hat er mir mal wieder einen Arbeitsvertrag für sein Architektenbüro vorgelegt. Vermutlich denselben, den Hannah schon vor vier Jahren unterschrieben hat und der dafür gesorgt hat, dass sie heute einen Mercedes fährt und sich ein eigenes Haus am Stadtrand mit Blick aufs Wasser kaufen konnte. Ich weiß, dass es absolut vernünftig von mir gewesen wäre, diesen Vertrag zu unterschreiben. Aber das, was der Verstand für richtig hält, ist nun mal meistens nicht das, was das Herz will – und ich mache leider immer wieder den Fehler, auf mein Herz zu hören.

Vielleicht werde ich diese Angewohnheit ja in Miami los.

Ich schließe meinen alten Fiat auf, werfe den Seesack in den Kofferraum, schließe die Klappe und steige ein. Das Navi muss ich nicht anmachen, den Weg zu finden ist einfach: die nächsten vier Meilen durch die Sümpfe, dann auf den Highway und wenn ich erst da bin, werde ich Tante Amandas Haus schon finden.

Ich starte den Motor, mache das Fenster auf, drehe das Radio lauter und fahre los.

Dashiel

Es ist einer dieser Abende. Zu Hause kann ich nicht bleiben, weil mir Tyron schon die halbe Woche mit irgendwelchen Abrechnungen auf den Sack geht. Tyron ist mein Bruder, scheint sich aber für meinen Vater zu halten. Zumindest führt er sich die meiste Zeit über so auf, und an Tagen wie heute kann ich das gar nicht gebrauchen.

In einen Club oder auf eine Party bringen mich heute keine zehn Pferde. Was ich an solchen Abenden brauche, hat mit lauter Musik, teurem Alkohol und leicht zu habenden Mädchen nichts zu tun. Nächte wie diese gehören nur mir. Und, falls ich's versaue, der Polizei.

Aber dass ich es versaue, ist ziemlich unwahrscheinlich. Ist mir bisher noch nie passiert. Der eine Grund dafür ist, dass ich einfach Glück habe. Das geht schon mein ganzes Leben so. Dinge, für die andere sich verdammt anstrengen müssen, fallen mir einfach zu. Während meine Brüder sich den Hintern abarbeiten, regnet das Geld auf mich nur so herunter.

Der andere Grund ist, dass ich zum Glück nicht blöd bin. Wo sich andere erwischen lassen, lasse ich mich einfach nicht erwischen.

Darum habe ich meinen Audi R8 zwei Blocks entfernt abgestellt und trage pechschwarze Kleidung. Und ich habe letztes Jahr in Baton Rouge bei einem ehemaligen Einbrecher gelernt, wie man Schlösser knackt.

Der einzige heikle Moment, bei dem mir auch alles Können und alle Vorsicht nicht weiterhilft, ist der, in dem ich über die Hecke, die Mauer oder den Zaun klettern muss.

Die Häuser, die ich mir aussuche, sind unglücklicherweise immer von einer dieser drei Barrieren umgeben. Diesmal ist es eine Hecke, circa zwei Meter hoch und einen halben Meter breit, akkurat geschnitten und mit Dornen versehen, was extrem lästig ist. Aber zum Glück grenzt das Grundstück direkt an einen kleinen Wald an, in dem es neben Palmen auch vernünftige Laubbäume gibt, und so klettere ich an einem davon hoch bis auf etwa drei Meter.

Dann werfe ich einen Blick über die Hecke. Das Haus dahinter ist im Südstaatenstil gehalten, aber nicht komplett. Anstelle einer Veranda mit hölzernen Stufen und Schaukel hat es auf der Rückseite eine marmorne, leicht erhöhte Terrasse, auf der ein paar Liegestühle stehen. Diese wiederum sind dem Pool zugewandt.

Der Pool. Ich freue mich ziemlich, dass es einen gibt. Ob ich es wagen kann, ein paar Runden zu schwimmen? Angesichts der Tatsache, dass die Villen in diesem Viertel ziemlich dicht beieinanderstehen, wäre das schon riskant. Aber andererseits: Was soll's?

Ich werfe einen Blick auf die Nachbarhäuser. In beiden brennt noch Licht, was klar ist, denn wir haben es gerade kurz nach zehn. Aber ich gehe einfach mal davon aus, dass die Bewohner andere Dinge zu tun haben, als am Fenster zu stehen und auf das Grundstück ihrer verreisten Nachbarin zu starren. Also schön. Dann wäre jetzt der Moment, Dash.

Ich versichere mich, dass mein Rucksack richtig sitzt, stoße mich mit einer beherzten Bewegung vom Baum ab, überspringe die Hecke und rolle mich auf dem dahinterliegenden Rasen ab.

Wer sagt's denn? Das war einfach.

Geduckt laufe ich los, am Pool vorbei und dann auf die Terrasse, wo ich in die Knie gehe und eilig meinen Rucksack öffne. Erst mal muss ich rein. Wie auffällig oder unauffällig ich mich den Rest des Abends verhalte, kann ich mir dann immer noch überlegen.

Ich hole mein Werkzeug raus, mache mich daran, die Tricks von Harry Housebreaker – ja, so hat sich der Typ tatsächlich genannt – in die Tat umzusetzen und höre kaum zwanzig Sekunden später das vertraute Knacken im Mechanismus, als das Schloss der Terrassentür nachgibt.

Langsam richte ich mich auf und verstaue den Türdraht sowie das restliche Werkzeug in meiner Tasche.

Dann schiebe ich die Tür auf und atme ein letztes Mal durch, denn jetzt kommt der zweitbeste Moment:

Ich betrete ihr Haus. Keine Ahnung, wer sie ist. Ich weiß nur, dass sie Amanda Stone heißt, dass sie allein lebt und dass sie gestern mit einer Menge Koffer weggefahren ist. Sie zu entdecken war ein Glücksfall auf einer meiner Erkundungstouren. Normalerweise dauert es ewig, bis ich zweifelsfrei weiß, dass ein Hausbesitzer verreist ist. Man erkennt es an übervollen Briefkästen, an Spinnweben in den Einfahrtstoren, an Paketboten, die klingeln und unverrichteter Dinge wieder gehen. Man muss sich Zeit nehmen und genau beobachten, jedes Objekt über mehrere Tage, bis man sich wirklich sicher sein kann. Und dann sind da meistens noch Hindernisse wie Alarmanlagen.

Aber die gute Amanda hat keine, wie viele alleinlebende Frauen. Weiß der Teufel, warum nicht. Soll mir auch egal sein. Denn Amanda als Mensch interessiert mich nicht mal ansatzweise. Mich interessiert nur ihr Haus.

Ich trete über die Schwelle, mache die Terrassentür hinter mir zu und stehe in einem Wohnzimmer, das zwar groß, aber nicht so riesig ist, dass es ungemütlich wäre. Der Boden ist hell, die Wände sind mit einer kitschigen Tapete versehen, es gibt eine bequem aussehende Sofaecke und einen großen Kamin. Kein Fernseher, was ein bisschen stört, aber vielleicht hat sie den woanders im Haus. Schon will ich meine Erkundungstour starten, als mir der dicke weiße Teppich mitten im Zimmer auffällt. Ich zögere, aber dann streife ich meine schwarzen Boots ab. Fußabdrücke zu hinterlassen wäre auf einer Intelligenzskala von Albert Einstein bis

Paris Hilton schon ziemlich nah an, na ja, Kim Kardashian.

Also lasse ich meine Schuhe an der Tür stehen und durchquere in aller Ruhe den großen Raum. Auf dem Kaminsims stehen ein paar Familienfotos, die ich mir nicht näher ansehe. Stattdessen gehe ich weiter in die Diele und von dort in die Küche, wo ich mir erst mal ein Bier aus dem Kühlschrank holen will – aber die gute Amanda hat keins. Was mir auffällt, ist, dass der Kühlschrank für eine Frau, die verreist ist, ziemlich gut gefüllt ist. In den unteren Fächern stapelt sich Gemüse, es gibt Milch und Eier, und im Seitenfach ein paar Flaschen Champagner. Nichts für mich, aber als ich den Gefrierschrank öffne, der sich gleich darunter befindet, stoße ich auf tiefgefrorene Pizza und wenn mich nicht alles täuscht, habe ich im Wohnzimmer auf einem Servierwagen einen ziemlich guten Whiskey gesehen.

Pizza und Whiskey. Na bitte. Das klingt doch nach einem entspannten Abend. Wenn ich jetzt noch den Fernseher finde, bin ich für heute restlos zufrieden.

Laney

Ich stelle den Motor ab, werfe einen Blick auf die Uhr und lege dann stöhnend meinen Kopf aufs Lenkrad, während sich das Tor hinter mir langsam schließt.

Halb eins!

Halb eins!

Ich dumme Kuh habe es tatsächlich geschafft, für eine Strecke von 2 Stunden beinahe 10 zu brauchen!

Gut, für die erste längere Verzögerung konnte ich nichts: Ein Alligator hatte sich aus der Wildnis der

Everglades auf die Straße verirrt, fand den Weg zurück aber nicht. Darum musste er eingefangen und zurück in seinen natürlichen Lebensraum befördert werden, was einen Riesenstau an der Auffahrt zum Highway verursacht hat.

Trotzdem war ich allerdings schon am späten Nachmittag in Miami, wo ich etwas Entscheidendes feststellte: Ich hatte keine Ahnung mehr, wo genau Tante Amandas Haus liegt. Kein Wunder, was hab ich mir auch gedacht? Als ich das letzte Mal herkam, war ich 19!

Ich beschloss also, doch noch das Navi einzustellen, aber ein Griff ins Handschuhfach verriet mir, dass es nicht dort war. Ach ja, richtig – das Navi habe ich ja vorletzten Monat für 10 Dollar bei eBay verkauft.

Zusammen mit meinem Gedächtnis offenbar.

Also musste ich mich durchfragen. Doch in den Reichenvierteln war kaum jemand auf der Straße und in den normalen Vierteln kennt sich niemand mit den Adressen in den Reichengegenden aus, und ...

Wie auch immer. Ich habe eine Menge Zeit verschwendet, der Tank ist leer, ich verhungere und Tante Amanda sitzt auf Barbados vermutlich schon auf glühenden Kohlen, weil sie darauf wartet, dass ich ihr eine Nachricht schreibe und ihr mitteile, dass ihr Haus von jetzt an wieder bewohnt und somit sicher ist. Hannah hingegen lacht mich schon den ganzen Nachmittag über per WhatsApp aus und es wird höchste Zeit, dass ich sie zum Schweigen bringe, indem ich ihr schreibe, dass ich endlich da bin.

Also sollte ich jetzt schnellstens aussteigen.

Ich nehme den Kopf vom Lenkrad, wuschle mit den Fingern durch meinen verschwitzten Pony, dann steige ich aus, befreie meinen Seesack aus dem Kofferraum und eile zum Haus. Es ist groß für eine alleinstehende Frau und ich halte kurz inne. Nirgends brennt Licht, alle Fenster sind schwarz, und ich genieße eine Sekunde lang einfach nur den Anblick. All das gehört für die nächsten zwei Wochen nur mir allein. Ein Haus, in das meine Wohnung ungefähr 54-mal hineinpassen würde. Ein Haus mit einer Dusche, einer Badewanne und einem Pool, und nichts davon befindet sich in der Küche. Das ist der Wahnsinn.

»Danke, Tante Amanda«, seufze ich, zerre den Schlüssel aus der Seitentasche des Seesacks und schließe auf.

Dann trete ich ein, mache die Tür hinter mir zu, lasse meinen übergroßen Seesack fallen und atme tief den Zedernduft ein, den Amanda schon früher, bei meinem letzten Besuch, hier überall verteilt hatte. Es riecht sauber, nach einem geordneten Leben, und genau das brauche ich jetzt. Denn über eine Sache muss ich mir im Klaren sein: Wenn ich ehrlich bin, dann ist das hier nichts anderes als eine Flucht. Eine Flucht vor meiner größten persönlichen Niederlage und vor einer Entscheidung, die ich einfach nicht treffen will.

Aber jetzt im Moment kann mir das alles egal sein.

Ich mache das Licht an, eile als Erstes in die Küche – und halte inne, dann atme ich tief ein.

Okay, hier riecht es nicht nach Zedern, sondern nach Pizza. Eigenartiges Raumparfum.

Langsam mache ich ein paar Schritte und begutachte den Ofen. Ich mache ihn sogar auf, aber Amanda hat nichts Essbares darin vergessen. Wäre auch seltsam, denn Tiefkühlpizza ist sicher nicht ihr Ding. Doch den Geruch nehme ich klar und deutlich wahr. Hm, vielleicht hat sie sich kurz vor ihrer Abreise doch was vom Lieferservice gegönnt und danach einfach nicht mehr gelüftet. Irgendwie so muss es sein.

Ich schiebe das Küchenfenster ein Stück hoch und entdecke einen kleinen Zettel auf der Anrichte, auf dem Amanda ihre Handynummer und die von ihrem Hotel notiert hat, dazu die von der örtlichen Polizei und die vom Notruf. Schmunzelnd nehme ich mir eine Coke aus dem Kühlschrank und stelle fest, dass sie für mich eingekauft zu haben scheint – und zwar eine ganze Menge Gemüse. Das ist lieb von ihr, aber ich kann ungefähr so gut kochen, wie ein Tyrannosaurus Rex in die Hände klatschen kann. Doch ich habe ja Zeit.

Morgen werde ich mir vielleicht mal ein paar Rezepte raussuchen. Fürs Erste nehme ich mir eine Möhre aus dem Kühlschrank, beiße hinein, spüle mit einem großen Schluck Cola nach und dann setze ich meinen Rundgang fort. Ich gehe zurück in die Diele und dann nach oben, denn nach der langen Fahrt muss ich ziemlich dringend pinkeln.

Am oberen Treppenabsatz halte ich inne. Von der kleinen Galerie, die sich hier befindet, gehen insgesamt drei Türen ab. Links ist das Gästezimmer, aber wo ist noch mal das Bad? Ich glaube, es war die mittlere Tür. Über Amandas dicken Kamelhaarteppich eile ich darauf zu, stoße sie auf ...

Und dann pralle ich zurück, knalle mit dem Rücken gegen das Geländer und kann mich gerade noch abfangen, um nicht hintenüber zu fallen und runter ins Erdgeschoss zu stürzen.

Ungläubig starre ich in den Raum vor mir.

Erstens: Ich habe nicht das Bad, sondern das Schlafzimmer erwischt.

Zweitens: Der Fernseher läuft. Ohne Ton, aber er läuft.

Drittens: Es laufen die Sexy Sports Clips, was bedeutet, dass auf keinen Fall Tante Amanda den Fernseher versehentlich angelassen hat, denn sie sieht sich mit Sicherheit weder Sportsender noch Softpornos an.

Und viertens: Die Person, die da im Bett liegt und schläft, ist mit tausendprozentiger Sicherheit auch nicht Tante Amanda, die einfach vergessen hat, dass sie verreisen wollte. Es ist ein Kerl.

Oh Gott. Durchatmen, Laney. Aber das ist leichter gesagt als getan, denn in meinem Kopf wirbeln sämtliche Gedanken nur so durcheinander. Eine Waffe. Ich brauche eine Waffe, denn es ist ein Einbrecher im Haus. Aber andererseits würde sich ein Einbrecher doch nicht ins Bett legen und seelenruhig schlafen!

Vielleicht Tante Amandas Liebhaber? Nein, wenn sie einen hätte und der in ihrer Abwesenheit auf das Haus aufpassen würde, hätte sie mich ja nicht darum gebeten.

Ein Sohn, von dem ich nichts weiß? Irgendein anderer Verwandter? Falls es so ist, kann ich ihn doch nicht mit der nächstbesten Vase niederknüppeln! Aber wenn ich jetzt zu gutmütig bin, entpuppt er sich doch eh als Irrer, der es sich nur schon mal bequem gemacht hat, um auf mich zu warten, mich in Amandas Bett zu zerren und ... nun ja. Er wird sich nicht die Sexy Sports Clips mit mir anschauen wollen.

Also gut. Das heißt, ich muss handeln, solange er noch schläft.

Schnell sehe ich mich um, aber hier oben im Flur gibt es keine Möbel, nur Bilder an den Wänden, und ich kann den Kerl schlecht mit einem Monet-Kunstdruck außer Gefecht setzen. Zurück ins Erdgeschoss? Und wenn er hört, wie die Treppenstufen unter meinen Füßen knatschen? Wie kommt es eigentlich, dass er nicht wach geworden ist, als ich die Tür aufgemacht habe?

Im nächsten Moment entdecke ich den Grund selbst: Auf dem Nachttisch neben dem Bett steht eine halb leere Whiskeyflasche samt Glas! Ach du meine Güte, der Kerl muss also sturzbetrunken sein. Das ist gut. Dann ist er für mich leichter zu überwältigen. Und diese Flasche ist das perfekte Werkzeug!

Jetzt brauche ich nur noch ein wenig Mut.

Ich halte die Luft an und mache dann vorsichtig einen Schritt nach vorn. Der dicke Teppich dämpft sämtliche Geräusche, und da das Schlafzimmer ebenfalls mit Teppich ausgelegt ist, wage ich mich über die Schwelle.

Im bläulichen Licht des Fernsehers, der an der Wand gegenüber dem Bett hängt, kann ich den schlafenden Kerl jetzt genauer ausmachen. Er hat verstrubbeltes dunkles Haar und ist vielleicht etwas älter als ich. Er trägt einen leichten Dreitagebart und ich mag den Schwung seiner Brauen, die seinem Gesicht irgendwie etwas Störrisches ...

Öhm, was?

Irgendein Teil meines Gehirns hat offenbar gerade beschlossen, den Typen in Amandas Bett nicht als Gefahr, sondern als Date-Kandidaten zu betrachten, und ich dränge diesen Teil augenblicklich wieder zurück.

Solche Gedanken haben hier ja wohl gar nichts zu suchen!

Trotzdem nehme ich mir eine Sekunde, um ihn mir genauer anzusehen. Ich muss ja einschätzen können, wie gefährlich er ist und so.

Bis zur Hüfte ist er mit einem dünnen Laken zugedeckt, und darüber ist er vollkommen nackt. Sein Oberkörper ist muskulös. Seine Brust ist perfekt definiert und seine Oberarme sehen aus, als könnte er mich mühelos zu sich ins Bett zerren, wenn er wollte, und mich dort festhalten, solange es ihm passt. Und das erinnert mich wieder an meinen eigentlichen Plan: mir die Flasche schnappen und ihn außer Gefecht setzen. Also greife ich danach, aber gleichzeitig komme ich nicht umhin, zumindest einen kurzen Blick auf seine Tattoos zu werfen.

Seine linke Brust, die Schulter und der Oberarm sind praktisch voll davon. Ich erkenne mehrere ineinander verschlungene Motive: ein Pin-up-Girl, das eine Art Horrormaske trägt, einen stilisierten Raubvogel und etwas, das stark nach einer Patronenhülse aussieht. Auf der rechten Seite geht es weiter mit – ehe ich dazu komme, auch die Tätowierungen dort zu begutachten, geht auf einmal alles ganz schnell.

Der Kerl öffnet die Augen.

Ich greife nach der Flasche und reiße sie in die Höhe.

Seine Augen weiten sich und er richtet sich auf.

Mein Arm saust hinab.

Doch er packt ihn, zerrt mich zu sich herunter, wirft sich mit mir herum, und dann liege ich plötzlich mit dem Rücken auf dem Bett und er ist über mir und nagelt meine Arme fest. In der rechten Hand halte ich immer noch die Whiskeyflasche. Aber jetzt ist sie nutzlos.

»Loslassen«, zischt er.

Verdammt. Ich blöde Kuh! Wie konnte ich nur so lange zögern? Vielleicht, weil es mir tief in meinem Inneren doch irgendwie zuwider war, jemandem eine Flasche ins Gesicht zu schlagen? Weil ich Angst hatte, ihn damit im schlimmsten Fall vielleicht sogar tödlich verletzen zu können? Ja, so muss es gewesen sein. Auf keinen Fall war ich einfach nur abgelenkt von seinem Äußeren!

»Loslassen«, wiederholt er langsamer und eindringlicher, als hätte er gerade festgestellt, dass ich ziemlich beschränkt bin.

»Sicher nicht«, keuche ich, nachdem ich den ersten Schock überwunden habe, packe die Flasche fester und versuche, meinen Arm loszumachen, aber das kann ich mir gleich sparen. Sein Griff ist so hart, als hätte man mich mit einer Ledermanschette an dieses Bett gefesselt.

»Ich sage es dir jetzt noch ganz genau einmal«, sagt der fremde Kerl, von dem ich mir jetzt sicher bin, dass er ein Einbrecher und ganz bestimmt kein Verwandter von Tante Amanda ist. »Du wirst diese Flasche loslassen und schön brav sein. Dann können wir das hier über die Bühne bringen, ohne dass es für einen von uns, und damit meine ich dich, unangenehm wird. Solltest du dich aber weiter so anstellen, werde ich dafür sorgen, dass du loslässt. Und glaub mir: Das willst du nicht.«

Erst jetzt, als er diese Drohung ausspricht, kapiere ich so richtig, was hier los ist und erst jetzt bekomme ich es wirklich und wahrhaftig mit der Angst zu tun. Denn ich habe mich nicht getäuscht – dieser Kerl ist verdammt muskulös und ich habe nicht die geringste Chance gegen ihn. Mein Puls beschleunigt sich und mein Körper verlangt nach mehr Sauerstoff, aber sein Gewicht lastet auf mir und ich kann nur ganz flach atmen. An meinen Beinen spüre ich seine bloße Haut. Hat er etwa ganz nackt in Amandas Bett gelegen? Wieso sollte ein Einbrecher sowas tun? Weshalb hat er sich nicht die Wertsachen geschnappt und ist wieder verschwunden?

»Ich kann nicht ...«, flüstere ich, und zwischen seinen Brauen bildet sich eine steile Falte.

»Du kannst was nicht?«, fragt er ziemlich verständnislos. Seine Stimme ist tief und angenehm, aber er klingt zugleich absolut kalt, und das bringt mich noch mehr aus dem Konzept.

»Ich kann nicht ...« Keine Ahnung, wieso ich diese drei Worte gesagt habe. Aber sie treffen ehrlich gesagt auf ziemlich vieles zu, das gerade in mir abläuft. Ich kann die Flasche nicht loslassen, ich kann mir keinen Reim auf das machen, was hier gerade passiert, ich kann nicht klar denken und kaum atmen. Aber ihm das zu erklären, würde an meiner Lage wenig ändern. Also tue ich das Einzige, das mir in diesem Moment halbwegs sinnvoll erscheint: Ich seufze, verdrehe die Augen und täusche dann eine Ohnmacht vor, indem ich die Lider schließe und meinen Kopf kraftlos zur Seite fallen lasse.

Ich weiß, das ist nicht die Idee des Jahrtausends. Aber wenn ich Glück habe, wird der tätowierte Kerl den Moment nutzen, um einfach zu verschwinden. Das würde doch auch für ihn das geringste Maß an Schwierigkeiten bedeuten.

Aber wer sagt, dass er überhaupt auf ein geringes Maß an Schwierigkeiten aus ist? Vielleicht ist er verrückt. Irre. Möglicherweise ist eine wehrlose Frau ja genau das, was ihm heute Nacht noch gefehlt hat.

Als wäre dieser Gedanke sein Stichwort, verlagert er plötzlich sein Gewicht und sagt dann: »Hey! Mädchen!«

Ich zwinge mich, nicht zu reagieren und hoffe, dass er nicht spürt, wie heftig mein Herz schlägt. Ganz automatisch halte ich die Luft an und höre als Nächstes, wie er leise und ungläubig lacht. Dann tätschelt er meine Wange, und zwar ein bisschen zu fest, was bei seinen kräftigen Armen kein Wunder ist, mich aber trotzdem sauer macht.

»Unglaublich«, sagt er leise, und dann nimmt er mir leider die Flasche aus der Hand. Sie festzuhalten würde auffallen, also lasse ich es geschehen und hoffe umso mehr, dass er jetzt gleich nicht gewalttätig wird.

Gott, wo habe ich mich da nur reingeritten? Ich wollte zwei entspannte Wochen in Tante Amandas Villa verbringen und stattdessen liege ich jetzt unter einem unberechenbaren Verrückten.

Fast hätte ich erleichtert aufgeatmet, als er auf einmal sein Gewicht von mir nimmt und, wie ich zu hören glaube, aufsteht.

Gut. Wenigstens. Aber was mache ich jetzt? Ich habe keine Waffe mehr und leider auch keine Kampfausbildung oder sowas. Also atme ich einfach wieder ganz flach, hoffe, dass ich für ihn uninteressant bin und dass er einfach geht.

Doch stattdessen spüre ich ihn auf einmal neben mir, als würde er sich einen Moment lang zu mir legen. Dann verschwindet er von dort und ich höre es gluckern, als er, wie ich glaube, einen Schluck Whiskey nimmt. Und dann spüre ich auf einmal sowohl seine Körperwärme als auch seinen Atem auf meiner Haut, als er sich über mich beugt. Obwohl ich so gut wie gar nicht mehr atme, strömt der Duft seines sportlich-herben Aftershaves in meine Nase, vermischt mit dem Aroma des teuren Bourbon, und mein Herz beginnt sogar noch schneller zu schlagen.

Und dann passiert es. Ich nehme eine Berührung dicht unter meinem Schlüsselbein wahr, und im nächsten Moment wird der oberste Knopf meiner Bluse geöffnet.

Meine Reaktion erfolgt blitzschnell und automatisch. Ich reiße die Augen auf, schlage ihm auf die Finger und rufe: »Aufhören, verdammt!«

Und schon wieder reagiert der fremde Kerl anders, als ich gedacht hätte. Er mustert mein wütendes Gesicht aus sehr blauen Augen, dann verziehen sich seine Lippen zu einem selbstgefälligen Grinsen und er lacht mich aus. »Wusste ich doch, dass du nur so tust. Du bist eine verdammt schlechte Schauspielerin, hat dir das schon mal jemand gesagt?«

Er richtet sich auf und betrachtet mich, als wüsste er nicht, was er jetzt mit mir anfangen soll.

Ich setze mich auf und mache den Knopf schnell wieder zu. Dabei stelle ich fest, dass der Einbrecher nicht komplett nackt ist, sondern zumindest enge schwarze Retro-Shorts trägt.

»Also«, sagt er, kaum dass ich meine Bluse zurechtgezogen habe. »Ich würde vorschlagen, wir beenden diese Nummer jetzt, auch wenn ich zugeben muss, dass sie mir durchaus Spaß macht. Am besten schnappst du dir, was du gebrauchen kannst, und dann zischst du ab. Du hast mich nicht gesehen, ich hab dich nicht gesehen und wir haben beide kein Problem.«

Ungläubig starre ich ihn an. »Moment. Wirfst du mich gerade raus?!«

Er zuckt mit den Schultern. »Ich war zuerst hier, also ...«

»Ja, na und?« Ich stehe auf, stelle mich ihm entgegen und merke gleich, dass ich einen guten Kopf kleiner bin als er. »Keine Ahnung, was in deinem Hirn vorgeht, aber wir sind keine Straßenkater und das hier ist kein Revierkampf auf irgendeinem Hinterhof! Das ist das Haus meiner Tante, und wenn hier jemand verschwindet, dann du! Sonst rufe ich die –«

Abermals geht alles ganz schnell. Seine Hand presst sich auf meinen Mund, er wirbelt mich herum und drückt mich gegen die Wand neben der Tür. Sein amüsierter Ausdruck ist verschwunden und hat einem Blick Platz gemacht, den ich ganz klar als bedrohlich bezeichnen würde.

»Du hörst mir jetzt gut zu, Mädchen. Wenn ich auch nur die Andeutung eines Handys in deinen Fingern sehe, dann geht das Ganze hier für dich böse aus.«

Ich runzle die Stirn und er nimmt angenervt die Hand von meinem Mund. »Was?! Willst du das jetzt mit mir diskutieren?«

»Ich war nur irritiert, weil ich ...« Ich schnappe nach Luft. »... keine Ahnung hab, was die Andeutung eines Handys sein soll.«

Der fremde Kerl blinzelt. Dann betrachtet er mich, als wüsste er nicht, ob er mich auslachen oder mir eine klatschen soll, damit ich zu mir komme. »Ich frag mich ernsthaft, ob du auffallend furchtlos oder einfach nur blöd bist«, sagt er dann.

Das frage ich mich irgendwie auch. Doch so seltsam die ganze Situation ist, so richtig ernstnehmen kann ich sie nicht, denn dieser Typ wirkt, auch wenn er sich alle Mühe gibt, nicht sonderlich gewalttätig auf mich. Einschüchternd schon, das muss ich zugeben. Er hat eine Ausstrahlung an sich, als würde er glauben, dass ihm die ganze Welt gehört – und als würde er sich das, was ihm noch nicht gehört, bei Bedarf einfach nehmen. Aber brutal kommt er mir nicht vor.

»Ich hab einen Abschluss in Architektur, also kann ich so blöd nicht sein, aber mein Nachbar ist ein Perverser, also bin ich es gewöhnt, dass ...«

Der tätowierte Typ hebt die Brauen. »Du hältst mich für einen Perversen?«

»Na ja, was sollst du bitte sonst sein? Du liegst so gut wie nackt im Bett meiner sechzigjährigen Tante und ...«

»Ich hab geschlafen«, erwidert er, ohne dass er sich große Mühe gibt, es wie eine Rechtfertigung klingen zu lassen.

»Dann würde ich vermuten, dass du obdachlos bist, aber ...«

»Aber?«

Ich hebe die Schultern. »Du hast einen Haarschnitt, dein Bart ist höchstens drei Tage alt, du riechst gut und …«

»Danke.« Wieder dieses selbstgefällige Grinsen. »Und du bist eine Frau, die frei von Klischees denkt, ich sehe schon. Du wirst blöd gucken, falls ich mich doch als Penner entpuppe und sich schon die ersten Filzläuse unter deinen Kleidern breitmachen, da wir ja schließlich im gleichen Bett gelegen haben.«

Damit lässt er mich los und wendet sich ab. Irritiert sehe ich ihm nach. Will er mich gar nicht mehr bedrohen? Hat er plötzlich keine Angst mehr, dass ich die Andeutung eines Handys heraushole und ihn an die Polizei verpfeife?

»Okay, raus mit der Sprache«, sage ich und mache einen Schritt zur Seite, wodurch ich die Tür versperre. Ich verschränke die Arme vor der Brust und schaue zu, wie er in schwarze Jeans steigt. »Was hast du hier zu suchen?«

»Nichts mehr«, sagt er. »Jetzt, wo du aufgetaucht bist.«

Wow. Große Sympathie auf den ersten Blick scheint das von beiden Seiten nicht zu sein. »Gut, dann eben anders: Was hattest du hier zu suchen, bevor ich dich aus deinen Träumen gerissen habe?«

»Tut mir leid, Mädchen, aber ich wüsste echt nicht, was dich das angeht.«

»Ich habe einen Namen«, erwidere ich. »Du auch?«

Er blickt zu mir herüber. »Netter Versuch«, sagt er und streift sich dann ein ebenfalls schwarzes Shirt über. »Aber ich fürchte, damit wirst du den Bullen nicht dienen können.«

»Ich hab gar nicht vor, die Bullen zu rufen. Ich hatte eine stressige Zeit und will einfach nur ein bisschen Ruhe, und darum wüsste ich gerne ...«

Der Fremde rundet sein Outfit mit einer Bikerjacke ab, die überraschenderweise ebenfalls schwarz ist, dann wendet er sich mir zu. »Ich verstehe schon«, sagt er. »Du willst ein bisschen Wellness in Tante Amandas Jacuzzi machen, in Ruhe deinen Champagner trinken und kannst dabei keine Aufregung gebrauchen. Ich kenne Frauen wie dich.«

»Das bezweifle ich.«

»Schon klar, weil du zu allem auch noch eine auffallend nervtötende kleine Klugscheißerin bist. Aber wir wissen beide, dass ich Recht habe und du sagst selbst, dass du deine Ruhe willst. Also beantworte mir eine Frage: Was würde Tante Amanda sagen, wenn sie erfährt, dass du gleich in der ersten Nacht hier einen fremden Kerl in ihrem Bett hast schlafen lassen? Hm? Schätzt sie ihre ...«

»Nichte«, sage ich tonlos.

»Ihre Nichte so ein? Als eine kleine Schlampe, die ihre Gastfreundschaft direkt ausnutzt?«

»Worauf willst du hinaus?«, frage ich lauernd.

Der Fremde mustert mich siegessicher, dann zieht er sein Handy hervor und hält es mir hin – und ich erkenne auf dem Display ein Foto, das mich mit geschlossenen Augen zeigt und ihn neben mir, oben ohne, mit dem Kopf auf Amandas roséfarbenem Kissen.

Das hat er also gemacht, als er sich neben mich gelegt hat!

»Das ist ...«, stammle ich. »Ich bin angezogen!«

»Zumindest obenrum«, sagt er voller Unschuld. »Aber wenn du denkst, dass es sie nicht stört, dann schicke ich das Bild Amanda. Kein Problem.«

Er tippt auf seinem Telefon herum.

»Du bluffst«, sage ich, denn ich bin mir mittlerweile sicher, dass dieser Typ meine Tante nicht kennt. Keine Ahnung, aus welcher Welt er kommt, aber es ist ganz offensichtlich eine vollkommen andere als ihre.

»Schön, wenn du dir da so sicher bist ...«

Mist. Auf einmal fällt mir der Zettel in der Küche ein.

Ich lasse meine Hand vorschnellen und versuche dem Fremden das Handy abzunehmen, aber er ist schneller und zieht es weg.

»Was willst du?«, fahre ich ihn an. »Kannst du nicht einfach verschwinden und mich in Ruhe lassen?«

Für einen Moment wirkt der fremde Kerl unentschlossen. Er mustert mich aus zusammengekniffenen Augen und scheint fieberhaft nachzudenken. »Nein«, sagt er dann und schüttelt langsam den Kopf. »Dafür ist es jetzt zu spät. Ich fürchte, wenn du nicht willst, dass dieses Foto an deine Tante geht und sie morgen hier auf der Matte steht, um dich rauszuwerfen, dann wirst du mir einen Gefallen tun müssen.«

»Einen Gefallen?! Du kannst froh sein, wenn ich nicht doch noch die Polizei rufe und ihr sage –«

»Was? Dass du meinem Sexappeal nicht widerstehen konntest und mich direkt zu dir eingeladen hast? Denk an das Foto ...« Er grinst mich an, bevor er unvermittelt wieder ernst wird. »Einen Gefallen. Mehr verlange ich nicht.«

»Und welcher soll das sein?« Ich deute auf das zerwühlte Bett und den Nachttisch, wo neben der Whiskeyflasche auch ein benutzter Teller steht. Jetzt weiß ich wenigstens, woher der Pizzaduft in der Küche kam! »Soll ich deine Unordnung beseitigen?«

»Das auch, ja. Aber vor allem sollst du morgen Abend mit mir ausgehen.«

Was?

Habe ich gerade richtig verstanden?

Will dieser ... Einbrecher jetzt tatsächlich ein Date mit mir?

Ich mustere ihn ungläubig und erkenne in seinem Gesicht kein einziges Anzeichen dafür, dass er scherzt.

»Du hast mein Interesse geweckt«, sagt er und zuckt mit den Schultern. »Das gelingt nicht vielen. Also will ich mit dir ausgehen.«

»Ja, aber ich nicht mit dir«, sage ich perplex.

»Doch, das tust du.« Er nimmt eine Armbanduhr vom Nachttisch, die gar nicht mal so billig aussieht, und legt sie um. »Also. Ich hole dich um sieben hier ab. Zieh dir vielleicht was an, das ein bisschen schärfer ist als dieses Betschwestern-Outfit. Deine große Klappe ...« Er kommt auf mich zu, packt mich bei den Schultern und mustert mich von oben bis unten. »... kannst du dafür mitbringen«, sagt er dann und schiebt mich mühelos zur Seite.

Und noch ehe mir eine passende Antwort oder Reaktion einfällt, ist er auch schon die Treppe hinunter und seine Schritte verklingen im Wohnzimmer.

Kapitel 2

Laney

Obwohl ich nach dem langen Tag erschöpft sein sollte, laufe ich ruhelos im Schlafzimmer auf und ab. Immer wieder sehe ich dabei zum Bett. Ich habe es neu bezogen, das Geschirr in die Spülmaschine geräumt und den Whiskey nach unten gebracht. Es erinnert nichts mehr daran, dass hier vor kurzem noch ein fremder Mann in den Kissen gelegen hat.

Vielleicht war das ein Fehler. Vielleicht hätte ich darauf pfeifen sollen, ob dieses missverständliche Bild bei meiner Tante landet. Ja, es wäre wahrscheinlich klüger gewesen, tatsächlich die Polizei zu rufen. Da gibt es nur ein Problem: Der Einbrecher hat mit seiner Drohung einen wunden Punkt erwischt. Denn so nett Amanda ist – sie ist auch eine ausgemachte Männerhasserin und hätte auf jeden Fall ein Riesenproblem damit, wenn ich einen Kerl in ihrem Bett schlafen ließe.

Und das wiederum bedeutet, dass ich meine zweiwöchige Auszeit dann vergessen könnte und mich direkt mit meiner verpfuschten Zukunft beschäftigen müsste. Und das kann ich jetzt gerade einfach nicht.

Darum sehe ich im Moment keine andere Lösung, als das Spiel mitzuspielen. Aber ich kann doch nicht ernsthaft mit diesem Typen ausgehen! Wie geht man denn mit jemandem aus, der nachts in fremde Häuser einsteigt?! Wird er mich in einem weißen Van abholen, ziehen wir uns dann Sturmmasken über und brechen in ein Restaurant ein, um uns dort selbst zu bedienen?

Oh Mann. Ein offenbar übergeschnappter Krimineller mit Profilneurose, der mich um ein Date erpresst, hat mir echt gerade noch gefehlt!

Aber was dann? Ich kann mich ja schlecht vor ihm verstecken, schließlich weiß er, wo ich wohne. Und nicht nur das. Er weiß anscheinend auch, wie man Schlösser knackt. Sollte ich so jemanden verärgern, indem ich ihm ein Date verweigere?

Aber anders gefragt: Wie kann ich so jemandem nicht das Date verweigern?

Offenbar hat dieser Typ sie nicht alle ...

Vielleicht sollte ich Hannah anrufen und sie fragen, was sie in meiner Situation tun würde. Doch vermutlich wäre das sinnlos, denn meine große Schwester würde niemals in eine solche Situation geraten. Außerdem kann ich jetzt keine Moralpredigt von ihr gebrauchen.

Auf einmal fühle ich mich doch ziemlich erschöpft und beschließe, dass er zumindest mit einer Sache gar nicht so Unrecht hatte: Ja, ich bin hergekommen, um ein bisschen Wellness zu machen und die Tatsache auszunutzen, dass es in Amandas Haus vernünftige sanitäre Anlagen gibt.

Und das will ich mir nicht vermiesen lassen.

Also verlasse ich das Schlafzimmer und prüfe sowohl das Schloss an der Haustür als auch das an der Terrassentür. Zwar habe ich das gerade schon gemacht, aber sicher ist sicher. Zur Sicherheit habe ich noch unter beide Türgriffe je einen Stuhl aus dem Essbereich geschoben. Falls er beschließt zurückzukommen, muss er jetzt zumindest eine Menge Kraft aufwenden und ich werde es poltern hören, wenn einer der Stühle fällt. Gut.

Ich gehe in die Küche und hole mir zusätzlich das größte Messer, das ich im Messerblock finden kann. Dann gehe ich nach oben, betrete das Bad und schließe die Tür hinter mir ab.

Einen Moment lang stehe ich einfach nur da und betrachte mich in dem großen Spiegel über dem Waschtisch. Mein Haar ist wirr, meine Bluse ist zerknittert, mein Kajal ist verschmiert und mit dem großen Messer in der Hand sehe ich aus wie das Covergirl eines Horror-B-Movies aus den späten Neunzigern.

Warum um alles in der Welt will dieser komische, aber gut aussehende Typ mit mir ausgehen, nachdem er unerlaubt in das Haus meiner Tante eingedrungen ist? Hat er denn gar keine Angst, dass ich ihn doch noch verpfeifen könnte? Schließlich hat er hier überall seine Fingerabdrücke verteilt.

Dann fällt mir wieder das Foto ein. Ob das der Polizei als Beweis für seine Unschuld reichen würde?

Wahrscheinlich würde ich mich mit einem Anruf bei ihnen nur vollkommen zum Affen machen, denn erstens hat er nichts zerstört, zweitens nichts gestohlen und drittens hat er mir auch nichts getan. Und zu allem gibt es nicht einmal sichtbare Einbruchsspuren.

Was sollte ich also sagen?

Guten Tag, Officer, bei mir ist jemand eingebrochen, aber ich habe ihn laufen lassen, nachdem wir ein Selfie von uns im Bett gemacht haben. Und dann habe ich alle

Spuren für ihn beseitigt, also werden Sie hier nichts Hilfreiches finden. Können Sie bitte vorbeikommen?

Wahrscheinlich ist sich dieser Typ dessen bewusst und er gibt sich deswegen so selbstsicher.

Also um den Anruf bei den Cops brauche ich mir vorerst keine weiteren Gedanken machen – der fällt schon mal weg. Stattdessen werde ich die Nacht und den kommenden Tag nutzen, um mir zu überlegen, wie ich um dieses Date aus der Hölle herumkommen kann.

Und wo denkt es sich besser als in einem heißen Bad?

Also trete ich an die Rundwanne, die sich in der Mitte des Badezimmers befindet, lege das Messer auf dem Rand ab, lasse Wasser ein und stelle die Sprudeldüsen an.

Dann greife ich an den obersten Knopf meiner Bluse, ziehe mein Betschwestern-Outfit aus und lasse mich ins warme Wasser gleiten.

Sofort fühle ich mich ein bisschen entspannter, und vielleicht ist dieser mysteriöse Typ ja bei Verstand genug, um morgen gar nicht aufzutauchen und der Spuk hat ein Ende, bevor er richtig angefangen hat.

Ich schließe die Augen und wünsche mir, dass es genauso kommen wird. Und wer weiß, vielleicht habe ich ja Glück.

Dashiel

Keine Ahnung, womit ich das verdiene, aber das Universum scheint beschlossen zu haben, dass es mir dringend auf den Sack gehen will. Zuerst stört dieses vorlaute kleine Miststück meinen Schlaf und dann muss ich auch noch im Auto übernachten, denn zu Hause im

Hotel kann ich um die Zeit nicht auftauchen. Mein Bruder Tyron rastet schon jedes Mal vollkommen aus, wenn das einer der Gäste tut, weil er Angst hat, dass die anderen Gäste dadurch geweckt werden, und ich weiß genau, dass er augenblicklich vor mir stehen würde – wie immer in Anzug und Krawatte –, wenn ich mich jetzt reinschleichen würde. Und er wäre nicht nur in voller Montur, sondern dazu auch noch hellwach, denn mein Bruder arbeitet immer und scheint wie durch ein Wunder nie zu schlafen.

Also fahre ich meinen Audi an den Straßenrand in der Nähe unseres Grundstücks und werfe einen Blick hinter mich. Schlafen kommt nicht infrage, denn man kann es sich auf der Rückbank eines R8 unmöglich bequem machen, wenn man größer als einen Meter zwanzig ist. Es handelt sich dabei um eine bessere Hutablage, mehr nicht. Vielleicht sollte ich zurück zu Amanda Stones Haus fahren und ihrer feinen Nichte vorschlagen, mit mir zu tauschen. Die wäre zierlich genug für die Rückbank und ich könnte das Bett haben. Aber das mache ich nicht.

Stattdessen öffne ich das Handschuhfach und ziehe zähneknirschend einen Stapel Belege hervor. Tyron hat ihn mir gestern im Vorbeigehen in die Hand gedrückt und wollte ihn eigentlich bis zwanzig Uhr wiederhaben. Da ich in unserem Familienunternehmen für die Abrechnungen zuständig bin, werde ich mich irgendwann sowieso damit befassen müssen. Warum dann nicht jetzt?

Ich breite die Papiere vor mir aus, doch darauf konzentrieren kann ich mich kaum. Die Zahlen verschwimmen vor meinen Augen und ich stelle mir vor, wie der morgige Abend ablaufen wird.

Diese Frau um ein Date zu bitten, war eine spontane und nicht sehr durchdachte Idee, die mir aber immer noch gefällt. Zum einen finde ich die Kleine wirklich ganz amüsant, und wer weiß, vielleicht entpuppt sie sich unter ihren Nonnenklamotten ja als scharf. Das Stück vom BH, den ich unter ihrer Bluse erkennen konnte, ließ das zwar nicht vermuten, denn er war hautfarben und dicker gepolstert als die Wände einer Gummizelle. Aber möglich ist alles, und ich habe nicht wirklich was zu verlieren. Außerdem hat sie mir den Gefallen getan, sich mir nicht gleich an den Hals zu werfen. Das ist mir ewig nicht passiert und hat sich überraschend gut angefühlt. Natürlich kann es sein, dass sich das auf der Stelle ändert, wenn sie mein wahres Ich kennenlernt. Nicht den namenlosen Einbrecher, sondern Dashiel Pine, den Mann, der alles hat. Aber wer weiß. Vielleicht überrascht sie mich ja noch mal.

Also beschließe ich, die Sache morgen durchzuziehen und blinzle, damit sich die Zahlen wieder scharfstellen, als plötzlich jemand an meine Scheibe klopft.

Ich bin mir sicher, dass es Tyron ist, dieser verdammte Bluthund.

Doch als ich wütend nach draußen blicke, steht da nicht mein Bruder, um mir zu erklären, dass ich hier nicht übernachten kann, sondern ein deutlich kleinerer, übergewichtiger Kerl mit buschigen Augenbrauen und einer Nase, die in der Mitte von einer wulstigen

Narbe geteilt wird. Mit anderen Worten: eine echte Naturschönheit.

Ich packe die Belege zurück ins Handschuhfach, dann klappe ich den Fahrersitz vor und steige aus.

»Was willst du, Barry?«, frage ich.

»Na, was wohl! Ich steh mir hier schon seit Stunden die Beine in den Bauch und warte auf dich!«

»Ach, du hast Beine?«, frage ich unbeeindruckt mit einem Blick auf seine Wampe, die weit über den Bund seiner Anzughose hängt und erst kurz vor dem Boden zu enden scheint.

»Spar dir das und verrate mir, was der Scheiß hier soll. Warum sitzt du mitten in der Nacht in deinem Auto rum? Versteckst du dich vor jemandem? Denn wenn du Ärger hast, dann kann ich dich nicht gebrauchen!«

Schnell sehe ich ihn an. »Kein Ärger, also mach dir nicht die Hose, alles klar?! Da war diese Kleine, die ist ziemlich ausgerastet und hat mich ... na ja rausgeworfen.« Ich habe weder Lust, ihm zu erzählen, was vorgefallen ist, noch will ich, dass er spitzkriegt, wem das Hotel gehört, vor dessen Zufahrt ich stehe. Es war blöd genug, ihm die Adresse als unseren Treffpunkt zu nennen, aber ich bin, sagen wir, ziemlich überstürzt in dieses ganze Unternehmen gestartet. Es war einfach die erste und einzige Adresse, die mir eingefallen ist.

»Wieso fährst du dann nicht nach Hause?«

Mein Gott, der Kerl kann Fragen stellen. »Sie hat mich aus meinen eigenen vier Wänden geschmissen, alles klar? Und da ich keine Lust auf Diskussionen mit der Kratzbürste hatte, habe ich das Feld geräumt. Genug blöde Fragen gestellt?«

»Glaub schon.« Barry mustert mich einen Moment prüfend, dann hellt sich sein Gesicht auf. »So 'ne Kleine klingt übrigens gut«, sagt er dann. »Die wirst du nämlich brauchen. Der Boss ist bereit, mit dir zu sprechen. Er hat dich und deine Frau zum Dinner eingeladen.«

»Mich und meine ...« Erst nach einem Moment kapiere ich, worauf er hinauswill, wende mich stöhnend ab und mache ein paar Schritte. Dann drehe ich mich zu meinem Besucher um. »Verdammt, Barry! Ich hatte gesagt, regle das für mich! Wofür bezahl ich dich eigentlich, he?!«

Barry zuckt mit den fleischigen Schultern. »Ich hab's doch geregelt.«

»Von wegen, du hast mir einfach nur zusätzliche Probleme bereitet!« Ich ziehe mein Handy aus der Tasche und schüttle den Kopf. »Wann und wo?«

»Am Freitag. Er wird dich nicht in seine private Unterkunft lassen, aber in sein Ferienhaus auf den Keys. Die Adresse schicke ich dir per SMS kurz vorher, sodass die Gefahr geringer ist, dass du ihm eine SWAT-Einheit auf den Hals hetzt.«

Eine SWAT-Einheit, als hätte ich sowas nötig. Der Boss kann froh sein, wenn ich ihm bei unserer ersten Begegnung nicht eigenhändig den Hals umdrehe.

»Schön, erzähl mir mehr. Wie ist der Kerl so drauf? Soll ich mir ein Holzfällerhemd anziehen und eine Flasche Whiskey mitbringen oder komme ich lieber im Anzug und hab eine Hummerzange in der Tasche?«

»Alter, sehe ich etwa so aus, als wäre ich schon mal bei ihm zum Dinner eingeladen gewesen?«

»Du siehst zumindest aus, als würdest du dir kein Dinner entgehen lassen«, knurre ich.

»Ha, ha«, macht Barry und zündet sich eine Zigarette an. »Ich sag dir, was das Wichtigste ist: Bring eine gute Frau mit.«

»Was soll das heißen, eine gute Frau? Ein Model? Ich kann mit Models dienen, so ist das nicht, aber ich würde ungern jemanden mit ins Haifischbecken nehmen, der nicht mal seinen eigenen Vornamen buchstabieren kann, und die meisten von denen sind nicht sonderlich hell.«

Barry verdreht die Augen. »Was soll das, Pine? Muss ich dir jetzt ernsthaft erklären, was 'ne gute Frau ist? Der Boss steht nicht auf hohle Kleiderständer, aber aussehen wie Quasimodo sollte sie auch nicht. Seine eigene Frau ist 'ne klare 10. Sie sieht top aus und ist Harvard-Absolventin. Hat sich auf die dunkle Seite geschlagen und arbeitet heute als seine private Anwältin. Muss ich noch mehr sagen?«

Nein, muss er nicht, denn mir raucht schon jetzt der Kopf. Scheiße. Ich kenne ja wirklich eine Menge Frauen, und die meisten davon würde kein Kerl, der halbwegs bei Verstand ist, von der Bettkante stoßen.

Lange Beine, große Brüste, volle Lippen – ich hab für jede Vorliebe eine Nummer im Handy. Aber es ist, wie ich gesagt habe: Die Frauen aus Miamis Partyszene, wo sich meine gewohnten Jagdgründe befinden, sind für gewöhnlich nicht die hellsten. Manche von ihnen sind angehende Schauspielerinnen, andere verdienen ihr Geld damit, dass sie Klamotten auf Instagram präsentieren, und andere geben einfach nur Papis Kohle aus. Aber eine mit Hirn? Verflucht, warum muss der Boss ausgerechnet auf solche Frauen stehen?

»Was immer du tust, Pine. Bring keine mit, die ihm den Nerv raubt, indem sie zu doof ist, sich an die eigene Nase zu fassen. Mehr kann ich dir auch nicht raten.«

Ich schüttle den Kopf. »Ich werd schon eine finden«, sage ich dann, beuge mich in den Wagen und hole mein Portemonnaie aus dem Rucksack. Normalerweise habe ich nie viel Bargeld dabei, aber seit Barry in meinen Diensten steht, hat sich das geändert. Ich ziehe 200 Dollar hervor und halte sie ihm hin. »Hier, dein Honorar. Jetzt zisch ab, ich hab noch zu tun.«

»Nichts für ungut, Pine«, erwidert Barry mit einem Blick auf meine Rückbank, »aber du stehst direkt vor einem Hotel. Warum leistest du dir nicht einfach ein Zimmer? Wenn dir der Schuppen da zu runtergekommen ist, ich kann dir eine gute Adresse geben.«

Ich sehe ihn an, als hätte er mir gerade weiszumachen versucht, dass er der nächste Präsident der Vereinigten Staaten sein würde.

Hat der Typ eine Ahnung, wie sehr ich Hotelzimmer hasse?

»Nichts für ungut, Barry. Aber ich sagte, zisch ab.«

Damit klettere ich in den Wagen und ziehe die Tür hinter mir zu.

Barry steht noch einen Moment ratlos da, was ich am Glimmen seiner Zigarette sehe, dann haut er glücklicherweise ab.

Gut. Ich werde jetzt zusehen, dass ich mit den blöden Abrechnungen fertig werde, und morgen lasse ich mir eine Lösung für Freitag einfallen. Vielleicht kann ich mich ja unauffällig nach einer Zehner-Kandidatin umsehen, während ich mein Date mit der kleinen Besserwisserin habe.

Laney

Bis ich am nächsten Tag aus den Federn krieche, ist es Mittag und das Einzige, was mich zum Aufstehen bringt, ist der Hunger, der mich seit einer Weile quält. Kein Wunder, ich hab in den letzten 24 Stunden nichts außer einer Möhre gegessen. Wie habe ich überhaupt so lange schlafen können? Der Einbruch muss mich ganz schön fertiggemacht haben. Oder vielleicht auch die ganze letzte Zeit. Es ist hart, kurz vor dem Bankrott zu stehen.

Aber daran will ich jetzt nicht denken. Stattdessen schlurfe ich runter in die Küche und bete, dass Tante Amanda irgendwas da hat, das man frühstücken kann, ohne es lange zubereiten zu müssen. Pop Tarts oder Cornflakes und Milch.

Doch als ich den Kühlschrank und den Rest der Küche durchsuche, finde ich unglücklicherweise nur Zutaten, bei denen ich keine Ahnung habe, wie ich sie zu etwas Essbarem zusammenmischen soll. Sicher, Eier und Speck braten würde ich noch hinbekommen, aber ich brauche morgens dringend etwas Süßes. Ich könnte Mom anrufen und sie nach ihrem Scones-Rezept fragen, aber als ich mich beim letzten Mal an den Dingern versucht habe, sahen sie am Ende aus wie übergroße Rosinen. Also bleibt mir nur eins übrig.

Während der Kaffee kocht, setze ich mich an die Küchentheke und suche kurzerhand in meinem Handy nach einem Lieferservice, der auch Kuchen oder so was in der Art anbietet, und ich habe Glück: Gleich in der Nähe gibt es einen Donut Shop, der damit wirbt, dass für die erste Bestellung noch nicht einmal Gebühren anfallen. Wer sagt's denn?

Ich gehe die Speisekarte durch und bin versucht, einfach nur einen einfachen glasierten Donut auszuwählen, weil mir das irgendwie vernünftig erscheint. Den könnte man noch als anständiges Frühstück durchgehen lassen, oder? Doch dann mache ich den Fehler, mir auch die anderen Sorten anzusehen, und schließlich bestelle ich einen mit Vanillecreme und Kit-Kat-Splittern, einen mit Nutellafüllung und einen mit weißer Schokolade und Himbeercreme. Hey, Himbeeren sind wenigstens Obst, es soll also keiner sagen, dass ich nicht auf gesunde Ernährung achte!

Oh Mann. Ich merke selbst, wie lahm diese Ausrede klingt und nehme mir, während ich auf die Donuts warte, dringend vor, heute Abend irgendwie etwas Gesundes aus diesem Gemüse im Kühlschrank zu kochen.

Aber dann fällt mir siedend heiß ein, dass ich heute Abend gar nichts kochen werde – weil ich nämlich mit einem Kriminellen verabredet bin!

Verdammt! Ich springe auf und beginne in der Küche auf und ab zu laufen, wobei ich an der Kaffeemaschine stoppe, um mir eine Tasse einzugießen. Dabei fällt mein Blick auf die Zeitanzeige am Display des modernen Automaten. Es ist halb zwei. In nicht einmal sechs Stunden kommt er mich abholen.

Okay. Das ist nicht viel Zeit, aber sie sollte für eine Ausrede reichen.

Ich setze mich wieder an die Theke und denke an gestern. Mister Whitcomb habe ich eine fiese Grippe vorgespielt. Das könnte ich auch bei dem whiskeystehlenden Irren versuchen. Ich räuspere mich und sage dann so heiser wie möglich in die leere Küche hinein: »Tut mir leid, aber ich glaube, wir lassen das besser. Ich habe einen fiesen Schnupfen und bin sicherlich ansteckend.«

Hm. Das klingt gar nicht so schlecht, aber irgendwie kam mir dieser Einbrecher nicht wie der Typ Mann vor, der sich von einer einfachen Grippe abschrecken lässt. Vielleicht sollte ich schwerere Geschütze auffahren.

Pest oder Cholera?

Ich muss grinsen, weil er mir das kaum abkaufen wird. Aber wie wäre es denn mit einer Magen-Darm-Grippe? Niemand will mit jemandem ausgehen, der eine Magen-Darm-Grippe hat. Ja. So werde ich es machen. Er wird sich auf der Stelle vor mir ekeln und ganz bestimmt auch nicht nachprüfen wollen, ob ich ihm die Wahrheit sage.

Puh, damit wäre ich wohl aus dem Schneider. Zufrieden leere ich meinen Kaffee und bin froh, als es kurz danach an der Tür klingelt und ich meine Donuts reinholen kann.

Sie werden in einer rosa-schwarz gestreiften Box geliefert und der Vintage-Aufdruck an der Oberseite erinnert mich an zu Hause, an meinen kleinen Laden, in den ich eine Menge Herzblut gesteckt habe. So viel, dass für andere Dinge in den letzten Jahren keines mehr übrig war. Ich spüre, wie mich der Gedanke runterzieht und beeile mich, die drei Donuts auf einen Teller umzuschichten und die Box wegzuwerfen.

Dann sehe ich mir mein Frühstück genauer an. Ich wusste gar nicht, dass man so viel Belag auf einen Donut schichten kann. Vielleicht sollte ich die nicht alle drei essen, sondern von jedem ein Drittel oder erst mal nur einen ...

Doch bevor mein Plan fürs Essen fertig durchdacht ist, passiert schon wieder etwas: Das Festnetz klingelt.

Ich seufze und stehe erneut auf, um ins Wohnzimmer zu gehen. Meinen Teller nehme ich mit, dann lasse ich mich damit aufs Sofa fallen, ehe ich den Hörer von der Station nehme, um wem auch immer zu erklären, dass meine Tante verreist ist.

»Gute Morgen, hier spricht Amanda Stones Nichte. Leider muss ich Ihnen mitteilen, dass Mrs. Stone für die nächsten –«

»Halt die Klappe, Mädchen. Ich bin's.«

Ich höre auf zu sprechen, doch mein Mund bleibt offenstehen. Diese selbstgefällige Stimme kenne ich doch! »Wer ist ich?«, frage ich trotzdem.

»Dashiel Pine.«

»Ich kenne keinen Dashiel Pine.«

»Doch, tust du. Und wo wir schon mal dabei sind: Es wäre an dieser Stelle höflich, wenn du mir ebenfalls deinen Namen nennst.«

»Ich mag es überhaupt nicht, wenn sich jemand so arrogant aufführt«, stelle ich klar, auch wenn er sich eigentlich eher amüsiert als hochnäsig anhört.

»Das ist ein sehr hässlicher und langer Name, ich nenne dich einfach weiter Mädchen.«

»Nein, das wirst du nicht tun!«, fahre ich den Einbrecher von letzter Nacht an. Ich habe jetzt keinerlei Zweifel mehr, dass er am Apparat ist.

Er bricht hier ein, erpresst mich und ruft dann einfach an? Wie dreist ist dieser Kerl eigentlich?! Es wird dringend Zeit, dass ich ihn aus meinem und Tante Amandas Leben verbanne.

»Mein Name ist Laney Stone und du hörst jetzt gut zu«, sage ich bestimmt. »Ich habe wirklich keine Ahnung, was für eine schräge Nummer du hier abziehst. Aber ich will, dass du aufhörst, hier anzurufen und dieses Date, zu dem du mich zwingen wolltest, kannst du auch vergessen, denn ich habe eine ganz schlimme –«

»Kinderstube genossen?«, unterbricht er mich.

Jetzt bin ich sprachlos. Wer von uns hat den anderen denn letzte Nacht mit Pizza und Whiskey in einem Bett erwischt, wo er nun wirklich nichts zu suchen hatte?!

»Jetzt hörst du zu«, fährt er unbeirrt fort, kaum dass er mich zum Schweigen gebracht hat. »Ich rufe nur an, um dich daran zu erinnern, dass wir zwei uns heute um sieben sehen werden und um dir klarzumachen, dass ich die Sache mit dem Foto durchaus ernst gemeint habe. Ich könnte dich auch dazu bringen, freiwillig mit mir auszugehen, aber ich brauche wirklich kurzfristig jemanden, der mir die Zeit vertreibt, während ich einen wichtigen Auftrag ausführe. Also, keine Ausreden. Du bist um sieben fertig oder Tante Amanda bekommt das Bild, das ich von uns gemacht habe, gleich nachdem wir Sex hatten.«

»Wir hatten keinen Sex!«, rufe ich empört.

»Vielleicht nicht, aber ich bin gut in Photoshop.«

»Kannst du nicht lieber gut darin sein, dich vom nächsten Hochhaus zu stürzen?!«, fahre ich ihn an.

»Das nennt sich Base Jumping und ich bin ehrlich gesagt ziemlich gut darin, aber ich bezweifle, dass es was für dich ist. Also bleiben wir doch bei einem Essen und ein paar Drinks, okay?«

Schon wieder bin ich sprachlos. Am liebsten würde ich ihm klarmachen, dass das alles andere als okay ist, aber stattdessen beiße ich in einen meiner Donuts, weil ich jetzt dringend etwas brauche, das mich nicht noch wütender macht.

Ich habe den mit dem Kit Kat erwischt und fühle mich tatsächlich etwas versöhnt, als die Schokolade in meinem Mund schmilzt und ich genüsslich die Waffel zerkaue.

»Strafst du mich jetzt mit Schweigen und fängst gleichzeitig an mit Frustessen?«, fragt dieser Dashiel am anderen Ende der Leitung ungläubig.

»Ich hab noch nicht gefrühstückt«, erwidere ich mit vollem Mund, auch wenn ich eigentlich keinen Grund habe, mich zu rechtfertigen.

»Hast du etwa bis gerade im Bett gelegen?«

Ich verdrehe die Augen. Keine Ahnung, was der Kerl sich einbildet, aber mein Tagesablauf geht ihn ja wohl gar nichts an.

»Ich werd jetzt auflegen«, sage ich, kaum dass ich runtergeschluckt habe.

»Sieben Uhr«, erwidert er schnell. »Vergiss das bitte nicht.«

Ich gebe ihm keine Antwort, sondern drücke ihn wortlos weg und knalle den Hörer zurück auf die Station. Wie unverschämt kann ein einzelner Mensch eigentlich sein?

Kurzerhand schnappe ich mir den Nutella-Donut und beiße auch davon ab. Dabei male ich mir aus, wie dieser schreckliche Dashiel zu so einem Arsch geworden ist und rücke dabei ganz schnell von meiner Krimineller-Obdachloser-Story ab.

Sicher ist er ein Einzelkind. So ein verwöhntes Söhnchen, dem von Anfang an alle um ihn herum jeden Wunsch von den Lippen abgelesen haben. Sicher hatte er als Kind furchtbar große Augen und ein total süßes Lächeln, mit dem er alle um den Finger gewickelt hat. Darum hat er auch ein eigenes Pferd bekommen, ein Zimmer, das größer ist als meine Wohnung und zum achtzehnten Geburtstag eine eigene Motorjacht. Aber weil er seit jeher alles bekommt, was er will, langweilt sich unser Söhnchen jetzt und macht auf wilden Kerl, indem es von Hochhäusern springt und in fremde Villen einbricht.

Gott, Männer sind ja so leicht zu durchschauen! Weshalb er mit mir ausgehen will, kann ich mir auch denken. Sicher ist er so ein Widerling, der sich jede seiner Eroberungen in einem kleinen Notizbuch vermerkt, und wenn nicht jeden Tag eine neue dazukommt, kriegt sein Ego einen Knick.

Schön, dann wollen wir ihm heute mal einen ganz ordentlichen Knick verpassen. Ich probiere ein Stück von dem Himbeerdonut und nehme mir dabei eines ganz fest vor: Ganz egal, was er sagt oder tut, ob er mir nachher Blumen mitbringt oder plötzlich eine charmante Seite an den Tag legt, die er vielleicht irgendwo unter all seinen Unverschämtheiten versteckt – ich werde keinesfalls auf ihn eingehen. Mich wird er nicht rumkriegen, und wenn er sich auf den Kopf stellt.

Das wird meine Rache sein. Ich nehme seine Einladung an, lasse mich heute Abend von ihm unterhalten, und dann werde ich nach Hause gehen, ohne dass er meinem BH oder meinem Höschen auch nur nahegekommen ist.

Ich nicke zufrieden, während ich mir den Rest des Himbeerdonuts in den Mund stopfe.

Ja, das ist ein guter Plan. Viel besser als der, einfach krank zu spielen. Wollen wir doch mal sehen, wer am Ende als Sieger aus der Sache hervorgeht.

Aber eines steht jetzt schon fest: Dashiel Pine wird es nicht sein.

**

Den Rest des Tages verbringe ich damit, mich auf das Date vorzubereiten. Ich nehme ein weiteres langes Bad, creme mich mit Amandas teurer Bodylotion ein und schneide sogar meinen Pony nach. Dann durchforste ich meine Reisetasche nach etwas Brauchbarem zum Anziehen.

Weil ich eigentlich nicht vorhatte, während der zwei Wochen hier großartig das Haus zu verlassen, habe ich nicht viel mehr mit als meinen Bikini und ein paar sehr große, sehr weite und gemütliche Strickpullover. Aus Erfahrung weiß ich, dass es in Amandas Haus wegen all des Marmors eher kalt ist, daher die Pullis, auch wenn man sie in Miami eigentlich nicht braucht. Doch eines steht fest: Heute Abend kann ich auf keinen Fall eines dieser Prachtstücke anziehen – weder den dunkelgrünen mit dem Zopfmuster, der wie der Seesack meinem Grandpa gehörte noch den fliederfarbenen mit den aufgestickten Perlen, den ich einer alten Dame auf dem Flohmarkt abgekauft habe. Auch meine farbenfrohen Leggings, die zwar nicht Vintage, aber bequem sind, werden den Einbrecher, der jetzt endlich einen Namen hat, eher abschrecken als ihn dazu zu bringen, mir die Kleider vom Leib reißen zu wollen.

Schön. Dann muss ich eben zu härteren Mitteln greifen. Kurzerhand wende ich mich von meinen Sachen ab und gehe rüber in Tante Amandas Ankleidezimmer.

Sie ist ein bisschen größer als ich, aber wenn ich mir ihre Kleider so ansehe, dann denke ich, irgendeines davon wird mir schon passen. Es muss ja nicht genauso sitzen wie bei ihr.

Unschlüssig trete ich an die Kleiderstange heran, die die gesamte linke Wand des großen Raumes einnimmt, und sehe mir die Sachen der Reihe nach an. Zuerst kommt eine Kollektion aus kleinen Schwarzen. Die sind mir aber alle zu schlicht und unauffällig, da wird er dann wieder sagen, dass ich wie eine Nonne aussehe oder sowas. Ich lasse die dunklen Kleider also hinter mir und wende mich einem farbenfroheren Teil zu. Es scheint von Versace zu sein und ist mit einem großflächigen gold-rot-blauen Muster versehen. Ich nehme es von der Stange und halte es mir an, aber auch wenn ich mich auf die Zehenspitzen stelle, versinke ich irgendwie darin. Nein, das ist nicht das richtige.

Ich gehe ein paar weitere Kleider durch, und dann, auf einmal, fällt mein Blick auf etwas, das so wunderschön ist, dass ich es am liebsten einpacken und mit zurück nach Everglades City nehmen möchte: ein türkisblaues Hängerkleid im Stil der Zwanziger!

Sofort zerre ich es heraus, halte es von mir weg und sehe es mir genauer an.

»Wow«, flüstere ich, während ich mit den Fingern über die aufgestickten Pailletten fahre, die ein kunstvolles Art-Déco-Muster ergeben.

Ich trete näher an den Spiegel und halte mir das Kleid vor die Brust. Dann spüre ich, wie ein breites Lächeln meine Lippen überzieht. Es hat sogar Fransen! Ich muss es einfach anziehen!

Schnell laufe ich rüber ins Schlafzimmer, wo nicht nur meine Sachen sind, sondern wo Tante Amanda auch ihren Schmuck aufbewahrt. Jetzt muss ich nur noch die richtigen Accessoires finden und das richtige Make-up auflegen, dann wird mein Auftritt heute Abend einfach perfekt sein. Wenn ich es Dashiel Pine so richtig schön heimzahlen will, dann muss ich elegant und extravagant zugleich aussehen, wie eine Frau, nach der sich jeder auf der Straße umdreht. Ich muss ihn total von den Socken hauen, ohne dabei zu sehr zu wirken, als wollte ich ihn rumkriegen. Er darf den Ehrgeiz nicht verlieren, aber er muss sich auch ernsthafte Chancen ausrechnen.

Ich krame in meinem Zeug und in Tante Amandas abschließbarer Schmuckschatulle und suche mir nach und nach die passenden Stücke heraus. Dann schminke ich mich, ziehe mich um, und als ich mich um halb sieben vor dem Spiegel im Ankleidezimmer drehe, bin ich überzeugt, dass mein Outfit für den Anlass einfach perfekt ist.

Klar, ich bin kein Model. Ich bin nicht sehr groß und werde dank meines Gesichts, das irgendwie nicht ganz erwachsen werden will, auch heute noch nach meinem Ausweis gefragt, wenn ich Alkohol kaufen möchte, aber mit meinem glatt gestylten schwarzen Haar, mit dem roten Lippenstift und dem tollen Outfit, werde ich ganz sicher die Einzige sein, für die Dashiel heute Augen hat. Schön. Umso mehr Genugtuung wird es mir verschaffen, ihn am Ende abblitzen zu lassen.

»Tut mir total leid, aber du kannst nicht mit reinkommen«, übe ich meine Worte vor dem Spiegel. »Ich habe einen Freund, hatte ich dir das nicht gesagt?«

Damit wende ich mich ab und gehe auf die Tür des Ankleidezimmers zu, wobei ich einen Blick über die Schulter werfe, der – autsch. Der mich dazu bringt, auf den letzten Metern umzuknicken. Mist, das darf mir nachher nicht passieren. Vielleicht sollte ich statt der Schuhe von Tante Amanda lieber meine eigenen anziehen. Aber ich fand die spitzen hohen Stiefeletten in Schlangenoptik, die ich in ihrem Schrank gefunden habe, einfach zu toll, um es nicht mit ihnen zu versuchen. Doch wenn ich ehrlich bin, dann passen sie auch gar nicht mal so gut zu dem Kleid. Also schön.

Meine Chucks kann ich nicht anziehen, aber ich habe da diese Kiste im Kofferraum, die ich eigentlich längst im Laden hätte ausräumen müssen. Darin befinden sich nicht nur alte Klamotten, sondern auch Schuhe. Da ist sicher etwas bei, was nicht so mörderisch hoch ist.

Zufrieden lächelnd begebe ich mich nach unten. Ich werde mir jetzt die passenden Schuhe raussuchen und dann warte ich auf das Date, das ich eigentlich nie haben wollte.

Kapitel 3

Dashiel

Oh. Mein. Gott. Das ist das Erste, was ich denke, als die kleine Kratzbürste auf mein Hupen hin aus dem Haus kommt. Durch die Scheibe auf der Beifahrerseite starre ich sie an, als wäre sie der Geist der vergangenen Weihnacht. Mein Mund wird trocken und ich würde am liebsten direkt wieder fahren – denn wie genau dieser Geist sieht sie unglücklicherweise auch aus.

Erst jetzt, im Licht der tief stehenden Sonne, fällt mir auf, wie blass diese Frau eigentlich ist. Sie könnte viel eher Engländerin sein. Ihr schwarzes Haar lässt sie so bleich wirken wie eine Tote und nur ihr knallroter Lippenstift verrät, dass noch ein wenig Leben in ihr steckt.

Aber der Lippenstift ist leider nicht das einzig Knallige an ihr: Sie trägt dazu ein hellblaues Kleid, das glitzert und an dem Fransen hängen, als hätte sie sich eine alte Gardine umgewickelt. Es geht bis zu ihren Knien und ich wünschte, es wäre länger, denn darunter hat sie eine Strumpfhose an, die vermutlich unter dem Namen Liebestöter verkauft worden ist. Sie ist dick und weiß und an den Waden sind seitlich kleine Schleifen angenäht. Oder vielleicht trägt meine Begleitung auch gar keine Strumpfhose und hat einfach Schleifen auf ihre blassen nackten Beine geklebt.

Während ich noch versuche, das auszumachen, steigt sie neben mir ein und strahlt mich an, als wäre sie seit gestern durch eine deutlich nettere Version ihrer selbst ausgetauscht worden. Keine Ahnung, ob ich schon mal ein so breites Lächeln gesehen habe. Aber das ändert auch nichts daran, dass sie aussieht, als hätte sie sich im Altkleidercontainer gewälzt.

»Hi«, sagt sie und strahlt mich immer noch an, während sie die Tür hinter sich zumacht. »Du bist ja sogar pünktlich. Hätte ich nicht erwartet. Vielleicht ist bei dir ja doch noch nicht alles verloren.«

Ich antworte nicht gleich, sondern greife stattdessen zu ihr herüber und ziehe an einer der kleinen weißen Schleifen. Sie geht nicht ab, sondern zieht ein gutes Stück Stoff mit sich, der wieder zurückschnackt, sobald ich loslasse. Eine Strumpfhose also. Heilige Scheiße, womit habe ich das nur verdient?

»Kannst du die ausziehen?« frage ich stumpf, während ich ihre Schuhe mustere. Sie sind schwarz und hoch, was ein guter Anfang ist, aber die spitzenbesetzte Schnalle, mit der sie an ihrem Fuß gehalten werden, geht echt gar nicht.

»Bist du immer so plump?«, fragt sie und mustert mich ungläubig. »Im Ernst, gehen anderen Frauen etwa darauf ein?« Mit verstellter Stimme fügt sie hinzu: »Hey, kannst du das ausziehen, Baby? Dann schleif ich dich auch in meine Höhle!« Sie verdreht die Augen und fügt mit ihrer eigenen Stimme hinzu: »Bei mir musst du dir schon etwas mehr Mühe geben.«

Dann schnallt sie sich an.

Eine große Klappe hat sie, das muss ich ihr lassen.

»Hör zu, ich ...«

Sie blickt zu mir herüber und mir fallen ihre langen Wimpern auf. Sind die künstlich?

»Weißt du«, unterbricht sie mich, ehe ich wirklich zu sprechen begonnen habe: »Trotz meiner schlechten Kinderstube höre ich grundsätzlich zu, wenn ich mich mit jemandem unterhalte. Du musst also nicht andauernd ‚Hör zu‘ sagen. Das lässt dich extrem wichtigtuerisch wirken, und das in Kombination mit diesem Auto lässt mich wiederum vermuten, dass du ...«

»Dass ich was?«, frage ich und sehe sie ziemlich überrumpelt an. Dass sie einsteigt und mich gleich in Grund und Boden quatscht, hätte ich eigentlich nicht erwartet. Ich hatte darauf gesetzt, dass sie in Ehrfurcht erstarrt, wenn der Mann, den sie letzte Nacht noch für einen Mittellosen gehalten hat, heute mit einem Audi hier auftaucht. Dass sie dahinschmilzt, genau wie alle anderen Frauen, und mir von diesem Moment an aus der Hand frisst. Stattdessen verzieht sie den Mund, hebt Daumen und Zeigefinger und hält die beiden knapp übereinander.

»Du weißt schon. Dass du einen ganz kleinen hast.«

Ich starre sie an und höre mich selbst ungläubig lachen. Was bildet sie sich eigentlich ein? Steigt in meinen Wagen und sieht dabei aus wie Oscar aus der Mülltonne – und behauptet dann noch, ich hätte einen kleinen Schwanz?

»Schon klar«, sage ich und starte den Motor. »Dir sind wahrscheinlich Typen lieber, die dich romantisch mit dem Fahrrad abholen. Oder mit dem Tandem. Hättest du das gut gefunden?« Ich lenke den Audi durch das kleine Rondell vor der Haustür ihrer Tante. »Und vielleicht hätte ich noch einen Strauß Sonnenblumen mitbringen sollen und einen Ratgeber darüber, wie man Frauen versteht, aus dem ich dir dann bei einem Picknick im Grünen vorgelesen hätte!«

Ich steuere den Wagen auf die Straße und sehe aus dem Augenwinkel, wie Mrs. Ich-lasse-mich-von-deinem-Sportwagen-nicht-beeindrucken sich mir zuwendet. Ihre blassen Arme sind verschränkt und sie mustert mich so belustigt, dass ich mich gleich noch mehr ärgere.

»Du hast wirklich eine blühende Fantasie«, stellt sie dann fest.

»Danke, gleichfalls«, knurre ich und mache ihr, indem ich ebenfalls Daumen und Zeigefinger in die Höhe halte, klar, worauf ich anspiele.

»Ach, komm schon. Jetzt sei nicht gleich beleidigt. Erklär mir lieber, wo du so schnell diese Kiste aufgetrieben hast. Gestern Nacht hattest du, wenn ich mich richtig erinnere, noch nicht einmal ein eigenes Bett.«

»Natürlich habe ich ein eigenes Bett«, gebe ich, immer noch verärgert, zurück. »Und ob du's glaubst oder nicht, der Wagen hier ist meiner.«

»Sei ehrlich«, sagt sie.

»Ich bin ehrlich, du kannst in die Papiere sehen, da steht mein Name drin.«

»Und wieso bist du dann bei meiner Tante eingebrochen? Ist das so eine Art Fetisch oder ...«

»Woah, Sekunde.« Ich sehe erneut zu ihr herüber. »Hattest du eigentlich überhaupt schon mal ein Date? Man lässt sich Zeit, bevor man die persönlicheren Themen anschneidet – oder über Fetische quatscht. Alles klar?«

Ich erkenne direkt, dass ich sie mit diesen Worten entwaffne – zumindest ein Stück weit. Ihr lauernder Gesichtsausdruck verändert sich, sie blinzelt, und dann scheint sie tatsächlich für einen Moment nicht zu wissen, was sie sagen soll.

Gut. Jetzt bin ich am Zug.

Laney

Mein Herz klopft wie wild, aber das darf ich diesen Dashiel auf keinen Fall merken lassen. Er kommt sich schon toll genug vor mit seinem strahlend blauen Sportwagen und dem sündhaft teuren Anzug, in dem er steckt. Auch wenn ich es nicht gern zugebe: Er sieht verflucht gut aus heute Abend. Zu einer dunklen, fast schwarzen Hose und einem Jackett im selben Ton trägt er ein schwarzes Shirt mit V-Ausschnitt, das noch mal betont, was mir letzte Nacht bereits aufgefallen ist – er ist wirklich trainiert. Sein dunkles Haar ist weniger wirr als bei unserer letzten Begegnung, dafür mit Gel gestylt, und sein leichter Bartschatten verleiht ihm trotz seiner eleganten Aufmachung immer noch etwas Verwegenes.

Dazu passt auch der sportlich-herbe Duft, der von ihm ausgeht und der mir letzte Nacht bereits aufgefallen ist. Na toll. Und ich trage nichts als ein Kirsch-Vanille-Bodyspray, das ich mir vor ein paar Wochen im Dollar Shop gekauft habe. Dabei hätte ich in Tante Amandas Badezimmer sicher eine Flasche Chanel No 5 gefunden.

Dashiel grinst zu mir herüber, während er seinen Sportwagen aus dem Wohnviertel heraus lenkt, und wirkt dabei ziemlich zufrieden mit sich. »Ich hab ins Schwarze getroffen, was? Dein letztes Date ist vermutlich wirklich zehn Jahre her. Damals hat dir Jim aus der Highschool im Park aus Oscar Wilde vorgelesen, am Ende gab's ein Küsschen auf die Wange und seitdem planst du eure Hochzeit und hast gar nicht gemerkt, dass Jim nie wieder angerufen hat.«

Ich wende den Blick ab. Natürlich hat er total Unrecht und mein letztes Date ist ganz sicher nicht zehn Jahre her. Meine letzte Beziehung endete vor ziemlich genau drei Jahren. Mein damaliger Freund wollte weg aus Everglades City und ich sollte mit ihm kommen – nicht irgendwohin, nicht an einen Ort, den wir gemeinsam ausgesucht haben, sondern nach Australien. Australien! Ich ziehe sicher nicht in ein Land, in dem es Spinnen gibt, die so groß sind wie Autoreifen. So endete die Sache dann und danach ...

»Es gibt Wichtigeres als Dates, Mister Oberflächlich«, erwidere ich und funkle ihn an. »Und im Übrigen wundert es mich, dass dir der Name Oscar Wilde was sagt.«

»Komm schon, ich bin doch kein Vollidiot. Und ich kann dir sogar direkt noch was über Wilde erzählen: Der Mann ist tot. Keinen schert mehr, was er gesagt hat. Komm im Hier und Jetzt an, Mädchen.«

Ich will widersprechen, doch stattdessen schüttle ich nur den Kopf. Was will der Kerl eigentlich von mir? Hat er mich nur eingeladen, um sich jetzt über mich lustig zu machen? Mir vorzuhalten, dass ich mich mit längst toten Schriftstellern auskenne und möglicherweise romantisch veranlagt bin?

Newsflash: Das weiß ich selber. Und es ist außerdem Absicht.

»Also«, frage ich, während er das Auto auf den Free-way lenkt. »Was passiert heute Abend noch? Schließt du mich in deinem Wagen ein und fährst so lange durch Miami, bis ich deine blöden Sprüche nicht mehr ertragen kann? Oder ...«

»Nein. Wir bleiben nicht in Miami.«

Schnell sehe ich ihn an. »Was soll das heißen, wir blei-ben nicht hier? Hör mal, wenn du mich auf so eine blöde Everglades-Tour entführen willst, dann vergiss das besser schnell. Ich bin aus Everglades City und die Alligatoren, die ihr alle so spannend findet, sind meine direkten Nachbarn, also ...«

»Keine Sorge, ich hab nicht vor, mit dir die Touristen-Nummer abzuziehen. Wir werden was viel Exklusive-res tun. Deswegen rate ich dir auch noch einmal, den Liebestöter auszuziehen.«

»Den was?«

Mit dem stoppeligen Kinn deutet er auf meine Strumpfhose. Wie hat er sie gerade genannt?! Das Teil ist ein echter Klassiker aus den Fünfzigern. Ich habe sie bei den Schuhen in meinem Kofferraum gefunden und konnte nicht widerstehen. Und ich weiß echt nicht, was so schlimm daran sein soll. Aber ich kann es mir schon vorstellen.

»Die Frauen, mit denen du sonst ausgehst, werfen sich dir vermutlich nach drei Sekunden nackt an den Hals, aber das kannst du bei mir vergessen.«

»Na schön.« Er wirft einen letzten feindseligen Blick auf meine Strumpfhose, dann wechselt er auf die linke Spur und tritt das Gaspedal durch. »Ich gebe dir fünf.«

Ich werde in den Sitz gedrückt und der plötzliche An-stieg der Geschwindigkeit wirbelt alle schlagfertigen

Antworten einfach aus meinem Kopf. Darum lehne ich mich zurück und rufe mir vor Augen, was ich mit diesem Abend eigentlich bezwecke: Ich will Dashiel abblitzen lassen. Aber dafür muss er erst mal ein ernsthaftes Interesse an mir haben. Also gut. Dann soll er seinen Willen halt kriegen.

Während er weiter über den Freeway rast, soweit ich das beurteilen kann, in Richtung Ozean, stemme ich mich gegen die Geschwindigkeit, hebe das Becken an und ziehe die Strumpfhose kurzerhand herunter. Dann löse ich die Schnallen meiner Schuhe und streife sie ab, damit ich sie ganz ausziehen kann. Gut, dass ich mir noch die Beine rasiert habe.

Ich ziehe mir die Schuhe wieder an und werfe die Strumpfhose dann wortlos hinter mich auf die Rückbank. »Nur fürs Protokoll. Das war der erste und letzte Gefallen, den ich dir getan habe. Und ich hab jetzt was bei dir gut.«

»Ich sollte was bei dir guthaben. Mit dem Ding an den Beinen hättest du dich zum Gespött der Leute gemacht.«

Statt ihm eine Antwort zu geben, verdrehe ich die Augen und wende mich ab, um den Ausblick zu genießen. Und während ich Miamis bunte Lichter genieße, die sich am Horizont auf der glatten Meeresoberfläche spiegeln, tut mir Dashiel tatsächlich den Gefallen, für eine Weile zu schweigen.

**

Der kleine Hafen, an dem Dashiel den Wagen schließlich parkt, befindet sich ein wenig abseits der Stadt und wirkt tatsächlich ziemlich exklusiv. An den Ankerplätzen liegen einige Jachten und große, neu aussehende Motorboote.

»Hast du etwa eine Jacht?«, frage ich, als Dashiel den Motor abstellt.

»Nein«, sagt er, steigt aus, geht um den Wagen und dann weiter in Richtung Anlegeplätze, ohne auch nur daran zu denken, mir die Tür zu öffnen.

Ich stöhne entnervt und folge ihm dann, was ihn dazu veranlasst, von weitem mit der Fernbedienung den Wagen abzuschließen. Nicht, dass ich einen Mann nötig hätte, der mir aus dem Auto hilft. Aber wer so eine Show abzieht wie Dashiel Pine, sollte vielleicht auch ein Mindestmaß an Manieren besitzen. Oder, wie er es nennen würde, an guter Kinderstube.

»Was wird das hier dann?«, frage ich, während ich zu ihm aufschließe. »Willst du als Nächstes auf einem fremden Boot einbrechen und suchst dafür eine Komplizin? Das werde ganz sicher nicht ich sein!«

»Ich breche nicht auf Booten ein«, sagt er seelenruhig, während er das Tor zu einem der Anlegerstege aufschließt. »Die schaukeln mir zu sehr, außerdem sind die Betten immer feucht, wenn eine Zeit lang niemand da war.«

Also ist er bei Tante Amanda eingebrochen, weil er auf der Suche nach einem trockenen Schlafplatz war? Dann hat er vielleicht doch kein Zuhause. Wer weiß, vielleicht hat er seinen Job verloren und das Auto ist der einzige Besitz, den er noch hat. Neben dem teuren Anzug. Und da ich offensichtlich eine reiche Tante habe, glaubt er jetzt, bei mir wäre was zu holen. Ja, vielleicht ist er echt so eine Art Heiratsschwindler.

Andererseits wäre er dann wohl etwas netter.

»Was machen wir hier, wenn keines der Boote deins ist?«

»Warte es ab«, sagt er und läuft vor mir her den Steg entlang. Ich beschließe, nicht weiter nachzubohren und folge ihm, doch je weiter wir uns vom Auto entfernen, desto mulmiger wird mir zumute. Kann ja auch gut sein, dass er ein Serienmörder ist, der mich jetzt gleich hier draußen überwältigen und den Fischen zum Fraß vorwerfen will. Sicherheitshalber öffne ich den Druckknopf meiner Handtasche und lege die Hand um mein Pfefferspray. Ich habe es seit ungefähr 12 Jahren und es ist mit Sicherheit abgelaufen, aber im Ernstfall ist es besser als nichts.

Doch bevor ich in Versuchung gerate, es zu benutzen, bleibt Dashiel bei einem eher kleinen Boot stehen und deutet darauf. »Das ist unser Transportmittel.«

Ich trete neben ihn, sehe mir das Boot genauer an und spüre, wie mein Herz einen Hüpfer macht. »Das ist ein Speedboot!«

»Nicht irgendeines«, erwidert Dashiel. »Meins.« Damit greift er nach der Leine und zieht das Boot näher zu uns heran, wodurch ich im Schein der Hafenlaternen seinen Namen erkennen kann.

»Newton 2«, lese ich laut vor und sehe Dashiel dann misstrauisch an. »Sicher, dass es deins ist und nicht vielleicht das von einem gewissen Mister Newton?«

Dashiel blickt zu mir auf und zum ersten Mal wirkt sein Gesichtsausdruck nicht überheblich. Stattdessen kommt mir sein Schmunzeln ziemlich echt vor. »Der gewisse Mister Newton, nach dem dieses Boot benannt wurde, ist schon eine ganze Weile tot, keine Sorge. Sein

Vorname war Isaac und von ihm stammen die Newton'schen Gesetze. Kraft ist Masse mal Geschwindigkeit – schon mal gehört?«

Jetzt bin ich erst recht misstrauisch. Wie jemand, der sich mit Physik beschäftigt, kommt mir dieser Kerl nicht gerade vor.

»Was? Nur weil ich reich bin, muss ich nicht blöd sein, oder?« Damit hält mir Dashiel die Hand hin. »Komm schon, kletter drauf.«

Noch einen Moment lang zögere ich, aber dann ergreife ich seine Hand und mache einen großen Schritt auf das Boot, das strahlend weiß lackiert und teilverchromt ist. Er hat Recht: Dass er reich ist, bedeutet wahrscheinlich, dass er alles andere als blöd ist, denn irgendwie muss er ja an sein Geld gekommen sein. Vielleicht hatte ich bisher einen etwas falschen Eindruck von ihm.

Das Boot wankt und ich halte mich an der Reling fest, als er ebenfalls draufklettert. Es ist nicht sehr groß: Es gibt zwei Sitzplätze und zwei Stehplätze, von denen einer für den Steuermann gedacht ist. Aber es macht einen sehr neuen und gepflegten Eindruck. Ich bin erleichtert, als ich sehe, wie Dashiel den Zündschlüssel aus seiner Hosentasche zieht.

»Schon mal auf so einem Boot gewesen?«, will er von mir wissen, während er an mir vorbei Richtung Bug klettert.

»Nicht direkt.«

»Heißt?« Während er hinter dem Steuer in Position geht und den Motor zum Laufen bringt, sieht er mich an.

»Wie gesagt, ich komme aus den Sumpfgebieten. Wir haben dort wenige Straßen und viel Wasser. Das heißt, ich bin schon mit vielen Booten gefahren. Aber noch nie mit einem Speedboot.«

»Tja, Mädchen aus den Sümpfen ... Dann halt dich jetzt besser gut fest.«

Auf einmal spüre ich Nervosität in mir aufsteigen. Nicht dass ich einer schnellen Bootsfahrt abgeneigt wäre, aber schließlich weiß ich immer noch nicht das Geringste über diesen Kerl und es ist nach wie vor gut möglich, dass er ... keine Ahnung, mich bei voller Fahrt über Bord wirft oder raus aufs offene Meer mit mir fährt, um dort Gott weiß was mit mir zu tun.

»Was?«, fragt er. »Willst du kneifen? Nichts für ungut, aber dann werd ich dich«, er deutet auf den einsamen Hafen, »einfach hier stehenlassen.«

Toll. Das sind ja fantastische Aussichten. Bis ich ein Taxi hierher dirigiert habe, haben sich wahrscheinlich die Perversen um mich geschart wie ein Rudel Hyänen.

Also wähle ich das kleinere Übel und will mich gerade auf einem der Sitzplätze niederlassen, als Dashiel sagt: »Nichts da. Du stellst dich schön hierher, neben mich.«

»Aber da vorne wird man doch total nass«, protestiere ich.

Dashiel klopft gegen eine Plexiglasscheibe, die sich direkt vor uns befindet und leicht gewölbt ist, sodass sie uns vom Spritzwasser abschirmen wird. »Ganz sicher?« Mit selbstgefälligem Unterton fügt er hinzu: »Weißt du, wenn man von einer Sache keine Ahnung hat, ist es manchmal besser, einfach die Klappe zu halten.«

»Danke«, gebe ich bissig zurück. »Dasselbe gilt, wenn man ein unerträglicher Großkotz ist. Und jetzt wüsste ich gern, was das hier werden soll. Denn nach Essen und Drinks sieht es momentan nicht aus.«

»Bist du fertig? Dann komm her und stell dich neben mich.«

Oh mein Gott! Kann dieser Typ nicht mal eine einfache Frage beantworten? Ich schlucke die böse Antwort, die mir auf der Zunge liegt, herunter und tue, was er möchte. Je schneller er seine Angebershow zu Ende abziehen kann, desto eher kann ich wieder nach Hause, mich vor den Fernseher setzen, mir eine Pizza in den Ofen schieben und meine Ruhe haben. Also stelle ich mich brav neben ihm auf und halte mich am Armaturenbrett fest, das mit einer Metallstange extra zu diesem Zweck versehen ist.

Und dann, ohne ein weiteres Wort, gibt Dashiel Gas und das Boot schießt los.

Reflexartig umklammere ich die Metallstange.

Woah, ist das schnell!

Um uns herum spritzt das Wasser auf, aber bis auf meine rechte Schulter wird tatsächlich nichts nass. Dashiel steuert das Boot gezielt aus dem Hafenbecken und kurz darauf, als der Seegang ein wenig rauer wird, hebt die Nase des Bootes ab und wir hüpfen förmlich über die erste Welle.

Ich spüre, wie sich mir der Magen umdreht und kann gleichzeitig nicht verhindern, dass ein breites Lächeln mein Gesicht überzieht. Das hier macht richtig Spaß! Ich hätte gedacht, Dashiel bringt mich direkt in irgendein langweiliges Restaurant, aber nicht, dass wir etwas so Cooles machen würden.

Selbstzufrieden sieht er zu mir herüber und ich bemühe mich, mit dem Lächeln aufzuhören und mir nicht anmerken zu lassen, wie viel Spaß ich gerade habe. Der Typ ist auch so schon eingebildet genug, da muss ich ihn nicht auch noch bestärken. Sonst wird sein riesiges Ego vermutlich direkt vor meinen Augen explodieren.

Doch irgendwas an der Art, wie er mich ansieht, zeigt mir: Ihm ist längst klar, dass er mit dieser Aktion ins Schwarze getroffen hat.

***

Es ist echt schade, als wir unser Ziel erreichen: eine riesige Jacht, die auf einmal vor uns auftaucht. Sobald Dashiel sie erblickt, drosselt er das Tempo und lenkt das Speedboot gemächlich darauf zu. Ich versuche, die Größe des Schiffes auszumachen – es ist sicher hundert Meter lang und über und über mit Lichtern geschmückt. Eine Lichterkette zieht sich mithilfe von mehreren Masten, über die sie gespannt ist, vom Bug bis zum Heck. Weitere Lichter sind an der Reling befestigt, und kaum haben wir uns der Jacht bis auf ungefähr 50 Meter genähert, kann ich auch Musik hören. Außerdem erkenne ich, dass sie total voll ist. Überall sitzen und stehen Menschen, haben Gläser in den Händen und unterhalten sich. Durch die halb verdunkelten Fenster erkenne ich, dass im Inneren getanzt wird.

»Wessen Schiff ist das?«, frage ich.

»Keine Ahnung!«

»Woher weißt du dann, dass du eingeladen bist?«

Er zuckt mit den Schultern. »Ich bin Dashiel Pine. Ich bin immer eingeladen.«

Zweifelnd mustere ich ihn und überlege zum ersten Mal, ob der Kerl vielleicht irgendeine Berühmtheit ist. Ein Musiker? Sportler? Schauspieler? Mit dem Aussehen könnte er alles Mögliche sein. Aber er bricht in fremde Häuser ein. Ist es vielleicht sein Job, irgendwelche verrückten Dinge zu treiben? Wie bei den Typen aus dieser Serie damals, wie hieß die noch? Ach ja, Jackass. Andererseits habe ich gestern Abend nirgends eine Kamera gesehen.

Ich blicke an dem Schiff hinauf und frage mich, während Dashiel das Boot an einer Leiter vertäut, ob ich da wirklich drauf will. Ich gehe mal davon aus, dass dort alle so sind wie er. Oberflächlich, von sich eingenommen, großkotzig. Das ist echt nicht meine Welt.

»Dashiel«, sage ich und fasse ihn an der Schulter.

Er dreht sich zu mir um.

»Hör mal, die Fahrt war ganz nett, aber ich denke, das reicht jetzt. Solche Partys sind wirklich nichts für mich, also ...«

Dashiel bleibt vollkommen ungerührt. »Also gut, dann bring ich dich zurück.«

Überrascht sehe ich ihn an. »Wirklich?«

Er zuckt die Achseln. »Na klar. Aber warte 'ne Sekunde, ich will noch eben das Foto an Tante Amanda ...«

Toll. Ich höre ihm gar nicht weiter zu. Dieser Kerl ist so ein Affe! Grob schiebe ich ihn zur Seite und greife nach den Sprossen der Leiter, um auf die Jacht zu klettern. Dabei verstehe ich immer noch nicht so ganz, was ich hier überhaupt zu suchen habe. In meinem ganzen Leben bin ich noch nie zu irgendwas erpresst worden und jetzt bin ich plötzlich an einem Ort, wo ich nicht sein will, mit einem Mann, den ich nicht kennen will.

Und ausgerechnet dieser Mann wird von allen Seiten überschwänglich begrüßt, kaum dass wir die Jacht betreten haben, während ich zwischen den Leuten stehe und keine Ahnung habe, wohin mit mir.

»Dashiel, schön dass du es einrichten konntest!«

»Einige Gäste haben schon nach dir gefragt, vor allem die weiblichen!«

»Hey, wir müssen nachher unbedingt einen Scotch miteinander trinken und über die Geschäfte reden!«

Ich verschränke die Arme und warte, bis ich Dashiel inmitten der Menschenmenge, die ihn umgibt, wieder erkennen kann. Dabei sehe ich mir die anderen Gäste genauer an. Männer in Anzügen und anderen teuren Klamotten, Frauen in sehr kurzen Kleidern und Bikinis. Es ist ziemlich warm, daher sollte es mich eigentlich nicht wundern, dass manche hier kaum was anhaben. Was mich stört, sind auch eher die gierigen Blicke, die die Männer den künstlichen Brüsten der Frauen hinterherwerfen. Und ihren Lippen, die so dick aufgespritzt sind, als könnte man sie ins Wasser werfen, ohne sich Sorgen machen zu müssen, dass sie untergehen.

»Holen wir uns was zu trinken!« Dashiel legt wie selbstverständlich den Arm um meine Schulter und ich mache mich los. »Was?« Er sieht mich an. »Du bist meine Begleitung! Dann begleite mich auch!«

»Ich weiß wirklich nicht, was das hier soll!«

Verständnislos mustert er mich. »Hör auf, so verstockt zu sein. Ich hab dich auf eine Party gebracht, was soll das wohl?«

»Mir ist aber nicht nach einer Party zumute, und schon gar nicht nach so einer hier!«

Dashiel ignoriert meine Worte, hält einen Kellner an und drückt mir in der Sekunde danach ein Glas in die Hand, darin eine fast transparente Flüssigkeit – Champagner, wie ich vermute.

»Hier, trink das und sieh zu, dass der Stock aus deinem Arsch verschwindet.«

Spöttisch mustere ich ihn. »Das ist deine Masche, was? Wenn es dir nicht gelingt, eine Frau mit Jachten und Sportwagen zu beeindrucken, dann füllst du sie einfach ab.«

Dashiel mustert mich gelangweilt. »Es gibt keine Frau, die sich von Jachten und Sportwagen nicht beeindrucken lässt. Die Sache ist, dass manche es zugeben und manche einfach zu eingebildet dafür sind.«

Ich lache ungläubig. »Du findest mich eingebildet?« Das ist hart. Mich hat in meinem ganzen Leben noch nie jemand als eingebildet bezeichnet, noch nicht mal, als ich auf der Highschool in der Theater-AG eine Hauptrolle nach der anderen bekommen habe. Ich habe Holly Golightly und Daisy Buchanan gespielt, vor 100 Zuschauern, und trotzdem hat nie jemand gesagt: Hey, da ist Laney, die eingebildete Kuh!

»Du hast ja wohl einen dermaßenen Knall«, urteile ich und dann leere ich vor lauter Frust meinen Champagner auf ex. Ich muss zugeben, dass er gar nicht so schlecht schmeckt, aber das werde ich mir sicher nicht anmerken lassen. Stattdessen betrachte ich unbeeindruckt die anderen Partygäste. »Und?«, frage ich. »Wie viele dieser Barbies hier hattest du schon in deinem Bett?«

»Eifersüchtig?«, fragt Dashiel mit einem Funkeln in den Augen.

»Träum weiter. Ich versuche bloß einzuordnen, welche Sorte Mistkerl du bist.«

»Oh, mach dir da keine Illusionen. Genau die, die du vermutest.« Er trinkt nun ebenfalls einen Schluck. »Aber wollen wir uns nicht einen Tisch suchen, ehe es ans Eingemachte geht?«, fragt er dann.

Ans Eingemachte. Großer Gott. Ich will gar nicht wissen, was er damit meint. Aber wenn ich ehrlich bin, wäre mir ein Tisch auch lieber, denn hier, in der Nähe des Pools, schieben sich dauernd irgendwelche halbnackten Körper an mir vorbei, und meine rechte Schulter ist jetzt nicht mehr nass vom Spritzwasser, sondern vom Schweiß fremder Menschen. Darum nicke ich. »Gut, einverstanden. Ich folge dir.«

»Ich weiß«, sagt Dashiel selbstgefällig, dann dreht er mir den Rücken zu und setzt sich in Bewegung. Ich habe Mühe, nicht auf seine breiten Schultern zu starren. Er hat eine wirklich wahnsinnig gute Figur und ich stehe auf sein strubbeliges Haar. Beziehungsweise, ich würde darauf stehen, wenn es die Frisur eines anderen Mannes wäre. Eines Mannes, der ungefähr den genau gegenteiligen Charakter von Dashiel hat. Aufrichtig, freundlich, gutmütig. Ein Gentleman, der alten Frauen über die Straße hilft und mir für meine Kleidung Komplimente macht, anstatt meine Strumpfhose als Liebestöter zu bezeichnen. Aber mit solch einem Mann muss ich hier wohl nicht rechnen. Alle, an denen wir vorbeikommen, wirken seltsam aufgeputscht, als wären sie bis obenhin voll mit Kokain, und ich vermute mal, dass Dashiel da auch nicht ganz abgeneigt ist, so wie er sich aufführt. Doch das geht mich nichts an. Nach heute

Abend werde ich den Kerl nie wiedersehen und ich mache drei Kreuze, wenn es endlich so weit ist.

Wir gehen eine Treppe hoch aufs obere Deck und ich erkenne, dass dort tatsächlich Tische aufgebaut sind. Außerdem riecht es lecker, und nach einem Moment erkenne ich auch den Grund: In der hinteren Ecke des Decks steht an einem ziemlich großen Grill ein Mann in Kochuniform und zieht eine Show ab, indem er immer wieder Flammen auflodern lässt, mit Ölflaschen jongliert und virtuos ein Steak nach dem anderen zubereitet.

»Ist das hier ein Restaurant? Auf einer privaten Jacht?«, frage ich ungewollt verblüfft.

Dashiel tritt an einen freien Tisch, lässt sich auf einen der Stühle fallen, ohne auch nur daran zu denken, mir vorher einen Platz anzubieten und mustert mich so belustigt wie vorhin bei der Newton-Sache. »Das hier, Mädchen aus den Sümpfen, ist ein Pop-up-Restaurant. Das bedeutet, dass es heute hier ist und morgen ganz woanders. Und der Kerl da am Grill ist einer der zurzeit gefragtesten Köche in den ganzen USA. Für dich nur das Beste.« Damit deutet er auf den Stuhl ihm gegenüber und fragt mit einem selbstzufriedenen Lächeln: »Willst du dich nicht setzen?«

Ich sehe noch einen Moment verblüfft zu dem Mann am Grill, dann setze ich mich tatsächlich. »Ich weiß, was ein Pop-Art-Restaurant ist«, blaffe ich Dashiel an.

Sein Grinsen wird breiter. »Pop-up. Wie diese kleinen Werbefenster auf deinem Computer ... Soll ich dir vielleicht erst erklären, was ein Computer ist?«

Ich stöhne. »Nur zu deiner Information, du bist kein bisschen komisch.«

Dashiel beugt sich zu mir vor und der Blick seiner blauen Augen bohrt sich tief in meinen. Ich kann nichts daran ändern, dass mein Herz einen Moment lang schneller schlägt. Verflucht, diese Augen! Ich wette, damit hat er als Kind seinen Eltern mühelos jeden Wunsch abgerungen. Aber ich werde hart bleiben. »Was?«, frage ich.

»Du bist im Gegensatz zu mir ziemlich komisch«, sagt er. »Aber ich will ehrlich zu dir sein. Irgendwie gefällt mir das. Nicht, wie sie da vorne mir gefällt.« Er deutet auf eine Bikinischönheit, deren Oberteil nur aus zwei winzigen Dreiecken besteht, die sich über ihre prallen Brüste spannen. »Sondern auf eine andere Art.«

»Ach ja, und auf welche?«, frage ich so tonlos wie möglich, während mein Herz immer noch gegen meine Rippen hämmert.

»Du hebst meine Stimmung«, sagt er. »Wie ein guter Stand-up-Comedian.«

Verstehe. Er sieht mich also als seinen Pausenclown. Ich spüre Enttäuschung in mir aufwallen und sage mir, dass die natürlich nur daher rührt, dass ich ihn heute noch abblitzen lassen möchte. Nicht etwa aus verletztem Stolz.

»Nur hübscher«, fügt Dashiel hinzu, wobei er immer noch tief in meine Augen blickt, und ich kann nicht verhindern, dass mein Blut noch mehr in Wallung gerät. Oh je, hoffentlich werde ich jetzt nicht rot!

Ehe ich in die Verlegenheit gerate, etwas Schlagfertiges erwidern zu müssen, kommt glücklicherweise eine Kellnerin in Uniform zu unserem Tisch und unterbricht unser Gespräch mit schriller Stimme. »Die Drinks«, sagt sie und stellt zwei Martinigläser mit einer trüben Flüssigkeit darin vor uns ab, »und das Menü kommt auch sofort!« Sie wirft Dashiel ein Lächeln zu, das wohl signalisieren soll, dass sie auch in Rekordschnelle kommt, wenn er jetzt gleich dafür sorgt, dann verschwindet sie wieder.

Ich runzle die Stirn. »Dürfen wir uns nichts aussuchen?«

Dashiel lacht leise. Dabei bilden sich kleine Fältchen um seine Augen, die ihn nur noch attraktiver machen. »Nein. Der Chefkoch sucht aus. Beziehungsweise: Er bereitet für alle hier seine beste Kreation zu. So spart man sich das lästige Blättern in der Speisekarte. Ist doch umso besser.«

Das sehe ich anders. Das Blättern in der Speisekarte ist doch das Beste an einem Restaurantbesuch! Ich glaube, ich habe schon unzählige Menschen in den Wahnsinn getrieben, weil ich mich einfach nicht zwischen Burger und Burrito oder zwischen Pasta und Lasagne entscheiden konnte, während sie mit knurrenden Mägen darauf warteten, endlich bestellen zu dürfen. »Hm«, mache ich daher nur und greife nach meinem Glas. »Was ist das?«

»Eine Margarita. Nicht die Pizza, sondern der Drink.«

Ich werfe Dashiel einen hoffentlich tödlichen Blick zu, doch anstatt vom Stuhl zu kippen, hebt er ebenfalls sein Glas und stößt mit mir an.

»Auf dich«, sagt er, »und deine ohne die Turnhose mit Schleifchen gar nicht mal so schlechten Beine.«

Argh! Wie schafft es dieser Typ, mir ein Kompliment zu machen und mich zugleich zu beleidigen? Und was bezweckt er damit? Eines ist mir jedenfalls klar, bedanken werde ich mich sicher nicht. Stattdessen trinke ich einen Schluck und verziehe das Gesicht, als ich das Salz vom Rand auf der Zunge schmecke.

»Nicht dein Lieblingsdrink?«, fragt Dashiel.

»Ich hab noch nie verstanden, wieso Menschen darauf stehen, Salz von einem Glasrand zu lecken. Wir sind doch keine Ziegen!«

»Stattdessen trinkst du gerne ...?«

Ich überlege kurz. »Whiskey mit Ginger Ale«, sage ich dann.

Dashiel verzieht das Gesicht, als hätte ich ihm gerade gebeichtet, dass ich gerne aus Toilettenspülkästen trinke.

Ich zucke mit den Schultern. »Was? Ich mag süße Getränke.«

»Mit oder ohne Eis?«

»Mit.«

Noch während ich überlege, was die Frage soll, hebt Dashiel die Hand und scheint schlagartig die Aufmerksamkeit des halben Decks zu haben. Ein paar Frauen an den anderen Tischen drehen sich zu ihm um, obwohl sie selbst mit Männern da sind. Wie macht er das nur? Auch die Kellnerin ist im Nullkommanichts wieder bei uns.

»Ja, bitte?«, säuselt sie.

»Einen Whiskey Ginger für meine Begleitung. Jameson Gold, auf Eis. Kein Salzrand.«

Sie lacht schrill, als hätte er den Witz des Jahres gemacht. Dann saust sie auch schon davon und ich bin überrascht. Jetzt versucht er aber ernsthaft, sich bei mir einzuschleimen. Oder mich abzufüllen.

»Jameson Gold? Ist der besonders stark?«

»Besonders süß.«

Ich verschränke die Arme vor der Brust und lehne mich zurück. »Ich weiß ja nicht, aber wie die übelste Sorte Mistkerl kommst du mir nicht gerade vor.«

Dashiel lehnt sich ebenfalls zurück und sein Blick taucht für einen Moment ziemlich unverhohlen in mein Dekolleté ab, ehe er mir wieder ins Gesicht sieht. »Die übelsten Mistkerle sind immer die, die dich glauben lassen können, sie seien keine«, sagt er und etwas in seiner Stimme hat sich verändert. Er klingt ernster, fast herausfordernd. Als wolle er, dass ich mich ihm stelle, ihm eine Chance gebe. Damit er mir dann beweisen kann, dass er doch der größte Arsch aller Zeiten ist? Das klingt für mich wie ein mieser Handel.

»Gut zu wissen«, sage ich. »Dann werde ich den Drink und das Essen genießen, dabei zusehen, wie du das Foto von deinem Handy löschst und dann allein nach Hause gehen, wo ich beruhigt schlafen werde, weil ich mich nicht habe hereinlegen lassen.«

»Und dann tust du was?«, fragt Dashiel, noch immer mit diesem provozierenden Tonfall. »Für den Rest deines Lebens weiter auf Mister Perfect warten, der auf seinem weißen Schimmel angeritten kommt und dich ins Märchenland entführt?«

»Und mir Oscar Wilde vorliest, ja, ja«, nehme ich ihm den Wind aus den Segeln. Oder ich versuche es zumindest.

Doch anstatt sich geschlagen zu geben, lässt Dashiel nun ein beinahe teuflisches Lächeln sehen. »Ich bin der Meinung«, sagt er dann, »dass die Weiber von allen Eigenschaften des Mannes die Grausamkeit am meisten schätzen. Du wirst von einem Weibe nur geliebt werden, wenn du es beherrschst. Das ist von Oscar Wilde.

Du siehst: Du machst dir ganz gehörig was vor. Traumprinzen gibt es nicht. Und Wilde war auf meiner Seite.« Sein Lächeln verlöscht und er blickt an mir vorbei. Seine Augen werden schmal, als habe er dort hinten etwas Wichtiges gesehen. »Jetzt entschuldige mich«, sagt er und steht auf. »Ich bin gleich wieder da.«

Damit verschwindet er und ich bleibe in einem Strudel aus Empfindungen zurück. Er kann Wilde auswendig zitieren. Warum hat er sich dann vorhin dumm gestellt? Er scheint ein gebildeter Mann zu sein. Und er will auf keinen Fall, dass ich etwas anderes als eine schlechte Meinung von ihm habe. Aber wieso? Nimmt er den Spruch, den er gerade zum Besten gegeben hat, vielleicht ein bisschen zu ernst und glaubt, dass Frauen nur auf fiese Kerle stehen?

Ich drehe den Kopf, blicke ihm nach und stelle fest, dass er zu einer Frau geht, die in der Nähe des Grills an der Reling lehnt und ganz schön betrunken wirkt. Ihr wasserstoffblondes Haar ist zu einem gewollt unordentlichen Dutt zusammengesteckt und sie trägt ein hautenges Glitzerkleid, das ihre perfekten Kurven betont.

Dashiel packt sie am Oberarm und zieht sie grob von einem Mann weg, mit dem sie wohl gerade ins Gespräch vertieft war. Oder vielmehr in einen Flirt, wie mir die Kusshand, die sie dem Typen nachwirft, verrät. Sie lacht, dann packt Dashiel sie an der Schulter und dreht sie zu sich herum, und die Art und Weise, auf die sich ihr Gesichtsausdruck im nächsten Moment verändert, zeigt mir, dass er etwas ziemlich Fieses zu ihr sagen muss. Denn von einem Augenblick auf den anderen sieht sie aus, als würde sie gleich in Tränen ausbrechen. Stirnrunzelnd sehe ich mir die Szene weiter an.

Was ist denn da auf einmal los?

Dashiel

Zuerst dachte ich, ich sehe nicht richtig. Aber jetzt bin ich mir sicher, dass ich sie erkannt habe. Dieses Kleid, ich kenne es. Sie hat es früher schon mal getragen, damals, als ich allerhöchstens heimlich ein Auge auf sie geworfen hatte, mir aber nie hätte träumen lassen, dass sie mir mal gehören würde. Nicht im romantischen Sinn. Sondern im Sinne von Besitz. Und dementsprechend muss ich mich jetzt auch verhalten.

Ich packe sie an der Schulter und drehe sie zu mir herum. »Serena!«

Sie fühlt sich knochig an. Keine Frage, sie ist schon wieder dünner geworden. Doch von den Problemen, die sie nicht essen lassen, lässt sie sich in diesem Moment nichts anmerken.

Stattdessen strahlt sie mich an. »Heyyy!« Sie will mir um den Hals fallen, doch ich drücke sie grob von mir weg, was den Kerl, mit dem sie sich gerade unterhalten hat, dazu bringt, skeptisch auf Abstand zu gehen.

»Bin gleich wieder da, Süßer!«, ruft sie und wirft ihm einen Handkuss zu.

Ich sehe mich um und stelle sicher, dass uns niemand belauscht. »Was soll der Scheiß?«, frage ich sie dann. »Was hast du hier zu suchen?!«

Sie mustert mich, als würde sie abzuschätzen versuchen, ob ich ihr gleich eine reinhaue. Kein Wunder bei ihrer Vorgeschichte. Doch als sie schließlich spricht, ist in ihrer Stimme nicht die geringste Spur von Furcht. »Darf sich ein Mädchen nicht mehr amüsieren?«

»Tu nicht so, du weißt ganz genau, dass du dich nicht einfach rumtreiben kannst, wo du willst! Solange ich dir nichts anderes sage, hast du in deinem Haus zu bleiben und dich still zu verhalten, klar?!«

»Haus?« Sie zieht eine Braue in die Höhe. »Das ist wohl eher eine Zelle. Und außerdem ...«

Ich packe jetzt auch ihre zweite Schulter. »Nein, nicht außerdem! Ich habe eine verdammt große Summe für dich bezahlt, erinnerst du dich vielleicht daran?!«

Serena verdreht die Augen. »77.777 Dollar, wie könnte ich das vergessen?«

»Ganz richtig«, erkläre ich. »Und dank diesem Geld gehörst du mir. Ich entscheide, wann du auf die Straße gehst, ob du eine Party besuchst und wem du dich an den Hals wirfst! Ist das klar?«

Serena sackt in meinem Griff in sich zusammen und seufzt theatralisch. »Ich langweile mich, Dash. Ich brauche ...«

»Du brauchst Geld, um dir Drogen zu kaufen, denkst du, das durchschaue ich nicht?«

Auf einmal stehen Tränen in ihren Augen. Keine Ahnung, ob die echt sind oder ob sie einfach so eine gute Schauspielerin ist. Ich kann nur hoffen, dass Laney diese Szene gerade nicht beobachtet. Sie würde falsche Schlüsse ziehen oder mit einer Menge Pech genau die richtigen, und dann hätte ich ein verflucht großes Problem.

»Du weißt, dass ich dir keine Schwierigkeiten machen will ... Ich will nur einfach nicht Tag und Nacht darüber nachdenken, was sie mit ...«

Ich schüttle den Kopf, um sie am Weiterreden zu hindern. »Gerade wegen dem, was mit ihm passiert ist, solltest du nicht hier auftauchen und mit dem erstbesten Kerl rumhuren! Und jetzt hör auf. Das geht zu weit. Ich bin mit jemandem hier und ich kann keinen deiner Zusammenbrüche gebrauchen! Hast du mich verstanden?«

Verletzt sieht mich Serena an, während eine vom Mascara dunkle Träne über ihre Wange läuft. »Du bist ein verdammter Scheißkerl, Dash. Du bist doch auch nicht besser als die anderen. Machst mir große Versprechungen und lässt mich in diesem Loch versauern. Ich bin nicht ...«

Ich packe ihre Schultern fester und schüttle sie einmal kurz und hart, um sie zur Vernunft zu bringen. »Halt. Deinen. Mund. Nicht hier, Serena. Nicht jetzt. Und jetzt sieh zu, dass du mit der nächsten Gelegenheit an Land kommst!«

Sie beißt sich auf die Unterlippe.

»Was?!«, frage ich.

»Ich brauch ein bisschen Geld, um ...«

»Vergiss es.« Ich stoße sie von mir und mustere sie angewidert.

Gott, wie konnte es mit ihr nur so weit kommen? Kaum habe ich den Gedanken beendet, meldet sich so etwas wie ein schlechtes Gewissen in mir. Denn ich weiß genau, was mit ihr passiert ist. Und ich habe diesen ganzen Wahnsinn zugelassen.

»Geh jetzt, Serena.«

Verletzt sieht sie mich an, dann senkt sie den Blick, wendet sich ab und schleicht die Treppe aufs untere Deck hinab wie ein geprügelter Hund. Ich blicke ihr nach und überlege, ob ich kontrollieren sollte, dass sie auch wirklich geht. Dann beschließe ich jedoch, dass ich mich jetzt wieder Laney zuwenden sollte. Denn wenn sie erst Verdacht schöpft, dass mit mir etwas nicht stimmt, dann habe ich noch ein Problem mehr.

Laney

Ich schaue zu, wie die Blondine das Deck verlässt. Sie wirkt völlig geknickt. Ob sie seine Ex-Freundin ist? Die Dashiel zur Schnecke gemacht hat, weil sie auf derselben Party ist wie er und sich dort einem anderen an den Hals wirft? Auf einmal glaube ich, das alles hier zu verstehen. Er wusste, dass sie hier sein würde. Also ist er selbst mit einer Begleitung hergekommen, damit er nicht dumm dasteht. Und jetzt hat er die Gelegenheit genutzt, um sie noch mal ordentlich niederzumachen. Gleich wird er selbstzufrieden zurück an den Tisch kommen und mir wahrscheinlich noch ein paar Komplimente machen, bis ich so doof bin und zulasse, dass er meine Hand nimmt oder den Arm um mich legt. Und am Ende des Abends will er dann mit mir verschwinden, wahrscheinlich in irgendein Schlafzimmer im Bauch der Jacht, um seiner Ex endgültig zu zeigen, wie egal sie ihm ist.

Mein Drink wird vor mir abgestellt und ich wende mich von der Szene ab.

»Danke«, sage ich, aber die Kellnerin ist schon wieder weg. Ich greife nach dem Glas mit der goldbraunen

Flüssigkeit darin, schwenke es einen Moment in der Hand und nehme dann einen großen Schluck. Der Whiskey perlt meine Kehle hinab und hinterlässt ein angenehm warmes Gefühl in meinem Magen. Doch von meiner Enttäuschung ablenken kann er mich nicht.

Warum ich jetzt enttäuscht bin, weiß ich selbst nicht so richtig. Vermutlich, weil ich irgendwie geglaubt hatte, dass Dashiels Interesse an mir echt ist. Dass ich nur die Frau sein soll, mit der er seine Ex eifersüchtig macht, hätte ich nicht gedacht. Und anstatt es ihm heimzuzahlen, lasse ich mich bisher viel zu sehr von ihm vorführen. Was er über meine Klamotten gesagt hat, über meine Vorstellung von Liebe, über Oscar Wilde und das Beherrschen von Frauen ... Keine Frage, er fühlt sich immer noch wie der Größte. Und anstatt mich für ihn begehrenswert zu machen, damit ich ihn am Ende richtig schön abblitzen lassen kann, spiele ich ihm in die Hände und gebe den hübschen Stand-up-Comedian.

Ich muss ganz dringend eine Schippe drauflegen. Und zwar schnell.

Entschlossen trinke ich noch einen Schluck, dann nehme ich aus dem Augenwinkel wahr, wie er zurückkommt und sich setzt.

»Altlasten?«, frage ich und spreche dabei mit Absicht ein bisschen betrunkener, als ich mich fühle.

Dashiels Pokerface ist zurück und seine Wut scheint von jetzt auf gleich verflogen. »Nein, so würde ich es nicht nennen. Eher eine alte Freundin, die auf die schiefe Bahn geraten ist.«

»Oh, verstehe, und du spielst jetzt den barmherzigen Samariter. Willst du nicht lieber grausam zu ihr sein und sie beherrschen?«, frage ich und beiße mir auf die Unterlippe.

»Das hat dich angemacht, he?«, fragt er und bohrt seinen Blick abermals in meinen. »War mir klar. Nach außen hin spielst du das unschuldige Mädchen im Fransenkleid, aber wenn die Schlafzimmertür zu ist …«

Oh, okay, jetzt will er aber zur Sache kommen. Dass er so direkt darauf eingeht, wenn ich auch nur ansatzweise mit ihm flirte, hätte ich nicht gedacht, und es sorgt irgendwie dafür, dass mir flau im Magen wird.

Flirten, wie geht das noch mal?

Na ja, ist eigentlich egal. Ich hab was getrunken und bin seiner Meinung nach eine Betschwester, also geht er sicher davon aus, dass ich das sonst nie tue. Also wird er mir alles abkaufen, von albernem Gekicher bis hin zu plumper Anmache. Auf die er mit Sicherheit steht, so wie ich ihn einschätze.

»Wer sagt, dass wir ein Schlafzimmer brauchen?«, frage ich und zwinkere ihm zu. Erfreut stelle ich fest, dass ihn das tatsächlich für einen Moment aus dem Konzept zu bringen scheint. Eine steile Falte erscheint zwischen seinen Brauen und er sieht mich verdutzt an.

Ich beschließe, noch eins draufzusetzen. Er soll sich seiner Sache sicher sein, damit ich ihm so richtig den Abend verderben kann – genauso, wie er es gerade bei seiner Ex getan hat, die er mir feige als alte Freundin verkaufen will.

Also greife ich unter den Tisch, löse die Schnalle meines Schuhs, und dann richte ich mich wieder auf, nehme einen weiteren Schluck und lasse meinen Fuß dabei ganz langsam über Dashiels Oberschenkel fahren.

Mein Herz klopft wie wild. Ich hab sowas Verruchtes noch nie gemacht. Aber, stelle ich erleichtert fest, es scheint ihm zu gefallen, denn in seinem Blick zeichnet sich jetzt echte Überraschung ab und er lässt sich etwas tiefer auf seinen Stuhl sinken. Dabei rutscht mein Fuß automatisch weiter nach oben und mir wird klar, dass ich jeden Moment seinen Schritt erreicht haben werde. Was mache ich dann? Darüber reiben? Kreisen? Na ja, bis auf fest zutreten wird ihm vermutlich alles recht sein.

»Soll ich dir gleich noch einen Whiskey bestellen?«, fragt Dashiel mit einem Blick auf mein fast leeres Glas. Mir fällt auf, dass seine Stimme deutlich rauer geworden ist. »Der scheint eine gute Wirkung auf dich zu haben.«

Ich lache ein wenig zu laut, was an meiner Nervosität liegt, aber er schreibt es sicher dem Alkohol zu. »Fürs Erste reicht mir der eine«, hauche ich, schiebe meinen Fuß ein wenig höher und spüre dann wie erwartet seine Männlichkeit durch den Stoff seiner Hose. Okay, eins muss ich zurücknehmen: Er ist nicht klein. Während Dashiel scharf einatmet, fahre ich hinauf, bis ich seinen Hoden an meinem Ballen fühle, und dann mit etwas mehr Druck wieder hinunter.

»Verdammt, du überraschst mich«, gibt Dashiel mit einem Keuchen zu und ich merke, wie sich sein Glied in seiner Hose aufzurichten beginnt.

Ich grinse leicht. Irgendwie fängt das hier an, mir Spaß zu machen. Diese Macht, die ich auf einmal über ihn zu haben scheine, einzig und allein dadurch, dass ich seinen Penis mit meinem Fuß massiere. Ob ich ihn bis zum Orgasmus bringen könnte? Das wäre wohl ziemlich peinlich für ihn, wenn er für den Rest des Abends mit einem verräterischen Fleck auf der Hose herumlaufen müsste.

»Sich selbst zu überraschen ist, was das Leben lebenswert macht«, hauche ich und füge, während ich den Druck auf seine Erektion erhöhe, hinzu. »Auch Wilde. Vielleicht ist er ja doch auf meiner Seite.«

Ich sehe, wie Dashiel scharf einatmet und wie sich ein dünner Schweißfilm auf seiner Stirn bildet. Ich scheine ihm wirklich ganz schön einzuheizen. Komischerweise lässt es auch mich nicht kalt zu spüren, wie er unter dem Tisch härter und härter wird. Was, wenn ich mich darauf einlasse? Was, wenn ich nicht nur die Drinks und das Essen, sondern für diese eine Nacht auch einen Mann genieße, der in einer ganz anderen Welt lebt als ich?

Nein, weise ich mich zurecht. Er würde mich fallenlassen, ehe ich dazu käme, ihn fallenzulassen. Und dann wäre ich die Blöde.

Als hätte er meine Gedanken gelesen und wolle meine Entscheidung nun ändern, sagt Dashiel in dem Moment, immer noch mit ganz schön gepresster Stimme: »Hey. Was hältst du davon, wenn wir das Essen ausfallen lassen, uns irgendwo ein ruhiges Plätzchen suchen und …«

Doch ehe er seinen zweifelhaften Vorschlag beenden kann, kommt die Kellnerin zurück und stellt zwei reich gefüllte, kunstvoll mit Balsamico verzierte Teller vor uns ab. Darauf liegen saftige Steaks und knusprige Kartoffelspalten, garniert mit einem bunten Salatbett, auf dem jeweils ein Streifen weißer Fisch liegt. In der Ecke des Tellers steht ein kleines Shotglas, in dem sich ein aufeinandergeschichtetes Dessert mit Zuckerkruste befindet. Gott, ich bin im Himmel!

»Lasst es euch schmecken«, säuselt die Kellnerin, zwinkert Dashiel zu und ist dann wieder weg.

Ich stelle zufrieden fest, dass er immer noch nur Augen für mich hat und lasse mit einem Grinsen das Bein sinken. »Die Vorspeise lässt du am besten weg«, beschließe ich und klaue ihm den Fisch von seinem Salat. »Du hattest ja schon eine.«

»Willst du jetzt echt in aller Ruhe essen?«, fragt er mich und klingt dabei so ungläubig wie ein kleiner Junge, dem ich gerade das Weihnachtsgeschenk weggeschnappt habe.

»Wir sollten uns beide stärken«, sage ich und lasse mein Messer durch das Fischfilet gleiten. »Und dann können wir uns sehr gern ein ruhiges Plätzchen suchen.«

Dashiel schüttelt, mich immer noch anstarrend, den Kopf. »Unglaublich«, murmelt er und nimmt sich dann ebenfalls sein Besteck.

Ich betrachte ihn, während ich mir den ersten Bissen auf der Zunge zergehen lasse, und kann mir das Lachen kaum verkneifen. Wenn er wüsste, dass dieses ruhige Plätzchen für mich mein Sofa sein wird. Oder die Wanne. Oder das Bett. Allerdings nur für mich, ganz allein.

»Das ist gut«, sage ich, nachdem ich auch das Steak probiert habe.

»Klar ist es das. Hast du gedacht, ich bringe dich zu McDonald's?«, erwidert Dashiel, der seine große Klappe schneller wiedergefunden hat als erhofft.

Offen gestanden wäre McDonald's auch kein großes Problem gewesen. Aber ich habe keine Lust, ihm zu erklären, dass ich nichts um Luxus gebe. Wenn er das noch nicht begriffen hat, ist er selber schuld. Ich lasse mir also weiter das Essen schmecken und sehe verstohlen zu, wie sich Dashiel den Schweiß von der Stirn tupft.

»Ganz schön scharf. Die Kartoffelecken«, sagt er, als er meinen Blick bemerkt.

»Die Kartoffelecken, klar«, gebe ich zurück und tauche meine Gabel in den Nachtisch, wobei ich die Zuckerschicht knacken höre. Dann koste ich die süße Masse darunter, wobei mich Dashiel stirnrunzelnd mustert.

»Steak mit Schokomousse. Aber das kommt dir nicht komisch vor, oder?«

»Kein bisschen«, sage ich und schneide mir ein weiteres Stück Fleisch ab.

»Na, dann ist ja gut.«

Ich beobachte, wie er einen Schluck von seiner Margarita nimmt.

»So, genug Small Talk«, sage ich dann, denn eine Sache will ich unbedingt noch wissen, bevor dieses Date endet. »Weshalb bist du bei meiner Tante eingebrochen?«

Dashiels Glas schwebt einen Moment lang vor seinen Lippen, ehe er es sinken lässt und die Augen verdreht.

»Ist das wirklich so wichtig?« Er scheint nicht damit gerechnet zu haben, dass ich dieses Thema anschneiden
würde.

»Du musst zugeben, dass das nicht gerade normal ist.«

»Was ist schon normal«, knurrt er und schaufelt sich
ein Riesenstück Steak in den Mund, wahrscheinlich,
um mir nicht so schnell antworten zu müssen.

Ich sehe ihn weiter aufmerksam an.

»Was?«, fragt er nach einem Moment gereizt. »Denkst
du, jetzt kommt die große Offenbarung?«

»Eine einfache Antwort würde mir reichen.«

»Auf manche Fragen gibt es aber keine einfache Antwort.«

»Dann nehme ich auch die große Offenbarung«, erwidere ich und schiebe mir das letzte Stück Steak in den
Mund.

Einen Moment glaube ich, dass Dashiel gar nichts
mehr sagen, sondern einfach aufstehen und gehen
wird. Über seine Beweggründe für seine seltsame Vorliebe zu sprechen, scheint so gar nicht sein Ding zu sein
und ihn sogar ziemlich sauer zu machen. Zumindest ist
da auf einmal eine Düsterkeit in seinem Blick, die mir
bis gerade gar nicht aufgefallen war. Ganz automatisch
bin ich schon drauf und dran, mich zu entschuldigen,
aber ich verkneife es mir und beobachte stattdessen,
wie Dashiel einmal tief durchatmet und sein Besteck
zur Seite legt.

»Ich habe eine andere Idee«, sagt er. »Wir stehen jetzt
auf, gehen unter Deck und sehen, was die Nacht noch
so bringt.«

Er schenkt mir sein umwerfendes Lächeln, so als sei
nichts gewesen. Ich muss zugeben, dass sein seltsames

Verhalten mich neugierig macht, aber mein Entschluss steht fest. Also greife ich unter den Tisch und mache die Schnalle des Schuhs wieder zu. »Ich denke, ich kann dir sagen, was die Nacht noch bringt«, antworte ich in einem Tonfall, von dem ich hoffe, dass er verführerisch klingt.

»Okay, dann schieß los.« Dashiel beugt sich über den Tisch zu mir.

Ich schiele auf seinen Teller, schnappe mir sein Dessert, das er nicht angerührt hat und beginne es zu löffeln. »Zuerst ...«, sage ich dann, »will ich es schnell.«

Dashiel zieht eine Braue in die Höhe.

»Dann«, noch ein Löffel von der süßen Creme, den ich betont langsam zwischen meine Lippen gleiten lasse.

»Dann?«, fragt Dashiel leise und beugt sich noch weiter zu mir vor.

»Dann will ich es romantisch. Mit Kerzenlicht, Duftöl, vielleicht sogar Badeschaum.« Das letzte Wort hauche ich besonders verführerisch, und es zeigt Wirkung.

»Ganz schön anspruchsvoll«, sagt Dashiel und ist mir jetzt so nah, dass er mich mühelos küssen könnte. Ein Teil von mir will genau das. Aber der weit größere Rest von mir, mein Stolz und Verstand, wollen etwas anderes.

»Das kannst du laut sagen.« Ich löffle den letzten Rest Mousse, dann spüre ich selbst, wie ein Grinsen meine Lippen überzieht. »Aber das muss dich nicht interessieren, denn du wirst nicht dabei sein.«

Verdutzt sieht Dashiel mich an.

»Ich werde jetzt«, ich tippe ihm mit dem Löffel auf die Nase, stelle dann das leere Dessertglas weg und stehe auf, »auf dem schnellsten Weg nach Hause fahren und es mir dort gemütlich machen. Ganz romantisch mit Kerzen, vielleicht sogar in der Wanne. Aber vorher danke ich dir für den wirklich netten Abend. Ich glaube, mir hat noch nie ein Mann so deutlich gezeigt, wie nötig er es hat.« Ich wende mich ab, drehe mich dann aber noch mal zu Dashiel um, der so fassungslos aussieht, als hätte ich ihm gerade erklärt, dass ich in Wahrheit ein Mann bin. »Oh, und was meine Vermutung angeht.« Ich hebe Daumen und Zeigefinger. »Ich fürchte, ich hatte Recht.« Ich verziehe das Gesicht, dann wende ich mich ab und gehe endlich los.

Aber ich habe die Rechnung wohl ohne Dashiel gemacht. Im Nullkommanichts ist er hinter mir.

»Warte! Du kannst doch jetzt nicht einfach abhauen! Wir sind mitten auf dem Meer!«

»Ich finde schon jemanden, der mich an Land bringt.«

»Und dann? Wie willst du vom Hafen wegkommen?!«

»Da gibt es diese praktische Erfindung namens Taxi.«

Dashiel schiebt sich vor mich, als ich gerade die Treppe aufs untere Deck nehmen will. »Nicht so voreilig. Ich entscheide, wann dieses Date beendet ist. Ich kann immer noch das Foto an deine Tante verschicken!«

Ich verschränke die Arme vor der Brust. »Ich hatte mit dir Drinks und ein Essen, wie du es wolltest. Wenn du mich jetzt zu Sex erpresst, dann wäre das allerdings ziemlich erbärmlich und ich schätze, da würde ich dann doch eher den Stress mit meiner Tante in Kauf nehmen, als deine Hure zu sein.«

Die steile Falte zwischen seinen dunklen Brauen taucht wieder auf. »Du drehst mir das Wort im Mund um!«

Und dann, ehe ich noch etwas sagen kann, geschieht plötzlich was Unerwartetes: Die Wasserstoffblondine von vorhin taucht neben Dashiel auf und legt ihm einen Arm um die Schultern. Ihre Augen sind glasig und sie scheint jetzt ziemlich betrunken zu sein.

»Dashhhiel und Huuren«, lallt sie. »Da könntich dir 'ne gute Geschichte erzähln. Nich wahr, Dashy-Baby?«

Dashy-Baby? Oh Mann, die Frau ist wirklich fertig. Aber mir kommt sie wie gelegen, denn Dashiel wendet sich ihr augenblicklich zu, um sie anzuschnauzen, sodass ich mich an ihm vorbei auf die Treppe schieben kann.

»Danke, aber auf die Geschichte verzichte ich!«

Die Blondine grinst mich entgleist an. »Issauch besser so! Hau vor diesem Mann ab, solang du noch kanns'!« Sie legt Dashiel, der etwas sagen will, eine Hand mit grell lackierten Nägeln auf den Mund und fügt hinzu: »Frag einfach Gaaabe, der bringdich mit seim Jetski rüber!«

Gabe. Der kommt ja wie gerufen. Eigentlich wollte ich mir Dashiels Boot borgen, denn er war vorhin so klug, den Schlüssel stecken zu lassen, aber so ist es natürlich noch viel besser.

»Danke!«, sage ich, dann mache ich kehrt und sehe zu, dass ich in der Menge verschwinde. Innerlich beglückwünsche ich mich dabei schon zu meinem Sieg. Wer hätte gedacht, dass sich ein Mann wie Dashiel Pine so vorführen lässt? Ich hoffe, das war ihm eine Lehre und er lässt mich in Zukunft in Ruhe.

Dashiel

Als ich in meine Suite stolpere und die Tür hinter mir zuschlage, ist es bestimmt schon sechs Uhr morgens und ich bin fertig. Ohne meine Schuhe oder sonst irgendwas auszuziehen, gehe ich weiter ins Schlafzimmer, lasse mich aufs Bett fallen, mit dem Gesicht zuerst, und mache die Augen zu. Mir ist verdammt schwindelig und ich bin zweifellos betrunken. Vermutlich hätte ich weder mit dem Boot zurück an Land noch mit dem Wagen zurück nach Hause fahren sollen. Aber es ist ja noch mal gutgegangen.

Etwas anderes ist dafür ganz und gar nicht gutgegangen: Meine Suche nach der perfekten Frau für das Date am Freitag.

Sehen wir den Dingen mal ins Auge: Ich werde einen gefährlichen Mann treffen. Jemanden, der es gewöhnt ist, für seine Geschäfte über Leichen zu gehen. Dieser Jemand muss mich nicht nur auf Anhieb mögen, sondern er muss die Identität, die ich ihm vorspielen werde, auch glauben. Und zu dieser Identität gehört nun einmal eine Frau. Eine schöne Frau mit Hirn.

Nachdem Laney weg war, habe ich alles versucht, um so jemanden aufzutreiben. Wenn ich nicht gerade von irgendeiner Bikinischönheit belagert wurde, habe ich selbst den Kontakt gesucht, aber die perfekte Kandidatin war einfach nicht dabei. Zu billig. Zu operiert. Zu wenig intelligent. Bei den meisten war jedoch das Problem, dass sie einfach nicht genug Klasse ausstrahlten. Zu einem Mann, der mit einer Harvard-Absolventin verheiratet ist, kann ich nicht mit einem blondierten Strandmädchen kommen, das spricht wie Mickey

Mouse und Champagner in sich reinkippt, als wäre sie am Verdursten.

Eine Frau mit Klasse ...

Keine Ahnung, weshalb, aber auf einmal muss ich wieder an Laney denken. Natürlich nicht, weil sie Klasse hätte, denn sonst hätte sie mich nicht so schäbig sitzen gelassen mit meinem Ständer. Gott! Erst macht sie mich heiß, dann haut sie einfach ab. Das ist mir noch nie passiert, und es hat mich so wütend gemacht, dass ich ihr am liebsten hinterhergefahren wäre und sie zur Rede gestellt hätte. Was bildet sich die Frau ein? Ich habe ihr wirklich eine Menge geboten, und was macht sie? Verarscht mich. Und sagt dann auch noch, dass ich einen ganz kleinen hätte.

Aber was schert es mich, was sie denkt? Sie und ich, wir hätten uns nie begegnen sollen. Wäre ich nicht ausgerechnet in dieser Nacht bei Tante Amanda eingebrochen, dann hätten wir das auch nie getan. Was mich mal wieder zu dem Gedanken bringt, dass ich mir vielleicht ein neues Hobby suchen sollte.

Hobby. Das ist eigentlich nicht der richtige Begriff für das, was ich tue. Wäre es nur ein Hobby, dann könnte ich es einfach lassen, aber so einfach ist das nicht. In die Häuser fremder Menschen einzusteigen und die Nacht dort zu verbringen, ist mehr ein Drang, dem ich nicht widerstehen kann. Eine Flucht vor diesem Ort hier, meinem eigentlichen Zuhause, die ich von Zeit zu Zeit einfach brauche.

Ich drehe mich auf den Rücken und sehe mich um. Über die Größe der Suite kann ich nicht klagen. Ich habe ein Schlafzimmer, einen Wohnraum mit Küchenzeile und ein geräumiges Bad. Meine zwei Brüder Micah und Tyron bewohnen zwei weitere Suiten in unserem gemeinsamen Hotel. Insgesamt gibt es fünf, wodurch nicht viele für die Gäste übrig bleiben, aber das macht nichts. Die meisten buchen bei uns normale Zimmer. Unser Hotel ist nicht groß, aber es bietet eine Alternative zu den anonymen Bunkern, die sonst in direkter Strandlage zu finden sind, und laut meinem Bruder Ty, der sich hier um alles kümmert, wissen unsere Gäste genau das zu schätzen und bla, bla, bla.

Jedenfalls gibt es eigentlich nichts daran auszusetzen, in einer Hotelsuite zu leben. Und wenn ich ehrlich bin, dann ist jetzt auch gerade nicht der richtige Zeitpunkt, um meine Wohnsituation zu überdenken. Oder meine geheime Leidenschaft zu hinterfragen. Dann bin ich eben ein Hobbyeinbrecher, was soll's? Ich muss nicht rechtfertigen, was ich tue. Das mache ich nie und ich werde mich ganz sicher nicht von der vorlauten Miss Unantastbar dazu bringen lassen!

Stattdessen muss ich eine Lösung für mein Date am Freitag finden. Wir haben Dienstagfrüh und es sind nur noch wenige Tage Zeit. Und anstatt mir darüber Gedanken zu machen, wie ich bis dahin noch die perfekte Frau auftreiben kann, denke ich schon wieder an Laney.

Laney. Ihr Name klingt so englisch, wie sie aussieht. Sagt man nicht, dass Engländerinnen Klasse haben? Zumindest hat sie Hirn, wenn es stimmt, dass sie Architektur und Literatur studiert hat. Aber dafür hat sie null Geschmack und eine viel zu große Klappe. Doch andererseits – ist eine Frau mit großer Klappe nicht besser als eine hohle Nuss, die direkt ein schlechtes Licht auf mich wirft?

»Nein, Dash, tu das nicht«, nuschle ich und ziehe mir das Kissen übers Gesicht.

Auf keinen Fall darf ich ernsthaft darüber nachdenken, Laney mit zu dem wichtigen Dinner zu nehmen. Diese Frau macht nur Probleme. Sie hat mich total auflaufen lassen, dann hat sie mich eiskalt abserviert. Und weil sie mich mit Serena gesehen hat, weiß sie eigentlich jetzt schon zu viel. Und nicht nur das, sie hat sogar mit Serena gesprochen. Und außerdem ...

Ehe ich den Gedanken beenden kann, bekomme ich die Quittung für meinen übertriebenen Alkoholkonsum und falle in einen tiefen, hoffentlich traumlosen Schlaf.

Kapitel 4

Laney

Als ich mich gegen neun Uhr aus dem Bett quäle, ist der Schock von gestern Abend bereits ein Stück weit vergessen. Während ich in meinem Bikini die Treppe heruntersteige, wandern meine Gedanken zu Dashiel Pine. Ich muss sogar grinsen, als ich daran denke, wie er in seinem protzigen R8 vorgefahren kam, wie er seine teure Uhr ganz geschickt in Szene gesetzt hat, indem er unauffällig seine Ärmel nach oben geschoben hat und wie er mich mit einem Speedboot auf eine Jacht entführt hat. Er hat wirklich geglaubt, dass er mich mit diesem ganzen Unsinn beeindrucken kann. Er hat sich alle Mühe gegeben, das muss man ihm lassen. Aber wie! Glaubt der Typ wirklich, sein Geld und die Tatsache, dass er zu exklusiven Partys auf dem Meer eingeladen wird, beeindrucken mich? Wie oberflächlich kann man sein! Und wie selbstverliebt! Ich bin froh, dass ich mir keine ernsthaften Hoffnungen bei ihm gemacht habe und mit dem Vorsatz mitgegangen bin, ihn richtig schön abblitzen zu lassen. Ich hoffe aber trotzdem, dass ihn das, was ich gesagt habe, irgendwie getroffen hat. Und dass es ihm hoffentlich immer noch wehtut.

Ich bin zufrieden über meinen Sieg und entscheide mich zur Belohnung für einen kalten Kakao mit einem unverschämt hohen Berg an Sahne zum Frühstück.

Das Ganze garniere ich mit der Kirschsoße, die ich im Kühlschrank gefunden habe und streue noch ein paar Mini-Marshmallows oben drauf. Dann sehe ich mir mein Kunstwerk zufrieden an.

So beginnt ein perfekter Tag.

Und da ich Dashiel Großkotz Pine den Gefallen getan habe, mit ihm auszugehen und ihm wahrscheinlich die Blamage seines Lebens beschert habe, wird er mich wohl auch nicht mehr behelligen. Insofern gehört dieser sonnige Tag ganz mir und ich werde mich zum ersten Mal seit langem wieder richtig entspannen.

Zumindest denke ich das. Gerade, als ich mit meiner Tasse voll süßer Kalorien auf dem Weg nach draußen bin, klingelt mein Handy, das ich kurzerhand unter den Saum meines Bikinihöschens gesteckt habe. Ich zerre es hervor und wünschte, ich hätte es nicht getan.

Leonard Benson steht in pixeligen schwarzen Lettern auf dem Bildschirm meines alten Smartphones. Na ja, nicht nur. Hinter seinen Namen habe ich einige Emojis geschrieben – Dollarzeichen, einen Stapel Geldscheine und einen Goldsack.

Zuerst wollte ich den Smiley mit dem Verband um den Kopf auswählen, dazu die Pistole und das Spiegelei in der Pfanne, weil die drei Symbole am besten widerspiegeln, was ich am liebsten mit Benson anstellen würde. Doch das erschien mir dann doch zu makaber. Er kann ja auch nichts dafür, dass ich „Laney's little Secrets" – meinen Laden für Vintagekleidung und Antiquitäten jeder Art – vor die Wand gefahren habe. Na ja, zumindest so weit, dass ich weder meine Schulden bei Benson noch bei der Stromversorgung und dem Pizzaservice um die Ecke bezahlen kann. Ich weiß, dass ich den Laden aufgeben sollte, doch ich hänge an all dem alten Zeug und der Idee, Gegenstände und Kleidungsstücke, die eine Geschichte haben, zu reparieren, ihnen neues Leben einzuhauchen und sie dann weiter zu verkaufen. An jemanden, der alte Dinge ebenso zu schätzen weiß wie ich.

Aber leider gibt es wohl kaum noch Menschen, denen Altes am Herzen liegt. Alles muss immer das Neueste und Beste sein, jungfräulich unberührt und am besten eine Limited Edition. Ich bin da ganz anders – und merke erst jetzt, dass das Handy in meiner Hand noch immer schrillt.

Es soll aufhören, denn eins steht fest: Rangehen werde ich ganz bestimmt nicht.

Ich habe keine 12.000 Dollar für Benson und ich glaube auch nicht, dass in den nächsten Tagen spontan welche vom Himmel flattern, also, was soll ich ihm sagen?

»Hör endlich auf zu klingeln«, murmle ich und füge noch eine Drohung an, als könne das Telefon etwas dazu. »Oder ich werfe dich in den Pool.«

Aber weder Benson tut mir den Gefallen und legt auf, noch entzündet sich mein Handy in diesem Moment spontan selbst. Also bleibt mir nur eins.

Ich schalte den Ton aus und dann vergrabe ich das nervige Telefon unter einem Haufen von Sofakissen.

»Das hast du jetzt davon«, sage ich und fühle mich schlagartig besser, obwohl ich weiß, dass das rein gar nichts an meinem Problem ändert. Ich habe einfach keine Lösung, denn die Naheliegendste – den Laden zu schließen – kommt für mich einfach nicht infrage.

Aber dafür bin ich ja hier.

Ich kann die zwei Wochen nutzen, um den Kopf frei zu kriegen und mir etwas einfallen zu lassen.

Mit etwas Verzögerung trete ich endlich den Weg nach draußen an und genieße, wie die Sonne schlagartig meine Haut wärmt. Eigentlich wollte ich meinen gestrigen Sieg ja genießen, indem ich mich ein bisschen genauer über Dashiel Pine informiere, den Großkotz, den ich hoffentlich nie wiedersehen muss. Aber auf meinem Display, das schon vor Monaten gesprungen ist, als ich das Handy habe fallen lassen, kann man eh kaum noch was erkennen. Also entschließe ich mich zu faulenzen.

Ich lasse meinen Blick schweifen und das glitzernde Türkis des Pools, den hellen Marmorboden und die anthrazitfarbenen Rattanmöbel auf mich wirken. Ich tappe barfuß über die Wiese, lege mich auf eine der Liegen, die sich unter einem Orangenbaum befindet und nehme einen großen Schluck von meinem Kakao. Das süße Zeug sorgt dafür, dass meine Gedanken an Benson augenblicklich verschwinden. Meine Nerven beruhigen sich und als ich den ganzen Becher geleert habe, fühle ich mich schon viel besser. Schokolade ist meine persönliche Droge.

Ich lasse die leere Tasse ins Gras plumpsen, strecke mich auf der Liege aus und schließe die Augen. Die Sonne brennt warm auf meiner Haut und ich nehme mir vor, nicht einzuschlafen, um mir keinen fiesen Sonnenbrand einzuhandeln. Aber da ich noch nie die beste Planerin war und meine Vorsätze meist nur Vorsätze sind und am Ende doch alles anders kommt, als ich es mir ausgemalt habe, schlafe ich natürlich ein.

Doch es ist kein erholsamer Schlaf. Ich träume von Angeber Pine, wie er mit einer fliegenden Jacht vor meinem Fenster in Everglades City herumschwebt und blöde Sprüche reißt. Ich weigere mich, ihm das Fenster aufzumachen und er zückt ein paar Geldscheine, um es dafür zu bezahlen, sich von selber zu öffnen. Ich will ihn gerade für diese idiotische Idee auslachen, als mein Fenster – dieser Verräter! – einfach aufschwingt und Dashiel Pine hereinlässt, der sich von seiner Jacht schwingt und wie Zorro auf meinem Fensterbrett landet.

Ich rufe ihm wüste Beschimpfungen entgegen – zumindest möchte ich das. Aber die klassische Musik, die plötzlich von überall gleichzeitig herzukommen scheint, übertönt meine Worte. Eilig greife ich nach der offenen Colaflasche auf meinem Tisch, um sie ihm über den Kopf zu kippen und ihm so deutlich zu machen, dass er hier unerwünscht ist. Doch Dashiel nimmt sie mir einfach ab, schüttelt sie, die Flasche verwandelt sich und wir befinden uns plötzlich in einem Champagnerregen.

Das teure Zeug durchnässt mich sofort und rinnt meinen Oberkörper hinab, als stünde ich unter einer kalten Dusche.

Dashiel lacht. Dann sagt er etwas, das wie „Aufwachen" klingt.

Ich blinzle und sehe über mir jetzt saftige grüne Blätter und reife Orangen, dahinter den wolkenlosen blauen Himmel. Das ist viel schöner als die Decke meiner Wohnung, von der schon der Putz bröckelt. Wenn nur dieser Champagnerschauer endlich aufhören würde, denke ich, als mich im nächsten Moment unzählige Tropfen im Gesicht erwischen.

Erst jetzt werde ich richtig wach, fahre hoch und sehe Dashiel Pine.

Er hat sich eine Liege zum Pool herübergezogen, liegt darauf und lässt eine Hand lässig ins Wasser baumeln.

»Endlich wach«, grinst er und schöpft eine Handvoll Wasser aus dem Pool, um sie mir im nächsten Moment entgegen zu schleudern.

So viel also zur Champagnerdusche.

»Sag mal, spinnst du?!« Ich habe endgültig genug von diesem Kerl! Er kann nicht ständig hier aufkreuzen, als hätte er irgendein Anrecht darauf. Ich werde jetzt die Polizei rufen, damit sie sich mit dem Spinner auseinandersetzen können. Hektisch suche ich im Saum meines Bikinihöschens nach dem Handy, aber es ist nicht dort. Ich stehe auf und sehe unter der Liege nach, doch es ist weg.

»Suchst du ein Loch, in dem du dich verkriechen kannst?«

»Nein, die geeignete Stelle, an der ich dich verbuddeln kann!« Und endlich fällt mir auch ein, wo ich mein Telefon habe. Schnellen Schrittes überquere ich den Rasen, doch Dashiel hat anscheinend andere Pläne als ich.

Er ist blitzschnell auf den Beinen und packt mich am Arm. »Hey, komm schon. Warte. Gib mir nur eine Minute.«

»Du bist hartnäckiger als Herpes«, zische ich und reiße mich los. »Nimm die Finger von mir und verschwinde von meinem Grundstück.« Ich deute auf ein weißes Stück Stoff, das sich auf der Liege befindet, auf der gerade noch Dashiel lag. »Und nimm deine lange Unterhose mit.«

Ich habe die Worte kaum ausgesprochen, da wird mir auch schon mein Fehler bewusst. Das war eine Vorlage. Eine verdammte Vorlage und ich habe sie ausgerechnet diesem Sprücheklopfer gegeben.

Für einen Augenblick sieht Dashiel mich irritiert an, dann verzieht sich sein Mund und er bricht in schallendes Gelächter aus. »Disst du dich gerade selber? Ernsthaft?« Betont langsam geht er zurück zur Liege und hebt das Kleidungsstück auf, das ich gar nicht sehen möchte. »Das hier, Prinzessin, nennt sich eine Strumpfhose. Gerne getragen von Frauen jenseits der achtzig und Transen.« Er mustert mich. »Ich bin mir nur noch nicht sicher, um was davon es sich bei dir handelt.«

»Du bist so ein kindischer Affe!«, sage ich, reiße ihm meine Strumpfhose aus der Hand und verpasse ihm einen Stoß, der ihn rückwärts in den Pool befördert.

Das Wasser spritzt auf und ich springe einen Schritt zurück, um nicht nass zu werden.

Dann warte ich darauf, dass Dashiel auftaucht, aus dem Pool klettert und wie ein begossener Pudel den Heimweg antritt.

Doch stattdessen passiert gar nichts. Die Oberfläche beruhigt sich schnell und Dashiel taucht nicht auf. Was ist, wenn er sich den Kopf gestoßen hat und jetzt bewusstlos zu Boden sinkt?

Ich werfe meine Strumpfhose auf den Rasen und trete an den Rand des Beckens heran. Kein Blut, das sich ausbreitet, das ist schon mal gut. Und Dashiel sehe ich auch, was ebenfalls gut es, denn das bedeutet, dass ich nicht unter Halluzinationen leide. Was allerdings weniger gut ist, ist die Tatsache, dass er sich nicht rührt.

»Du hast ihn umgebracht, Laney«, flüstere ich, weil mein Verstand in Windeseile zwanzig Horrorszenarien durchgespielt hat, die alle damit enden, dass ich in einen orangefarbenen Overall gesteckt werde und lebenslang hinter Gittern lande.

Mit einem Satz bin ich bei Dashiel im Wasser, zerre ihn an mich und drehe ihn auf den Rücken. Er hat die Augen geschlossen und scheint nicht zu atmen.

»Dashiel?« Ich klopfe mit der flachen Hand gegen seine Wange. »Hey, wach auf.« Ich gebe ihm eine festere Ohrfeige, aber er rührt sich einfach nicht.

Was mache ich denn jetzt?

Mein Puls beginnt zu rasen. Was ist, wenn er einen Herzschlag gekriegt hat? Durch das kalte Wasser vielleicht?

Dann müsste ich erste Hilfe leisten, aber das geht hier im Wasser nicht. Ich muss ihn herausziehen, nur wie?

Zuerst einmal ziehe ich ihn ins flachere Wasser, von dort aus kann ich ihn vielleicht irgendwie über die Leiter nach draußen kriegen. Ich beuge mich über ihn, in der Hoffnung, dass ich seinen Atem an meiner Wange spüren kann.

»Komm schon, bitte, wach auf.« Ich tätschle wieder seine Wange und wie durch ein Wunder schlägt Dashiel die Lider auf.

Er blinzelt mich irritiert an und sieht mir in die Augen.

»Gott sei Dank, du bist wach!« Bevor ich kapiere, was ich da überhaupt tue, drücke ich Dashiel an meine Brust. »Ich dachte, du wärst tot!«

Ein leichtes Grinsen umspielt Dashiels Mundwinkel, zumindest sieht es einen Augenblick so aus. Dann sieht er zu mir hoch und atmet tief durch. »Das war knapp«, sagt er. »Dein Mordversuch wäre beinahe geglückt.«

»Mein –?« Ich schüttle schnell den Kopf. »Das sollte nur ein Scherz sein. Ich konnte ja nicht ahnen, dass du ... Ja, was eigentlich?«

»Dabei draufgehe.« Dashiel sieht mich eindringlich an. »Du schuldest mir jetzt was.«

»Alles, was du willst«, plappere ich vorschnell und ahne sogleich Fürchterliches. »Fast«, füge ich deshalb schnell an.

»Das habe ich überhört«, bestimmt Dashiel, der immer noch in meinen Armen liegt und seinen Blick ganz langsam tiefer gleiten lässt, bis er an meinen Brüsten kleben bleibt. »Du machst also alles, was ich will?«, hakt er nach.

Ich stoße ihn von mir und kraule mit schnellen Zügen auf die Poolleiter zu.

Kaum zu glauben, wie dieser Kerl drauf ist! Das ist doch nicht zu fassen!

»Hey, warte! Du kannst einen Ertrinkenden doch nicht einfach alleine zurücklassen.«

»Verreck doch«, fauche ich, auch wenn ich es nicht so meine. »Um dich ist es nicht schade!«

Dashiel lacht und schwimmt mir jetzt hinterher. »Du schuldest mir einen Gefallen.«

»Ich schulde dir gar nichts!« Ich steige aus dem Wasser und blicke mich nach einem Handtuch um, aber ich habe keins mit nach draußen genommen und leider ist auch nicht plötzlich eins von Geisterhand erschienen.

»Du hättest mich fast gekillt.«

Ich verschränke die Arme vor der Brust und drehe mich zu Dashiel um, der sich am Rand aus dem Pool zieht.

»Ich glaube kaum. War das überhaupt echt?«, frage ich.

»Nein«, gibt Dashiel zu.

Ich schnaube wütend und gehe in Richtung Terrassentür.

»Aber du hast für einen Moment echt befürchtet, dass du mich ins Jenseits befördert hast!« Dashiel wirkt noch immer amüsiert.

Ich bin es nicht. Im Gegenteil. Ich bin stinksauer. Ich habe mir wirklich Sorgen um diesen Mistkerl gemacht und er macht sich einen Spaß daraus, so zu tun, als wäre er ernsthaft in Not!

Ohne mich um meine tropfenden Sachen zu scheren, stürme ich ins Haus und schaffe es gerade rechtzeitig, die Tür zu schließen, bevor dieser Vollidiot mir folgen kann.

Unsanft prallt er gegen die Scheibe und ich kann mir ein schadenfrohes Lachen nicht verkneifen, als er schmerzhaft das Gesicht verzieht.

»Das war schon der zweite Anschlag heute«, ruft er, doch seine Stimme wird zum Glück von der Tür gedämpft, sodass ich sie mit etwas Mühe sicher gut ausblenden kann.

Ich sehe mich nach einem Vorhang um, den ich zuziehen kann, doch das Haus hat nur elektrische Rollläden, deren Schalter ich bisher noch nicht entdeckt habe.

»Verschwinde. Du hast eine Minute, dann rufe ich die Cops.«

»Okay, eine Minute reicht«, ruft Dashiel und reibt sich die Stirn, auf der sich ein roter Fleck gebildet hat.

»Reicht wofür?!« Meine Stimme klingt schrill und ich bin kurz davor, den Verstand zu verlieren. Kann dieser Kerl mich nicht einfach in Ruhe lassen?

»Um dich um was zu bitten.«

»Ach, versuchst du es neuerdings auf die Tour? Zuerst ist es Erpressung, dann bin ich dir angeblich was schuldig und jetzt bringst du eine Bitte vor?«

»Ich geb zu, die Reihenfolge ist vielleicht etwas seltsam.« Er lächelt mich schief an und ich senke den Blick.

Ich will ihn nicht sympathisch finden, auch wenn sein Lächeln durchaus etwas an sich hat. Statt in sein Gesicht starre ich jetzt auf seine Brust, auf die definierten Muskeln, an denen das klatschnasse weiße Hemd klebt wie eine zweite Haut, was auch nicht viel besser ist. Also wieder zurück zu seinem Gesicht.

»Hör zu, ich brauche dich nur noch für ein Date.« Er sieht mich flehentlich durch die Terrassentür an.

Auch wenn er seinen Dackelblick aufsetzt, macht mich dieser Satz nur noch wütender.

»Sag mal, sehe ich aus wie jemand, den man sich für irgendwelche Dates ausleihen kann?!«

Dashiel mustert mich, als würde er ernsthaft nach einer Antwort suchen. Dann nickt er. »Du hast eine tolle Figur. Du könntest sogar Geld dafür nehmen.«

Ich will etwas erwidern, will ihn ein für alle Mal zum Teufel jagen, als mir plötzlich eine Idee kommt.

»12.000«, sage ich und korrigiere mich schnell, als mir die Stromrechnung und der Pizzadienst einfallen. »12.135,80 Dollar.«

Dashiel versucht cool zu bleiben, aber ich sehe, wie er um Fassung ringt. »Scheiße. Was?«, fragt er.

Was Sinnigeres fällt ihm wohl nicht mehr ein.

»12.135,80 Dollar«, wiederhole ich. »So viel kostet ein Date mit mir. Ein Date, kein Sex, keine Fummelei, kein –«

Dashiel hebt die Hand und unterbricht mich. »Ein Kuss muss drin sein.«

Ich verziehe das Gesicht, auch wenn die Vorstellung eigentlich nicht wirklich etwas Ekliges an sich hat. »Auf die Wange.«

»Den Mund.«

»Ohne Zunge.«

»Deal.«

Tue ich das gerade wirklich? Doch bevor ich dazu komme, weiter darüber nachzudenken, verhandelt Dashiel schon weiter die Konditionen.

»Und du ziehst an, was ich sage.«

»Sicher nicht!«

»In den Oma-Klamotten kann ich dich nirgends mit hinnehmen.«

Oma-Klamotten? Das Kleid gestern gehörte meiner Tante und die ist noch keine sechzig!

»Du kannst eine Auswahl treffen und ich suche mir das endgültige Outfit raus.«

»Von wegen. Du gehst mit mir shoppen und –«

»Wir suchen gemeinsam was aus, abgemacht«, sage ich. Der Punkt ging an mich, wie ich an Dashiels zerknirschtem Gesicht sehe.

»Abgemacht«, murmelt er.

»Und du zahlst per Vorkasse. Ich will einen Scheck.«

116

»Über 12.000 Dollar. Ist das wirklich dein Ernst?« Er scheint es immer noch nicht fassen zu können. Und ich, wenn ich ehrlich bin, auch nicht.

»12.135,80 Dollar«, korrigiere ich ihn. »Und ja.«

»Dafür kriege ich aber auch die nächsten Tage bis dahin.«

»Du kriegst was?«, gebe ich zurück.

»Na dich. Du musst ein paar Sachen mit mir machen.«

»Wieso sollte ich? Ich halte deine Gegenwart keine zwei Minuten freiwillig aus.«

»Damit du dich bei dem Date nicht blamierst. Wir werden nämlich nicht alleine sein und ...« Ich sehe ihm an, dass ihm die nächsten Worte nicht so leichtfallen, denn er senkt kurz den Blick und räuspert sich fast lautlos. »Hör zu, ich muss dich als jemanden ausgeben, meine Frau, und die Typen, mit denen wir uns treffen.« Wieder schweift sein Blick kurz ab. »Es ist einfach wichtig für mich, dass alles nach Plan läuft.«

»Schön. Einverstanden. Treffen wir uns eben hin und wieder. Aber wenn du unverschämt wirst, Annäherungsversuche startest oder irgendwas tust, was ich nicht will –«

»Werde ich nicht. Ich schwör's.«

»Dann fangen wir doch gleich mal damit an. Verzieh dich von meinem Grundstück und tauch erst wieder auf, wenn du den Scheck hast.«

Dashiel öffnet den Mund und scheint noch etwas sagen zu wollen, dann nickt er nur und zieht tatsächlich davon wie ein begossener Pudel.

Dashiel

12.135,80 Dollar. Ich habe bereits aufgehört, mich über diese seltsame Summe zu wundern. Stattdessen durchsuche ich meine Suite nach einem Stift, mit der ich den geforderten Scheck ausfüllen kann. Wahrscheinlich hat Laney geglaubt, dass sie mich mit den geforderten 12.000 verschrecken kann, aber da hat sie sich geschnitten.

Ihre Forderung hat mir nur noch viel deutlicher gezeigt, dass sie genau die Frau ist, die ich vor Miguel Herrera als meine ausgeben will.

»Verdammter Mist«, murmle ich, als ich den Hotelkugelschreiber endlich unter meinem Bett finde und feststellen muss, dass er leer ist.

Was ist denn das für eine Logik? Ich habe mehrere Millionen auf meinem Konto, aber keinen einzigen funktionierenden Kugelschreiber im Haus.

Ich stehe auf und klopfe mir den Staub von den Knien.

Das mit dem Dreck ist so eine Sache. Eigentlich könnte ich jeden Tag das Housekeeping in die Suite lassen, damit sie bei mir saubermachen, aber ich hasse es, wenn jemand ungefragt in meinen vier Wänden herumrennt.

Welche Ironie.

Ich lasse meinen Blick noch einmal über meine Einrichtung schweifen, in der Hoffnung, dass sich irgendwo doch noch ein Kugelschreiber versteckt hält, dann trete ich meinen Weg nach unten an.

Meredith ist da, unsere blonde Rezeptionistin und Gespielin von meinem großen Bruder Tyron. Es ist ein offenes Geheimnis, dass er was mit ihr hat, auch wenn er sich unglaublich unauffällig dabei vorkommt.

»Hi«, sage ich, schnappe mir einen Kugelschreiber und verziehe mich in eine der Sitzecken im Foyer, bevor sie mir ein Gespräch aufzwingen kann.

Dann wollen wir mal.

Ich hole den Scheck hervor und trage die geforderte Summe ein.

12.135,80. Keine Ahnung, warum ich mir das so gut merken kann, aber ich hatte schon immer ein Händchen für Zahlen, für Kalkulationen und –

»12.135,80 Dollar ... Was soll das?«, erklingt plötzlich eine Stimme hinter mir und eine Hand deutet über meine Schulter hinweg auf den Scheck.

Ich sehe auf. Das darf doch jetzt nicht wahr sein! Kann man hier nicht mal fünf Minuten seine Ruhe haben? Ich wende den Blick wieder ab, in der Hoffnung, dass er dann verschwindet. Aber den Gefallen tut mir mein großer Bruder nicht.

»Tyron«, seufze ich, als mir klar wird, dass er so schnell nicht wieder gehen wird.

»Lass dieses theatralische Mädchengetue und mach endlich die Klappe auf. Wieso füllst du neuerdings ständig Schecks aus und warum immer in diesen krummen Summen?«

Ich wende mich ihm zu. Er sieht mich auffordernd an, aber nicht nur das. In seinen Augen erkenne ich, wie sauer es ihn macht, dass ich Dinge vor ihm verheimliche. Schön, dann kann er sich ja jetzt weiter mit seiner

Wut beschäftigen, denn eines werde ich ganz sicher nicht tun: ihn mit in die ganze Sache hineinziehen.

»Das geht dich einen Scheiß an«, sage ich daher nur, stecke den leider immer noch nicht fertig ausgefüllten Scheck wieder ein und den Kugelschreiber gleich dazu. Dann stehe ich auf, und um den Puls meines Bruders noch etwas weiter in die Höhe zu treiben, füge ich an: »Ich kann ja verstehen, dass dich solche Summen begeistern, aber ... stalk jemand anderen.« Ich muss grinsen, denn ich weiß, dass ich einen wunden Punkt getroffen habe.

Aus unserer Familie bin ich der Erste und werde vermutlich auch der Letzte sein, der seine Millionen bekommen hat, denn seien wir mal ehrlich: Micah und Tyron sind absolut nicht in der Lage, ihren Teil der Abmachung zu erfüllen. Sie werden ihre Leben niemals in den Griff kriegen und ihre Millionen werden bei irgendeinem Notar zu Staub zerfallen, bevor sie auch nur einen Blick darauf werfen konnten. Aber das soll mir recht sein; mit Geld kann man eine Menge Schaden anrichten und ich möchte nicht, dass Tyron und Micah sich in Gefahr begeben. Was mir allerdings gar nicht recht ist, ist die Tatsache, dass ich einen Moment zu lange in meinen Gedanken versunken war, denn Tyron packt mich auf einmal an der Schulter und zwingt mich, mich wieder aufs Sofa zu setzen.

So ein Mist. Dabei habe ich gerade gar keine Zeit für seine Moralpredigt. Doch anscheinend hat Tyron noch nicht einmal richtig angefangen. Er stellt sich mir jetzt in den Weg. Breitbeinig, die Hände in den Hosentaschen vergraben, sieht er auf mich herab. »Ich stalke dich nicht, ich passe auf dich auf ... So, wie ich es schon immer getan habe.«

»Aufpassen, stalken ... Nenn es, wie du willst. Aber eines sollte dir dabei klar sein: Was ich tue, geht dich einen Dreck an! Such dir eine Frau und beschäftige dich mit der, wenn du es nötig hast, jemandem auf die Eier zu gehen.« Insgeheim kann ich ihn ja auch irgendwie verstehen. Vor acht Wochen die 77.777 Dollar, die ich brauchte, um Serena zu kaufen und heute diese komplett bescheuerte Summe von 12.135 Dollar. Ach ja, und nicht zu vergessen, die 80 Cent. Diese Laney will mich entweder ärgern oder sie hat einen triftigen Grund für ihre Forderung: ausgewachsene Geisteskrankheit zum Beispiel.

Trotzdem ist sie die Einzige, die genug Wahnsinn besitzt, neben mir bei Herrera zu bestehen. Sie ist schlagfertig und wenn sie nicht gerade ihre Oma-Fummel trägt, auch noch ganz ansehnlich. Das habe ich spätestens heute festgestellt, als ich sie im Bikini gesehen habe. Ihre Figur ist wirklich nicht schlecht. Sie ist keine 1,80 Meter große Modelschönheit, aber ihre Kurven sitzen an den richtigen Stellen. Außerdem ... Moment, habe ich gerade keine anderen Probleme?

Meinen wutschnaubenden Bruder zum Beispiel.

»Ich brauche keine Frau«, spricht er mir aus der Seele.

Wobei es bei mir eher so ist, dass ich keine will, aber sehr wohl eine brauche. Womit wir wieder bei Laney wären. Und dem Scheck, den ich dringend zu Ende ausfüllen muss.

»Ich will nur eins und zwar, dass hier alles läuft. Und damit meine ich nicht nur das Hotel, das uns Großmutter vererbt hat, sondern auch dich und Micah. Ich habe immer auf euch beide aufgepasst und werde es auch weiterhin tun, solange ihr beiden solche Katastrophen seid.«

Okay. Das reicht. Ich stehe wieder auf und tippe Ty vor die Brust. »Die einzige Katastrophe hier bist du, Ty.«

»Ich?« Tyron versucht sich an einem Grinsen, aber ich weiß, dass ich ihn getroffen habe. Er tippt mir nun seinerseits vor die Stirn. »Entweder hast du zu viel gesoffen oder zu viel gefickt.« Ich will ihm erklären, dass leider beides nicht der Fall war, aber er lässt mich gar nicht zu Wort kommen. »Auf jeden Fall ist bei irgendeiner Tätigkeit dein Hirn verloren gegangen.« Tyron baut sich vor mir auf. »Ich bin der einzig Vernünftige hier und du sagst mir jetzt sofort, was bei dir abgeht, sonst ...«

Heute scheint er es aber richtig ernst zu meinen.

»Sonst?« Ich mustere ihn von oben bis unten. Er steht immer noch viel zu dicht vor mir. »Sonst was? Steckst du mich dann zur Strafe in einen deiner Spießeranzüge und jagst mich um den Block?«

Tyron fährt sich über seinen Dreitagebart und überlegt. Oh ja, klar. Er fühlt sich wieder furchtbar überlegen.

»Sonst ... hetze ich dir einen Privatdetektiv auf den Hals, der wird dann schon herausfinden, was du so treibst und gnade dir Gott, wenn er herausfindet, dass du illegale Sachen drehst.«

Illegale Sache drehen. Das klingt viel zu harmlos für das, was es wirklich ist. Aber leider ist Tyron damit ziemlich nah an der Wahrheit und ich zweifle keine Sekunde daran, dass er das mit dem Detektiv ernst meint. Er darf auf keinen Fall herausfinden, was ich so treibe.

Ich brauche einen Plan, doch ehe ich antworten kann, legt Tyron aber noch einmal nach. Ich weiß, was jetzt kommt, noch bevor er das erste Wort ausgesprochen hat. »Schämst du dich eigentlich gar nicht?« Er deutet nach oben. »Was haben Grandma und ich in deiner Erziehung nur falsch gemacht?«

Wie ich diese Gespräche hasse. Doch immerhin sind wir wieder meilenweit entfernt von illegalen Sachen und einem Privatdetektiv, also werde ich einfach mal drauf einsteigen.

»Oh Moment, lass mich mal 'ne Sekunde nachdenken.« Ich hebe den Finger, als käme mir plötzlich die Idee, dabei muss ich für meine nächsten Worte gar nicht lange nachdenken. »Vielleicht ist es ja genau das! Ist dir das schon mal in den Sinn gekommen? Ich hab euch nie darum gebeten, dass ihr zwei auf Elternersatz macht!«

Jetzt wird Ty noch wütender und ich ermahne mich, einen Gang zurückzuschalten, damit er nicht gleich mit einem Herzinfarkt umkippt und Grandma fortan Gesellschaft leistet.

»Jeder Mensch braucht ein gewisses Maß an Erziehung, die haben wir dir geboten, oder zumindest haben wir es versucht, nur du bist ...« Er fuchtelt vor mir rum, als wolle er eine lästige Fliege verscheuchen. »... ein undankbarer Sack, der keinerlei Respekt hat, vor nichts und niemandem. Grandma dreht sich sicher schon wegen dir im Grab um, du kleiner Pisser.«

Uh. Den Pisser hätte er sich wirklich stecken können. Aber ich habe mir geschworen, ihn nicht weiter zu reizen, denn ich muss hier irgendwann auch noch mal weg.

»War's das?« Ich gähne demonstrativ, auch wenn das eigentlich nie irgendeine Wirkung bei Ty zeigt. Er hat sich vorgenommen, die Sache mit dem Scheck bis aufs Letzte auszudiskutieren.

»Nein, noch lange nicht. Du gehst erst, wenn ich weiß, was du veranstaltest.« Tyron wird immer lauter und ich schubse ihn ein Stück weg. Für meine nächste Nummer brauche ich Platz.

Ich gehe ein paar Schritte auf und ab, wobei ich den Kopf gesenkt halte. »Du willst die Wahrheit hören?«, frage ich dann.

»Natürlich will ich die Wahrheit hören. Was glaubst du, warum ich hier stehe?«

»Schön, also gut.« Ich bleibe stehen, sehe kurz zu Tyron und dann wieder auf meine eigenen Füße. »Da ist diese total verrückte Kleine«, sage ich und bin selbst überrascht, wie nah ich bei der Wahrheit bleiben kann, ohne irgendwen zu gefährden.

»Eine Frau?« Ty reißt erschrocken die Augen auf. »Du willst mir jetzt aber nicht sagen, dass du sie fürs Ficken bezahlst!«

Wenn er wüsste, wofür ich Frauen alles bezahle.

»Scheiße nein, sehe ich etwa aus, als hätte ich das nötig?« Ich schüttle den Kopf. »Ich mein es ziemlich ernst mit ihr und ... na ja, und sie braucht meine Hilfe, deshalb ...« Mir fällt nichts Gutes ein. Ich dachte, er wäre vielleicht zu besänftigen, wenn ich ein Mädchen vorschiebe.

»Noch schlimmer! Du schiebst ihr Grandmas Erbe in den Arsch. Ich fasse es nicht. Wie kannst du nur?«

Okay. Taktikwechsel. »Manche Leute haben eben ein Herz.«

»Ein Herz? Willst du mich verarschen? Hättest du ein Herz, würdest du mir was von deinen Millionen abgeben und sie nicht dieser Tussi in den Rachen schmeißen. Du weißt genau, wie sehr ich unter Grandmas Aufgabe leide. Du, mein Lieber, hast kein Herz.«

Eine Familie betritt das Hotel. Vater, Mutter, zwei Kinder. Endlich. Da ist die Erlösung, auf die ich die ganze Zeit über gewartet habe. Das Hotel geht meinem Bruder über alles und wenn er eines nicht will, dann ist es schlechte Presse für unser Haus.

Ich setze ein erschrockenes Gesicht auf und starre über Tys Schulter. Dann senke ich die Stimme und zische: »Sssh, Alter. Du verschreckst die Gäste!«

Aber anscheinend wird mein Bruder von Tag zu Tag geldgieriger, denn die Gäste scheinen ihm plötzlich nicht mehr so wichtig zu sein.

»Das ist mir total egal!«

Ich werfe einen unauffälligen Blick auf die Uhr. Kurz vor sechs. Ich will, dass Laney den Scheck heute noch einlösen kann, also bleibt mir nur noch eine letzte Möglichkeit.

»Okay, pass auf, hör zu.« Ich hebe beschwichtigend die Hände und gehe ein paar Schritte rückwärts.

»Ich höre«, zischt Ty scharf und ich habe langsam das Gefühl, dass ich nicht der Einzige bin, der ihm heute ans Bein gepinkelt hat. Er ist wirklich auf 180. Wenn er so drauf ist, spricht man am besten gar nicht mit ihm und schon überhaupt nicht über die Sache mit dem Erbe, an das er unbedingt möchte. Nur leider ist es für ihn mit der Auflage belegt, dass er erst heiraten muss, bevor er das Geld ausgezahlt bekommt. Ich weiß nicht, ob Grandma bewusst war, dass sie schier Unmögliches damit verlangt hat und wie sehr Tyron unter der ganzen Sache leidet. Meine nächsten Worte werden das Messer, das in seinem Herz steckt, noch ein Stück tiefer reinbohren, also sollte ich danach zusehen, dass ich mich ganz schnell aus dem Staub mache.

»Du willst die Millionen ...« Ich entferne mich noch ein bisschen weiter. »Ich verstehe das, wirklich.« Noch ein Stück weiter, der Ausgang kommt immer näher. »Aber das Problem ist, das niemand einen Kerl wie dich heiraten will, außer ...« Und da ist sie auch schon. Pünktlich wie immer. Ich schnappe mir Miss Learwood, einen unserer Dauergäste, die gerade ins Foyer kommt, um als Allererstes vor der Tür zum Abendessen zu stehen, und schubse sie kurzerhand in Tyrons Arme. »... sie vielleicht!«

Während Ty damit beschäftigt ist, die alte Dame aufzufangen, sehe ich zu, dass ich das Hotel verlasse.

Ich höre nur noch, wie Tyron sich bei Miss Learwood entschuldigt und mir etwas hinterherruft.

»Das war nicht unsere letzte Unterhaltung zu diesem Thema, Dashiel.«

Das fürchte ich auch. Doch fürs Erste bin ich raus aus der Höhle des Löwen.

Laney

Ich laufe im Garten auf und ab. Gefühlt tue ich das jetzt schon seit Stunden. Oh Mann, ich bin ganz schön aufgeregt. Denn wenn Dashiel sein Versprechen mit dem Scheck hält, dann könnte das meine zweite Chance sein. Ich könnte meine Schulden bezahlen und noch mal bei null anfangen. Ich hätte zumindest etwas

Zeit gewonnen, um dem Laden vielleicht doch noch das Leben einzuhauchen, das er verdient.

Doch je später es wird, desto weniger glaube ich daran, dass Dashiel noch auftaucht. Das war sicher nur wieder einer seiner blöden Scherze. Natürlich war es das! Wer zahlt denn bitteschön 12.000 Dollar für ein Date? Eine Verabredung mit einem Popstar oder einer Schauspielerin wäre manchen Männern vielleicht so viel wert. Arabischen Scheichen und russischen Milliardären. Aber ein Date mit mir? In den letzten drei Jahren kam es mir eher vor, als wäre meine letzte Möglichkeit, noch mal ein Date zu haben, den Mann dafür zu bezahlen!

Na ja, wenn ich ehrlich bin, dann habe ich mich gar nicht besonders darum bemüht. Damit ich nicht wie Dad in einem Job versauern muss, bei dem ich hauptsächlich langweilige Häuser konstruiere und deren Bau beaufsichtige, habe ich nach dem Studium all meine Zeit und meine Energie in „Laney's little Secrets" gesteckt. Ich habe den Laden selbst renoviert, mir einen Grundstock an Waren auf Flohmärkten und bei Haushaltsauflösungen zusammengesucht, jedes einzelne Teil wieder auf Vordermann gebracht, genäht, lackiert, geschliffen, poliert.

Wenn sich jetzt herausstellen würde, dass die ganze Arbeit doch nicht umsonst war, dass ich meinen Laden noch retten kann, dann wäre das einfach großartig. Doch es sieht nicht danach aus.

Gegen sechs gebe ich es auf, Tante Amandas englischen Rasen platt zu walzen. Ich werfe einen Blick auf mein Handy, seufze und beschließe dann, ins Haus zu gehen. Dashiels Auftauchen heute war seine Retour-kutsche für gestern, nicht mehr und nicht weniger. Er hat sich ein wenig an mich herangetastet, herausgefunden, was ich dringend brauchen kann und mir dann Hoffnungen gemacht, nur um sie dann gleich wieder zu zerstören. Verdammt. Hätte ich mir die Nummer mit meinem Fuß an seinem Penis mal gespart. Eine Lektion für Laney: Millionäre macht man nicht wütend.

Ich gehe zu meiner Liege von heute Morgen, schnappe mir meine Tasse und greife dann auch nach der Strumpfhose, die mir Dashiel netterweise mitgebracht hat. Eines von zahllosen Teilen, die ich bald auf einer Liste zusammenfassen kann, die ich dann an irgendeinen Insolvenzverwalter schicke. Oder vielleicht mache ich den Laden einfach dicht und verschwinde. Das wäre wohl der beste Plan, denn ich habe keine Ahnung, wie ich sonst jemals 12.000 Dollar auftreiben soll.

Frustriert gehe ich zur Terrassentür und will gerade das Haus betreten, als ich auf einmal etwas höre. Ein tiefes Brummen wie von einem Rasenmäher. An sich wäre das nicht ungewöhnlich – könnte ja gut sein, dass in einem der Nachbarhäuser gerade der Gärtner zugange ist. Das Problem ist nur, dass das Brummen von oben kommt.

Ich mache auf dem Absatz kehrt und entdecke etwas am Himmel. Etwas Schwarzes, das aussieht wie eine vierbeinige Spinne mit Propeller. Oh, prima. Ich bin nicht nur pleite, sondern jetzt kommen auch noch die Marsmännchen, um mich zu holen.

Zweifelnd blicke ich nach oben und verschränke die Arme vor der Brust. Das schwarze Ding kommt näher.

Es senkt sich langsam auf Tante Amandas Garten hinab und ich erkenne, dass es sich dabei um eine dieser ferngesteuerten Drohnen handelt, die das neueste Männerspielzeug zu sein scheinen. Vermutlich hat irgendein Teenager aus der Gegend dieses Teil von seinen Eltern zum Geburtstag bekommen und probiert es gerade aus. Moment. Haben die Dinger nicht Kameras?

Da ich immer noch nichts als meinen Bikini trage, schlüpfe ich schnell in die Strumpfhose und verschränke dann die Arme vor der Brust. Muss ja nicht sein, dass mich hier irgend so ein notgeiler 15-Jähriger bespannt.

Das Brummen wird nervtötend laut und die Drohne kommt etwas näher, was mich automatisch einen Schritt zurück ins Innere des Hauses weichen lässt. Dann verlangsamen sich die Propeller und das Flugobjekt landet auf Tante Amandas Terrasse.

Ich blicke darauf herunter und weiß nicht so recht, was ich jetzt machen soll. Es ignorieren? Bei den Nachbarn anklingeln und den Besitzer ermitteln?

Der Propeller hat aufgehört, sich zu drehen und die Drohne kommt mir vor wie ein riesiges Insekt, das vor mir hockt, um jeden Moment aufzuflattern und mich anzugreifen. Aber das ist natürlich Quatsch. Sie steht einfach nur da und bewegt sich nicht, weil der notgeile 15-Jährige hofft, dass ich meine Arme herunternehme und er einen Blick auf meine Brüste im Bikinitop werfen kann. Aber da hat er sich ...

Moment. Auf einmal entdecke ich etwas. Es ist weiß und mit Klebestreifen auf dem Rücken des Flugobjektes befestigt. Eine Nachricht? Oder eine Falle, damit ich mich zu dem Teil, das irgendwo eine Kamera haben muss, herunterbeuge?

Vorsichtig trete ich näher.

Dabei erkenne ich, dass tatsächlich jemand einen Zettel an die Drohne geklebt hat. Ich gehe in die Hocke, fasse vorsichtig zwischen die Propeller und hoffe, dass das Teil keinem irren Serienmörder gehört, der es in diesem Moment wieder startet, damit mir die kleinen Metallblätter den Arm zerschneiden.

Doch nichts geschieht, als ich den Zettel vorsichtig löse. Ich nehme ihn an mich, werfe einen letzten misstrauischen Blick auf die Drohne und falte ihn dann auf.

Es handelt sich um ein gewöhnliches DinA4-Blatt, aus dem ein zweiter, kleinerer Zettel zu Boden fällt. In der oberen Ecke entdecke ich das Logo eines Hotels: das Clubhotel Pine.

Pine? Das kann kein Zufall sein! Aber Dashiel ist ganz sicher kein Hotelier. Seine Eltern vielleicht. Ja, das würde zu ihm passen. Ich runzle die Stirn und lese die wenigen Sätze, die in schräger, irgendwie hektischer Handschrift darauf gekritzelt sind:

Hey, mein kleiner Liebestöter,
ich würde sagen, damit gehörst du bis Freitag mir. Ich treffe dich morgen um 12 an der Aventura Mall. Zieh was Vorzeigbares an, wir bewegen uns in der Öffentlichkeit.
Süße Träume,
Dash

Liebestöter? Na, das ist mal ein fantastischer Spitzname! Ich schüttle den Kopf und hebe dann den zweiten, kleineren Zettel auf. Das Herz schlägt mir bis zum Hals, denn wenn ich seine Nachricht richtig deute, kann das nur eins sein: mein Scheck.

Ich beiße mir auf die Unterlippe, dann flüstere ich: »Bitte, bitte, bitte« und falte das Papier mit zitternden Fingern auf.

Und tatsächlich. Da steht es schwarz auf weiß: 12.135,80 Dollar, einzulösen von mir.

O mein ... Ich starre auf die Summe, die all meine Probleme auf einen Schlag beseitigt. Er hat es tatsächlich getan.

»Gott, ich liebe dich, Dashiel Pine!«, stoße ich atemlos hervor. Dann drücke ich einen dicken Kuss auf den Scheck und springe auf. Und dann renne ich ins Innere des Hauses. Ich muss mir dringend etwas anziehen und den Scheck dann einlösen, ehe er es sich anders überlegt. Bei einem Kerl wie Dashiel weiß man schließlich nie.

Kapitel 5

Dashiel

Als ich vor dem Haupteingang der Mall, der eher dem Eingangsbereich eines Luxushotels ähnelt, auf Laney warte, ist es schon so heiß, dass ich froh bin, heute in Jeans und T-Shirt unterwegs zu sein. Das ist ohnehin mein bevorzugter Look – zu Anzügen greife ich nur, wenn es darum geht, Geschäftspartner zu beeindrucken oder Frauen aufzureißen. Und Laney muss ich nicht aufreißen. Das habe ich längst, wie ich mittlerweile glaube. Immer wieder sehe ich mir das kurze Video an, das ich gestern Abend mit meinem Handy aufgezeichnet habe, und kann mir das Lachen kaum verkneifen.

Ich blicke auf, als sich jemand nähert, und sehe an einer Frau hinauf, die ein heißes rotes Sommerkleid trägt. Mit schwingenden Hüften kommt sie auf mich zu und lächelt mich sogar an, doch unglücklicherweise handelt es sich bei ihr nicht um Laney, sondern um eine Fremde in Flirtlaune. Ich sehe ihr nach und finde es ein wenig schade, dass ich verabredet bin. Zwar kann ich nicht leugnen, dass mich Laney auf gewisse Weise nach wie vor reizt, aber ich hätte auch nichts dagegen, die Frau in dem roten Kleid in einer der Umkleidekabinen zu vernaschen. Ich hefte meinen Blick an ihre schlanken, gebräunten Beine und hätte mir eigentlich gleich denken können, dass sie nicht Laney ist, denn die ist schließlich weiß wie eine altrömische Statue.

Die Frau in dem roten Kleid dreht sich halb zu mir um und wirft mir über die Schulter einen eindeutigen Blick zu. Verdammt, die sieht wirklich nicht schlecht aus. Ich sehe zu, wie sie sich den Rolltreppen nähert und überlege. Vielleicht könnte ich Laney schreiben, dass ich mich verspäte und ...

»Soll ich vielleicht vor den Damentoiletten Schmiere stehen, damit du nach meiner Abfuhr dein Ego wiederherstellen kannst?«, reißt mich eine zickige Stimme aus meinen Tagträumen und ich wende mich leicht unwillig von der Schönheit im roten Kleid ab.

Und da steht sie, genau vor mir. Laney, gut einen Kopf kleiner als ich, mit sauer funkelndem Blick. Ich mustere sie prüfend. Sie trägt schwarze Shorts, die etwas zu lang und zu weit sind, um sexy zu sein, mit angenähten Hosenträgern und darunter ein blau-weiß gestreiftes, bauchfreies Top in Matrosenoptik. Noch nicht mal hohe Schuhe, stattdessen Chucks. Himmel. Wie soll ich diese Frau jemals sexy aussehen lassen? Im Bikini ging es, aber sie kann Freitag ja schlecht in Badesachen mitkommen.

»Da bist du ja schon«, sage ich bedauernd, doch zugleich schaffe ich es nicht, den Blick von ihr abzuwenden. Und diesmal ist mir noch nicht einmal danach zumute, sie auszulachen. Irgendetwas hat diese Frau an sich, das mich total aus dem Konzept bringt – und das dafür sorgt, dass ich mich trotz allem freue, sie zu sehen. Großer Gott. Wann habe ich mich zuletzt über die

Anwesenheit einer Frau wirklich gefreut? Normalerweise geht es immer nur um das eine. Ein Date, Sex, auf Nimmerwiedersehen. Aber Laney sehe ich jetzt komischerweise schon zum vierten Mal.

Sie hebt die Hände. »Hey, wenn du lieber der Tussi in dem roten Kleid nachlaufen willst, können wir das Ganze auch abblasen. Mein Geld hab ich ja schon.«

Ich grinse zu ihr hinunter. »Warum denn so sauer? Eifersüchtig?«

»Tz, von wegen.«

»Sicher? Ich meine, du scheinst ja neuerdings viel von mir zu halten.« Während sie die Stirn runzelt, hebe ich mein Handy und spiele die kurze Videosequenz erneut ab, sodass sie sie sehen kann. Ihre großen Augen werden noch größer und ihr Gesicht wird knallrot, als sie sich selber im Garten hocken sieht, in Bikini und Strumpfhose, wie sie sagt: Gott, ich liebe dich, Dashiel Pine!

Fassungslos blickt sie zu mir auf. »Lösch das!«

Ich lasse das Handy in meiner Tasche verschwinden. »Ich denk gar nicht dran, Prinzessin. So ein Geständnis bekomme ich vielleicht nie wieder von dir.«

»Du bekommst es ganz sicher nie wieder, darauf kannst du Gift nehmen!«

Ich mustere sie prüfend. Sie ist immer noch knallrot und ich kaufe ihr keine Sekunde lang ab, dass ich ihr so gleichgültig bin, wie sie tut oder dass sie sogar was gegen mich hat. Mit Sicherheit ist sie zumindest ein bisschen verliebt in mich. Das sind alle Frauen.

»Ich würde ja mit dir wetten«, sage ich, »aber dann würde ich dich gleich wieder ruinieren, und das möchte ich nicht. Gehen wir also stattdessen shoppen.«

Mit diesen Worten deute ich auf die Rolltreppe, von der die Frau in Rot mittlerweile verschwunden ist.

Stattdessen stehe ich hier mit dem Mädchen im Matrosenanzug und ich kann mir nicht helfen: Irgendwie bedaure ich diese Tatsache so gar nicht, sondern finde jedes unserer Treffen verdammt spannend, und ich muss mir immer wieder vor Augen halten, dass ich es nicht zum Spaß tue, sondern dass es von entscheidender Bedeutung ist, dass ich am Freitag die passende Frau dabeihabe. Es geht schließlich darum, einen wichtigen Mann zu beeindrucken – einen Geschäftsmann, der vollkommen skrupellos ist. Und skrupellose Personen haben meistens die beste Menschenkenntnis.

Laney

Dieses Einkaufszentrum ist genau das, was ich an Amerika nicht leiden kann. In allen Schaufenstern weisen Schilder auf die neuesten Kollektionen hin und die dort ausgestellten Klamotten sind so austauschbar, dass ich mich frage, wie es die Menschen in den Straßen schaffen, nicht vollkommen uniformiert auszusehen. Überall kleine schwarze Cocktailkleider, spießige Twinsets und in den moderneren Läden Leoprint und Army-Look. Das ist alles nicht meine Welt und ich fühle mich hier völlig deplatziert. Aber worüber will ich mich beschweren? Ich habe den Scheck gestern tatsächlich einlösen können und bereits die nötigen Überweisungen getätigt, um meine Schulden los zu sein. Das heißt, wenn ich zurück in Everglades City bin, kann ich wieder voll durchstarten. Dann nehme ich es gerne hin, mich noch für ein paar Tage von Dashiel ärgern zu lassen.

Dashiel. Das ist ohnehin so eine Sache mit ihm. Als ich ihn gerade vor dem Eingang der Mall entdeckt habe, konnte ich mir nicht helfen: Ich habe mich irgendwie gefreut, ihn zu sehen. Auf ihn zuzugehen und ihn anzusprechen, fühlte sich seltsam vertraut an, und das irritiert mich total.

Vertraut? Wir kennen uns doch gar nicht. Wir leben noch nicht einmal im selben Universum. Seines besteht aus teuren Autos, operierten Frauen und Champagnerpartys, meines aus uralten Dingen auf verstaubten Dachböden, tropfenden Wasserhähnen und der Frage, wann ich wohl endgültig von meinem eigenen Bett erschlagen werde. Und doch fühlt sich Dash für mich nicht mehr wie ein Fremder an. Eher wie jemand, dem ich schon längst hätte begegnen sollen. Und das sollte so nicht sein. Auf gar keinen Fall.

»Gehen wir hier rein«, sagt er und bleibt vor einem Dolce-&-Gabbana-Shop stehen.

Zweifelnd werfe ich einen Blick ins Schaufenster. »Da stehen noch nicht mal Preise an den Sachen, das Zeug hier muss unfassbar teuer sein.«

»Unfassbar teuer ist uns gerade gut genug!«, beschließt Dashiel und geht vor.

Ich kann es nicht ändern, aber für einen Moment bleibt mein Blick an seinem Hintern hängen, der heute in Jeans steckt und unfassbar knackig aussieht. Sein Shirt lässt einen Teil seiner Oberarme frei, sodass ich mir eines seiner Tattoos genauer ansehen kann. Über dem linken Ellbogen prangt ein Datum.

»Was hat das zu bedeuten?«, frage ich und zeige darauf, während ich ihm widerwillig in den Laden folge.

Dashiel folgt meinem Blick und ich erkenne, wie ein Schatten über seine Augen huscht. Das, was er dann sagt, will irgendwie gar nicht dazu passen. »Das steht für den Tag, an dem ich reich geworden bin«, sagt er nicht ohne eine gewisse Härte in der Stimme.

»Wie bist du reich geworden?«, frage ich und sage mir dabei selbst, dass ich aufhören sollte, mir Illusionen zu machen, was ihn angeht. Er bestätigt doch immer wieder selbst, worum es ihm in seinem Leben in erster Linie geht – Geld und noch mehr Geld. Profit. Ansehen. Innerlich ist er vermutlich eiskalt, das sind solche Kerle doch immer.

»Einen Teil habe ich geerbt, den Rest verdanke ich meinem guten Geschäftssinn.«

»Was für Geschäfte machst du?«

Dashiel winkt ab und sieht sich nach einer Verkäuferin um. »Langweiliges Zeug. Nichts, das dich interessieren müsste.«

Ich runzle die Stirn. »Soll ich nicht deine Frau spielen? Da wäre es irgendwie komisch, wenn ich nicht weiß, was du beruflich machst, oder?«

Schnell sieht mich Dashiel an. »Alles, was du für Freitag wissen musst, werde ich dir noch sagen. Aber am besten wird es sein, wenn du zu den geschäftlichen Themen einfach die Klappe hältst. Klar?«

Ich mustere ihn zweifelnd und mir entgeht nicht der gehetzte Ausdruck, der plötzlich in seinen Augen erschienen ist. Für einen Moment scheint der Sonnyboy, als den ich ihn bisher erlebt habe, gänzlich verschwunden zu sein und genau wie vorgestern Abend, als er mit der Blondine auf der Jacht gestritten hat, erfüllt ein unbestimmter Zorn seine Züge. Was hat das zu bedeuten? Was verheimlicht er? Ist seine Lockerheit am Ende nichts als Fassade, hinter der er eine ganz andere Persönlichkeit versteckt?

Nein, das ist kompletter Blödsinn. Mit mir geht nur meine Fantasie durch. Ich bin mir ziemlich sicher, dass Dashiel genau das ist, wofür ich ihn von Anfang an gehalten habe – ein oberflächlicher arroganter Mistkerl, dem das Geld zu locker sitzt.

Und als wäre das sein Stichwort, verschwindet die Düsterkeit plötzlich aus seinem Blick und wird durch ein charmantes Lächeln ersetzt, als eine Verkäuferin auf uns zukommt.

»Wunderschönen guten Tag! Freut mich sehr, dass Sie uns beehren! Wie kann ich Ihnen behilflich sein?«

Wow, was für eine Begrüßung. Die sollte ich mir vielleicht für meinen eigenen Laden merken.

»Wir brauchen ein Kleid für ein Dinner.«

Die Verkäuferin lächelt Dashiel an, dann mustert sie mich, als wäre ich eine Schaufensterpuppe, die sie neu bestücken soll. Ihre dünn gezupften Brauen ziehen sich zusammen und sie fragt: »Für Ihre Freundin?«

»Er ist nicht mein Freund«, sage ich schnell.

»Sie ist meine Frau«, sagt Dashiel und zieht mich in seinen Arm. Der Duft seines Aftershaves umfängt mich und ich versuche, seiner Anziehungskraft zu widerstehen, indem ich mich leicht gegen seinen Griff stemme.

»Oh«, sagt die Verkäuferin und blickt auf unsere Hände, an denen ganz eindeutig die Ringe fehlen.

»Spezialanfertigungen aus den Emiraten. Wir erwarten sie in den kommenden Tagen.«

Ihr Gesicht hellt sich auf. »Das klingt wunderbar!« Sie sieht mich an. »Sie haben Glück. Nicht alle Männer sind so spendabel.«

»Ja, er ist einfach toll«, schwärme ich gespielt und werfe Dashiel einen ebenso unechten verliebten Blick zu.

»Für meine Traumfrau nur das Beste«, gibt Dashiel zurück und ich muss zugeben, dass er seine Rolle gar nicht so schlecht spielt. Der Blick, den er mir zuwirft, wirkt tatsächlich fast liebevoll. Doch der Klaps, den er mir danach auf den Po gibt, enthüllt direkt wieder seine wahren Absichten.

Ich zucke zusammen, löse mich aus seiner Umarmung und werfe ihm einen drohenden Blick zu, ehe ich mich an die Verkäuferin wende: »Also. Dann zeigen Sie uns doch mal, was Sie haben.«

»Gern. In welcher Preisklasse?«

»Geld spielt keine Rolle. Sie haben es doch selbst gesagt, mein Mann ist extrem spendabel.«

»Das wollte ich hören«, sagt die Verkäuferin und geht vor zur ersten Kleiderstange.

Ich grinse Dashiel über die Schulter an und hoffe, dass er irgendwie entsetzt aussieht oder sogar protestiert. Doch er bleibt gelassen. Geld scheint für ihn tatsächlich keine Rolle zu spielen. Aber nach seinem Blick und seinen ausweichenden Worten eben bin ich mir nicht mehr so sicher, ob er es auf legale Art und Weise verdient.

Ich meine, haben Männer, die einem nicht sagen wollen, was sie machen, nicht immer irgendwie Dreck am Stecken? Hätte er, wenn er kein Krimineller wäre, nicht einfach gesagt, dass er Börsenmakler oder Anwalt oder was auch immer ist?

»Was halten Sie von diesem hier?«, reißt mich die Verkäuferin aus meinen Überlegungen. Ich blicke auf und sehe, dass sie mir einen Traum von einem Kleid hinhält.

Ganz im Ernst, es ist wunderschön. Nicht so altmodisch, wie ich es normalerweise mag, aber irgendwie doch ein bisschen. Die obere Hälfte ist breit in Schwarz und Rot gestreift, ab der Taille ist es dann gerade, aber schmal geschnitten und mit einem symmetrischen Rosenmuster versehen. Es sieht nach den Fünfzigern aus, irgendwie aber auch leicht asiatisch, wie aus einem alten Geisha-Film, und ich finde es einfach wundervoll.

»Nein, nicht so ein Clownskostüm«, sagt Dashiel. »Was Klassischeres.«

Ungläubig blicke ich ihn an. »Das war doch toll«, zische ich, während die Verkäuferin weitersucht.

»Ja, wenn man im Zirkus auftreten will«, zischt Dashiel zurück.

Dann wird mir auch schon das nächste Kleid vor die Nase gehalten. Es ist cremefarben und mit Ornamenten bestickt, ebenfalls hell und unauffällig.

»Viel besser«, sagt Dashiel.

»Dann gefällt Ihnen bestimmt auch dieses Exemplar hier«, mutmaßt die Verkäuferin und zeigt uns ein schulterfreies Kleid in Schwarz mit leichtem, verspieltem Goldmuster.

»Wie findest du es?«, fragt Dash.

»Wie findest du es?«, gebe ich ein bisschen spöttisch zurück. Schließlich hat er meinen bisherigen Favoriten ja auch einfach so rausgekickt.

»Wir nehmen es mit«, beschließt er.

»Und das gestreifte vom Anfang nehmen wir auch mit«, füge ich hinzu.

Die Verkäuferin sieht fragend zu Dashiel.

»Keine Sorge. Auch wenn er bezahlt, darf ich selbst entscheiden, was ich anziehe.«

»Natürlich«, sagt sie schnell und geht dann.

»Irrtum«, raunt mir Dashiel zu.

»Das werden wir noch sehen.«

Wir setzen beide unser Lächeln wieder auf, als die Verkäuferin zurückkommt und folgen ihr, als sie ankündigt, uns noch ein paar weitere Kleider zu zeigen.

»Wo hast du eigentlich diesen grässlichen Geschmack her?«, fragt Dashiel leise, während wir ihr durch den gut aufgeräumten, beinahe menschenleeren Laden folgen.

»Ich hab keinen grässlichen Geschmack, sondern einen klassischen. Ich verkaufe sogar Kleidung, also halt dich zurück.«

»Du bist Verkäuferin?«, fragt Dashiel und klingt nicht gerade begeistert. »Dann hast du mich also verscheißert, als du gesagt hast, dass du studiert hast?«

»Nein, das habe ich wirklich. Aber danach habe ich einen Laden eröffnet.«

»Und? Läuft er gut?«

Ich presse die Lippen aufeinander, ehe ich antworte: »Ich bin pleite gegangen.«

Dashiel lacht mich aus und ich kann es ihm nicht einmal verübeln. Klingt schon blöd, wenn jemand, der nicht in der Lage ist, seine Klamotten an den Mann zu bringen, behauptet, was über Mode zu wissen.

»Hör zu.« Ich bleibe stehen und sehe ihn an. »Mein Geschmack ist vielleicht nicht derselbe, den die meisten Menschen haben, aber was mir gefällt, ist deshalb noch lange nicht grässlich. Es war vor dreißig, fünfzig oder siebzig Jahren schick. Es enthält Erinnerungen. Es erzählt eine Geschichte. Wie ein Zuhause, in dem überall Fotos und kleine Andenken herumstehen. Etwas, womit man sich wohlfühlen kann. Aber ich erwarte nicht, dass du das verstehst, Mister Neureich.«

Damit wende ich mich ab und gehe weiter zu einem Kleiderständer, wo die Verkäuferin erwartungsvoll stehen geblieben ist, mit einem fliederfarbenen Kleid in den Händen. Als Dashiel mir nicht gleich folgt, blicke ich hinter mich und erkenne, dass er sich nicht von der Stelle gerührt hat. Nachdenklich sieht er ins Leere, und erst als er meinen Blick bemerkt, setzt er sich ebenfalls in Bewegung. Er schließt zu mir auf, sagt aber kein Wort.

Hm. Irgendwie ist er echt seltsam und je mehr Zeit ich mit ihm verbringe, desto mehr fällt mir das auf. Er scheint ziemlich viele verschiedene Seiten zu haben, die irgendwie nicht so richtig zusammenpassen wollen.

Wer weiß. Vielleicht verstehe ich ihn am Ende dieser Woche ja besser.

Fürs Erste jedoch versuche ich mich auf die unzähligen Kleider zu konzentrieren, die mir vorgeführt werden. Lange und kurze, schwarze und bunte. Irgendwann kommt ein zweiter Verkäufer dazu, der die von mir ausgewählten Exemplare schon mal zu einer Kabine trägt, während ich weiter durch den Laden schaue, und eine andere Verkäuferin erkundigt sich schon mal nach meiner Schuhgröße, damit sie mir passende Pumps bringen kann. Die denken hier wohl an alles.

»So, das ist genug«, sage ich, als ich sicherlich fünfzehn verschiedenen Kleider ausgewählt habe. »Da muss eins bei sein, das mir steht.«

»Oh, es werden Ihnen sicher einige stehen.« Die Verkäuferin nimmt mich an der Schulter mit zu einer Kabine.

»Sowas trage ich normalerweise nicht.«

»Mir ist Ihre ausgefallene Kreation schon aufgefallen. Von wem stammt der Look?«, fragt sie.

»Oh, ähm, der ist von ...« Ich werfe einen Blick auf meine Schuhe. »Charles Taylor.«

»Kenne ich gar nicht. Ist der neu?«

Haargenau an dieser Stelle klinkt sich Dashiel wieder ein, der plötzlich neben uns ist. »Nicht so bescheiden, mein Schatz!« Er lächelt die Verkäuferin voller Stolz an. »Meine Frau hat einen Laden, in dem sie ihre eigenen Kreationen verkauft. Sie ist keine Designerin, aber sie stellt für ihre Kundinnen Outfits wie dieses zusammen.«

»Oh! Kenne ich den Laden?«

»Ich glaube kaum«, beginne ich, werde aber gleich wieder von Dashiel unterbrochen.

»Jeder kennt Laneys Geschäft«, sagt er voller Überzeugung.

»Wie ... wie heißt es denn?«

»Laney's little Secrets«, erwidere ich und spüre, wie meine Wangen glühen. »In Everglades City.«

Die Verkäuferin runzelt die Stirn und sagt dann, vermutlich aus purer Höflichkeit: »Ja, jetzt wo Sie es sagen.« Dann hält sie mir den Vorhang einer Kabine auf.

»Dann schlüpfen Sie mal rein. Ich hole Ihnen ein Glas Prosecco.«

Damit verschwindet sie und da sich gerade auch keiner der anderen beiden in unserer Nähe befindet, ziehe ich Dashiel am Kragen seines Shirts zu mir hinter den Vorhang.

»Sag mal, spinnst du?!«

»Was denn?«, fragt er verständnislos.

»Warum machst du mich vor dieser Frau so zum Affen? Niemand in Miami kennt meinen Laden, das ist doch wohl klar!« Wutentbrannt funkle ich ihn an. »Wenn du so weitermachst, dann kannst du dir für Freitag eine andere suchen!«

Dashiel erwidert meinen Blick gelassen, und nicht nur das. Er kommt ganz in meine Kabine, wodurch er plötzlich sehr dicht vor mir steht.

»Ich sag dir, was klar ist«, erklärt er und mustert mich dabei von oben bis unten. »Deinen Laden, den meine 12.135,80 Dollar gerade gerettet haben, kennt keine Sau, und zwar vermutlich nicht nur in Miami, sondern auch in Everglades City, denn sonst wärst du nicht pleite.« Sein Blick heftet sich auf meine Brüste und bleibt viel zu lange dort, während er weiterspricht. »Aber warum ist das so? Ich sage es dir: Weil du dich mies präsentierst. Ich habe dir gerade gezeigt, wie man sich gut präsentiert, denn die Frau da draußen wird mit Sicherheit in der nächsten freien Minute dein Geschäft googeln. Hast du eine Homepage? Social Media?«

»Nein«, murmle ich.

»Nein, natürlich nicht. Aber für die Zukunft weißt du jetzt dank mir, wie man Kunden gewinnt. Ich habe also in nur zwei Tagen deinen Laden gerettet und dir auch noch grundlegende Dinge in Sachen Marketing beigebracht, und anstatt dass du mich deswegen anmotzt, will ich ...« Endlich sieht er mir wieder in die Augen. »... ein Danke.«

»Tz. Bestimmt nicht.«

»Oder einen Kuss, such es dir aus.«

Ich spüre selbst, wie sich meine Augen weiten. Dieser unverschämte Kerl will was? Einen Kuss? Jetzt und hier? Nun ja. Ein Kuss ist ja leider Teil unserer Abmachung, fällt mir in diesem Moment wieder ein.

»Du bist so ...« Ich verschränke die Arme vor der Brust. »Ich kann auch einfach Danke sagen.«

»Klar. Wenn du verklemmt bist.«

Verklemmt?! Dieser blöde Affe mit diesem verdammten spöttischen Glitzern in seinen Augen. Ich will ihn nicht küssen! Aber ich will auch nicht als verklemmt dastehen. Keine Ahnung, warum mich auf einmal interessiert, was er denkt. Vielleicht wegen der ganzen Liebestöter-Sache. Oder vielleicht spinne ich auch einfach. Aber irgendwie habe ich den Drang, ihm zu beweisen, dass ich nicht so brav und langweilig bin, wie er tut. Vielleicht, weil es mir auf der Party vorgestern irgendwie Spaß gemacht hat, ihn zu überraschen.

Na ja, aber dass ich mich jetzt mit meinem Fuß, meiner Hand oder sonst einem Körperteil an seiner Hose zu schaffen mache, kann er schön vergessen. Stattdessen halte ich seinem herausfordernden Blick stand, stelle mich auf die Zehenspitzen und sehe ihm tief in die Augen.

Dann zögere ich. Bisher ist er nur irgendein Kerl für mich. Ein Fremder, mit dem mich eine verrückte Begegnung und eine schräge Abmachung verbinden. Aber wenn ich ihn jetzt küsse, dann wird er nicht mehr irgendwer sein. Küsse stellen Verbindungen her, sie machen aus Fremden Vertraute, und irgendwie habe ich das Gefühl, dass diese Grenzüberschreitung gefährlich sein könnte, wenn ich sie bei Dashiel in Kauf nehme.

Ich spüre, wie er seine Hand an meine Taille legt. Er steht so nah vor mir, dass ich seine Körperwärme fühlen kann. Mein Puls schlägt höher, als mir lieb ist und wenn ich ehrlich bin, dann ist mir sogar ein ganz kleines bisschen schwindelig. Es liegt an seinen Augen, an ihrem tiefen Blau. Um nicht mehr hineinsehen zu müssen, schließe ich meine. Aber das ist der entscheidende Fehler.

Denn Dashiel nutzt den Moment und in der nächsten Sekunde fühle ich, wie seine Lippen meine berühren, und mir ist gleich klar, dass dieser Kuss anders ist als jeder, den ich zuvor hatte. Pure Elektrizität scheint sich von seinem auf meinen Körper zu übertragen, auf einmal kribbelt alles in mir und der Schwindel, der mich erfasst hat, steigert sich so sehr, dass ich glaube, mich kaum noch auf den Beinen halten zu können. Ich spüre, wie Dashiel meine Taille auch auf der anderen Seite packt und mich näher an sich zieht, und dann gleitet seine Zunge sanft über meine Lippen und ich kann nicht anders, als meinen Mund für ihn zu öffnen. Seine Zunge schiebt sich zwischen meine Lippen und beginnt, meine eigene Zunge zu massieren, und während mein Verstand mich fragt, ob ich eigentlich total bescheuert geworden bin, macht sich mein Körper selbstständig. Ich grabe meine Finger in das kurze Haar in Dashiels Nacken, erwidere seinen Kuss und spüre, wie sich meine Atmung beschleunigt.

Wieder ist da dieses Gefühl, das ich schon vorhin hatte: Diese Erkenntnis, dass er ein Mensch ist, der schon längst hätte da sein sollen. Mit dem ich diesen Kuss schon lange hätte teilen sollen. Ein fehlendes Teil in dem chaotischen Puzzle, das mein Leben ist.

Auf einmal erscheinen Bilder vor meinem geistigen Auge. Ich kann sehen, wie ich Dash mit in meine kleine Wohnung nehme und wie er über meine bescheuert platzierte Badewanne lacht. Ich kann sehen, wie er mit meinen Eltern, Hannah und mir beim Essen sitzt und wie Mom mir einen Blick zuwirft, als wolle sie sagen: Das ist er.

Und ich ...

»Ähem.«

Wir fahren auseinander und ich höre die Verkäuferin von der anderen Seite des Vorhangs: »Ich habe hier Ihren Prosecco und wir können dann auch beginnen.«

Dashiel und ich sehen einander an und sind beide vollkommen atemlos. Er wirkt so überrascht, wie ich mich fühle, doch er gewinnt seine Fassung deutlich schneller wieder als ich.

»Gar nicht schlecht, kleine Betschwester«, raunt er mir zu, dann gleiten seine Finger von meinen Hüften und er verschwindet aus der Kabine.

Ich starre ihm eine Sekunde lang nach, dann lehne ich mich gegen den kühlen Spiegel in meinem Rücken, schließe die Augen und atme ein paar Mal tief durch.

Oh Shit. Was habe ich getan? Ungefähr so muss es sich anfühlen, wenn man seine Seele an den Teufel verkauft. Jetzt bin ich auch ein Name in Dashiel Pines Notizbuch, eine weitere Frau, die ihm nicht widerstehen konnte. Wie soll ich ihm jetzt noch vorspielen, dass ich ihn nicht leiden kann?

Wie soll ich mir selbst das jetzt noch vorspielen? Nach diesem Kuss. Und dem Kopfkino.

Ehe ich zu einem Schluss komme, öffnet sich der Vorhang der Kabine wieder ein Stück. Ich mache die Augen auf und sehe, dass die Verkäuferin zu mir ins Innere tritt.

»Hier, eine kleine Erfrischung«, sagt sie und hält mir ein Glas hin.

»Danke.« Ich nehme es ihr ab und leere es in einem Zug.

»Sind wir dann so weit?«

Ich nicke. »Sind wir.«

***

Die nächste Stunde bringt mich glücklicherweise auf andere Gedanken. Ich probiere Kleid um Kleid an und komme immer wieder aus der Kabine, um mich meinem „Ehemann" zu präsentieren. Dabei schaffe ich es kein einziges Mal, Dashiel in die Augen zu blicken, der auf einem Sessel Platz genommen hat und es durchaus zu genießen scheint, meine verschiedenen Looks zu bewerten.

»Damit siehst du aus wie eine Vierjährige auf dem Weg zum Spielplatz«, sagt er, als ich in einem Kleid mit weitem Ballonrock aus der Kabine trete. Kein Wunder, denn es ist mit großen bunten Eistüten bedruckt. Keine Ahnung, was sich Dolce & Gabbana dabei gedacht haben. »Wie alt bist du eigentlich?«

Schnell schaue ich mich nach den Verkäufern um, die schließlich glauben, wir wären ein Ehepaar, doch tatsächlich ist von ihnen in diesem Moment nichts zu sehen. »27«, erkläre ich dann, wobei ich Dashiel immer noch nicht in die Augen blicke.

»Ehrlich schon? Mann, du siehst höchstens aus wie 24. Wir müssen dich für Freitag dringend etwas älter aussehen lassen, damit mein Geschäftspartner dich ernst nimmt.«

»Wieso ist das eigentlich so wichtig?«, frage ich, während ich wieder in der Kabine verschwinde. Weil die Verkäuferin gerade nicht da ist, helfe ich mir in aller Hektik selbst mit dem Reißverschluss, denn wenn Dashiel auf die Idee kommt, es zu tun, dann kann ich für nichts garantieren.

»Das kann dir egal sein«, sagt er. »Wichtig ist nur, dass du weißt, dass er auf Frauen steht, die gleichzeitig sexy, elegant und intelligent sind.«

Ich kann mir das Lachen kaum verkneifen. Und da kommt er gerade auf mich? Na, ich muss ja eine Ausstrahlung haben. Bisher dachte ich immer, ich sei eher das ewige Mädchen, das von allen belächelt wird und sich durch seine große Klappe behaupten muss.

»Ich weiß, was du denkst«, höre ich Dashiel von draußen, während ich aus dem Kleid steige. »Aber du warst die Einzige, die auf die Schnelle verfügbar war.«

Kaum hat er ausgesprochen, spüre ich Ärger in mir aufsteigen. Ärger und eine riesige Enttäuschung, die ich mir am liebsten gar nicht eingestehen würde. Verfügbar, tz. Das klingt ja, als wäre ich eine Hure. Blitzartig wird mir wieder klar, was Dashiel für ein Mann ist.

149

Einer, der sich Frauen nimmt, sie benutzt, sie zusammenknüllt und in den nächsten Papierkorb wirft. Am liebsten würde ich losheulen. Man sollte bei solchen Männern nicht das Kribbeln im Bauch empfinden, das ich gerade empfunden habe. Am Ende machen sie einen nur unglücklich. Führen einen vor. Sorgen dafür, dass man sich lächerlich vorkommt mit seinen bescheuerten, romantischen Zukunftsvisionen.

»Wieso schweigst du jetzt?«, fragt er von draußen.

»Weil du ein Arschloch bist«, erwidere ich, während ich in das cremefarbene Kleid schlüpfe.

Keine Antwort von ihm, dafür kommt im nächsten Augenblick die Verkäuferin wieder zu mir rein. »Ich nehme mal an, Sie meinen nicht mich«, scherzt sie etwas steif, ehe sie mir den Reißverschluss zumacht und mir dann in ein Paar ebenfalls cremefarbene Pumps hilft.

Ich trete aus der Kabine und spüre sogleich Dashiels skeptischen Blick.

»Was?«

»Ich weiß nicht. Das sieht irgendwie aus, als würdest du Braut spielen.«

»Das also auch nicht«, seufze ich und blicke die Verkäuferin an.

Sie verzieht das Gesicht. »Ich fürchte, Ihr Mann hat Recht. Dieses Kleid ist eher für große, nordische Frauen gemacht.«

Na wunderbar. Tut mir leid, dass ich nicht Charlize Theron bin. Ich gehe zurück in die Umkleide und steige als Nächstes in das schwarz-goldene Kleid, auch wenn ich eigentlich gar keine Lust mehr habe. Ich fühle mich immer noch lächerlich und muss mir erst mal klarmachen, dass Dashiel nichts von meinen Gefühlen weiß. Wir haben uns bloß geküsst, sowas ist für ihn mit Sicherheit keine große Sache. Ich werde mir diese blöden Gefühle für ihn ganz einfach wieder ausreden, dann ziehe ich unsere Abmachung durch und das war's. Aber bis es so weit ist, heißt es: Haltung bewahren, Laney!

Ich komme aus der Kabine, wundere mich, dass Dashiel nichts sagt und sehe ihn nun doch an – nur um festzustellen, dass er über beide Backen grinst.

»Was ist denn so lustig?«

»Du siehst aus wie ein Silvester-Knallbonbon. Du weißt schon, diese Dinger, die man in der Mitte durchreißt und dann kommt Konfetti raus.«

Die Verkäuferin kichert und ich stemme die Hände in die Hüften.

»Wenn du so weitermachst, dann bist du bald auch nur noch Konfetti. Entscheide dich langsam, ich hab nur noch ...« Ich blicke hinter mich in die Kabine und sehe, dass dort nur noch das allererste Kleid hängt, das ich mir ausgesucht habe. Mein Traumkleid.

»Wie viele noch?«, fragt Dashiel.

»Nur noch eins.« Ich gehe wieder in die Kabine, lasse mir den Reißverschluss öffnen und mache dann den Vorhang zu. Schlagartig fühle ich mich etwas besser, weil ich weiß, dass ich ihm seine abschätzige Art gleich heimzahlen kann.

»Welches?«

»Warte es ab!«

Ich ziehe das Knallbonbon-Kleid aus, nehme das andere behutsam vom Bügel und spüre gleich, dass es perfekt ist. Behutsam steige ich hinein und schiebe es auf meine Schultern. Dann steige ich in meine schwarzen High Heels und mache mir sogar die Mühe, meinen roten Lippenstift aus der Handtasche zu kramen und ihn aufzutragen. Der Ton passt perfekt zu den Streifen und den Rosen auf dem Kleid. Ich wuschle mir mit den Fingern durch die kinnlangen Haare, trete einen Schritt zurück und mustere mich im Spiegel, während die Verkäuferin gerade so weit hereinkommt, dass sie den Reißverschluss zumachen kann. Dabei schmiegt sich das Kleid an meine Kurven und sitzt, als sie fertig ist, einfach nur perfekt.

Ich spüre, wie ein zufriedenes Grinsen meine Lippen überzieht. Wusste ich es doch.

Die Verkäuferin, die immer noch mit dem Kopf in der Kabine steckt, mustert mich über die Schulter und räuspert sich dann wieder, was ein Tick von ihr zu sein scheint: »Ähm, ich lasse Sie beide mal allein.«

Damit verschwindet sie.

»Wo bleibst du?«, fragt Dashiel.

Ich lächle mir aufmunternd zu, setze ein würdevolles Gesicht auf, drehe mich um und öffne langsam den Vorhang. »Mein Name ist Laney«, sage ich mit rauchiger Stimme, »und ich bin ...« Ich lehne mich an die Seitenwand der Kabine und lasse meinen Arm daran hinaufgleiten. »... von Beruf Architektin. Ich bin extrem elegant ...«

Ich beobachte, wie Dashiels Augen denselben überrumpelten Ausdruck annehmen wie bei unserem Date, als ich meine kleine Attacke auf ihn startete. Langsam trete ich aus der Kabine und komme mit wiegenden Hüften auf ihn zu.

»Aber dabei auch sexy«, fahre ich fort und bleibe vor ihm stehen. In aller Ruhe lasse ich meine Hand von meiner Hüfte nach unten gleiten, um die weiche Seide des Kleides dann auf der linken Seite ein Stück hinaufzuziehen. Dann lege ich das Knie auf Dashiels Sessellehne ab und beuge mich gemächlich zu ihm hinunter. »Und unheimlich intelligent bin ich auch«, füge ich hinzu, jetzt eine Spur leiser.

Dashiel setzt sich auf, nähert sich meinem Gesicht mit seinem, scheint mich noch mal küssen zu wollen.

»Aber für meinen lieben Ehemann hier«, sage ich und greife ihm ins verstrubbelte Haar, »bin ich einfach nur ...«

Dashiel kommt noch etwas näher. Ich spüre seinen Atem auf meiner Haut und ein plötzliches, unerwartetes Pochen in meinem Unterleib.

Nein, dieser Mann lässt mich leider nicht kalt, weder emotional noch körperlich. Ganz bestimmt nicht, das muss ich mir mittlerweile eingestehen. Aber das heißt nicht, dass er mich haben kann.

»Die Erstbeste, die verfügbar war«, ende ich und schleudere Dashiel mit sanfter Gewalt von mir.

Ich höre ihn leise keuchen und richte mich auf. »Ich nehme an, das Kleid gefällt dir so gut wie mir?«, frage ich, jetzt wieder mit meiner normalen Stimme, dann rufe ich: »Wir nehmen es! Die Schuhe auch! Und wenn Sie uns noch den passenden Schmuck organisieren könnten!«

»Du bist unglaublich, Laney«, höre ich Dashiel stöhnen.

»Im positiven oder negativen Sinn?«

Er erhebt sich aus seinem Sessel und zückt sein Portemonnaie. »Da bin ich mir noch nicht so sicher.«

Kapitel 6

Dashiel

Ich rase über die Collins Avenue. Die Fenster meines R8 sind unten, die salzige Meeresluft strömt ungehindert ins Wageninnere und die Sonne brennt so heftig durch die Scheibe, dass ich ohne meine Sonnenbrille vermutlich vollkommen blind werden würde. Ich gebe noch mehr Gas und lasse Haulover Park und seinen kleinen Jachthafen hinter mir. Als ich auf die Brücke Richtung Bal Harbour Beach komme, wende ich den Blick von der Straße ab und betrachte die Wassermassen um mich herum.

Links von mir der Nordatlantik, rechts von mir die Biscayne Bay. Doch schon bald verdunkeln die Schatten riesiger Wolkenkratzer meine Sicht und ich sehe wieder nach vorne. Ich rase weiter, bis die Stadt nur noch aus der Collins Avenue und einer Reihe mit Häusern zu bestehen scheint. Es ist so schmal hier, dass man auch ohne Brücke links und rechts das Meer sehen kann. Ich schlängle mich durch den immer dichter werdenden Verkehr, bis ich schließlich runterbremsen muss.

Ich liebe die Geschwindigkeit. Was ich hingegen gar nicht leiden kann, ist das hier. Ampeln. Andere Autos. Menschenmassen, die über die Straße strömen. Ich befinde mich mittlerweile auf dem Ocean Drive und sollte mich eigentlich nicht wundern. Trotzdem verspüre ich das Verlangen umzudrehen und allem hier den Rücken zu kehren. Aber ich tue es nicht. Denn dort, wo ich hin will, werde ich gleich meine absolute Ruhe haben.

Ich fahre weiter, bis Miami plötzlich zu enden scheint, nehme ein paar Seitenstraßen und lande schließlich in einer Sackgasse. Vor mir liegt eine schmale, aber lange Promenade und dann folgt der Sandstrand. Zuerst überlege ich, den Wagen einfach hier zu parken und zu meinem Ziel zu laufen, aber dann entscheide ich mich um. Da die Sonne noch vom Himmel brennt, sind die meisten Leute unten am Strand und die Promenade ist weitestgehend frei. Vorsichtig gebe ich Gas und mein R8 überwindet den niedrigen Bordstein mühelos. Es ist ein bisschen eng, sodass ich beim Abbiegen auf die Promenade noch langsamer werden muss. Dann ist es geschafft und neben mir befinden sich nur noch Meer, Sand und lauter Bikinischönheiten, die mir in diesem Augenblick nahezu gesammelt die Köpfe zuwenden.

Kein Wunder. Sie sehen vermutlich nicht jeden Tag einen Sportwagen auf der Promenade herumfahren.

Einige der Frauen rufen mir etwas zu und winken. Sie kennen mich. So wie jedes Model, jede Schauspielerin und jedes It-Girl von Miami, das etwas auf sich hält. Doch irgendwie habe ich heute keinen Kopf für sie. Meine Gedanken werden von Laney durcheinandergewirbelt und genau aus diesem Grund bin ich den Weg hier herausgefahren.

Ich muss den Kopf frei kriegen.

Ich fahre langsam, auch wenn ich es kaum erwarten kann, mein Ziel endlich zu erreichen.

Laney.

Zuerst war sie mir lästig, dann fand ich sie amüsant. Anschließend hat sie sich als praktisch erwiesen – eine brauchbare Begleitung für Freitag.

Und nun?

Seit sie zugesagt hat, sollte ich eigentlich erleichtert sein. Stattdessen frage ich mich unentwegt, ob es das Richtige ist, was ich tue. Schließlich ziehe ich sie damit in eine Sache mit rein, deren Ausmaße ich selber noch nicht abschätzen kann.

Eine Gruppe Fahrradfahrer kommt mir von einem Verleih entgegen und unterbricht mich in meiner Grübelei. Sie haben es sich anscheinend zur Aufgabe gemacht, mir den letzten Nerv zu rauben, denn sie beginnen alle gleichzeitig zu klingeln und mir irgendwelche wütenden Rufe entgegen zu schleudern.

Kurzerhand beschließe ich, mein Glück noch etwas weiter zu strapazieren. Den nächsten Weg, der runter in den Sand führt, nehme ich und bin erstaunt, wie gut sich der Audi auch auf diesem Untergrund fahren lässt. Da der South Pointe Pier aber bereits in Sicht ist, stelle ich den Motor lieber ab und beschließe, das letzte Stück zu laufen. Von oben schreien die Fahrradfahrer etwas von der Polizei, aber das kümmert mich nicht weiter. Ich bin in ganz Miami noch auf keinen Cop gestoßen, der sich nicht mit der passenden Summe ruhig stellen ließ. Insofern muss ich weder um meinen Führerschein noch meine Freiheit oder sonst etwas bangen.

Gerade will ich aussteigen und mich auf den Weg machen, als mein Handy klingelt. Zuerst denke ich an

Laney und mein dämliches Herz schlägt für einen Augenblick schneller. Dann erkenne ich den Klingelton. Für meine beiden Brüder habe ich jeweils einen persönlichen Ton eingestellt: Micah ist ein Country-Fan, also erklingt, wenn er anruft, Country Roads. Glücklicherweise ruft er mich so gut wie nie an, weshalb ich diese Scheußlichkeit von einem Song nicht allzu oft ertragen muss. Bei Tyron sieht das leider anders aus. Mindestens einmal am Tag schallen ABBA mit Money, Money Money aus meinem Smartphone.

Ich gehe ran. »Was willst du?«

»Wieder so freundlich heute, Bruderherz«, blafft er direkt zurück.

»Das ist keine Antwort auf meine Frage.«

Tyron seufzt tief und ich kann im Hintergrund hören, wie sein Schreibtischstuhl quietscht. Na klar, er ist mal wieder in seinem Büro, das im hinteren Teil des Hotels liegt. Wo auch sonst?

»Blöde Fragen beantworte ich grundsätzlich nicht«, sagt er. »Ich hatte dich gewarnt, dass wir noch über die riesigen Schecks reden, die du andauernd ausstellst. Und der Zeitpunkt für dieses Gespräch ist jetzt.«

»Ich hab gerade keine Zeit, Ty«, versuche ich ihn abzuwimmeln, aber so leicht gibt er sich nicht geschlagen.

»Keine Zeit? Was treibst du denn so Wichtiges? Arbeitest du seit Neuestem etwa?«

Ich presse die Kiefer fest zusammen, um ihm keine Antwort zu geben, die diesen Streit nur vertiefen würde.

Ja, ich weiß, ich habe wenig zu tun und eine Menge Freizeit. Das liegt aber nicht daran, dass ich irgendein

Asozialer bin, der einfach in den Tag hineinlebt, obwohl er es sich nicht leisten kann. Ich habe eine Investmentfirma mit acht Angestellten, eigentlich neun, die dafür sorgen, dass ich mein Geld und das anderer Leute für mich arbeiten lassen kann. Das Einzige, was ich wirklich noch selbst tun muss, ist, mich um diese blöden Hotelabrechnungen zu kümmern, mit denen mich Ty dauernd nervt. Und das mache ich nur wegen Grandma, nicht weil ich es nötig hätte. In Tyrons Augen bin ich stinkfaul, weil ich mir nicht den ganzen Tag in irgendeinem Büro um die Ohren schlage. Aber im Gegensatz zu ihm lebe ich lieber, anstatt mich hinter einem Monitor zu verstecken. Das Leben kann nämlich verdammt schnell vorbei sein, und das weiß mein Bruder so gut wie ich.

»Ich sagte dir doch, ich hab im Moment Schwierigkeiten mit einer Frau«, gebe ich zurück. Das ist nicht die ganze Wahrheit. Genaugenommen habe ich mit einigen Personen Schwierigkeiten. Aber Laney ist der einzige Teil der ganzen Geschichte, von dem ich ihm relativ risikofrei erzählen könnte.

Doch soll ich das wirklich tun? Mit meinem Bruder über meine Gefühle sprechen? Ich schätze, da kann ich mir genauso gut einen dieser Staubsaug-Roboter zulegen und mich mit dem unterhalten. Die haben auch kein Herz und sind den ganzen Tag beschäftigt.

»Ist ja rührend«, erwidert Ty. »Du versuchst es immer noch auf die Tour? Ich hab dir schon beim letzten Mal gesagt, dass mich deine Nutten nicht interessieren. Aber wenn du anfängst, Grandmas Erbe an eine von denen zu verschleudern, dann –«

Ich nehme das Handy vom Ohr und höre ihn noch einen Moment lang weiterzetern, dann drücke ich das Gespräch weg. Wie gesagt: Es wäre sinnlos, mit Ty über sowas zu sprechen. Mit Micah genauso, denn der lebt ebenfalls in seiner eigenen Welt. Nein, ich muss diese ganze Sache mit mir selbst ausmachen.

Ich lasse das Handy im Auto und laufe los. Nach wenigen Schritten beginne ich zu schwitzen und wische mir über die feuchte Stirn. Dabei habe ich den Blick starr aufs Wasser gerichtet und versuche nicht über das nachzudenken, was mir schon wieder in den Sinn kommt. Nein, nicht was. Wer.

Laney.

Also schön.

Verdrängen bringt offenbar nichts, also nehme ich mir vor, noch bis zum Pier über sie nachzudenken, aber dann muss Schluss sein.

Was ist mein Problem?

Eigentlich sollte mich ihre Art zu reden abstoßen, ihr Kleidungsstil und ihre selbstgefällige Haltung ebenso. Ich sollte es ausnutzen, dass sie sich von den ganzen billigen, blonden Schönheitsköniginnen abhebt und somit perfekt für das Treffen bei Herrera ist – und dann ist gut. Sie wird mich begleiten, wird Herrera begeistern und dann muss ich sie, wenn alles nach Plan läuft, nie wiedersehen.

Also, noch mal, Dash. Was ist dein verdammtes Problem?

Wenn ich ehrlich zu mir selber bin, und das bin ich ziemlich ungern, dann ist genau das mein Problem. Ich will sie nach Freitag noch einmal wiedersehen. Irgendetwas an ihr fasziniert mich und ich möchte unbedingt herausfinden, was es ist. Vielleicht ist es nur der Reiz des Unbekannten, schließlich habe ich selten jemand so Komisches wie Laney gesehen. Sie hebt sich von den anderen Frauen ab, mit denen ich sonst zu tun habe und interessiert mich wahrscheinlich deshalb. Genau das wird es sein.

Scheiße, wollte ich nicht ehrlich zu mir selbst sein?

Also gut. Sie ist mir nicht so egal, wie sie es sein sollte. Es sind ihre Augen, die mich gleich im ersten Moment fasziniert haben. Ihre grünen Augen, die ein bisschen zu groß sind und doch genau zu ihr passen. Und ihr puppenhaftes Gesicht mit der kleinen Nase, die sich immer dann kräuselt, wenn sie lacht oder angestrengt nachdenkt. Ich mag es, wie sie mich immer wieder zu provozieren weiß und es gefällt mir, dass sie sich mir nicht an den Hals wirft, wie es andere Frauen tun. Noch immer habe ich keine Ahnung, was sie eigentlich von mir hält. Mal macht sie mich an, dann lässt sie mich abblitzen, dann beleidigt sie mich und wirkt gekränkt, wenn ich kontere. Ich werde aus ihr einfach nicht schlau.

Nur eines ist sicher: Ich kann sie nach Freitag nicht einfach gehenlassen und aus meinem Leben streichen. Ich will sie wiedersehen, noch viel öfter als jetzt. Ich will sie kennenlernen und all die kleinen Rätsel lösen, die sie umgeben. Und ich habe so die Befürchtung, dass sie mir danach nicht gerade weniger gefallen wird als jetzt.

Womit wir auch schon bei Problem Nummer zwei wären.

Wie ich gerade schon festgestellt habe, möchte ich sie eigentlich nicht mit zu Miguel Herrera nehmen, weil ich nicht weiß, wie gefährlich der Typ werden kann. Klar, Herrera hat eigentlich keinen Grund, mir in irgendeiner Weise schaden zu wollen, aber so etwas kann sich schnell ändern. Gut möglich, dass sein erstes Ziel, sofern ihm etwas an mir und meinem Verhalten nicht passt, meine Frau ist. Laney. Das perfekte Druckmittel.

Andererseits sehe ich die Sache wahrscheinlich gerade viel zu schwarz. Es wird eine ganze normale Dinnerparty sein, auf die ich eben mit Begleitung eingeladen bin und auf der wir in einer ruhigen Minute über die Geschäfte sprechen werden. Herrera und ich. Laney wird sich unterdes wahrscheinlich mit irgendwelchen reichen Tussis über Schmuck und Kleider unterhalten und dann war es das auch schon.

Zur Sicherheit werde ich Laney noch einen neuen Namen verpassen und es wird bei diesem einen Treffen bleiben. Selbst wenn Herrera wollte, würde er sie also nicht finden und somit muss ich mir auch keine Sorgen um sie machen.

Es sei denn ...

Nein, Dash, es reicht.

Ich habe den Pier erreicht, klettere aus dem Sand und mische mich unter die Touristen, die herumalbern, Selfies schießen und die Skyline der Stadt bewundern. Ich versuche sie zu ignorieren und gehe weiter.

Also, was mache ich, wenn ...?

Scheiße. Auch wenn ich es eigentlich nicht will, ist der Gedanke bereits in meinem Kopf und ich muss mir etwas überlegen.

Was ist, wenn aus Laney und mir mehr wird? Was ist, wenn sie in der Stadt bleibt? Blase ich meine Pläne dann ab, gebe Serena frei und überlasse Herrera und seine Geschäfte einfach sich selbst? Was wird dann aus Dan?

Mir ist klar, dass ich Dan nicht hängen lassen kann, also werde ich Laney am Freitag mitnehmen und zusehen, dass ich sie und Herrera weitestgehend voneinander fernhalte. Dann werde ich ihr anbieten, die letzten Tage Tante Amandas Haus für sie zu sitten – schließlich kenne ich mich dort schon aus und sie weiß, dass ich nichts stehle – und sie wird mein Angebot dankend annehmen und zurück nach Everglades City fahren. Dort wird sie dann ihren Freak-Shop weiterführen und unsere Wege werden sich niemals mehr kreuzen.

Die Vorstellung gefällt mir nicht und die Tatsache, dass es mir nicht gefällt, wenn Laney Miami verlässt, gefällt mir noch viel weniger.

Ich habe keine Zeit für eine Frau. Nicht für eine Frau wie sie, nicht für etwas Festes. Außerdem bin ich nicht der Typ für sowas. Eine Frau bedeutet eine Verpflichtung, die ich in meinem Leben nicht gebrauchen kann. Ich kenne mich. Nach ein paar Tagen würde sie mir lästig werden und nach ein paar weiteren Tagen würde ich mir nichts mehr wünschen, als sie los zu sein und meine Freiheit wiederzuhaben. Dann würde ich mit ihr Schluss machen und sie vermutlich ziemlich heftig vor den Kopf stoßen. Und das kann ich uns beiden ersparen.

Ein weiteres Date. Nur der Freitag, mehr nicht. Übermorgen ist es schon so weit, also muss ich nur noch einen weiteren Tag ihre Gesellschaft ertragen, für den nötigen Feinschliff sorgen, und dann, nach der Dinner-party, war es das.

Gut. Zumindest rede ich mir ein, dass das gut ist.

Zum Glück habe ich das Ende des Piers erreicht und muss nicht weiter nachdenken. Ich ziehe mein Shirt aus, dann meine Schuhe und meine Hose. Wasser spritzt gegen meine Brust und ich fühle mich schlagartig etwas ruhiger. Ich lasse meine Klamotten auf dem Pier, lege meine Sonnenbrille dazu, dann klettere ich unter dem erstaunten Murmeln der Touristen über die Absperrung.

Vor mir liegt der Atlantik, dunkelgrün und wild peitscht er die Wellen gegen das Holz des Stegs.

Das ist genau das, was ich jetzt brauche.

Ich höre noch, wie jemand ruft, dass hier Schwimmverbot herrscht, doch das interessiert mich nicht. Ich habe das Meer an dieser Stelle schon unzählige Male bezwungen und es wird mir wieder gelingen.

Ich hole Luft, hebe die Arme, stoße mich ab und lande mit einem Kopfsprung im kalten Wasser. Zuerst raubt mir die Kälte den Atem, aber dann beginne ich zu kraulen. Immer weiter raus. Weit weg vom Pier, vom Ufer, den Touristen. Weg von Miami.

Es wird mir helfen, mich aufs Wesentliche zu fokussieren und Laney aus meinen Gedanken zu verdrängen.

Da bin ich mir ganz sicher.

Laney

Ein Kleid für 3.000 Dollar. Schuhe für 600 Dollar. Schwarze Edelsteinohrringe, eine passende Kette und ein Armband für 5.000 Dollar. Großer Gott, wie reich ist Dashiel eigentlich?

Er hat mir diese ganzen Sachen gekauft, ohne mit der Wimper zu zucken. Ich habe sie nach Hause gebracht, in Tante Amandas Ankleidezimmer ausgebreitet und traue mich seitdem nicht mehr, sie anzufassen. Er hat mal eben fast 10.000 Dollar ausgegeben, um einen Geschäftspartner zu beeindrucken, und schlagartig hoffe ich, dass er mich die Sachen danach nicht behalten lässt. Denn langsam aber sicher wird mir klar, was ich hier tue. Ich verkaufe mich. Nicht für Sex, das ginge zu weit. Aber ich werde am Freitag so etwas wie seine Escortdame sein. Eine Begleitung, die trägt, was er will und tut, was er will. Also ist es schon so, dass ich mich auf gewisse Weise prostituiere.

Die Einzige, die gerade verfügbar war. So sieht mich Dashiel.

Ich betrachte mich selbst im Spiegel und mache mir das bewusst. Es ist nicht so, dass ich die Sache absagen will. Aber ich will mir nichts vormachen. Ich bin käuflich, zumindest dieses eine Mal. Und ich werde Dashiel helfen, seine Geschäftspartner zu belügen. Moralisch einwandfrei ist das nicht gerade.

»Aber es rettet deinen Laden«, murmle ich, beuge mich zu dem Kleid hinunter und streiche ein paar Falten in dem seidigen Stoff glatt.

Und dabei hoffe ich, dass bei Dashiels Geschäften alles mit rechten Dingen zugeht. Denn auf keinen Fall will ich Teil von etwas Illegalem sein.

Was, wenn er ein Dealer oder sowas ist? Wenn er mit mir irgendeinen mexikanischen Drogenboss beeindrucken will? Ich meine, ich habe ja keine Ahnung und es gibt keinen Grund für mich, diesem Mann zu vertrauen. Theoretisch könnte er alles Mögliche im Schilde führen. Er ist so undurchsichtig, dass es mich nervt. Noch nicht einmal bei unserem Kuss hatte ich das Gefühl, auch nur für eine Sekunde wirklich zu ihm durchzudringen.

Unser Kuss.

In meinem Bauch beginnt es zu kribbeln, wenn ich daran denke. Wie dicht er auf einmal vor mir stand mit seinem perfekten Körper und seinem selbstsicheren Lächeln. Und wie die Berührung seiner Lippen mich vollkommen elektrisiert hat. Dieser Kuss hatte schon fast etwas Magisches. Und ...

Unsinn, Laney! Verärgert schüttle ich den Kopf über mich selbst. »Du bist einfach ausgehungert, das ist alles. Drei Jahre ohne Date hinterlassen nun einmal Spuren. Wahrscheinlich hättest du sogar einen Kuss mit Donald Trump genossen!«

Bei der Vorstellung verziehe ich das Gesicht.

Nun ja, so verzweifelt bin ich wohl doch noch nicht. Aber Dashiel ist ein gut aussehender Kerl und er weiß zweifellos, wie man Frauen herumkriegt. Also warum wundert es mich, dass ich nichts dringender will, als diesen Kuss zu wiederholen? Was wirklich besorgniserregend ist, ist die Tatsache, dass ich mir, auch wenn wir ungefähr so gut zusammenpassen wie Feuer und Wasser, nichts dringender wünsche, als ihn in diesem Moment hier bei mir zu haben.

Fange ich etwa ehrlich an, Gefühle für ihn zu entwickeln? Das sollte ich auf keinen Fall. Er hat mich selbst vor sich gewarnt und das bestimmt aus gutem Grund. Aber das ändert nichts daran, dass er, seit ich hier in

Miami bin, fast pausenlos in meinen Gedanken ist. Wie eine Urgewalt, gegen die ich mich einfach nicht wehren kann.

Ich setze mich auf Tante Amandas samtbezogenen Schemel und versuche mich daran zu erinnern, wie es sich angefühlt hat, als ich zum letzten Mal verliebt war. Aber wenn ich ganz ehrlich bin, dann hat sich eigentlich noch nie etwas so angefühlt wie das, was ich empfinde, wenn ich an Dashiel denke. Das hier ist anders. Ich will ihn nicht mögen und tue es doch. Ich will ihn nicht sehen und wünsche mir doch, dass er vorbeikommt.

Was, wenn es ihm ähnlich geht? Wenn er mich vielleicht wegen Freitag gefragt hat, weil er mich trotz all unserer Unterschiede und obwohl wir uns überhaupt nicht verstehen, auch in seiner Nähe haben will? Wenn er dieses seltsame Kribbeln ebenfalls spürt?

»Sei nicht so bescheuert«, zische ich dem Spiegel zu, dann verlasse ich das Ankleidezimmer und gehe entschlossen runter ins Erdgeschoss. Ich sollte mir diese Gedanken schleunigst aus dem Kopf schlagen. Dashiel ist ein Frauenheld, er kann jede haben. Models. Strandschönheiten. Da wird er sich nicht ausgerechnet in mich verlieben. Ich muss dringend mit der Träumerei aufhören. Ich werde jetzt etwas tun, das mich ablenkt. Ich werde das ganze Gemüse, das Tante Amanda gekauft hat, nutzen und etwas daraus kochen.

Also betrete ich die Küche, zerre mein Handy aus der Tasche meiner Shorts, deren Hosenträger mir mittlerweile locker über die Schenkel baumeln, und gebe in meinen Internetbrowser „Rezept Gemüse" ein. Dann öffne ich den Kühlschrank und hole einen angewelkten Salatkopf, Paprika und Karotten heraus.

Und dann klingelt es an der Tür.

Ich lasse den Bund Möhren sinken und sehe zur Diele. Es ist früher Abend, wer mag das um die Zeit sein? Eigentlich hat Amanda doch allen gesagt, dass sie im Urlaub ist. Vielleicht der Paketdienst oder so.

Schlagartig klopft mein Herz etwas schneller. Vielleicht habe ich Glück. Nein, sowas sollte ich nicht denken.

Ich verlasse die Küche, tappe barfuß in die Diele und öffne die Tür.

Und da steht er.

»Dashiel«, sage ich.

Sofort fallen mir mehrere Dinge auf. Erstens: Sein Haar ist tropfnass. Zweitens: Seine Kleidung ist feucht und klebt ihm am Körper. Was hat das zu bedeuten? Ich trete einen Schritt nach draußen und blicke Richtung Himmel, aber geregnet hat es sicher nicht.

Dashiel kommt näher, legt seine Hand um mein Kinn und dreht meinen Kopf so, dass ich ihn ansehen muss. Mir fällt auf, dass er außer Atem ist.

»Ich bin gerade«, sagt er mit rauer Stimme, »fast bis nach North Cat Cay geschwommen, um dich aus meinem Kopf zu bekommen, Laney. Aber ich krieg es einfach nicht hin.«

Ich öffne den Mund, um etwas zu erwidern, doch gleichzeitig ist meine Kehle wie zugeschnürt.

Dashiel sieht mir noch einen Moment lang ins Gesicht, dann gleitet sein Blick an mir herunter, über mein enges Shirt, meinen nackten Bauch, und weiter zu dem Bund Möhren in meiner Hand. Seine Brauen ziehen sich zusammen, er stößt ein kurzes Lachen aus und schüttelt den Kopf. Und dann packt er mein Gesicht fester, drängt mich zurück ins Haus und küsst mich voller Leidenschaft. Als wären wir unter Wasser und ich wäre das Einzige, was ihn dort am Leben erhalten kann.

Ich lasse das nutzlose Gemüse fallen und Dashiel kickt die Tür hinter uns zu. Ich schlinge die Arme um seinen Körper und lasse mich von ihm weiter voranschieben, wobei ich mich zwinge, unseren Kuss zu unterbrechen und ihn atemlos frage: »Du hast was getan?«

Dashiel schüttelt den Kopf und küsst mich erneut, und ich ziehe ihn mit mir ins Wohnzimmer, während ich meine Hände unter sein Shirt gleiten lasse. Sein Rücken fühlt sich feucht und kühl an, genau wie seine Finger, die sich jetzt aus meinem Gesicht lösen, über meinen Hals gleiten und dann meine Hüfte packen. Wir stolpern ins Wohnzimmer und ich weiß nicht so recht wohin, aber Dashiel dirigiert mich zielsicher in Richtung des dicken weißen Teppichs vor dem Kamin.

Obwohl ich gerade kaum denken kann, will ich ihm sagen, dass er seine Schuhe ausziehen soll, aber als ich mich ein Stückchen von ihm löse und an ihm hinuntersehe, stelle ich fest, dass er ohnehin barfuß ist. Als sei er dem Meer entstiegen, hätte sich nur schnell in die nötigsten Sachen geworfen und wäre hierher gerast. Verrückt.

»Was ist?«, fragt er heiser.

»Gar nichts«, erwidere ich.

»Kein blöder Spruch, keine Abfuhr?« Der Hauch eines Grinsens zuckt um seine Mundwinkel.

»Heute nicht«, flüstere ich.

Dashiel nickt und dann finden seine Lippen wieder meine.

Meine Finger machen sich selbstständig und ziehen ihm das Shirt über den Kopf. Zum zweiten Mal sehe ich ihn jetzt oben ohne und kann kaum glauben, dass unsere erste Begegnung erst so wenige Tage her ist. Damals hätte ich im Leben nicht gedacht, dass ich ihm mal so nah kommen würde.

Ich streiche mit den Fingern über seine glatte Brust, über sein definiertes Sixpack, hinunter zu seinen Lenden, doch ehe ich noch weiter gehen kann, schiebt mich Dashiel sanft von sich und deutet mir, dass ich die Arme heben soll, und dann zieht er mir ebenfalls das Shirt aus. Doch damit begnügt er sich nicht: Er lässt es zu Boden fallen und zieht mich wieder an sich, um sich an den Knöpfen meiner Shorts zu schaffen zu machen, und erst jetzt wird mir so richtig klar, worauf das hier hinauslaufen soll.

Er will mit mir schlafen. Aber das wollte ich doch eigentlich nicht. Ich wollte kein Name auf seiner Liste sein. Niemand, den er fallenlassen kann.

Dashiel streift mir die Shorts ab und geht dabei in die Knie. Seine Hände legen sich auf meinen Po und seine Lippen berühren meinen Bauch, gleiten sanft den Saum meines Slips entlang, und ich erschauere, obwohl ich eigentlich gerade einen klaren Kopf behalten will.

Als ich keine Anstalten mache, aus meiner Hose zu steigen, blickt Dashiel zu mir hinauf. »Was ist?«, fragt er.

»Wo soll das hier hinführen?«, frage ich leise.

Ein schelmisches Funkeln erschient in Dashiels Augen und er deutet mit dem Kinn auf den Teppich: »Nicht weit. Nur bis dort.«

»Du weißt, was ich meine.«

»Denk nicht zu viel nach«, sagt er leise, wobei ich seinen Atem dicht an meiner Haut spüre. Ich atme scharf ein, und Dashiel nutzt den Moment, um seine Lippen wieder auf meine Haut zu senken und sich langsam, über meinen Bauch und meine Rippen, einen Weg nach oben zu küssen. Überall, wo sein Mund mich berührt, scheinen mich kleine Blitze zu durchzucken.

Ich schließe die Augen, als er sich meinen Brüsten nähert und mich Schwindel ergreift. Wenn er wüsste, dass er mir jeden klaren Gedanken gerade absolut unmöglich macht. Ich stehe einfach nur da, lasse es geschehen und wehre mich auch nicht, als Dashiel hinter mich greift, um den Verschluss meines BHs zu öffnen. Eine Gänsehaut erfasst mich, als er das weiße Stück Spitzenstoff von meiner Haut gleiten lässt. Ich öffne die Augen, sehe Dashiel an und will erneut etwas sagen, doch da zieht er mich schon auf seinen Schoß, sodass ich auf seinen Schenkeln hocke, und als ich die beginnende Erektion durch seine Jeans fühle, schmilzt mein letzter Widerstand endgültig dahin.

Ich lege den Kopf in den Nacken, während sich seine Hände um meine Brüste schließen und sie sanft zu massieren beginnen. Nach so langer Zeit ist es im ersten Moment seltsam, fremde Finger auf meinem Körper zu spüren. Andererseits fühlt es sich absolut perfekt an und ich fühle mich so frei und lebendig wie lange nicht.

»Scheiße, die sind ja echt«, höre ich Dashiel flüstern.

Ich lache leise. »Kommt dir wohl selten unter.«

Anstatt mir in Worten zu antworten, zieht mich Dashiel enger an sich, drückt meine Brüste mit den Händen sacht zusammen und fängt an, sie mit dem Mund zu verwöhnen. Ich höre mich selbst leise stöhnen, als seine Zunge meine Nippel umkreist und sich seine Lippen dann um die linke Seite schließen, um behutsam daran zu saugen.

Ich greife in sein immer noch nasses Haar und dränge mich gegen ihn, und als hätte ich ihm damit ein Signal gegeben, packt mich Dashiel und lässt mich auf den flauschigen Teppich sinken. Ich blicke zu ihm auf. Durch die Glasscheibe Richtung Garten fällt das Licht der tiefstehenden Sonne zu uns hinein und wärmt meine Beine. Ich blinzle gegen das Licht, ehe ich Dashiel genauer mustere. Er öffnet seinen Gürtel und offenbart eine Tätowierung auf seiner Leiste, die ein einziges Wort darstellt: Blessed. Gesegnet. Ob er damit sein … bestes Stück meint?

Das wäre wieder typisch.

Ich spüre mein Herz vor Aufregung schneller klopfen und lenke mich ab, indem ich mir die anderen Motive ansehe. Ein stilisierter Revolver auf seinen Rippen, eine Windrose auf seiner Brust, ein …

»Hey.«

Ich blicke Dashiel in die Augen und schlucke hart, als ich spüre, wie seine Finger sich in mein Höschen haken und es langsam herunterziehen. Ganz automatisch hebe ich das Becken an und lasse ihn gewähren. Es ist, als hätte mein Körper einfach entschieden, dass ich mich dem hier hingebe, ohne meinen Verstand auch nur zu fragen.

Immer noch sehe ich Dashiel fest an, doch als er mir das Höschen komplett abstreift und dann seine Hose ein Stück herunterzieht, um sich schließlich zwischen meine Schenkel zu knien, kann ich nicht mehr anders, als meinen Blick an seinem Körper hinunterwandern zu lassen. Und spätestens jetzt muss ich zugeben, dass er tatsächlich alles andere als klein ist, und der Anblick seiner erigierten Männlichkeit lässt es mir sehr, sehr warm werden.

Dashiel beugt sich zu mir herunter und ich spüre, wie sich seine Härte an mir reibt. Unwillkürlich stöhne ich auf.

»Gib es zu«, raunt er, während er meinen Hals mit Küssen bedeckt.

»Was ...?«

Ich spüre sein Grinsen förmlich auf meiner Haut, während er sich weiter an mir reibt und seine Erektion dabei zwischen meine Schamlippen gleiten lässt. »Du weißt, was ich meine.«

Erst jetzt spüre ich, wie feucht ich bereits bin. Mein Unterleib pocht und ich will nichts sehnlicher, als ihn endlich in mir spüren.

Wie konnte es so weit kommen?

Egal. Das spielt jetzt gerade keine Rolle.

»Überzeug mich«, flüstere ich.

Doch Dashiel dringt nicht in mich ein. Stattdessen richtet er sich auf und ich fürchte schon, dass er mich gleich wie die allerletzte Idiotin dastehen lassen wird. Aber stattdessen zieht er ein Kondom aus der Tasche seiner Jeans und ich sehe erwartungsvoll zu, wie er es sich überstreift. Dann, endlich, beugt er sich wieder zu mir herunter, seine Lippen finden meine und seine

Erektion presst sich zwischen meine Schenkel. Ich erwidere seinen Kuss und kann zugleich ein Stöhnen nicht unterdrücken, als er in mich gleitet, als seine Hände meine Seiten packen und er mich tief und rhythmisch zu stoßen beginnt.

Noch immer spüre ich die Sonnenwärme auf meinen Beinen. Noch immer fühlt sich Dashiels Haut, als ich meine Arme um ihn schlinge, feucht und kühl an. Doch mit jedem Stoß scheint sie sich etwas mehr zu erhitzen und unser Kuss wird immer leidenschaftlicher, bis ich das Gesicht wegdrehen muss, um zu atmen.

Dashiels Lippen senken sich auf meinen Hals, sacht beißt er in meine Haut, während seine Stöße härter und fordernder werden. Ich grabe meine Finger in seinen muskulösen Rücken, stemme mich ihm entgegen.

Dashiels Lippen saugen an meiner Haut, seine Hände fahren über meine Schenkel und seine Stöße gewinnen immer mehr an Intensität.

»Oh Gott«, höre ich mich flüstern, dann verschließt Dashiel meine Lippen wieder mit seinen und es ist sein Kuss, der dafür sorgt, dass auch der letzte Widerstand in meinem Inneren bricht. Ich lege die Hände auf seinen Po, spüre seinen Stößen nach und keuche in seinen Mund, als ich merke, wie sich in mir langsam der Höhepunkt aufbaut. Es beginnt als elektrisches Knistern in meinem Unterleib, das mehr und mehr an Spannung gewinnt, bis es sich in einem grellen Feuerwerk entlädt, das mir den Atem raubt und mich glauben lässt, dass ich jeden Moment das Bewusstsein verliere. Meine Muskeln schließen sich um Dashiels Härte, er stöhnt

beinahe schmerzhaft und dann merke ich am Pulsie-
ren seiner Erektion in meinem Inneren, dass er ebenfalls zum Orgasmus kommt.

Ich schließe die Augen, lasse meine Hände auf seinem
Hintern liegen, will ihn ganz spüren, während mich
Glückshormone überfluten. Dashiel atmet gepresst
aus, dann weicht sämtliche Spannung aus seinem Körper und er sinkt schwer auf mich. Ich lasse meine
Hände hinauf zu seinem Rücken gleiten und halte ihn
fest, genieße seine Nähe, auch wenn ich im selben Moment weiß, dass das hier nicht für lange ist. Er hatte
jetzt, was er wollte. Gleich wird er aufstehen und gehen.

Auf einmal erfasst mich eine Mischung aus Bitterkeit
und Reue, und gleichzeitig überlege ich fieberhaft, was
ich sagen soll, wenn von ihm gleich irgendein abfälli-
ger Spruch kommt. Reagiere ich cool? Oder wütend?
Ich habe keine Ahnung, was ich tun werde. Vielleicht
knalle ich ihm eine, das könnte ich mir gut vorstellen.
Natürlich sollte ich das nicht, ich sollte möglichst
gleichgültig sein, aber wenn er das jetzt wirklich durch-
zieht, mir vielleicht noch um die Ohren haut, dass er
am Ende immer seinen Willen kriegt oder etwas ähnlich Mieses und dann einfach geht, weiß ich nicht, ob
ich mich beherrschen kann.

Als wäre das sein Stichwort, löst sich Dashiel in diesem Moment von mir. Ich lasse ihn los und als sich unsere Körper nicht mehr berühren, ist mir eine Sekunde
lang richtig kalt. Ich schließe die Augen und zähle innerlich bis drei, ein kleiner Countdown für Dashiels ul-
timativen Rachespruch an der Frau, die es gewagt hat,
ihn abblitzen zu lassen. Doch auch als ich längst bei

drei angekommen bin, geschieht nichts und ich höre auch kein Geraschel von Klamotten oder so.

Ich mache die Augen wieder auf, sehe einen Moment lang an die Decke und spüre dann, dass mich jemand beobachtet. Ich drehe den Kopf nach rechts – und stelle fest, dass Dashiel neben mir liegt, auf der Seite, den Kopf auf dem Arm abgestützt.

»Machst du das immer nach dem Sex?«, fragt er belustigt. »Einfach die Augen schließen und toter Mann spielen?«

»Nein«, erwidere ich schnell und setze mich auf. »Ich dachte ...«

»Was? Dass ich einfach gehe, wenn du dich schlafend stellst?«

Jetzt muss auch ich lachen. »So ein Unsinn.« Ich lege mich wieder hin und drehe mich ebenfalls auf die Seite, wobei ich Dashiel nachdenklich betrachte.

»Was?«, fragt er.

»Ich dachte, ich kann dich nicht leiden.«

»Man kann auch Sex mit jemandem haben, den man nicht leiden kann«, klärt er mich auf. »Das nennt sich dann hassficken. Es hat seinen eigenen Reiz.«

Ich stöhne und verdrehe die Augen. »Du Widerling.«

Dashiel lacht leise.

»Das war kein Scherz. Du bist wirklich ein ziemlicher Widerling«, stelle ich klar, auch wenn ich selbst nicht weiß, warum ich ihn jetzt so angehe.

Vielleicht, weil ein Teil von mir immer noch befürchtet, dass er jeden Moment aufstehen und gehen könnte?

»Du kennst mich doch gar nicht«, sagt Dashiel gelassen und der Blick aus seinen tiefblauen Augen ist entwaffnend.

»Tut das irgendjemand?«, frage ich.

Anstatt mir eine Antwort zu geben, schenkt mir Dash ein Lächeln, das seine Augen nicht ganz erreicht. »Weißt du, ich bin für dich vielleicht ein Rätsel, Laney, aber du bist für mich auch eins. Du redest komisch, ziehst dich komisch an. Ich sollte nichts an dir sexy finden.« Während er spricht, lässt er seine Augen über meinen Körper wandern, und schlagartig fühle ich mich nackt.

Ich spüre, wie meine Wangen zu glühen beginnen und räuspere mich. »Hast du auch so einen Hunger?«, frage ich dann, setze mich auf und greife nach dem erstbesten Kleidungsstück, das sich als Dashiels Shirt entpuppt.

Obwohl es immer noch nicht trocken ist, streife ich es mir über und stelle dann fest, dass sein Blick nach wie vor auf mir ruht.

»Also, ich meine ...« Ich zucke mit den Schultern. »Willst du zum Essen bleiben?«

Tz, Laney, was soll denn die Fragerei! Ein Mann wie Dashiel bleibt nicht einfach zum Essen. Vermutlich ist er zum Dinner in irgendeinem edlen Restaurant mit unaussprechlichem Namen mit irgendeinem extrem wichtigen Menschen verabredet. Oder mit einer Frau. Oder er lässt sich Sushi in sein Heimkino liefern.

»Ja, ich will zum Essen bleiben.«

Verdutzt sehe ich ihn an. »Dein Ernst? Ich kann aber kein Stück kochen.«

Dashiel lacht. »Du bist echt 'ne Marke, Laney.« Damit steht er auf und schnappt sich seine Jeans.

»Ich hab Lasagne für die Mikrowelle da«, erwidere ich.

»Klingt verlockend, aber ich hab 'ne bessere Idee.« Dashiel macht seine Hose zu und geht dann in aller Ruhe in die Küche, als würde er hier wohnen und nicht ich.

Na ja. Wenn ich ganz ehrlich bin, dann war er ja genaugenommen auch vor mir hier.

Ich stehe auf und folge ihm. »Und welche? Bestellen wir uns was? Oder rufst du irgendeinen Starkoch an, damit er in Tante Amandas Haus eben schnell ein Pop-up-Restaurant eröffnet?«

»Hast du ein Bier da?«, fragt Dashiel zurück, während er den Inhalt der Küchenschränke untersucht.

Ich runzle die Stirn. »Ich dachte, du bist mehr der Champagner-Typ.«

»Und ich dachte, du bist frigide.« Er erreicht den Kühlschrank, öffnet ihn und beantwortet sich seine Frage selbst. Ich höre ihn bedauernd seufzen. »Natürlich ist kein Bier im Haus. Ist dir das schon mal aufgefallen? Je mehr Geld jemand auf dem Konto hat, desto weniger weiß er ein schönes kühles Corona zu schätzen. Als gäbe es für sowas Regeln. Wenn man reich ist, gibt es nur noch Moët und Kaviar.«

»Sagt der Mann, der einen Audi fährt«, erwidere ich, wobei ich immer noch in der Küchentür stehe.

Dashiel grinst mich über die Schulter schief an. »Den fahre ich, weil er schnell ist.« Dann wendet er sich wieder dem Kühlschrank zu und beginnt, ein paar Zutaten herauszuholen. Paprika. Etwas, das glaube ich Sellerie ist.

»Was soll das werden?«, frage ich zweifelnd.

»Wenn du nicht kochen kannst, dann muss ich es wohl tun.«

Mir klappt beinahe die Kinnlade herunter. »Moment. Du kannst kochen?«

Dashiel plündert weiter den Kühlschrank und zaubert ein paar Tomaten hervor, dann schließt er die Tür und kommt auf mich zu. »Klar kann ich kochen. Ich kann sogar Wäsche waschen. Betten machen.« Wieder dieses leichte Grinsen. »Ich schenk es mir nur im Normalfall, weil es einfach nicht nötig ist.«

Damit geht er an mir vorbei und als ich ihm immer noch verblüfft hinterherblicke, sehe ich, wie er das Bund Karotten vom Dielenboden aufsammelt. »Was hast du denn damit vor?«

»Die gehören in eine gute Bolognese.« Als er wieder auf mich zukommt, überzieht ein anzügliches Lächeln seine Züge. »Wieso? Was hattest du denn damit vor? Kochen ja offensichtlich nicht.«

Ich werde knallrot und bin schon wieder drauf und dran, mich zu ärgern. Aber irgendwie bringe ich es nicht fertig, denn was gerade in der Küche meiner Tante passiert, ist einfach zu faszinierend. Der Audi fahrende, Maßanzug tragende, Frauen aufreißende, Speedboot besitzende Dashiel Pine greift nach einem Schneidebrett und einem Messer und fängt ganz selbstverständlich an, Gemüse zu schnibbeln.

Nach einem Moment blickt er auf und sieht mich an. »Was ist, denkst du, ich mache die ganze Arbeit alleine?

Komm rüber, du kannst die Zwiebeln schneiden. Das mach ich aus Prinzip nicht.«

Ich kann mir ein leises Lachen nicht verkneifen, als ich näherkomme. »Aus Prinzip? Was ist das denn für ein seltsames Prinzip?« Ich lasse mir von ihm ein zweites Brettchen und ein weiteres Messer geben und beziehe neben ihm Position, während ich mir ein paar Zwiebeln aus dem Korb an der Decke schnappe.

»Als ich noch klein war«, sagt er, »wurde ich ständig dazu verdonnert. Weil ich der Jüngste war.«

Ich löse die Haut von den Zwiebeln und sehe ihn dann überrascht an. »Moment. Du hast Geschwister?« Das hätte ich nun wirklich nicht erwartet, und nachdem er die letzten Tage so rätselhaft gewesen ist, ist das schon fast ein bisschen zu viel Information für mich. Auf einmal bekomme ich ein anderes Bild von ihm und mein Verstand hat Schwierigkeiten, das mit dem in Einklang zu bringen, was ich bisher über ihn dachte.

»Zwei Brüder«, sagt er, sieht mich kurz an und fährt dann fort: »Jedenfalls war ich der Blöde, der sich immer mit diesen fiesen Dingern rumschlagen durfte. Aber dann kam es zu einem Zwischenfall.«

»Ein Zwischenfall.« Ich lächle über den Ernst in seiner Stimme. Als würden wir hier über eine Staatsangelegenheit sprechen.

»Ganz genau. Meine Grandma war mit uns im Zoo und ich wollte am liebsten den ganzen Tag bei den Geparden stehen. Die haben mich fasziniert damals.«

»Weil sie schnell sind«, vermute ich.

»Ja. Und unberechenbar. Ich bekam nicht genug von den Viechern. Aber meine Brüder wollten natürlich den Rest vom Zoo sehen. Ich bat meine Grandma, dass sie mich allein zurück zu den Geparden lässt, aber sie hat das natürlich nicht erlaubt, denn ich war erst sechs. Also fing ich an zu heulen.«

Ich lache leise. Einen bockig heulenden Dashiel kann ich mir tatsächlich ganz gut vorstellen – als kleiner Junge, versteht sich. »Und? Hat sie sich erweichen lassen?«

»Sie nicht, aber so ungefähr der ganze Rest vom Zoo.« Dash zerhackt ein paar Karotten, während er weitererzählt. »Ich war gut, weißt du? Ich warf mich auf den Boden und veranstaltete ein Theater, als würde gerade die Welt untergehen. Meiner Großmutter war das schrecklich peinlich, alle dachten, sie hätte mich geohrfeigt oder mich mies behandelt. Ich bekam von den fremden Leuten ein Eis, ein Stofftier und ungefähr 25 Schokoriegel, während sie sich vor dem Personal verantworten musste, was denn mit dem armen Jungen wäre.«

Ich schüttle den Kopf. »Du warst ja damals schon unmöglich.« Mit dem Handrücken wische ich mir über die tränenden Augen und blicke zu ihm auf. »Und was hatte das jetzt mit den Zwiebeln zu tun?«

»Ganz einfach.« Dash erwidert meinen Blick, wobei wieder dieses angedeutete Schmunzeln seine Lippen umspielt, das mir so besonders gut gefällt. »Ich musste danach versprechen, dass ich nie wieder heule, wenn es mir nicht wirklich schlecht geht.«

Zuerst verstehe ich nicht, aber dann geht mir ein Licht auf. »Und wenn du weiterhin die Zwiebeln geschnitten hättest, hättest du dieses Versprechen gebrochen.«

Er nickt langsam. »Ganz genau.«

Ich lache und boxe ihm vor die Schulter. »Was für ein gerissenes Kind! Kein Wunder, dass du so ein ...«

Dash sieht mir in die Augen. »So ein?«

Und auf einmal fehlen mir die Worte.

Was ist denn los?

Mir fällt es doch sonst nicht schwer, ihm an den Kopf zu knallen, was für ein arroganter, durchtriebener Mistkerl er ist. Aber solche Begriffe wollen so gar nicht zu dem Mann passen, der hier neben mir steht, oben ohne, und in meiner Küche Gemüse schneidet, als wäre es das Normalste der Welt.

Vielleicht lerne ich ja gerade den echten Dashiel kennen, denke ich, und stelle fest, dass ich froh wäre, wenn es so wäre. Denn diesen Dashiel mag ich sogar noch lieber als die rätselhafte Version.

»Was ist?«, fragt er leise. »Willst du mich jetzt anstarren oder willst du heute auch irgendwann noch mal was essen?«

»Ich will ...« Schon wieder fällt mir nichts Schlagfertiges ein.

Dash scheint das zu merken, denn sein Ausdruck wird noch amüsierter, und dann beugt er sich zu mir herunter und senkt seine Stimme: »Ja?«, fragt er. »Du willst?«

Ich blicke in seine blauen Augen und spüre, wie meine Knie weich werden. Auf einmal scheint sich alles um mich herum zu drehen und ich strecke die Arme aus, um mich an Dashiel festzuhalten.

Er legt die Arme um meine Taille, zieht mich enger an sich und dann schließt er die Augen. Ich tue es ihm gleich und kurz darauf spüre ich seine Lippen auf meinen.

Ich erwidere seinen Kuss auf der Stelle und merke dabei, dass er sich noch einmal ganz anders anfühlt als alles, was bis hierher war. Echter. Inniger. Mein Herz hüpft wie verrückt in meiner Brust. Aber ich bin mir immer noch nicht sicher, was ich mit diesem Strudel aus Gefühlen anfangen soll. Sie verwirren mich. Also löse ich meine Lippen schließlich von seinen und lehne stattdessen meine Stirn an seine nackte Schulter.

»Was essen wäre aber auch nicht schlecht«, sage ich leise, auch wenn ich damit in Kauf nehme, dass er mich wieder frigide, verklemmt oder etwas ähnlich Schmeichelhaftes nennt.

Ich höre ihn lachen. »Hätte mich auch gewundert, wenn das jetzt nicht gekommen wäre.«

Lächelnd drücke ich ihm einen Kuss auf die Haut, dann wende ich mich wieder den Zwiebeln zu.

***

Kaum eine halbe Stunde später sitzen Dash und ich uns an der Küchentheke gegenüber und essen gemeinsam wie ein ganz normales ... ja, was eigentlich? Ein Paar?

Ich merke selbst, dass mir bei dem Gedanken ganz warm wird und als ich ihn verstohlen beobachte, durchflutet mich eine Welle der Zuneigung.

Während ich meine Spaghetti aufdrehe, betrachte ich verträumt seinen Oberkörper. Ich mag den Ton seiner Haut. Gebräunt, aber nicht wie von der Sonnenbank. Und diese Muskeln. Er sieht echt nicht aus wie ein Mann, der kochen kann. Aber die Bolognese ist extrem lecker.

»Das ist gut«, sage ich mit vollem Mund.

»Ich weiß.«

Klar weiß er. Er ist eben in jeder Hinsicht von sich überzeugt. Ich schüttle den Kopf und spieße ein Stück Paprika auf, und für einen Moment kehrt ein Schweigen zwischen uns ein, das nicht unangenehm ist. Trotzdem kann ich es nicht dabei belassen. Dafür bin ich einfach zu neugierig und ich habe das Gefühl, dass das hier genau die passende Situation ist, um noch ein bisschen mehr über Dash zu erfahren.

»Du warst also schwimmen«, sage ich.

Dashiel nickt. »So sieht's aus.«

»Treibst du viel Sport?«

»Sieht man das nicht?« Ein schiefes Grinsen.

»Du weißt selbst, dass du gut aussiehst. Das muss ich dir nicht sagen.« Ich wickle ein paar weitere Nudeln auf und schiebe sie mir dann in den Mund. »Was machst du beruflich?«

Ich versuche, meine Frage so unverfänglich wie möglich klingen zu lassen, aber Dash durchschaut mich.

»Das hatten wir doch schon.«

»Genaugenommen hab ich dich bisher nur gefragt, wie du reich geworden bist.«

»Also schön. Meine ersten zwei Millionen hat meine Grandma mir vererbt.«

Ich sehe ihn an und kapiere jetzt, dass das Datum, das er sich tätowieren lassen hat, alles andere ist als eine großkotzige Erinnerung an seinen ersten großen Erfolg. »Du hast dir ihren Todestag stechen lassen?«

Er nickt, geht aber nicht weiter darauf ein. »Ich habe das Geld gut angelegt und angefangen, das Geld anderer Leute ebenfalls gut anzulegen. Für Provision, versteht sich. Ich bin ziemlich talentiert, was Zahlen angeht. Hab ein Händchen für Investitionen.«

»Und dieser Typ, den wir Freitag treffen? Willst du was in seine Firma investieren oder so?«

»Sozusagen.«

Ich nicke, aber wirklich schlauer bin ich immer noch nicht. »Weißt du was, Dashiel? Du bist gut darin zu reden, ohne was zu sagen.«

Er lässt seine Gabel sinken und lächelt mich an. »Noch eins meiner zahllosen Talente.«

Ich erwidere sein Lächeln halbherzig und blicke dann auf meinen Teller. Wir hatten Sex. Er hat mir etwas aus seiner Kindheit erzählt. Wir sitzen hier ganz entspannt. Warum zur Hölle ist er dann plötzlich wieder so verschlossen?

»Ich muss dich etwas besser kennenlernen«, sage ich. »Nicht nur, weil ich es gerne will, sondern auch wegen Freitag. Wie soll ich denn deine Frau spielen, wenn ich kaum mehr als deinen Namen kenne?«

Er deutet mit seiner Gabel auf mich. »Das ist schon mal der erste entscheidende Punkt. Wir treten dort nicht unter unseren echten Namen auf.«

Ich blinzle überrascht. »Wieso das denn nicht?«

»Noch so ein kompliziertes Detail, das du nicht kennen musst.«

»Dash.« Ich lasse die Gabel sinken und sehe ihn prüfend an. »Wenn das übermorgen irgendwas Illegales ist, dann kann ich da nicht mitmachen, verstehst du? Ich hab ein eigenes Geschäft und keinen Cent auf dem Konto, meine ganze Existenz steht auf der Kippe. Ich kann nicht …«

Über die Theke hinweg greift er nach meiner freien Hand. »Ich weiß, ich hab es dir bisher nicht leicht gemacht. Aber ich muss dich um eine Sache bitten: Vertrau mir.«

Ihm vertrauen? Wie kommt er darauf, dass ich das könnte? Vertrauen baut sich nicht einfach von heute auf morgen auf, und schon gar nicht zu einem Mann wie ihm.

Als hätte er meine Gedanken gelesen, erwidert er: »Ich weiß, das ist viel verlangt. Aber glaub mir: Je weniger du weißt, desto besser.«

»Das klingt, als wäre es was richtig Kriminelles«, sage ich mit einem unguten Gefühl.

»Es ist einfach nur ein Dinner, Laney. Nicht mehr und nicht weniger.« Er drückt meine Hand. »Komm schon. Lass mich jetzt nicht hängen.«

»Das habe ich doch auch gar nicht vor.« Ich entziehe ihm meine Finger und blicke ihn eindringlich an. »Aber du verlangst einfach ein bisschen viel und gibst mir dafür zu wenig.«

Sein Blick verhärtet sich leicht. »12.135,80 Dollar sind nicht gerade wenig.«

Ich senke den Blick. Toll, dass er jetzt ausgerechnet das Geld ansprechen muss. Auf einmal scheint die Nähe zwischen uns ein Stück weit zu schwinden. Vielleicht, weil wir in dem Moment beide daran denken, dass uns eigentlich nur ein Geschäft verbindet.

»Ich weiß«, sage ich trotzdem, »aber das ändert nichts daran, dass ich nicht deine Frau darstellen kann, wenn du für mich einfach nur ein großes Rätsel auf zwei Beinen bist. Ja, du hast mir vorhin was Persönliches erzählt, aber woher weiß ich, dass das stimmt? Du könntest alles sein, Dash. Ein guter Kerl, ein Verbrecher, ein Betrüger. Ich hab einfach keine Ahnung von dir, und so funktioniert das nicht. Du wirst mir irgendetwas geben müssen.«

Dashiel blinzelt und blickt für einen Moment an mir vorbei ins Leere. Dann nickt er. »Okay, schön. Gib mir was zum Schreiben.«

Ich mustere ihn ein wenig skeptisch, dann stehe ich auf und hole mein Handy, weil ich nicht weiß, wo Tante Amanda Schreibkram aufbewahrt. Ich rufe die Notizfunktion auf und gebe es Dashiel, der mit widerwilligem Gesichtsausdruck etwas eintippt.

»Triff mich an dieser Adresse. Morgen um drei Uhr nachmittags.« Er gibt mir das Handy zurück, dann steht er auf. »Ich muss jetzt los.«

Überrascht sehe ich ihn an. »Du hast gar nicht aufgegessen.«

»Nein, aber ich hab noch was vor«, erklärt er halbherzig und ich weiß sofort, dass das eine Ausrede ist. Komischerweise fühle ich mich nicht verletzt, so als wäre er direkt nach dem Sex gegangen. Stattdessen macht seine Sturheit mich sauer.

»Weißt du, ich kapiere echt nicht, dass du so ein Geheimnis aus dir machst!«

»Geheimnis?!« Auch Dashiel klingt jetzt aufgebracht. »Ich hab dir gerade eben meine Adresse gegeben, reicht das nicht?«

Seine Adresse? Das heißt, er zeigt mir sein Zuhause? Okay, das hatte ich wirklich nicht erwartet. Trotzdem.

»Du solltest bleiben und mir einfach erzählen, was Sache ist. Wen du am Freitag triffst. Warum du dafür eine

Ehefrau brauchst. Und warum du immer, wenn es um dieses Thema geht, so angespannt bist!«

»Ich sollte so vieles, Laney.« Er deutet auf mich. »Jetzt gib mir mein Shirt, ich muss wirklich gehen.«

Ein bisschen ungläubig sehe ich ihn an. Ich meine, es ist ja einerseits klar, dass er sein Shirt wiederhaben will. Doch andererseits werde ich das Gefühl nicht los, dass er durch diese Forderung wieder Oberwasser gewinnen will, nachdem ich ihn zumindest ein wenig bloßgestellt habe – als jemanden, der sich nicht traut, ehrlich über sich selbst zu sein. Aber wenn er denkt, dass er mich damit demütigen kann oder was auch immer, dann hat er sich geschnitten. Ich bin viel zu aufgebracht, um mich zu schämen. Also ziehe ich mir das Shirt ohne zu zögern über den Kopf und halte es ihm hin.

Dashiels Blick zuckt über meinen Körper und ich sehe deutlich, dass es ihm schwerfällt, nicht länger hinzusehen. Und ich sehe noch mehr in seinen Augen. Bedauern. Er scheint in Wahrheit gar nicht gehen zu wollen. Doch schließlich nimmt er mir das Shirt ab und streift es sich über.

»Danke.« Er geht an mir vorbei, wobei seine Schulter meine berührt, was mich gegen meinen Willen schon wieder elektrisiert.

»Wir sehen uns morgen«, höre ich Dashiel aus der Diele sagen. Und kaum ein paar Sekunden später fällt auch schon die Haustür zu. Ich stöhne entnervt.

Wie kann ein einziger Mann so anziehend und so ätzend zugleich sein?

Kopfschüttelnd verlasse ich die Küche und gehe ins Wohnzimmer, um mir meine eigenen Sachen wieder anzuziehen. Dabei fällt mein Blick ganz automatisch auf die Stelle, an der wir gerade noch gelegen haben. Ich denke daran, wie Dashiel in mir war, wie wir danach eng umschlungen auf dem Boden lagen, wie ich für ein paar Minuten das Gefühl hatte, dass wir uns absolut nah sind. Doch trotz dieses Moments kommt mir das, was danach passierte, rückblickend noch viel kostbarer vor. In der Küche, als wir einfach nur zusammen gekocht haben, hat er mich für einen Moment glaube ich wirklich hinter seine unnahbare Fassade blicken lassen.

Schade, dass der Moment so schnell vorbei war.

Ich blicke auf mein Handy, auf die Adresse, die er mir gegeben hat. Ich kann nur hoffen, dass das kein Trick ist und dass er mich morgen noch ein Stück weiter in sein echtes Leben lässt.

Kapitel 7

Dashiel

Ein bisschen unglücklich steht Mrs. Keaton in der Tür meiner Suite. »Soll ich das nicht doch lieber machen, Dashiel?«

»Nein, das krieg ich schon hin«, knurre ich und wische mit dem Lappen über das Kopfteil meines frisch gemachten Bettes. Sofort legt sich ein Film aus schwarzen Fusseln auf die Tagesdecke. Na toll.

»Am besten ist es, erst die Betten zu machen, dann Staub zu wischen und zum Schluss die Tagesdecke hinzulegen.«

Zweifelnd sehe ich das Zimmermädchen an. »Und das fällt Ihnen erst jetzt ein?«

Sie streicht sich eine ihrer graubraunen Strähnen hinters Ohr. »Wenn ich gewusst hätte, dass du vorhast, so gründlich zu sein ...«

»Ich muss gründlich sein!«, sage ich und fege die Staubflocken von der Decke. »Wie sieht das denn aus, wenn ich eine Frau hierhin einlade und meine Suite aussieht wie eine Müllhalde?« Ich stemme die Hände in die Hüften und sehe mich um.

Nachdem ich den ganzen Vormittag dran war, sieht es hier mittlerweile fast aus wie in einer ganz normalen Hotelsuite. Laney wird sich vermutlich darüber ärgern, dass mein Zuhause so wenig über mich aussagt, weil sie sich erhofft, dass sie, wenn sie erst mal hier ist, endlich alles über mich herauskriegen wird. Doch zumindest wird sie nicht gleich rückwärts wieder rausgehen, weil überall getragene Socken von mir herumliegen.

»Also. Kann ich das so lassen oder hab ich noch irgendwas übersehen?«, erkundige ich mich und mache mir selbst klar, was für ein Wahnsinn das hier ist. Warum gebe ich mir überhaupt so eine Mühe?

Weil du sie magst, sagt meine innere Stimme, und zwar ein bisschen zu sehr.

Da hat sie Recht. Ich sollte nicht so viel um Laney geben. Sie sollte mein Mittel zum Zweck sein, mehr nicht. Aber wenn ich es auch nur ansatzweise schaffen würde, sie so zu sehen, dann würde ich sie wohl kaum am liebsten 24 Stunden am Tag bei mir haben wollen. So ging es mir noch nie mit einem Menschen. Wenn man mit zwei Brüdern und zahllosen Gästen aufwächst, dann lernt man Einsamkeit zu schätzen.

»Dashiel?«

Ich blicke auf und mir wird erst jetzt klar, dass Mrs. Keaton immer noch in der Tür steht. Die Hausmädchenuniform ist ihr zu weit geworden und sie sieht ziemlich verloren aus.

»Hast du vielleicht etwas von Dan gehört?«, fragt sie mich zögerlich. »Ich meine –«

Ich spüre Zorn in mir aufwallen und schüttle den Kopf. »Hören Sie auf damit. Gehen Sie wieder an die Arbeit.«

Tränen steigen ihr in die Augen. »Er war dein Freund! Ich verstehe einfach nicht, wie du dermaßen gleichgültig sein kannst!« Sie macht einen Schritt auf mich zu und ihr Blick flackert vor Furcht. »Weißt du vielleicht etwas, das ich nicht weiß? Ist er ...«

Ich wende mich dem Fenster zu, damit sie nicht sieht, dass ich für einen Moment die Augen schließe. »Gehen Sie«, sage ich dann, »und kein Wort mehr von Dan. Oder ich lasse Sie feuern.«

Ich höre Mrs. Keaton hinter mir schluchzen, dann ihre Schritte, wie sie auf dem Teppich im Flur schnell verklingen. Ich sollte sie nicht so behandeln, sie ist immerhin die Mutter meines besten Freundes. Aber es bringt nichts, sie in die ganze Sache mit hineinzuziehen – es ist auch schon so alles kompliziert genug.

Kompliziert?

Nein, das ist das falsche Wort. Es ist alles total kaputt. Die ganze Welt, in der ich mich zurzeit bewege, ist kaputt und widerwärtig, und mir wird von Tag zu Tag klarer, dass ich eine Frau wie Laney nicht dort mit hineinziehen sollte.

Wie auf ein Zeichen hin rollt in diesem Moment ein klappriger roter Fiat auf den Hotelparkplatz. Ich kenne den Wagen, ich habe ihn vor Amandas Haus gesehen, und tatsächlich steigt nach einem Moment keine Geringere als Laney aus.

Was sie wieder anhat. Ein Petticoat-Sommerkleid, weiß mit diagonalen rosafarbenen Streifen. Sie sieht aus wie ein zu groß geratenes Softeis. Dazu weiße Spitzenstrümpfe und flache, hellblaue Schuhe. Was um alles in der Welt denkt sich diese Frau, wenn sie morgens vor dem Schrank steht?

Doch ich muss zugeben, dass ich langsam aber sicher Gefallen an ihrem komischen Stil finde. Zumindest versucht sie nicht, etwas darzustellen, das sie nicht ist.

Ich sehe zu, wie sie die Wagentür schließt und zweifelnd an unserem Hotel hinaufblickt. Sie sieht auf ihr Handy, dann wieder am Gebäude empor. Ich beschließe, sie von ihren Zweifeln, ob sie hier richtig ist, zu erlösen und klopfe zweimal fest an die Scheibe.

Sie blickt suchend hinauf. Ich hebe die Hand und sehe von hier aus, dass sie leicht errötet, als sie mich entdeckt. Sicher denkt sie an gestern. An das, was auf Amandas Wohnzimmerteppich passiert ist.

Ich spüre selbst, wie mir ein wenig warm wird und ein Grinsen mein Gesicht überzieht. Dann löse ich mich vom Fenster, um Laney reinzuholen.

Laney

Das Clubhotel Pine ist für Miami-Verhältnisse nicht sonderlich groß, dafür aber sehr schön. Es steht direkt am Meer und sieht aus wie ein erweitertes Strandhaus. Hell, freundlich, elegant und trotzdem gemütlich. Wenn ich ehrlich bin, dann hätte ich eher erwartet, dass Dashiels Eltern etwas Protzigeres betreiben.

Ich schließe den Wagen ab und zögere. Ob Dashiel wohl zu mir nach draußen kommt? Schließlich scheint er am Fenster auf mich gewartet zu haben. Oder soll ich jetzt einfach reingehen und nach ihm fragen? Aber was ist, wenn sein Vater oder seine Mutter an der Rezeption steht? Um ehrlich zu sein, habe ich ziemliche Angst, seine Eltern so unvorbereitet kennenzulernen. Was, wenn sie mich nicht mögen? Ich sehe an mir runter. Über mein Outfit habe ich stundenlang nachgedacht. Nicht zu elegant, aber auch nicht zu leger. Ich hoffe, es gefällt ihnen.

»Hey, Mädchen aus den Sümpfen! Willst du da Wurzeln schlagen?«

Schnell blicke ich auf und entdecke Dashiel, der soeben durch den Haupteingang des Hotels zu mir nach draußen gekommen ist. Augenblicklich schlägt mein Herz schneller. Wie selbstsicher er schon wieder wirkt, die Hände entspannt in den Taschen seiner dunklen Hose vergraben, die Augen hinter einer Sonnenbrille verborgen. Und doch ist da dieses Lächeln, das ihn nicht mehr ganz so unnahbar wie anfangs wirken lässt. Obwohl er gestern so plötzlich abgerauscht ist, scheint er sich jetzt zu freuen, dass ich da bin und diese Erkenntnis lässt das warme Gefühl in meinem Inneren wieder aufwallen. Und dieses Gefühl wiederum macht noch etwas mit mir: Es lässt meine Nervosität ins Unendliche wachsen, sodass ich einfach an Ort und Stelle stehen bleibe, Dashiel anstarre und gar nichts sage.

Erst als er mich erreicht, bringe ich ein »Oh, hey« zustande, das ungefähr klingt, als wäre ich überrascht, ihn hier zu sehen.

Na toll. Kaum verliebst du dich in ihn, wirst du zum stammelnden Idioten.

Moment. Habe ich das gerade wirklich gedacht? Dass ich mich in ihn verliebt habe?

»Oh, hey«, erwidert Dashiel, bleibt vor mir stehen und aus seinem Lächeln wird ein Grinsen voll gutmütigem Spott. »Was ist? Bist du tatsächlich festgewachsen oder was?«

Ich sollte etwas Schlagfertiges erwidern. Stattdessen sage ich: »Ich freu mich einfach, dich zu sehen.«

Und Dashiel lacht mich aus. »Ach, so ist das! Na, dann hast du eine echt offensive Art, es zu zeigen!« Er mustert mich von oben bis unten, als sei ich ziemlich schräg, dann fährt er fort: »Ich werd dir mal vorführen, wie man das richtig macht.« Und im nächsten Moment zieht er mich in seine Arme und küsst mich so gekonnt, dass es mir den Atem raubt.

Ich lege die Hände auf seine Brust, spüre seiner Körperwärme und seinem Herzschlag nach. Okay, er ist aus Fleisch und Blut. Das hier passiert gerade wirklich. Und ich sollte aufhören, mich wie ein Zaungast zu benehmen.

Endlich schlinge ich die Arme um seine Hüften und erwidere seinen Kuss, und dabei spüre ich, wie die Anspannung ein Stück weit von mir abfällt.

»Hey«, sage ich, als unsere Lippen sich schließlich voneinander lösen. »Bei uns in den Sümpfen ist es übrigens üblich, dass man seine Gäste erst mal herumführt, bevor man über sie herfällt. Gute Kinderstube und so.«

»Und ich dachte schon, du hättest deine große Klappe heute zu Hause gelassen«, erwidert Dash und legt den Arm um meine Schultern.

»Nein, ich habe sie mitgebracht, extra für dich«, gebe ich zurück und lasse meine Hand auf seinen Rücken gleiten. Dann sehe ich mir ein weiteres Mal das Hotel an. »In welchem Teil davon lebt ihr? Deine Familie und du?«

»Meine Brüder und ich haben je eine Suite«, erwidert Dashiel und deutet auf die oberen Stockwerke.

Ich runzle die Stirn. Damit hätte ich nicht gerechnet. Er wohnt also tatsächlich im Hotel seiner Familie?

»Wie kommt das?«, frage ich. »Das ist für deine Eltern doch total unpraktisch, wenn sie die Suiten nicht vermieten können.«

»Wir haben zwei weitere«, sagt Dash und atmet dann tief durch, während wir den Parkplatz überqueren. »Außerdem stehen die Dinge hier etwas anders, als du offenbar glaubst. Das Hotel hier gehört nicht meinen Eltern. Es gehört meinen Brüdern und mir.«

Was? Damit hätte ich nun wirklich nicht gerechnet. Fragend blicke ich zu Dashiel auf und bemerke gleich, dass sich sein Gesichtsausdruck verfinstert hat – jedoch auf eine andere Art als sonst. Immer, wenn ich ihn auf seine Geschäfte oder auf Freitag anspreche, wirkt er unruhig, vielleicht sogar etwas wütend. Jetzt jedoch haben seine Züge etwas Maskenhaftes angenommen und auch als wir das klimatisierte Foyer betreten, verzichtet er darauf, seine Sonnenbrille abzunehmen. Als würde er sich dahinter verstecken wollen.

»Herzlich willkommen!«, vernehme ich eine Frauenstimme und blicke zur Rezeption, wo eine ziemlich schöne Blondine mit langen roten Krallen sitzt und mir zuwinkt.

»Danke«, murmle ich.

»Laney, das ist Meredith, unsere Rezeptionistin. Wie du siehst.«

»Außerdem bin ich die Freundin und baldige Verlobte seines großen Bruders«, säuselt Meredith und wickelt eine Strähne ihres blonden Haars um ihren Finger.

»Das hätte sie gern«, sagt Dashiel an mich gewandt, jedoch laut genug, dass die Blondine es hören kann. Dann nimmt er mich mit in Richtung der Aufzüge und fährt fort: »Aber für meinen Bruder ist sie nichts als eine Bettgespielin. Er sieht Frauen als nützlich, aber verzichtbar an. Wo andere ein Herz haben, hat der gute alte Tyron eine Dollarnote.«

Ich runzle die Stirn. Das klingt ja wahnsinnig sympathisch. »Und ich dachte, du wärst das schwarze Schaf der Familie.«

Dashiel lacht. »Bei uns ist die Verteilung etwas untypisch. Tyron und ich sind die schwarzen Schafe und mein anderer Bruder Micah ist das einzige weiße.« Er drückt auf den Knopf. »Er ist ein netter Kerl, tierlieb, wäre gern Musiker, hat aber kein Talent.«

»Wie süß.«

Stirnrunzelnd blickt er zu mir herüber.

»Was? Ich hab dir gesagt, ich stehe nicht auf Bad Boys.«

»Bad Boys«, zischt Dashiel und schüttelt den Kopf. »Ihr Frauen seid unglaublich.« Damit zieht er mich mit in die Kabine.

»Lerne ich die beiden kennen?«, frage ich neugierig, während wir nach oben fahren.

Dashiel schüttelt den Kopf. »Micah ist verreist und Tyron geht mir seit ein paar Tagen konsequent aus dem Weg. Er hat mitbekommen, wie ich deinen Scheck ausgestellt habe und ist jetzt beleidigt.«

Beleidigt? Was geht es diesen Tyron denn an, wofür Dash sein Geld ausgibt? »Ist das Hotel hier eine deiner Investitionen?«, frage ich.

Dashiel lächelt dünn. »Dann wäre alles einfacher, hm? Ich würde es abstoßen und fertig.«

Die Aufzugtüren öffnen sich, er steigt aus und ich sehe ihm fragend nach, ehe ich ihm folge. Es abstoßen? Weshalb sollte er das tun wollen? Dieses Hotel ist total süß und hat eine perfekte Lage. Sicher kommen eine Menge Touristen her. »Warum ziehst du dich denn nicht daraus zurück? Reich genug scheinst du doch zu sein.«

»In meiner Familie ...« Dash wartet auf mich, dann nimmt er meine Hand und wir gehen nebeneinander den hell gestrichenen Flur entlang. »... ist alles ein bisschen verworren.«

»Wie meinst du das?« Ich sehe ihn an und stelle fest, dass er noch immer seine dunkle Sonnenbrille trägt. Je tiefer wir in sein Zuhause vordringen, desto deutlicher wird, wie schwer es für ihn ist, es mir zu enthüllen. Aber wieso nur? Es wirkt so freundlich hier.

»Gehen wir erst mal in meine Suite«, sagt er und greift meine Hand fester, und ich sage nichts mehr, bevor wir vor einer hölzernen Tür stehen bleiben. Mit einer Karte schließt Dash auf, als wäre er ein ganz normaler Gast, und dann lässt er mich ins Innere.

Ich trete ein, sehe mich um – und bin enttäuscht. Ich lande in einem Wohnbereich mit einer Hochglanz-Küchenzeile auf der rechten und einer Sofaecke auf der linken Seite. Ebenfalls links steht eine Tür offen, die ins Schlafzimmer führt. Ich erkenne ein großes Bett, einen Einbauschrank. Über dem Bett hängt ein Bild, ein Leinwanddruck, der den Strand zeigt – so etwas gibt es in jedem Hotel. Aber was es hier nicht gibt, ist etwas Persönliches. Und auf einmal beschleicht mich ein unguter Verdacht. Ich lasse Dashiels Hand los und gehe ein paar Schritte durch den Raum.

»Hier wohnst du also?«

»Ja, genau.«

»Wie lange schon?«

»Als Kind hatte ich ein gewöhnliches Zimmer. Diese Suite gehört mir, seit ich 16 war.«

Seit er 16 war. Und dann hat er nichts angesammelt? »Wo sind deine Bücher? Filme?«

»Auf meinem Laptop.«

»Deine CDs oder …«

Dashiel lacht lautlos. »Wer hat denn noch CDs?«

Ich drehe mich zu ihm um. »Wo ist dein persönliches Zeug, Dash? Ganz im Ernst. Man wohnt doch nicht seit Jahren an einem Ort, der dann noch so aussieht.«

»Was hast du erwartet, dass ich Porzellanfiguren sammle?«

Ich schüttle den Kopf, verärgert über seinen sarkastischen Unterton, und gehe in die kleine Küche. Dort öffne ich willkürlich einen Schrank und finde immerhin einen Behälter mit Eiweißpulver für Sportler darin vor, aber sonst nichts. Ich mache den Kühlschrank auf. Alkohol, ein paar Energy Drinks. Noch nicht einmal Milch.

»Keine Lebensmittel«, murmle ich.

»Ich esse auswärts. Oder in unserem Restaurant. Wir haben ein brauchbares Frühstücksbüffet.«

»Und wenn du nachts spontan Lust auf ein Sandwich bekommst?« Zweifelnd wende ich mich Dashiel zu.

Er zuckt mit den Schultern. »Zimmerservice.«

Ich lache kurz, dann sehe ich Dashiel ernst an. »Schluss damit, okay?«

»Schluss womit?«

Noch immer blicke ich ihn fest an, auch wenn ich seine Augen nicht erkennen kann. »Du wohnst hier gar nicht. Du hast dir diese Suite gemietet und spielst mir was vor, habe ich Recht?«

Dashiel lacht ungläubig. »Also, das ist jetzt ...«

»Es ist doch offensichtlich!«, fahre ich ihn an. »Deine Brüder, die zufällig nicht da sind! Die Rezeptionistin, deren Geschichte nicht zu deiner passt! Und dann das hier!« Ich mache eine umfassende Handbewegung. »Du hättest dir wenigstens ein bisschen Mühe geben können! Ein paar Zeitschriften, eine Packung Cornflakes im Schrank, so schwer ist das doch nicht! Aber stattdessen spielst du mir hier so eine miese Schmierenkomödie vor, weil du mich anscheinend für völlig bescheuert hältst! Weißt du, wenn du mich nicht in deinem richtigen Leben willst, dann ist das deine Sache, aber du solltest zumindest die Eier haben, es mir ins Gesicht zu sagen!«

Dashiel antwortet mir nicht gleich und ich spüre, wie sich eine tiefe Enttäuschung in mir ausbreitet. Nein, eher Verletztheit. Und Scham darüber, wie ich so blöd sein konnte. Offensichtlich wollte er, dass ich einfach Ruhe gebe und Freitag weiterhin brav mitspiele, und darum hat er sich auf die Schnelle das hier ausgedacht. Das bedeutet, dass er es nicht ernst mit mir meint, sondern ich nach wie vor nur Mittel zum Zweck für ihn bin. Dieses falsche Zuhause ist für ihn einfach leichter, als weiter mit mir zu diskutieren. Was für ein mieser Typ. Und ich dachte einen Moment lang ...

Ich schüttle den Kopf und gehe dann zur Tür. Dashiel sagt nichts, doch er folgt mir. Ich höre seine Schritte und werde schneller, lange nach dem Türgriff, doch ehe ich ihn erreiche, werde ich an der Schulter gepackt, herumgewirbelt und mit dem Rücken gegen das kühle Holz gepresst. Ich starre Dashiel an und erwarte, dass er etwas Wütendes sagt, doch stattdessen sagt er gar nichts. Sein Gesicht ist eine unbewegte Maske mit zornig aufeinandergepressten Lippen und er hält mir mit der freien Hand ein kleines Kärtchen entgegen, das sich auf den zweiten Blick als ID Card entpuppt.

»Lies«, knurrt er.

Unwillig nehme ich ihm den Personalausweis ab und überfliege die Daten, die darauf vermerkt sind – bis ich bei seinem eingetragenen Wohnsitz ankomme. Die Adresse ist dieselbe, die er mir gestern aufgeschrieben hat. Die des Hotels.

Zögernd blicke ich wieder zu ihm auf.

»Zufrieden?«, fragt Dash. Dann reißt er mir den Ausweis aus der Hand, lässt mich los, wendet sich ab und tritt ans Fenster. Während er dort steht und hinaus auf den sonnenbeschienenen Ozean blickt, nimmt er paradoxerweise endlich seine Brille ab. »Unsere Eltern sind bei einem Unfall gestorben, als ich noch sehr klein war«, sagt er. »Keiner von uns saß mit im Wagen. Es war ...« Er schüttelt den Kopf. »An einem Tag waren sie da, am anderen weg. Es war für keinen von uns zu begreifen.«

Fassungslos sehe ich auf seine breiten Schultern. Mein Gott. Hätte ich geahnt, dass seine Eltern tot sind, hätte ich nicht nach ihnen gefragt. Ich möchte etwas sagen, aber meine Kehle ist auf einmal wie zugeschnürt. Doch Dash scheint auch gar nicht zu erwarten, dass ich etwas sage, denn er erzählt nach einem Moment weiter.

»Unsere Grandma führte dieses Hotel. Sie nahm uns auf. Sie lebte selbst hier, in einem Zimmer im Erdgeschoss. Dort waren wir auch zuerst untergebracht. Tyron hatte sein eigenes Zimmer, ich musste mir eins mit

Micah teilen. Sie hatte es nicht leicht mit uns. Der Tod unserer Eltern hat bei uns allen Spuren hinterlassen. Tyron machte dicht. Micah verschwand aus Miami und reiste in der Weltgeschichte herum, sobald er alt genug war. Und ich baute eine Menge Mist. Aber sie hat nie den Glauben an uns verloren.« Er lacht kurz, aber es klingt nicht wirklich amüsiert. »Als sie schon relativ alt war, hat sie im Lotto gewonnen. Ganze sechs Millionen. Sie hätte das Hotel verkaufen und sich noch ein paar schöne Jahre gönnen können. Aber sie behielt es und sparte das Geld. Als sie vor ein paar Jahren starb ...« Er atmet tief durch, ehe er weiterspricht. »... vermachte sie uns das Hotel. Und auch das Geld hat sie an uns weitervererbt, allerdings gibt es für jeden von uns eine Bedingung, um es auch zu bekommen.«

Ich runzle die Stirn. »Eine Bedingung?«, frage ich leise.

Dashiel nickt. »Dieser Teil ist ziemlich verrückt.«

Mir entgeht nicht die Bitterkeit in seiner Stimme und ich komme etwas näher.

»Meine war die einfachste, was kein Wunder ist. Ich war der Jüngste. Ihr Liebling. Sie hat in ihrem Testament verfügt, dass ich mich einbringen und um die Finanzen des Hotels kümmern soll. Das mache ich seit ihrem Tod nebenbei, und so bekam ich mein Geld. Ty hat es schwerer. Er ist ein ausgemachter Einzelgänger, aber er muss heiraten, um sein Vermögen zu kriegen. Und Micah? Er kriegt es erst, wenn er sich hier niederlässt. Meine Großmutter hat das alles nur gut gemeint, das weiß ich, aber es fühlt sich an, als hätte sie uns einen beschissenen Fluch aufgehalst. Wir sind durch ihr Erbe alle an das Hotel gebunden. Aneinander. Und die Tatsache, dass ich mein Geld schon habe und die anderen nicht, entzweit uns gleichzeitig mehr und mehr.« Er macht eine Pause, ehe er hinzufügt: »Ich wünschte wirklich, ich hätte dir ein echteres Zuhause als das hier zeigen können, Laney. Aber das hier ist mein Zuhause.«

Ich zögere nicht länger. Stattdessen trete ich an ihn heran, lege meine Arme um seine Hüften und meinen Kopf an seinen Rücken. »Tut mir leid«, sage ich leise.

Jetzt verstehe ich, weshalb er so ungern über sich redet. Nicht nur, dass er seine Eltern viel zu früh verloren hat – sein Leben ist auch noch vollkommen verkorkst. Allein die Vorstellung, wie sich alles im Leben dieser drei Brüder um das kleine Hotel und die damit verbundenen Millionen drehen muss, kommt mir total falsch vor. Wie es aussieht, hat keiner von ihnen ein echtes, eigenes Leben; und am klügsten macht es vermutlich noch derjenige, der so gut wie nie hier ist.

»Warum kaufst du dir nicht ein Haus irgendwo anders in Miami?«, frage ich leise. »Du musst doch jetzt nicht mehr hier wohnen.«

Dashiel zuckt mit den Schultern. »Das wäre dann keine Suite, sondern ein Haus. Aber immer noch kein Zuhause.«

Ich verstehe, was er meint. Dass er ein richtiges Zuhause hatte, ist vermutlich so lange her, dass er sich kaum noch daran erinnert. Dieses Leben hier ist das einzige, das er kennt. Das er gewöhnt ist. Gott. Ich glaube, mir ist jetzt klar, wieso er tut, was er tut.

»Darum die Einbrüche, oder?«, frage ich leise.

»Früher waren es die Zimmer unserer Gäste«, erwidert er, während er immer noch unbewegt am Fenster steht. »Aber das war mir auf Dauer nicht genug. Also fing ich an, in Häuser einzusteigen. Ich stehle dort nie etwas. Ich bleibe eine Nacht. Mache mir was zu essen, sehe fern oder sehe mir die Sachen der Besitzer an. Dann schlafe ich in ihrem Bett. Und am nächsten Morgen gehe ich wieder.«

Ich schlucke. Nie im Leben hätte ich gedacht, dass Dashiels Einbruch bei meiner Tante einen so ernsten Hintergrund hatte. Er steht auf Nervenkitzel, und ich habe geglaubt, es geht nur darum. Aber es steckt mehr dahinter. Die Sehnsucht nach einem Zuhause, das echter ist als eine Hotelsuite.

»Hast du jetzt, was du wolltest?«, fragt Dashiel und mir entgeht nicht, dass er ein bisschen sauer klingt. »Eine traurige Geschichte, für die du mich bemitleiden kannst?«

»Natürlich tut es mir leid, dass ...«

»Spar dir das.« Er dreht sich zu mir um und ich lasse ihn automatisch los. »Ich war meine ganze Kindheit über der arme Junge, der seine Eltern verloren hatte. Egal was ich tat, ob ich die Schule schwänzte oder einem Gast das Auto zerkratzte, es gab immer eine Menge Verständnis und eine Menge Mitleid. Ich hab genug Mitleid bekommen, um ein ganzes Kinderheim zu versorgen, also spar dir das.«

»Ich wollte nicht ...«

»Du wolltest die Wahrheit, jetzt hast du sie. Und ich hab eine weitere Person, für die ich der arme Waisenjunge bin.«

Wenn er mich nur einmal ausreden lassen würde! Ich schüttle den Kopf und sehe ihm fest in die Augen. »Es tut mir leid, was mit deinen Eltern passiert ist, klar.

Aber wenn du denkst, dass ich damit entschuldige, wenn du dich wie ein Arschloch verhältst, dann hast du dich geschnitten. Gerade jemand wie du sollte verstehen, wie wichtig es ist, mit anderen Menschen vernünftig umzugehen. Denn man weiß nie, wie lange sie noch da sind. Und wenn hier jemand deinen Status als verkorkster Waisenjunge als Ausrede für sein Verhalten nimmt, dann bist das allerhöchstens du selbst.«

Dashiel blinzelt und ich sehe an seinem Blick, wie ihn meine Worte überraschen. Bin ich tatsächlich die Erste, die das so sieht? Beziehungsweise, die es ihm direkt sagt?

Ich hebe die Schultern und lasse sie wieder sinken. »Was denn?«, frage ich etwas versöhnlicher. »Man bricht nun mal nicht einfach bei fremden Leuten ein. Man kann sich nicht alles im Leben, das man gerne hätte, einfach nehmen ...!«

Dash sieht mir in die Augen, dann nickt er langsam. »Okay. Wenn du das so siehst, entschuldige bitte das, was ich jetzt tun werde.« Damit zieht er mich an sich, ganz dicht, und ich erwarte einen leidenschaftlichen Kuss. Aber der, den ich bekomme, fühlt sich anders an. Inniger. Dashiel legt mir die Hände ins Gesicht, streicht mit den Fingern über meine Wangen und lässt sich Zeit. Ich schließe die Augen, genieße seine Nähe, seine tiefen Atemzüge, die ich deutlich spüren kann und seine Hände, die weiter an meinem Körper hinab streichen, über meine bloßen Arme, wo sie eine Gänsehaut verursachen.

Ich lege meine Hände auf Dashiels Rücken und lasse zum ersten Mal den Gedanken zu, wie es wäre, wenn das hier von Dauer sein könnte. Nun, da er mir seine

Geschichte erzählt hat, kommt er mir nicht mehr wie eine Urgewalt vor, die einfach in mein Leben gestürmt ist und bald wieder verschwinden wird. Sondern ich schaffe es in diesem Moment, Dashiel als echten Menschen zu sehen, als einen Mann mit einer schwierigen Geschichte und einem sicherlich nicht einfachen Charakter ... der aber vielleicht genau der Richtige für mich sein könnte. Der eine, der zu mir passt.

Er hat mich zu Tode erschreckt. Erpresst. Ausgelacht. Gekauft.

Hat er mich am Ende nun auch noch erobert?

Ich löse meine Lippen von seinen und sehe ihn an. Mein Herz klopft wie wild, während seine blauen Augen mich fixieren.

»Ich muss dich etwas fragen.« Ich höre selbst, wie meine Stimme bebt.

»Dann frag«, erwidert er leise.

Ich sehe kurz weg, aber dann zwinge ich mich, ihm wieder in die Augen zu schauen, denn ich will genau erfassen, wie er reagiert. Ich schlucke. Diese Frage fällt mir schwer, weil ich bis jetzt nie ernsthaft über diesen Punkt hinausgedacht habe. Aber jetzt geht es nicht mehr anders, also stelle ich sie.

»Was wird nach Freitag sein, Dash?«

Dashiel

Ihre Frage überrascht mich, auch wenn sie das nicht sollte. Ich habe ja selbst schon darüber nachgedacht. Das Problem ist nur, dass ich unmöglich irgendwelche Prognosen über die Zukunft treffen kann. Nicht, solange die Sache mit Herrera nicht erledigt ist.

Für einen Moment denke ich darüber nach, Laney die Wahrheit zu sagen. Ihr einfach alles zu erzählen. Über Dan, über die Deals mit Miguel Herrera, über Serena. Aber das kann ich nicht. Sie hat gerade begonnen, mich in einem anderen, besseren Licht zu sehen. Wenn sie erfährt, in was ich da verwickelt bin, dann wird sich das auf der Stelle wieder ändern und sie wird mich verabscheuen, das weiß ich genau. Und das ist ein verdammtes Problem – denn anfangs, als ich sie bat, am Freitag meine Begleitung zu sein, wusste ich nicht, wie wichtig es mir mal sein würde, was sie von mir denkt.

Doch wie um alles in der Welt soll ich die Wahrheit auf Dauer von ihr fernhalten?

»Hör zu«, erwidere ich leise. »Die Sache am Freitag, dieses Geschäft, ist wirklich wichtig. Und ich muss das durchziehen. Es wird mit Freitag nicht getan sein, sondern noch eine Weile dauern. Aber dann ... Wenn das geregelt ist, Laney, dann ist für uns im Prinzip alles möglich. Okay?«

»Was meinst du damit?«, fragt sie und sieht mich immer noch aus ihren großen Puppenaugen an.

Wieso habe ich nicht gleich erkannt, wie schön diese Frau ist? Wie perfekt sie ist mit ihrer blassen Haut und ihrer großen Klappe?

»Na, alles, was wir wollen«, sage ich.

»Und was willst du, Dash?« Sie hebt ihre Hand und streicht mir übers Gesicht. Das fühlt sich ungewohnt an. Die Frauen, mit denen ich normalerweise zu tun habe, kommen mir nicht so nah. Nicht auf diese Art. »Was will ein Mann, der sich alles kaufen kann?«

»Etwas, das er sich nicht dauerhaft kaufen kann«, antworte ich wie von selbst. »Dich.«

Einen Moment lang sieht sie mich prüfend an. Dann lächelt sie. Und als ich mich zu ihr hinunterbeuge, um sie erneut zu küssen, leistet sie keinerlei Gegenwehr. Sie schlingt die Arme um meinen Hals, ich ziehe sie eng an mich und dieser Duft nach Kirschen und Vanille, der sie immer umgibt, steigt mir in die Nase. Am liebsten würde ich sie sofort rüber ins Schlafzimmer bringen. Sie wäre die Erste, die ich mit in mein Bett nehme, und als ich an gestern denke, daran, wie gut es sich angefühlt hat, in ihr zu sein, ihren Körper für ein paar kostbare Minuten zu 100 Prozent zu besitzen, kann ich mich kaum noch zurückhalten.

Doch es gibt ein paar Dinge, die wir heute noch regeln müssen – dringend, denn morgen ist es so weit. Also höre ich nach einem Moment auf sie zu küssen, mustere sie atemlos und sage: »Hey. Da wäre noch was.«

Laney blickt zu mir auf. Verschmiert ihr Lippenstift auf wundersame Weise nicht, wenn man sie küsst, oder trägt sie einfach keinen und hat von Natur aus so rote Lippen? »Schieß los«, erwidert sie heiser.

Ich kann mir das Grinsen nicht verkneifen, als ich in die hintere Tasche meiner Jeans greife und ein kleines Kästchen hervorziehe.

Laney sieht darauf herunter und zieht dann eine Augenbraue hoch. »Also, Dashiel, geht das nicht ein bisschen schnell?«

Ich muss lachen. »Halt die Klappe.« Dann öffne ich das Kästchen und zeige ihr die beiden Ringe, die sich darin befinden. Sie bestehen aus Titan und sind beide dunkel. Meiner ist schlicht und breit. Ihrer besteht aus zwei dünnen, verspielt miteinander verschlungenen

Ringen und oben in der Mitte befindet sich eine kleine Rose, in deren Mitte ein Rubin sitzt.

Laneys Augen werden groß. »Dash, die sind ...«

»Vermutlich hättest du lieber was gehabt, das original aus den Dreißigern oder so ist. Aber ich finde die Vorstellung falsch, die Eheringe anderer Leute zu tragen. Also hab ich stattdessen etwas gekauft, das für die Ewigkeit ist.«

Sie hebt eine Hand vor den Mund und sieht weiter die Ringe an, dann mich. »Die sind perfekt«, sagt sie, und ich erkenne an dem Schatten, der über ihre Augen huscht, was sie insgeheim denkt: Schade, dass das alles nur Show ist.

Aber ich denke nicht, dass es das ist. Unsere Ehe, natürlich. Aber nicht das, was in den letzten Tagen zwischen uns passiert ist. Am Anfang hab ich diese Frau gar nicht ernst genommen. Jetzt will ich sie hier bei mir behalten und ...

Nicht so schnell, Dash. Sie hat immer noch keine Ahnung von dir. Und so, wie die Dinge im Moment stehen, bist du alles andere als gut für sie. Vielleicht wirst du das nie sein.

»Dann wollen wir mal sehen, ob er passt«, lenke ich mich selbst von meinen finsteren Gedanken ab und greife nach ihrer Hand. Mir fällt auf, dass sie hellblauen Nagellack trägt, passend zu ihren Schuhen.

Während sie die Box mit den Ringen hält, nehme ich ihren heraus und schiebe ihn ihr langsam an den Finger. Er passt wie angegossen. Ich lasse sie los und will meinen ebenfalls aus dem Kästchen nehmen, aber sie zieht es weg.

»Nichts da, wenn dann machen wir es richtig!« Damit greift sie nach dem Ring, stellt das Kästchen auf der Fensterbank ab und steckt ihn mir dann an.

»Viele Frauen in Miami fangen gerade an zu weinen«, sage ich grinsend.

Laney schlägt mir mit der Faust gegen die Brust. »Blödmann.« Dann sieht sie mir in die Augen.

»Was ist? Darf ich die Braut küssen?«

»Darfst du«, beschließt sie. »Und dann darfst du mir endlich alles erklären, was ich für morgen Abend wissen muss. Angefangen bei unseren Namen.«

Laney

Ich sitze neben Dashiel im Sand, sehe den Wellen dabei zu, wie sie an Land branden und spiele dabei versonnen an meinem falschen Ehering herum. Er hat genau meinen Geschmack getroffen, was mich total überrascht hat. Klar, es ist kein echter Ehering. Noch nicht mal ein Verlobungsring. Aber irgendwie hab ich mich trotzdem darüber gefreut. Bei Dash und mir läuft eben alles irgendwie anders, und darum wundere ich mich auch gar nicht mehr so sehr über das seltsame Gespräch, das wir gerade führen.

»Ich bin Darren Caulder und soweit du weißt, verdiene ich mein Geld mit Investment-Banking.«

»Soweit ich weiß?«

»Ja. Das reicht dir. Du bist Architektin und machst dein eigenes Ding. Das muss Herrera verstehen, damit er dich aus der Sache heraushält.«

Ich blicke zu ihm herüber. »Also gibst du zu, dass es etwas Illegales ist.«

»Nein. Aber wenn ich dich jetzt im Detail über meine Geschäfte aufklären muss, damit du mitreden kannst, sitzen wir noch morgen früh hier.«

Ich mustere Dash, der wieder seine Sonnenbrille trägt und ebenfalls aufs Meer blickt, jedoch keinerlei Idylle darin zu erkennen scheint. Er wirkt sehr ernst und angespannt und ich frage mich, ob er die Wahrheit sagt. Geht es wirklich nur darum, die Sache so unkompliziert wie möglich zu halten oder verheimlicht er mir etwas? Ich will es nicht hoffen. Er hat gesagt, dass ich ihm vertrauen soll und ich möchte glauben, dass das nicht nur leeres Gerede war. »Weshalb brauchst du für diesen Abend so dringend eine Frau?«

»Es sieht einfach besser aus. Es ist Teil der Identität, die ich annehme, um Herrera davon zu überzeugen, mit mir Geschäfte zu machen.«

»Aber du bist doch relativ bekannt in Miami.«

Er nickt. »Ja, aber Herrera macht seine Geschäfte normalerweise auf Kuba. Er hat nur ein Ferienhaus auf den Keys.« Den Blick immer noch auf mich gerichtet, fährt er fort: »Glaub mir, die Geschichte ist wasserdicht. Ein ...« Er macht eine kurze Pause und senkt kurz den Blick, ehe er fortfährt. »... Mitarbeiter von mir hat alles vorbereitet. Du musst dir keine Gedanken machen, sondern einfach nur mitspielen.«

Ich nicke. Wenn er denkt, dass unsere falschen Namen nicht auffallen, dann wird das auch so sein. Weshalb sollte er ein unnötiges Risiko eingehen? »Okay, dann werde ich das tun.«

»Danke«, sagt Dash und mustert mich noch einen Moment lang. Dann steht er auf und ich blicke ihm nach, wie er langsam runter zum Wasser geht. Immer wenn es um die Sache am Freitag geht, kommt es mir vor, als würde ein riesiges Gewicht auf Dashiels Schultern lasten. Nun, da ich weiß, dass er nicht ganz unabhängig ist, sondern dass sein Vermögen unter anderem in diesem Hotel steckt, das seine beiden Brüder versorgt, kann ich mir aber auch vorstellen, woher das kommt. Er muss sein Geld klug investieren. Und wenn das für ihn mithilfe einer falschen Ehefrau einfacher ist, dann werde ich das nicht weiter hinterfragen, sondern einfach dabei sein. Denn eines steht fest: Je besser ich ihn kennenlerne, desto mehr glaube ich, dass ich ihm wirklich vertrauen kann.

Kapitel 8

Laney

Als ich mich am Nachmittag darauf für das alles entscheidende Treffen fertigmache, bin ich ganz schön nervös. Ich hatte noch nie ein Date, bei dem es um mehr ging als, na ja, das Date eben. Und auch wenn das heute nur eine ganz normale Verabredung mit Dashiel wäre, dann wäre ich schon aufgeregt genug. Dass wir diesen Herrera treffen und ich so tun muss, als wäre ich Architektin, obwohl ich eigentlich Antiquitäten verkaufe, macht es nicht besser.

»Mein Name ist Ainslie Sophie Caulder«, murmle ich, während ich in der Wanne liege und meine Beine rasiere. »Ich bin 29 Jahre alt und verheiratet mit Darren Caulder. Wir haben uns auf dem College kennengelernt. Wir haben vor drei Jahren geheiratet. Wir haben eine 2-jährige Tochter namens Denise. Wir leben in South Beach, wollen aber bald in eine ruhigere Gegend ziehen.« Was hatten wir noch besprochen? Ach ja. »Meine Hobbys sind Zumba, Reiten auf meinem Pferd namens Eleonor und Segeln mit meinem Mann.«

Ich atme tief durch, lasse mein linkes Bein zurück ins Wasser gleiten und hebe das rechte in die Höhe, während ich die wichtigsten Stichpunkte noch mal wiederhole: »Ainslie Caulder, Architektin, Mutter der 2-jährigen Denise, South Beach, Zumba, Reiten auf meinem Mann ...«

Mist. Quatsch. Ich muss grinsen. Das werde ich diesem mysteriösen Miguel Herrera wohl besser auf keinen Fall sagen. Ich lehne mich in der Wanne zurück und lache.

»Hi, ich bin Ainslie und ich reite gern auf meinem Mann.«

Vermutlich werden wir nachher alle an einer langen Tafel sitzen und haargenau in dem Moment, wo ich etwas in der Art von mir gebe, wird gerade die ganze Aufmerksamkeit auf mich gerichtet sein. Was mache ich dann? Mit Stil, Klasse und Haltung reagieren?

»Pardon«, sage ich affektiert ins leere Badezimmer hinein. »Natürlich reite ich ausgesprochen gern auf meinem Mann, aber noch lieber auf meinem Pferd Eleonor. Cheers.«

Ich halte den Ladyshave in die Luft, als wäre er ein Champagnerglas, dann lasse ich meine Hand zurück ins Wasser klatschen.

Oh Gott. Ich, Laney Stone, das Mädchen aus den Sümpfen, muss mir echt Mühe geben, wenn ich heute Abend glaubhaft die elegante Ainslie Caulder spielen will!

Ich seufze, lasse mich tief in die Wanne sinken und tauche ab. Das kann ja ein echt spannender Abend werden!

***

Ich beende mein Bad, mache eine Haarkur und föhne eine gefühlte Stunde lang meinen schwarzen Bob, bis jedes einzelne Haar perfekt liegt. Anschließend mache ich mir die Nägel und sitze starr auf dem Wannenrand, bis ich sicher bin, dass der Lack getrocknet ist. Dann laufe ich ins Ankleidezimmer, stoße mir den Zeh an einer Kleiderstange und vermacke den Lack trotzdem. Trocknet dieses Zeug denn nie?!

Egal. Ich trage ja sowieso geschlossene Schuhe. Also beschließe ich, mich trotzdem anzuziehen und stehe circa eine weitere Stunde vor den Fächern mit Tante Amandas Unterwäsche. Soll ich mir wirklich was von ihr nehmen? Na ja, mir bleibt wohl nicht viel anderes übrig. Ich brauche einen trägerlosen BH, aber ich besitze keinen. Und was meine Slips angeht ... Na ja, sagen wir es mal so. Ich hab ein bisschen Angst, dass sich die Snoopy-Motive durch die Seide meines Kleids abmalen könnten. Also schön. Dann eben die Wäsche meiner Tante.

Nach einigem Stöbern finde ich einen glatten, schwarzen BH, der keine Träger hat und einen nahtlosen Slip aus glänzendem Stoff in derselben Farbe. Der BH ist ein bisschen zu klein, aber dadurch werden meine Brüste noch mal extra gepusht, was ich gar nicht verkehrt finde.

Ich überlege, schon mal das Kleid überzuziehen, aber dann habe ich Angst, es mit Make-up zu versauen. Also geht es zuerst zurück ins Bad. Über YouTube rufe ich eine Anleitung auf, um mir Cat Eyes zu schminken. Beim ersten Versuch sehen sie höchstens aus wie Panda Eyes. Beim zweiten bekomme ich die Augen hin, aber meine Brauen enden als zwei kleine schwarze Hitlerbärtchen dicht über meinen Lidern. Also noch mal.

Der dritte Versuch sitzt und ich runde das Ganze mit einer leichten Foundation und einer dünnen Schicht rotem Lippenstift ab. Dann mustere ich mich. Meine Augen sehen irgendwie riesig aus. Vielleicht hätte ich besser den Mund betont?

Ach, egal jetzt. Ich hab keine Zeit mehr. Also laufe ich ins Ankleidezimmer, ziehe schnell das teure Kleid an und es passiert, was schon beim letzten Mal passiert ist: Als ich in den Spiegel sehe und erkenne, wie es sich an meinen Körper schmiegt, kaufe ich mir selbst meine Rolle auf einmal ab.

»Ainslie Caulder«, sage ich mit leicht verstellter Stimme. »Angenehm, Sie kennenzulernen, Mister Herrera.«

Ich lächle mir selbst zu, dann steige ich in die Schuhe und lege den Schmuck an. Und kaum bin ich damit fertig, klingelt es auch schon an der Tür.

»Komme sofort!«, rufe ich, werfe noch einen letzten Blick in den Spiegel, dann schnappe ich mir die kleine Clutch von Tante Amanda, die ich mir für heute Abend ebenfalls leihe und laufe runter ins Erdgeschoss. Ich öffne die Tür – und bleibe verdutzt stehen.

Es ist Dashiel, natürlich, aber er sieht heute noch einmal ganz anders aus, als ich ihn kennengelernt habe. Er trägt einen maßgeschneiderten Anzug und das schwarze Hemd steht gerade weit genug offen, um ihn sexy und verwegen aussehen zu lassen. Von seinem Dreitagebart ist kaum mehr als ein Bartschatten übrig und sein Haar ist nicht verwuschelt wie sonst, sondern elegant mit Gel gestylt. Er sieht perfekt aus. Wie ein

Hollywood-Star. Und anstelle seines knalligen Audi hat er passenderweise auf einen schwarzen Mustang umgesattelt, den er extra für diesen Anlass gemietet haben muss. Oder gekauft. Würde mich auch nicht wundern, so verrückt, wie dieser Mann ist.

»Was denn? Keine Stretch-Limousine?«, frage ich scherzhaft.

»Wenn du denkst, dass ich mir das Fahren nehmen lasse, dann kennst du mich schlecht, Ainslie.«

Ich schließe die Tür und komme langsam auf ihn zu. »Oh, ich denke, ich kenne dich ziemlich gut, mein Lieber. Gut genug, um zu wissen, dass du sicher nicht an den Babysitter für unsere imaginäre Tochter gedacht hast?«

Dashiel verzieht das Gesicht und klatscht sich mit der Hand gegen die Stirn. »Verdammter Mist! Jetzt werden ihre imaginären Großeltern auf sie aufpassen müssen!«

»Nur keine Sorge.« Ich bleibe vor ihm stehen und seufze theatralisch. »Deine imaginäre Frau hat wieder mal alles geregelt.«

Dashiel lässt seinen Blick an mir hinabgleiten. »So imaginär kommt mir diese Frau gar nicht vor«, sagt er, dann zieht er mich an sich und begrüßt mich mit einem Kuss, der meine Knie weich werden lässt.

Ich erwidere seinen Kuss, dann schließe ich die Augen und lehne meine Stirn an seine. »Bist du bereit?«, frage ich leise.

»Bist du es?«

»Ich weiß zwar nicht viel über die ganze Sache, aber ich vermute, dass ich den einfacheren Part habe.« Ich löse mich von ihm und mustere ihn prüfend. »Also?«

Dashiel nickt langsam. »Bereit«, sagt er.

Dann hält er mir die Beifahrertür auf, ich steige ein und wir machen uns auf den Weg zu Miguel Herrera.

***

Ich habe mit vielem gerechnet. Dass die Party wieder auf einer Jacht stattfindet, auf dem Dach des höchsten Hauses der Stadt oder in einem unterirdischen Privatclub. Aber ich habe nicht damit gerechnet, dass Miguel Herrera seine eigene Insel hat, auf der die Feier stattfindet.

Dashiel sitzt neben mir in einem der Wassertaxis, die Herrera für seine Gäste geordert hat und hält meine Hand. Anders als ich wirkt er vollkommen ruhig. Er sieht reglos aufs dunkle Wasser und verzieht keine Miene. Je näher wir der mit kleinen Lämpchen beleuchteten Insel kommen, desto aufgeregter werde ich. Mein Herz hämmert so stark gegen meine Brust, dass ich glaube, man müsse es von außen sehen können.

Ich blicke herüber zu Dashiel.

Warum bin ich so nervös?

Wenn es sich nicht nur um ein einfaches Geschäftsessen handeln würde, dann wäre Dash doch sicher auch um einiges unruhiger. Solange er also gelassen wirkt, sollte ich es auch sein.

»Alles okay?«, fragt er und dreht den Kopf zu mir.

»Ja, ich äh ...«

Dashiel drückt meine Hand. »Kein Grund zur Sorge. Wir essen, trinken ein paar Gläser, dann ziehe ich mich kurz mit Herrera zurück, um die Geschäfte zu besprechen und wir hauen wieder ab.«

»Was ist, wenn ich mich blamiere?«, wispere ich, damit uns der Fahrer des Bootes nicht hört.

Dashiels Gesicht hellt sich etwas auf und ich erwarte schon fast wieder einen von seinen gemeinen Sprüchen. Aber dann fragt er nur: »Wieso solltest du denn?« Er legt mir eine Hand auf die Wange und zwingt mich, ihn anzusehen. »Du siehst toll aus. Du wirst sie alle umhauen.«

Ich schlucke, dann nicke ich und beschließe, mich zusammenzureißen.

Nach einem Moment legt Dash den Arm um mich und zieht mich näher an sich heran.

Ich sage nichts mehr und auch er schweigt die letzten Meter.

Das Boot wird langsamer und ich erkenne jetzt Einzelheiten von der Insel. Obwohl es bereits dunkel ist, kann ich ausmachen, dass im flachen Wasser einige private Jachten ankern. Am Strand befinden sich ein paar kleine Boote. Ein mit Kerzen beleuchteter Holzpfad führt aus dem Sand zur einer Treppe, die in die Felsen gemeißelt wurde. Ich blicke die Stufen entlang und sehe, dass sie auf einem Plateau enden, von dem aus man einen atemberaubenden Blick über das Meer haben muss. Auch wenn ich von hier unten nur Silhouetten und Schemen erkennen kann, sehe ich, dass sich auf der Plattform Palmen in Kübeln, Stehtische und jede Menge Leute befinden. Die Beleuchtung ist indirekt, überall hängen Lampions in den Pflanzen und die Musik ist leise und gedämpft.

»Das sieht schön aus«, gebe ich zu, während zwei Männer das Boot an den Strand ziehen. Sie tragen schwarze Anzüge, deren Hosenbeine bis zu den Knien hochgekrempelt sind, und keine Schuhe.

»Herzlich willkommen«, sagt einer der beiden und reicht mir die Hand, um mir an Land zu helfen.

Ich will sie gerade ergreifen, da spüre ich, wie ich von hinten gepackt und in die Höhe gezogen werde. Dashiel steigt mit mir auf dem Arm aus dem Boot und setzt mich erst auf dem beleuchteten Pfad wieder ab.

»Vielen Dank.« Ich bin ein wenig überrumpelt und gleichzeitig finde ich es ziemlich süß von Dash, dass er mich davor bewahrt hat, mit meinen High Heels in den Sand zu müssen.

»Bereit?«, fragt er und bietet mir seinen Arm an.

»Bereit.« Ich hake mich unter, atme noch einmal tief durch und gehe dann los.

**

Anders als erwartet amüsiere ich mich prächtig. Entgegen meinen Befürchtungen sitzen wir nicht alle zusammen angespannt an einer großen Tafel und sind von peinlichem Schweigen umgeben. Im Gegenteil. Es gibt überall verteilt kleine Tische und Nischen, in die man sich zurückziehen kann, wenn man ein paar Minuten für sich braucht. Zwischen zwei Palmen steht ein riesiges Büffet und es laufen überall Kellner mit Tabletts voll unterschiedlicher Getränke herum, an denen man sich einfach bedienen kann.

Ich sitze in einem Korbstuhl und blicke übers Meer, in dem sich der Vollmond spiegelt. In der Hand halte ich einen dunkelroten Cocktail, der nach Kirschen, Vanille und ziemlich starkem Alkohol schmeckt und fühle mich rundum entspannt.

»Wie wäre es damit?« Dashiel erscheint hinter mir und reicht mir einen Teller mit vielen kleinen Gebäckstücken. »Von jedem etwas«, sagt er, stellt mir den Teller auf den Schoß und setzt sich dann mit einem Whiskeyglas in den Stuhl neben mir.

»Das sieht gut aus.« Ich schnappe mir einen mit Mandarinenspalten verzierten Schokocupcake und beiße hinein. »Mein Gott, ist der gut«, nuschle ich, während geschmolzene weiße Schokolade in meinen Mund läuft.

Dashiel sieht mir lächelnd zu, dann schaut er übers Wasser und nimmt einen tiefen Schluck Whiskey. »Alles halb so schlimm, oder?«

»Es ist traumhaft hier. Dein Geschäftspartner hat Glück, dass er hier feiern darf.«

Dashiel lacht einmal kurz und leise. »Er darf hier feiern, weil –«

»Weil ihm diese Insel gehört, meine Liebe.«

Erschrocken sehe ich auf und entdecke einen großgewachsenen Kerl mit schwarzen Haaren und einem teuer aussehenden Anzug hinter mir.

Auch Dashiel dreht sich um, wirkt aber wieder einmal um einiges gelassener als ich.

»Mister Herrera.« Als hätte er alle Zeit der Welt, trinkt Dashiel noch einen Schluck. Erst dann stellt er sein Glas weg, erhebt sich und reicht unserem Gastgeber die Hand. »Ich möchte mich für die Einladung bedanken.«

Herrera nimmt Dashiels Hand in seine beiden und schüttelt sie herzlich.

Ich beeile mich aufzustehen und mich neben Dashiel zu positionieren.

»Darf ich Ihnen meine Frau vorstellen? Ainslie Sophie.«

»Ein wundervoller Name!« Herrera ergreift meine Hand und haucht einen Kuss darauf. »Ainslie ist irisch?«

»Schottisch. Meine Mutter hat ein Faible für keltische Mythologie und die britischen Inseln. Mein Bruder heißt Alasdair«, gebe ich genau das wieder, was Dashiel und ich abgesprochen haben. Für mich klingt es so aufgesagt wie das Gedicht einer Erstklässlerin, aber Herrera scheint es nicht zu bemerken.

»Zwei wirklich wundervolle Namen. So außergewöhnlich.«

»Danke sehr.« Ich mache eine umfassende Handbewegung. »Sie haben sich selbst übertroffen, Mister Herrera. Diese Party ist absolut beeindruckend.«

»Ach was.« Herrera wirkt ein kleines bisschen verlegen. »Nur ein paar Lichter, gutes Essen und Musik, mehr ist das doch nicht. Und ich habe das meiste davon nicht einmal selbst gemacht, sondern nur in Auftrag gegeben. Aber es freut mich, dass es Ihnen gefällt, Ainslie.«

Er lässt meine Hand los, lächelt mir noch einmal zu und wendet sich dann an Dashiel. »Ich habe nicht gedacht, dass ich Sie so schnell noch einmal wiedersehe, Mister Caulder. Nachdem unser letztes Geschäft nicht zu Ihrer Zufriedenstellung gelaufen ist, fürchtete ich, dass Sie von nun an einen großen Bogen um mich machen würden.«

»Man muss auch mal loslassen können«, sagt Dashiel lapidar, doch an dem wissenden Funkeln in Herreras Augen und seinem langsamen Nicken erkenne ich, dass mehr hinter diesem Satz steckt.

»Eine sehr gute Einstellung. Es wäre zu schade, wenn wir beide wegen eines ... Kollateraleschadens auf eine gemeinsame Zusammenarbeit verzichten müssten.«

Auch wenn ich nach außen hin einfach nur die brave Ehefrau spiele und lächle, höre ich genau hin und versuche zwischen den Zeilen zu lesen. Wenn es vorher nur eine vage Vermutung war, so bin ich mir jetzt sicher, dass hier nicht alles mit rechten Dingen zugeht.

Sowohl Herrera als auch Dash bemühen sich, um den heißen Brei herum zu reden, was ich äußerst merkwürdig finde.

»Das müssen Sie keinesfalls. Ich habe vor, eine große Summe zu investieren und –«

»Hervorragend!« Miguel Herrera lacht breit und ich erkenne, dass er einen Goldzahn hat. »Aber wissen Sie was? Das dachte ich mir schon, sonst wären Sie nicht hier. Kommen Sie mit. Ich habe ein kleines Geschenk für Sie, das Sie von der Qualität unserer Ware überzeugen und unsere Zusammenarbeit besiegeln soll.« Er legt einen Arm um Dashiel.

»Warte hier, Schatz.« Dashiel sieht mich beschwörend an und ich nicke.

Doch Herrera hat anscheinend andere Pläne. »Unsinn. Ainslie, kommen Sie, meine Liebe, kommen Sie.« Jetzt legt er auch noch seinen Arm um meine Taille und nimmt uns beide mit, als seien wir drei alte Freunde.

Zusammen steuern wir das prachtvolle weiße Haus – nein, es ist kein Haus, sondern eine Villa – an, das sich auf einem Felsen hinter uns erhebt. Zwei Männer in dunklen Anzügen bewachen den Eingang und mir wird ganz mulmig.

Was auch immer das hier ist, es handelt sich ganz bestimmt um keine gewöhnliche Dinnerparty.

»Folgen Sie mir.« Herrera lässt uns los und betritt das Haus.

Dashiel sieht mich aufmunternd an und greift nach meiner Hand. Wir folgen Herrera ins Innere und ich bin erschlagen. Der Kolonialstil, in dem die Villa erbaut ist, setzt sich auch hier drinnen fort. Für einen Moment vergesse ich meine Aufregung und bewundere die riesige Eingangshalle mit den Säulen, dem weißen Stuck und den schweren, dunklen Möbeln. Die Wände zieren grelle Gemälde, die lebendige Szenen aus den Straßen Kubas zeigen. Auch wenn sich diese Pop-Art-Kunstwerke und der elegante Stil auf den ersten Blick nicht vereinbaren lassen, bin ich dennoch verblüfft, wie gut das Moderne und das Altmodische harmonieren.

Wie bei Dash und mir, schießt es mir durch den Kopf und ich muss selbst über diesen kitschigen Gedanken schmunzeln.

»Gefällt es Ihnen?« Herrera ist auf der ersten Treppenstufe stehen geblieben und sieht mich an.

Ich lächle. »Sehr. Ich liebe Akazienholz. Und die Portikus ist einfach hinreißend.«

»Was für ein Kuss?« Dashiel sieht mich irritiert an.

Ich muss lachen. »Portikus. Ich meine diese Halle mit ihren Säulen.«

»Da kennt sich aber jemand aus!« Herrera wirkt beeindruckt und ich bin froh, dass meine Begeisterung für alte Dinge einmal für etwas nützlich ist.

Sexy und intelligent, oder wie war das?

»Kommen Sie, folgen Sie mir nach oben.«

Dashiel, der immer noch die Ruhe selbst ist, nimmt meine Hand ein wenig fester, dann folgen wir Herrera ins Obergeschoss.

Dashiel

Die Sache läuft nicht nach Plan. Ganz und gar nicht. Herrera traut mir nicht und ich muss mir dringend einen Vorwand einfallen lassen, unter dem ich Laney hier raus bringen kann. Nein, nicht nur hier raus. Am besten runter von dieser beschissenen Insel. Es hätte mir auffallen müssen, dass die Bitte, nicht mit meinem eigenen Boot zu kommen, sondern uns abholen zu lassen, mehr zu bedeuten hatte. Das war keine Geste von Gastfreundlichkeit, das ist mir spätestens klargeworden, als ich die ganzen anderen Jachten am Strand habe ankern sehen. Herrera möchte darüber bestimmen, wie und wann wir die Insel verlassen. Und ob überhaupt.

Wieso habe ich Laney mit hineingezogen? Wieso habe ich Idiot nicht einmal auf meine Intuition gehört?

Ich wollte sie nur als Accessoire, wollte gar nicht, dass sie näher mit Herrera und den Geschäften in Kontakt kommt. Doch im Augenblick sieht es nur so aus, als würde sie immer weiter mit in die Sache hineingezogen werden. Ich bin ein Idiot, dass ich geglaubt habe, Herrera würde nicht misstrauisch werden, wenn ich nur zwei Monate nach der Geldübergabe wieder mit ihm ins Geschäft kommen will. Aber ich konnte einfach nicht länger warten. Um Dans willen nicht.

Jetzt muss ich zusehen, dass ich nicht nur seinetwegen die richtige Entscheidung treffe, sondern auch für Laney.

Auch wenn sie sich an unsere Vereinbarung hält und sich locker mit Herrera unterhält, kann ich dennoch spüren, wie angespannt sie ist. Kein Wunder. Sie ist nicht dumm und muss längst gemerkt haben, dass das hier mehr ist als ein spießiges Geschäftsdinner.

Ich versuche mir meine Anspannung nicht anmerken zu lassen und streichle ihre Finger leicht, um ihr die Aufregung zu nehmen.

»Hier wären wir.« Herrera hält uns die Tür in ein Büro auf, das wie schon die Eingangshalle mit dunklen Möbeln ausgestattet ist. Doch anders als Laney habe ich keinen Blick für die Einrichtung. »Das ist für Sie, mein Lieber.« Herrera nimmt eine dunkle Holzkiste vom Schreibtisch und reicht sie mir.

Ich nehme sie entgegen und mein Herz beginnt schneller zu schlagen. Ich ahne bereits, was darin ist. Trotzdem klappe ich die Kiste so gelassen wie möglich und ohne dass Laney mit hineinsehen kann auf.

Auf schwarzem Samt liegt eine goldene Pistole. Ich muss sie gar nicht genauer betrachten, ich weiß auch so, um welches Modell es sich handelt. Eine Magnum Taurus M44.

Dan hatte so eine und ich weiß auch, was sie bedeutet.

Es ist ein Revolver und in den Kammern befindet sich genau eine Kugel.

Die Kugel für meinen Suizid.

Sollte ich nicht nach Herreras Regeln spielen, bekomme ich die Chance, meinem Leben selbst ein Ende zu setzen. Ich könnte mit einem Abschiedsbrief abtreten, in dem ich mich bei meinen Brüdern für alles bedanke und in dem ich Laney klarmache, was sie mir bedeutet. Sollte ich diese Chance nicht annehmen, werden Herreras Leute für mein Ableben sorgen.

Aber das können sie vergessen. Ich werde ihnen keinen Grund dazu geben, mich umnieten zu wollen. Zumindest noch nicht.

Und so sehr mich der Revolver auch im ersten Moment erschreckt hat, umso klarer wird mir auch, was das bedeutet. Herrera und ich sind im Geschäft.

»Setzen Sie sich doch.« Herrera bietet mir und Laney einen Stuhl an, aber ich ergreife die Chance, um Laney zumindest kurzzeitig aus der Gefahrenzone zu schaffen.

»Meine Frau interessiert sich nicht sonderlich für unsere Geschäfte, wenn Sie verstehen«, sage ich. Desinteresse ist in diesen Kreisen ein Synonym für Unwissenheit und Herrera scheint zu verstehen, dass die gute Ainslie nicht in meine Machenschaften eingeweiht ist.

Er setzt ein bedauerndes Gesicht auf und ist in Windeseile wieder an der Tür. »Entschuldigen Sie, meine Liebe. Ich hatte automatisch geglaubt, Sie wären ebenso interessiert wie Ihr Mann. Ich zeige Ihnen den Salon, dort können Sie auf ihn warten.«

»Liebend gern«, entgegnet Laney, aber ihr Blick spricht eine andere Sprache. »Ich nehme unser Geschenk schon mal mit, Schatz.« Damit greift sie nach der Kiste in meinen Händen.

Ich halte sie fest. »Das ist nicht nötig«, zische ich und sehe sie eindringlich an.

Doch Laney zerrt weiterhin an der Holzkiste und bevor die Sache nicht nur albern, sondern auch noch auffällig wird, lasse ich los.

»Bitte, nimm es mit«, sage ich und hoffe, dass meine scheinbare Gleichgültigkeit dazu führt, dass sie keinen Blick hineinwirft.

»Kommen Sie.« Herrera führt Laney nach draußen und ich ermahne mich, endlich ruhiger zu werden.

Wie es aussieht, bin ich noch im Spiel.

Laney

»Vielleicht noch einen Champagner?«

Ich schüttle den Kopf und sehe mich im Salon um, in den mich ein Handlanger von Herrera begleitet hat. Der Raum ist riesig mit einer breiten Fensterfront zur Meerseite und Sitzgelegenheiten aus rotem Samt. Es gibt einen Kamin, der aber nicht brennt und eine Bar aus Mahagoniholz. Dahinter stehen zahlreiche Flaschen mit vermutlich extrem teurem Inhalt.

»Oder einen Espresso?«

»Nein, danke. Ich warte hier einfach nur auf meinen Mann.« Ich lasse mich auf eine samtene Chaiselongue sinken und umklammere die Kiste in meinen Händen etwas fester.

Ich will, dass dieser Typ mich endlich alleine lässt, damit ich ungehindert einen Blick hineinwerfen kann.

Aber wahrscheinlich wird er gar nicht gehen, sondern ist als eine Art Wache abgestellt. Damit ich nicht den teuren Schnaps klaue. Oder damit ich nicht abhaue.

Mir läuft es kalt über den Rücken, doch ehe ich mich weiter in meinen düsteren Theorien vergraben kann, nickt mir der Kerl zu, lächelt kurz und verlässt den Salon.

Okay, so viel dazu, dass ich hier festgehalten werde. Meine Fantasie geht wohl manchmal ein bisschen zu sehr mit mir durch. Vielleicht ist es ja doch nur ein harmloses Geschäftsessen bei einem Mann, der gerne ein paar Mafiosi-Gepflogenheiten an den Tag legt, um seine Mitarbeiter und Geschäftspartner einzuschüchtern. Bei mir zumindest hat es bestens funktioniert.

Erst jetzt fällt mein Blick wieder auf die Holzkiste, die ich umklammert halte. Ich schüttle sie leicht, aber außer einem dumpfen Poltern ist nicht zu hören.

Was wohl drin ist?

Dashiel hat sich ziemlich angestellt, sie an mich abzugeben.

Wenn ich sie öffne, verspiele ich mir damit ganz sicher ein Stück seines Vertrauens.

Aber ist das wirklich so?

Wenn sich nur eine teure Zigarre oder eine goldene Uhr darin befinden, muss er niemals erfahren, dass ich hinein geschaut habe. Liegt darin allerdings ein Säckchen Kokain, eine Waffe oder ein abgetrennter Körperteil, werde ich ihn drauf ansprechen. Und nicht nur das. Ich werde zur Polizei gehen und dann kann es mir auch egal sein, was er von mir hält, denn damit hat er sich dann mein Vertrauen verspielt.

Also schön. Wollen wir doch mal sehen.

Ich atme tief durch, bevor ich den Deckel ganz langsam anhebe. Es kommt ein Stück schwarzer Samt zum Vorschein – Herrera scheint es mit Samt zu haben –, dann etwas Goldenes und dann klappe ich die Kiste mit einem erstickten Schrei wieder zu.

Es liegt tatsächlich eine Waffe darin!

Ein goldener Revolver!

»Zur Hölle mit dir, Dashiel Pine«, zische ich und sehe mich hastig um, auf der Suche nach ... Ja, nach was eigentlich?

Mein Herz rast wie verrückt und frage mich einmal mehr, in was ich hier hineingeraten bin. Das kann doch alles nicht wahr sein.

Wie konnte ich nur so blöd sein und diesem Kerl auch nur ansatzweise vertrauen?

Alles, was er getan hat, war von Anfang an undurchsichtig und zwielichtig, beginnend mit dem Einbruch bei Tante Amanda über die Erpressung, die Bezahlung für dieses Dinner und überhaupt. Wenn man all diese Dinge gesammelt betrachtet, habe ich es auch nicht anders verdient. Wer so blöd ist, auf einen Mann wie Dashiel anzuspringen und auch noch ernsthaft Gefühle zu investieren, der schreit ja förmlich danach, verarscht zu werden.

Dabei habe ich gedacht ...

Ich spüre, wie mir Tränen über die Wangen laufen beim Gedanken an die schönen Momente, die wir miteinander hatten. Das gemeinsame Kochen, wie er mir in seiner Suite diesen Ring angesteckt hat. Seine Küsse, seine Blicke.

War das alles nur gelogen? Alles gespielt?

Dashiel

Ich erhebe mich und lasse zu, dass Herrera mir erneut überschwänglich die Hand schüttelt. Dabei will ich eigentlich nur eins: Zu Laney und mit ihr von dieser Insel verschwinden.

»Ich hoffe wirklich, dass wir ins Geschäft kommen«, wage ich einen Vorstoß, denn Herrera ist immer noch nicht konkreter geworden. Er hat mir zwar die Waffe geschenkt, die meines Erachtens nach ein Zeichen meiner Zugehörigkeit ist, aber er hat von mir weder eine Zahlung noch irgendeinen Vertrauensbeweis oder das Erfüllen irgendeiner Mission verlangt. Stattdessen ist er sehr unverbindlich geblieben.

»Ich werde ganz sicher beizeiten auf Sie zurückkommen«, sagt er und lässt meine Hand los.

Schon wieder so eine vage Scheiße. Was soll ich damit anfangen?

»Ich freue mich drauf«, sage ich und ringe mir ein Lächeln ab, das mir aber sogleich im Hals stecken bleibt, als Herrera weiterspricht.

»Ich sehe Sie und Ihre Frau am Mittwoch. Die Adresse lasse ich Ihnen zukommen. Ihre Kontaktdaten habe ich?«

Natürlich nicht. Was ich hier tue, ist vielleicht leichtsinnig, aber ich bin ganz sicher nicht so lebensmüde und gebe Herrera meine Daten.

»Ich ziehe es vor, dass wir weiter über Barry Lightman kommunizieren, denn sowohl Ainslie als auch ich legen sehr viel Wert auf unsere Privatsphäre.«

»Wie Sie wünschen. Ich bringe Sie nun zu Ihrer Frau.«
Damit geht Herrera vor und ich folge ihm zu einer Doppelflügeltür. »Ich bin unten bei den Gästen, falls Sie mich suchen.«

»Besten Dank.« Mit diesen Worten lasse ich den Mafiaboss einfach stehen und trete in den Salon.

Ich schließe die Tür und sehe sie. Sie sitzt auf dem Sofa, hält sich die Hände vors Gesicht und schluchzt.

»Was«, beginne ich, dann schüttle ich den Kopf und eile zu ihr, um sie in meine Arme zu nehmen. »Hey, was ist los? Haben sie dir etwas getan?«

»Sie?!« Laneys Stimme ist schrill. Sie funkelt mich aus rotgeweinten Augen an und stößt mich von sich. »Du bist doch hier der verlogene Dreckskerl!«

Sie drückt mir die Holzkiste mit dem Revolver in die Hand und steht auf.

»Scheiße«, flüstere ich. Ich habe schon befürchtet, dass sie hineinsehen würde. So ist sie einfach. Aber ich habe auch gehofft, dass sie anders reagieren würde. Weniger emotional. »Lass mich dir das erklären!«

Laney, die bereits an der Tür steht, verschränkt die Arme: »Ich will keine Erklärung! Ich will nur noch hier weg!« Sie zieht geräuschvoll die Nase hoch.

»Laney ...«

»Können wir jetzt bitte gehen?«

»Ja, sicher.« Ich stehe auf und komme zu ihr, um ihr den Arm um die Schultern zu legen.

»Fass mich nicht an!«

Mit einem Seufzer lasse ich meine Hand wieder sinken und öffne ihr stattdessen die Tür. »Du wirst mit mir reden müssen. Wenn nicht jetzt, dann später.«

»Ich muss gar nichts.« Damit verlässt Laney den Salon und ich habe Mühe, ihr zu folgen.

Auf der Treppe versuche ich erneut, nach ihr zur greifen, aber sie schüttelt mich einfach ab.

»Hey, komm schon. Ich will doch nur –«

»Ich will es aber nicht«, faucht sie und eilt aus dem Gebäude.

Erst unten am Strand bei einem der Boote hole ich sie ein.

»Wir fahren zurück«, bestimmt sie und ich bin mir nicht sicher, ob sich ihre Worte an mich oder den Fahrer des Bootes richten.

Der Mann und ich nicken beinahe synchron und reichen ihr beide die Hände zum Einsteigen, doch Laney klettert ohne Hilfe an Bord und setzt sich auf den letzten Platz in der hintersten Ecke des Bootes.

Zuerst bin ich versucht, mich neben sie zu setzen, als ich jedoch zu ihr sehe, verschränkt sie erneut die Arme und starrt aufs Wasser.

Also schön. Soll sie sich erst mal beruhigen, bevor ich mit ihr rede.

Ich bleibe neben dem Fahrer stehen, als dieser den Motor anwirft und das Boot von der Insel wegsteuert.

Bis wir wieder an Land sind, habe ich jetzt Zeit, mir zu überlegen, was ich Laney sagen will.

***

Als wir endlich an dem kleinen Hafen ankommen, an dem wir gestartet sind und wo auch mein Mustang geparkt ist, weiß ich, was ich Laney sagen werde. Sie soll die Wahrheit erfahren – zumindest fast – und dann selber entscheiden, wie es mit uns weitergeht.

Als ich ihr aus dem Boot helfe und ihre Hand für einen Moment meine umklammert, habe ich das Gefühl, keine Luft mehr zu bekommen. Es mag komisch klingen, aber ich hatte noch nie so viel zu verlieren wie jetzt gerade. Bis jetzt waren Frauen immer nur Zeitvertreib für mich und meine Freiheit kam an erster Stelle. Aber mit Laney ist alles anders, und ausgerechnet sie verliere ich gerade. Und obwohl das ein echt mieses Gefühl ist und ich mich insgeheim lieber in irgendwelche Lügen flüchten würde, spüre ich dennoch eine Art Erleichterung, dass ich den Entschluss gefasst habe, ehrlich zu sein.

Während Laney sich von mir losreißt, drücke ich dem Bootsfahrer ein großzügiges Trinkgeld in die Hand, damit er uns endlich alleine lässt. Ich schnappe mir die Kiste mit dem Revolver und stelle dann fest, dass Laney nicht mehr neben mir steht.

Hastig blicke ich mich nach ihr um und entdecke sie. Sie hat ihre hohen Schuhe ausgezogen und eilt gerade die steile Treppe an der Kaimauer nach oben.

»Was um alles in der Welt ...?«, murmle ich und beeile mich, ihr zu folgen.

Denn eines steht fest: Wenn ich nach ihr rufe, wird sie nur noch schneller vor mir weglaufen.

Ich haste die Treppe nach oben und sehe gerade noch, wie sie auf der anderen Straßenseite ein Taxi anhält.

»Laney! Warte!«

Jetzt habe ich doch noch nach ihr gerufen. So ein Mist.

Laney wirft mir einen Blick zu, der mich mitten ins Herz trifft. Ich hätte mit vielem leben können. Mit ihrer

Verachtung, mit ihrer Wut, aber nicht mit dieser Traurigkeit, die in ihren großen Augen steht.

»Bitte«, sage ich und merke erst jetzt, dass ich stehen geblieben bin. So wird das nichts.

Während Laney ins Taxi steigt, fasse ich einen weiteren Entschluss. Ich werde diese Frau nicht kampflos aufgeben.

Ich überquere die Straße, als Laney gerade die Tür zuschlägt.

Irgendwie muss ich das Taxi stoppen, bevor sie auf Nimmerwiedersehen verschwindet.

Laney

In meinem Kopf herrscht ein Chaos aus den unterschiedlichsten Gefühlen. Ich fühle mich verraten, benutzt, einfach schrecklich. Meine Kehle ist zugeschnürt und mein Herz klopft so heftig in meiner Brust, dass es wehtut.

Ich halte den Blick gesenkt, um Dashiel nicht noch einmal in die Augen sehen zu müssen. Er hat mich angeschaut, als würde für ihn gerade eine Welt zusammenbrechen. Aber das hat er sich selbst zuzuschreiben. Ich habe ihm mehrfach gesagt, dass ich mich nicht mit in irgendwelche illegalen Geschäfte ziehen lassen möchte und ihm war mein Wille egal genug, um – ein Krachen, das Quietschen von Bremsen und dann ein dumpfer Knall, als etwas neben dem Wagen zu Boden geht.

»Oh mein Gott«, flüstert der Taxifahrer, steigt aber nicht aus dem Auto. Stattdessen umklammert er das

Lenkrad und starrt durch die Windschutzscheibe auf die nun leere Straße.

»Was ... Haben Sie ...?«

»Er hat sich einfach vors Auto geworfen!«, verteidigt sich der Fahrer.

Ich traue meinen Ohren nicht. Dashiel hat sich jetzt nicht wirklich vor das Taxi geworfen, oder? Wir alle können von Glück reden, dass der Fahrer gerade erst gestartet ist und keine zwanzig Stundenkilometer drauf hatte. Trotzdem!

Erst jetzt bemerke ich, dass immer noch keiner von uns beiden Anstalten macht, auszusteigen.

Was ist, wenn Dash ernsthaft etwas passiert ist?

Wenn man jemanden richtig böse erwischt, dann kann sogar Schrittgeschwindigkeit üble Folgen haben.

Ich springe aus dem Auto und sehe Dashiel, der sich neben dem Wagen befindet und sich gerade an der Motorhaube wieder nach oben zieht. Sein Anzug ist leicht staubig und er hat eine Schürfwunde an der Stirn. Ansonsten scheint er in Ordnung zu sein. Er wirkt etwas wacklig auf den Beinen und sieht mich an. Für einen Moment erwarte ich, dass er mich angrinst und irgendeinen dummen Spruch bringt.

Doch stattdessen ist da immer noch diese Verzweiflung in seinen Augen. »Ich wusste nicht, wie ich dich sonst stoppen soll ...«

Fassungslos starre ich ihn an, dann komme ich zu ihm und stütze ihn, auch wenn es ihm allem Anschein nach gut geht. »Wie kann man nur so ein Idiot sein?«

Dashiel lässt sich von mir zur Kaimauer führen. »Ich muss mit dir reden. Du kannst nicht einfach so abhauen.«

»Und du kannst dich nicht einfach vor ein fahrendes Auto werfen!«, schimpfe ich. »Es hätte weiß Gott was passieren können!«

»Das Taxi stand doch fast noch.«

»Ja, aber nur fast.«

»Es hat mich nur gestreift.«

»Deine Stirn blutet.«

»Halb so wild. Ich bin Extremsportler.« Jetzt grinst Dashiel doch ein wenig und ich bin irgendwie froh darüber, denn der verzweifelte Ausdruck in seinem Gesicht hat mir einen Stich versetzt. »Wakeboard, Sandsurfing, Fallschirm-«

»Es reicht, du Angeber.« Ich höre selbst, dass meine Stimme viel zu nett klingt. Deshalb trete ich auch einen Schritt zurück, nachdem ich Dashiel auf die Mauer verfrachtet habe. Er wirkt ein bisschen verwirrt, auch wenn das fast stehende Auto ihn nur gestreift hat. Ich kann ihn so auf keinen Fall alleine lassen. Trotzdem wende ich mich dem Taxi zu, dessen Fahrer endlich ausgestiegen ist und nun unschlüssig neben der Karosserie steht.

»Hey, wo willst du hin?«, fragt Dash, ist aber anscheinend zu benommen, um mir zu folgen.

»Ist alles in Ordnung? Es tut mir wirklich leid«, stammelt der Fahrer, der ja nun wirklich nichts dazu kann, dass Dash so ein Dummkopf ist.

»Ja. Ja, es geht schon. Ich kümmere mich um ihn. Fahren Sie nur.«

»Ich soll …?«

»Ja. Lassen Sie uns allein.« Ich lächle knapp, dann wende ich mich ab, um zu gehen.

Kurz darauf höre ich, wie hinter mir der Motor anspringt und das Taxi langsam wegrollt.

»Ich dachte schon, du haust trotzdem noch ab«, nuschelt Dash.

»Verdient hättest du es. Warte hier. Rühr dich nicht von der Stelle.« Damit lasse ich ihn zurück und laufe die Stufen wieder herunter zum Hafen.

***

Dashiel drückt sich die kalte Coladose, die ich aus einem Automaten unten am Pier gezogen habe, gegen die zerschrammte Stirn. Er starrt auf den Boden und sagt nichts, obwohl er es doch so eilig hatte, mit mir zu reden. Neben uns steht die Holzkiste, die er glücklicherweise geistesgegenwärtig auf der Mauer hat stehen lassen, bevor er das Taxi gestoppt hat. Es hätte uns auch noch gefehlt, wenn der Revolver herausgefallen und vom Fahrer entdeckt worden wäre.

»Hör zu«, sagen Dashiel und ich nach einer Weile nahezu zeitgleich.

»Du zuerst.« Dashiel nickt mir zu, aber ich schüttle den Kopf. »Also schön.« Er nimmt die Dose von seiner Stirn und blickt wieder nach vorne. »Ich werde dir alles erklären, in Ordnung?«

»Auf eine Erklärung warte ich seit unserer ersten Begegnung.« Ich klinge viel gelassener, als es sich in meinem Innern anfühlt. Noch immer wird das Blut in rasender Geschwindigkeit durch meine Adern gepumpt und ich fühle mich wie im freien Fall. Ich möchte die Wahrheit hören und gleichzeitig habe ich panische Angst davor. »Also, schieß los.«

Dashiel atmet durch, dann beginnt er zu erzählen. »Mrs. Keaton ist eines unserer Zimmermädchen. Sie hat einen Sohn in meinem Alter. Daniel. Dan und ich sind befreundet, so lange ich denken kann. Richtig gut befreundet, verstehst du? Wir waren von klein auf auf einer Wellenlänge. Haben gemeinsam am Strand gespielt, die Hotelflure unsicher gemacht, und später als Teenager standen wir auf dieselbe Musik und dieselben Frauen. Aber je älter er wurde, desto mehr hat er den Unterschied zwischen uns gesehen. Ich, der zukünftige Hotelbesitzer und er, der Sohn des Housekeepings. Für mich spielte das gar keine Rolle. Ich war damals nicht reich oder so, sondern einfach nur ein Waisenjunge, und in mancher Hinsicht hab ich sogar zu Dan aufgeblickt. Er war ziemlich klug, wortgewandt. Konnte sich, wenn wir Mist gebaut haben, aus jeder Situation rausreden. Ich hab viel von ihm gelernt.« Dash macht eine Pause und ein Lächeln huscht über seine Lippen, als er an damals denkt.

Auf einmal möchte ich seine Hand nehmen. Aber ich verkneife es mir.

»Aber Dan fing irgendwann an, sich minderwertig zu fühlen«, fährt Dash schließlich fort, »und ist ziemlich früh auf die schiefe Bahn geraten, um an Geld zu kommen. Ich habe versucht, ihn davon abzubringen und zeitweise hat es immer wieder geklappt, bis ich schließlich die Millionen geerbt habe. Das hat unserer Freundschaft den Rest gegeben. Dan hatte nur noch selten was mit mir zu tun. Er hing mit irgendwelchen Kleinkriminellen aus Liberty City herum, hat da versucht, das große Geld zu machen, und ich hatte irgendwann die Schnauze voll davon, ihm nachzulaufen. Falscher

Stolz, du verstehst schon. Wenn man hier in Miami in Geld schwimmt – und das tat ich recht schnell, weil ich die Millionen gut investiert habe –, dann ist es leicht, neue Freunde zu finden und Dan wurde Geschichte. Bis ich ihn eines Nachts in der Hoteleinfahrt gefunden habe. Vollkommen zugedröhnt, verprügelt und ausgeraubt.« Dashiel hält kurz inne.

An seinen Augen sehe ich, dass die Szene gerade noch mal vor ihm abläuft. Es muss schlimm gewesen sein, seinen ehemals besten Freund so zu sehen.

Ich unterdrücke den Impuls, ihn in den Arm zu nehmen oder nach seiner Hand zu greifen, denn es ist, wie ich schon in seiner Suite sagte: Egal was früher war, es entschuldigt nicht, was heute ist.

»Ich hab ihn mit in meine Suite genommen, hab ihn mit mir eingesperrt und zum kalten Entzug gezwungen. Mein Bruder hat vor der Tür herumgetobt wie ein Irrer, aber das war mir egal. Für mich war Dan immer mehr ein Bruder als meine richtigen Brüder. Ich konnte ihn nicht hängenlassen. Ich habe das Zimmer sechs Tage lang nicht verlassen. Dann, am siebten Tag, haben Dan und ich uns ausgesprochen.«

Ein leichtes Lächeln erscheint auf Dashiels Lippen, als er daran denkt.

Ich muss mir Dan und Dash gerade so vorstellen. Der arme, verprügelte Junkie mit den Minderwertigkeitskomplexen und der vor Selbstbewusstsein nur so strotzende Millionär und Hotelerbe. Zwei, die unterschiedlicher nicht sein könnten und trotzdem beste Freunde sind. Aber auch wenn dieses ganze Drogenmilieu irgendwie zu der Sache mit Herrera zu passen scheint, weiß ich dennoch nicht, worauf Dash mit seiner Erzählung hinauswill.

»Und dann?«

»Zuerst lief alles gut. Dan ist bei mir ins Investmentgeschäft eingestiegen und hat Serena kennengelernt.«

»Die Blondine von der Jacht?«, frage ich.

Er nickt, ohne weiter zu erklären, was diese Serena dann an Dashy-Babys statt an Dans Seite zu suchen hatte.

»Jedenfalls lief es gut mit den beiden. Dan schien sich gefangen zu haben. Zumindest glaubte ich das. Bis ich eines Tages extrem große Geldabhebungen und Kontobewegungen auf dem Firmenkonto entdeckt habe. Natürlich habe ich Dan darauf angesprochen.« Dash fährt sich mit beiden Händen durchs Gesicht. »Dan erklärte mir darauf hin, dass er an einer ziemlich lukrativen und extrem wasserdichten Sache dran wäre. Ich wollte ihm nicht gleich wieder einen Dämpfer verpassen und habe mir vorgenommen, ihm einfach mal zu vertrauen. Und es sah auch alles gut aus. Das Geld, das ich ihm für diese Geschäfte zur Verfügung gestellt hatte, verdoppelte sich innerhalb kürzester Zeit ...«

»Aber?«

Dashiel schüttelt den Kopf, öffnet die Dose Coke und trinkt einen großen Schluck. »Es stellte sich heraus, dass er eine Scheinfirma gegründet und sich auf illegale Geschäfte mit dem Kubaner Miguel Herrera eingelassen hatte. Und weil Dan schon so weit in der Sache drinsteckte, habe ich ihn unterstützt. Die Sache schien wirklich wasserdicht zu sein. Das Geld hat sich vermehrt, ohne dass ich irgendwas dafür tun musste.«

»Was waren das für Geschäfte?«

Dash sieht mich an, dann schaut er weg. »Waffen«, sagt er. Nur dieses eine Wort.

Ich erschaudere. »Waffen? So richtige Waffen? Mit denen man Menschen tötet?«

Dashiel zuckt mit den Achseln. »Waffen, wie es sie in jedem zweiten Walmart gibt. Das ist in Florida ja wohl wirklich nicht verwunderlich.«

Er hat Recht. Hier ist das Tragen von Waffen erlaubt. Dennoch bin ich schockiert, denn ich kenne bisher niemanden, der wirklich eine Pistole oder ein Gewehr zu Hause hat oder es mit sich herumträgt. Normale Leute, die in den Park gehen, den Supermarkt, ins Kino und an den Strand, die brauchen keine Schusswaffen. Pistolen sind etwas für Gangster. Außerdem wird dieser Herrera sicher nicht legal in Florida mit Waffen handeln. Dash hat ja selbst gesagt, dass er seine Geschäfte hauptsächlich auf Kuba macht. Vermutlich verscherbelt er seine Ware dort an irgendwelche Gangs.

»Okay, schön, wenn es für dich so normal ist. Wo liegt dann das Problem?«

»Dan war das Problem. Er wollte immer mehr. Es hat ihm irgendwann nicht mehr gereicht, dass wir sozusagen als Kreditunternehmen für Herrera fungieren, er wollte ins Geschäft einsteigen, wollte selber mit Waffen handeln. Aber dazu brauchte er einen Bürgen und da seine tolle Scheinfirma auf mich lief, hat er mich – also Darren Caulder – kurzerhand zum Bürgen ernannt. Ohne mein Wissen.«

»Das erklärt einiges«, gebe ich zu, auch wenn ich die Zusammenhänge noch immer nicht richtig kapiere.

»Ich habe Dan rausgeworfen. Aus meinen Geschäften, aus dem Hotel, aber das hat ihn nicht gestört. Er und

Serena haben nur die Dollarnoten gesehen. Ich weiß nicht genau, was passiert ist, aber eines Tages kam Barry Lightman zu mir. Einer von Dans neuen Freunden. Er hat mir gesagt, dass er wisse, dass ich für Dan bürgen würde und dass dieser dringend meine Hilfe braucht.«

Noch ein Schluck Cola. Wahrscheinlich versucht er damit, Zeit zu schinden, denn es scheint mir, als wären wir mit der Geschichte gleich im Hier und Jetzt angekommen. Sicher ist ihm klar, dass ich nicht gehen werde, bevor ich die ganze Wahrheit kenne. Hat er aber erst mal zu Ende erzählt, gibt es nichts mehr, womit er mich hier halten kann.

Dash atmet durch, dann spricht er weiter. »Ich habe mich also darauf eingelassen, Darren Caulder zu spielen und Herrera zu treffen. Ich erfuhr, dass Dan irgendeinen Deal hat platzen lassen. Eine Menge Geld ist verloren gegangen und nun drohten sie, ihm eine Kugel zu verpassen und ihn im Meer zu versenken.«

Ich muss schlucken. Die Story ist jetzt ziemlich plötzlich eskaliert.

»Ist ja klar, dass ich das nicht zulassen konnte. Auch wenn er Scheiße gebaut hat, ist er immer noch mein bester Freund. Ich habe also für sein Leben bezahlt, aber sie haben ihn nicht freigelassen. Das meinte Herrera damit, als er sagte, unser letztes Geschäft wäre nicht zu meiner Zufriedenheit gelaufen.«

»Wo ... ist Dan jetzt?«

»Das ist genau der Punkt.« Dash sieht mich an. »Das versuche ich herauszufinden.«

»Als Darren Caulder.«

»Richtig. Ich weiß, dass ich dich nicht hätte mit reinziehen dürfen, aber ich brauchte eine passende Frau. Dan hat Caulder als seriösen Familienvater dargestellt und ...«

»Eine Escortdame hätte es auch getan«, gebe ich zurück.

»Nein. Ja. Vielleicht hätte sie das, aber ich wollte dich.« Dashiel blickt mir direkt in die Augen. »Keine Ahnung wieso, aber du hast mich bei unserer ersten Begegnung fasziniert und seitdem bekomme ich dich nicht mehr aus dem Kopf. Dieser ganze Deal erschien mir einfach nur logisch. Ich brauchte eine Frau, du brauchtest Geld. Das war der ideale Vorwand, um mehr Zeit mit dir zu verbringen.« Er sieht weg. »Auch vor mir selbst, verstehst du?«

»Du hast mich mit zu einem Kriminellen geschleppt!«

»Ich war mir sicher, dass er dir nichts tun würde. Er will mein Geld. Er will mit mir ins Geschäft kommen. Da wird er sich nicht meine Frau schnappen und ihr etwas antun. Du warst nur zu Besuch in Miami, du hattest den anderen Namen, du warst sicher. Es ging nur um dieses eine Treffen. Ursprünglich zumindest.«

Ich musterte ihn aus zusammengekniffenen Augen. »Was meinst du mit ursprünglich?«

Dashiel schüttelt den Kopf. »Nichts. Laney, bitte. Ich verspreche dir, dass ich dich von jetzt an aus allem raushalten werde.« Er greift nach meinen Händen, doch ich stehe auf.

»Du musst zur Polizei gehen, Dashiel. Du musst die ganze Angelegenheit den Profis überlassen.«

»Das geht nicht. Denk an das Hotel, wir haben einen Ruf zu verlieren. Das Erbe meiner Großmutter muss unbedingt aus alldem rausgehalten werden.«

Fassungslos sehe ich ihn an. »Das ist deine Priorität?«

Er nickt und sieht an mir vorbei. »Auch wenn ich es dort manchmal kaum aushalte, ist es das Einzige, das nicht von diesem ganzen Dreck beschmutzt ist. Außerdem können meine Brüder nichts dafür. Sie sollten nicht ihre Existenz verlieren, nur weil ich den falschen Leuten vertraut habe.« Langsam wandern seine Augen wieder zu mir herüber. »Aber ich verspreche, dass ich das in Ordnung bringe, Laney. Gib mir die Chance, es dir zu beweisen.«

Ich erwidere seinen Blick, doch meine Entscheidung habe ich schon getroffen. Auch wenn seine Geschichte logisch und irgendwie nachvollziehbar ist, kann ich nicht mit einem Mann zusammen sein, der mit Waffen handelt, Geschäfte mit der Mafia führt und mich auch noch zu einem Teil dieser ganzen Sache macht. Was hat er denn geglaubt? Dass seine große Beichte mich dazu bringt, das alles zu vergessen? Ich habe ihm hundert Chancen gegeben, mir die Wahrheit zu sagen, und trotzdem hat er mich wieder und wieder belogen.

»Ich muss gehen.«

»Nein, musst du nicht. Lass uns ...« Dashiel bricht ab, als ich mich von ihm entferne.

»Ich fahre jetzt nach Hause.«

»Warte!«

Ich sehe über die Schulter zu Dashiel zurück. Er kramt in seiner Hosentasche herum, dann wirft er mir den Schlüssel seines Mustangs zu.

»Nimm zumindest den Wagen.«

Ich fange den Schlüssel auf. »Danke. Ich stelle ihn morgen vor eurem Hotel ab.«

Damit lasse ich Dashiel auf der Kaimauer zurück.

Laney

Ich steuere den schwarzen Mustang auf Tante Amandas Grundstück, stelle den Motor ab und schalte die Scheinwerfer aus. Dann atme ich ein paar Mal ganz tief durch.

Ruhig bleiben, Laney. Verlier jetzt nicht die Beherrschung. Geh einfach ins Haus und ...

Doch all meine Selbstberuhigungsversuche bringen nichts. Ich spüre, wie sich ein Kloß in meinem Hals bildet und dann verschwimmt meine Sicht, als mir Tränen in die Augen schießen. Ich presse mir die Hand vor den Mund, aber ich kann mein Schluchzen nicht länger unterdrücken.

Was für ein Mistkerl! Er hat mich die ganze Zeit belogen!

Doch schlimmer noch als meine Enttäuschung über ihn ist etwas anderes – die Gewissheit, dass Dashiel ein vollkommen anderer Mann ist, als ich zuerst dachte. Ich habe geglaubt, er wäre ein verantwortungsloser Playboy, der einfach nur seinen Spaß will. Damit wäre ich klargekommen. Aber dass er ein Krimineller ist, der mit Waffen handelt ...

Mein Gott! Bei dem Gedanken daran, dass ich die letzten Tage über praktisch mit einem Mafioso ausgegangen bin, wird mir schlecht. Wer weiß, was er noch alles vor mir verbirgt! Ich meine, klar, er war nicht derjenige, der diese zwielichtigen Geschäfte angeleiert hat.

Er hat seinen besten Freund einfach machen lassen und irgendwie verstehe ich das bei der Vorgeschichte der beiden sogar. Aber es hätte einen Punkt geben müssen, an dem sein gesunder Menschenverstand ihm sagt, dass es jetzt reicht, dass er zur Polizei gehen muss! Sein Freund ist immerhin verschwunden! Was glaubt er denn?! Dass er ihn im Alleingang retten kann wie ein Geheimagent?!

Ich lehne meine Stirn ans Lenkrad und versuche mich zu beruhigen.

Das ist nicht dein Problem, Laney, sage ich mir wieder und wieder.

Was auch immer ich in den letzten Tagen glaubte, für Dashiel Pine zu empfinden, diese heftigen und unwiderstehlichen Gefühle, die ich noch für keinen anderen Mann hatte, waren nicht echt, das muss ich mir klarmachen. Ich habe mich in jemanden verliebt, den es nicht gibt. In den Kerl, den Dashiel für mich gespielt hat. Hätte ich von Anfang an die Wahrheit gekannt, dann wäre ich nie mit ihm ausgegangen. Ich hätte die Cops gerufen, als ich ihn im Bett von Tante Amanda erwischt habe und ihn danach nie wiedergesehen.

Aber es ist noch nicht zu spät, diesen Schritt zu gehen.

Langsam richte ich mich auf und beginne mich ernsthaft zu fragen, was ich jetzt tun soll. Das mit Dash und mir ist vorbei, so viel steht fest. Und noch etwas habe ich beschlossen: Ich werde keinen Tag länger in Miami bleiben. Für meine Tante tut mir das leid, aber sie hat genug Geld, jemanden zu engagieren, der das Haus für den Rest der Zeit bewacht.

Ich will einfach nur noch weg hier.

»Okay«, sage ich mir selbst mit erstickter Stimme. »Worauf wartest du dann noch? Geh rein und pack deine Sachen.«

Mechanisch ziehe ich den Zündschlüssel ab, steige aus dem Wagen und stelle erst jetzt fest, dass ich immer noch barfuß bin. Meine Schuhe muss ich in dem Taxi vergessen haben.

Ich tappe über die Einfahrt, die noch vom Sonnenlicht aufgewärmt ist, auf die Tür zu und stelle mir dabei erneut die alles entscheidende Frage: Sollte ich die Polizei rufen und ihnen von Dashiels Geschäften erzählen?

Aus moralischer Sicht gibt es darauf nur eine richtige Antwort – ja. Ich sollte. Aber ich weiß schon jetzt, dass ich es nicht tun werde. Ich will nicht, dass Dashiel bestraft wird. Ich will ihm nichts Schlechtes.

Ich möchte ihn einfach nur niemals wiedersehen.

Dashiel

Als ich in die Suite komme, kann ich immer noch nicht so richtig glauben, wie der Abend gelaufen ist. Warum musste Herrera Laney mit ins Haus nehmen? Weshalb musste er mir in ihrem Beisein die Kiste überreichen? Und wieso um alles in der Welt musste sie unbedingt hineinsehen?

Ich lasse mich aufs Bett fallen und verziehe das Gesicht, als mein Kopf das Kissen berührt. Verflucht, es hat mich ganz schön erwischt. War eine blöde Idee, das Taxi aufzuhalten, indem ich mich davor werfe. Aber ich konnte sie nicht gehenlassen. Nicht, bevor ich ihr die Wahrheit gesagt hatte. Dass sie danach trotzdem abgehauen ist, ist verdammt bitter.

Warum musste Dan sich auch auf Herrera einlassen? Und weshalb war er so blöd, einen entscheidenden Deal platzen zu lassen?

Ich fahre mir mit beiden Händen übers Gesicht, versuche ein wenig Ordnung in meine Gedanken zu bringen und stelle dabei vor allem eins fest: Dan, Herrera, Laney – alle haben etwas falsch gemacht. Alle sind an dieser Misere hier schuld. Nur ich nicht. Oder?

»Wie immer, Kumpel, he?«, frage ich mich selbst und sehe nachdenklich an die Decke.

Wenn ich ehrlich bin, war es schon immer so. Dash, der Jüngste, der Charmanteste, der, dem niemand widerstehen kann. Unsere Grandma konnte es nicht. Keine der vielen Frauen in meinem Leben konnte es, egal, welchen Mist ich auch gebaut habe. Sogar Tyron war für seine Verhältnisse immer nachsichtig mit mir. Und ich? Ich hab mich darauf ausgeruht. Hab es mir selbst leicht gemacht, so wie es mir alle anderen leicht gemacht haben. Hab mir selbst viel zu viel durchgehen lassen.

Damals, als ich erfahren habe, dass Dan Geschäfte mit Herrera macht, hätte ich ihn stoppen müssen. Es wäre meine Pflicht gewesen. Stattdessen hab ich mich aus der Verantwortung gezogen, wie immer.

Hey, Dan hat das Ganze angeleiert. Ist doch nicht meine Schuld.

Außerdem wollte ich ihm nicht das erste erfolgreiche Geschäft seines Lebens vermiesen. Aber ich hätte es tun müssen. Ich hätte den schweren Weg wählen und ihm ins Gewissen reden müssen, und das nicht erst, als er mich mit hineinzog, indem er mich zu seinem Bürgen ernannte.

Ich war wohl einfach zu egoistisch. Genau wie bei Laney. Sie hat mir so oft die Chance gegeben, ehrlich zu ihr zu sein. Aber ich habe mich einfach zu sehr darauf verlassen, dass schon alles gutgehen würde. Ich hätte sie nicht kaufen dürfen. Ich hätte ihr den Scheck nicht anbieten, die Sache mit Herrera mit einer anderen Frau durchziehen und sie in Ruhe kennenlernen sollen, wenn das hier alles geregelt gewesen wäre.

Tja, hinterher ist man immer schlauer. Und jetzt habe ich sie verloren – und kann es ihr nicht einmal verdenken. Ich habe mich wie ein Scheißtyp verhalten. Und ich hatte Recht, als ich dachte, dass sie was Besseres verdient.

Ich schließe die Augen und atme tief durch. Vergiss sie, sage ich mir und weiß gleichzeitig, dass ich das so einfach nicht können werde. Ich versuche, an etwas anderes als sie zu denken. Mich auf das Meeresrauschen draußen vor dem Fenster zu konzentrieren. Doch die Hotelgeräusche lenken mich ab – gedämpfte Gespräche, das Schreien eines Babys irgendwo im Haus, das Stöhnen eines Liebespaars aus dem Zimmer unter mir.

»Dieses verdammte Hotel«, zische ich und ziehe mir das Kissen über den Kopf.

Was, spottet meine innere Stimme. Willst du jetzt auch noch dem Hotel die Schuld geben? Grandma vielleicht? Deinen verstorbenen Eltern? Du hast es verbockt, Dash. Du und niemand sonst.

Ja, so ist es. Ich habe es versaut. Und ich habe keine Ahnung, was ich jetzt tun soll.

Kapitel 9

Ich lege die Schaufensterpuppe auf den Dielenboden und ziehe ihr behutsam die weiße Strumpfhose mit den Schleifchen an. Ich habe sie gewaschen und möchte sie jetzt am liebsten so schnell wie möglich verkaufen. Doch die Chancen stehen nicht sehr gut. Seit ich den Laden gestern wieder aufgemacht habe, war nur eine Kundin hier, eine einzige, und das war eine ältere Dame, die eine Teekanne gekauft hat. Das hat mir 35 Dollar eingebracht. Für die nächste Miete, die am Monatsende fällig ist, fehlen dann noch 415 Dollar. Und wenn ich …

Ach, zur Hölle, was kümmert mich denn dieses blöde Geld! Und was kümmert mich der Laden? Im Grunde genommen ist mir das alles total egal geworden. Meine Gedanken kreisen nur noch um ein Thema: Um Dashiel und um diesen Mist, auf den er sich eingelassen hat. Ich bin wütend, habe Angst um ihn, vermisse ihn, will ihn nie wiedersehen und würde mich zugleich am liebsten sofort ins Auto setzen und zurück nach Miami fahren.

Aber was mache ich stattdessen? Ich hocke hier auf dem Boden und befasse mich mit einer blöden Schaufensterpuppe!

Ich ziehe ihr die Strumpfhose bis auf die Hüften, richte sie auf und wuchte sie ins Fenster. Dann trete ich einen Schritt zurück und mustere sie gedankenverloren, während ich mit dem Kopf schon wieder ganz woanders bin.

Ob es ihm gut geht? Was er wohl macht? Ob er den Wagen schon abgeholt hat?

Ich habe mein Versprechen, ihm den Mustang vors Hotel zu stellen, leider nicht mehr eingehalten. Nachdem ich die halbe Nacht geheult hatte, bin ich im Morgengrauen ziemlich überstürzt nach Everglades City aufgebrochen. Tante Amanda habe ich von unterwegs angerufen. Sie war ein bisschen sauer, aber nach ein paar Sätzen muss sie gemerkt haben, wie fertig ich war, denn sie hat mir schließlich gesagt, dass ich mir keine Sorgen machen soll und dass während der paar Tage, die sie noch weg sei, schon nicht ausgerechnet bei ihr jemand einbrechen würde. Es tut mir leid, dass ich sie hängenlassen habe. Aber ich konnte einfach nicht mehr bleiben und ich habe irgendwie geglaubt, dass es einfacher sein würde, Dash zu vergessen, wenn ich erst wieder zu Hause bin.

Aber da habe ich falsch gedacht.

Ich trete aus meinem Geschäft an der Copeland Avenue hinaus in die schwüle Hitze meiner Heimatstadt. Grillen zirpen, die Luft flimmert und von den Sümpfen her weht der warme Wind den immergleichen leichten Modergeruch durch die Straßen, der dieser Gegend eigen ist. Es fühlt sich an, als würde dieser Ort mich erdrücken wollen, mich fortscheuchen, zurück nach Miami, um dort ...

Nein. Es gibt kein um dort. Mein Leben findet hier statt. Miami sollte ein Entspannungsurlaub werden und hat sich zu einem Abenteuer entwickelt, das mir deutlich gezeigt hat, dass so was nichts für mich ist.

Männer mit Riesen-Egos und einem Mund voller Lügen? Mafia-Machenschaften? Nein, danke. Dann lieber mein Wohnklo und der perverse Mister Whitcomb bis ans Ende meines Lebens.

Ich wende mich wieder dem Laden zu und will zurück nach drinnen gehen, als ich höre, wie ein Auto sich nähert und dann direkt hinter mir zum Stehen kommt. Oh nein. Nicht, dass er es ist. Wenn er es jetzt auch noch wagt, mir mit seinem verkorksten Leben bis nach Hause zu folgen ...

»Laney? Süße? Hast du mich nicht gesehen oder willst du mich nicht sehen?«

Ich schließe kurz die Augen und atme auf. Dann drehe ich mich um und zwinge mich zu einem Lächeln.

»Dad, hey.« Ich löse mich von meinem Platz kurz vor der Ladentür und trete an seinen grauen Geländewagen, um ihm durchs geöffnete Fenster einen Kuss auf die Wange zu geben.

»Hannah hat mir erzählt, dass du wieder da bist. Wieso hast du denn nicht angerufen?

»Ach, weißt du, ich wollte erst einmal ankommen«, erwidere ich und gebe mir Mühe, ein fröhliches Lächeln aufzusetzen. Dad weiß nichts von Dashiel, Mom auch nicht. Nur Hannah gegenüber habe ich angedeutet, dass es in Miami einen Mann gab, aber auch sie hat nicht das geringste bisschen Ahnung, wie ernst mir die

Sache war. Der Grund ist, dass ich einfach nicht darüber reden will. Ich will ja eigentlich noch nicht einmal daran denken.

»War Amandas Palast etwa nichts für dich?« Mit einem nachsichtigen Lächeln über seine Schwester, die deutlich mehr auf Kitsch steht als er, fährt sich Dad durch den grauen Bart.

»Nein, das Haus war toll. Aber ich kann den Laden einfach nicht so lange alleine lassen. Du weißt ja, dass ich auf jeden Kunden angewiesen bin«, lüge ich schon wieder.

Es gefällt mir nicht, unehrlich zu ihm zu sein. Aber ich kann ja wohl kaum erzählen, dass ich Miami fluchtartig verlassen habe, nachdem ich mich in den Waffenhändler verliebt hatte, den ich gleich in meiner ersten Nacht in Tante Amandas Bett vorgefunden hatte.

Dad mustert seufzend den verzierten Schriftzug, der das Schild über der Tür von „Laney's little Secrets" ziert. »Du weißt, dass mein Angebot noch gilt.«

Klar weiß ich das. Weil mein Dad es wollte, habe ich Architektur studiert. Aber wenn ich ehrlich bin, dann interessiert mich das gerade gar nicht. Was ist schon Geld? Wie ich an Dashiel gesehen habe, kann man noch so viel davon haben und trotzdem unglücklich sein. Oder in irgendeinen Mist hineingeraten, der einem dann über den Kopf wächst und zu einem hässlichen Berg aus Lügen wird.

»Laney?«

Ich blicke auf und mir wird klar, dass ich schon wieder völlig in Gedanken versunken war. Wenn ich mich jetzt nicht zusammenreiße, wird er hundertprozentig merken, dass mit mir was nicht stimmt. »Das ist lieb und ich weiß es zu schätzen, Dad. Aber ich glaube nach wie vor, dass ich das Geschäft zum Laufen bringen kann.«

»Und dafür ziehst du neuerdings wohl ziemlich unkonventionelle Methoden vor?« Mit dem Kinn deutet er auf mein Schaufenster.

Ich drehe mich mit fragendem Blick um – und erkenne, dass die Schaufensterpuppe bis auf die weiße Strumpfhose vollkommen nackt ist, und weil ich sie aus dem Abverkauf eines Erotikversands im Netz habe, hat sie nicht nur ausgeprägte Brüste, sondern auch noch rosafarbene Nippel!

»Oh nein!«, rufe ich. »Ich hab vergessen, ihr ein Kleid anzuziehen! Mach's gut, Dad!«

Ich höre ihn noch etwas Amüsiertes rufen, aber ich verstehe ihn nicht mehr, denn ich renne bereits rein und zerre die Puppe so schnell es geht wieder aus dem Fenster. Das Kleid, das ich ihr anziehen wollte, liegt noch in Seidenpapier verpackt auf dem Boden.

Wo bin ich denn nur mit meinen Gedanken?!

Tja, wo wohl, beantworte ich mir die reichlich blöde Frage gleich selbst, während ich die blöde Strumpfhose mustere und sofort wieder vor Augen habe, wie Dashiel bei unserem ersten Date feindselig an einem der Schleifchen gezogen hat.

Ich sollte nicht mehr an ihn denken. Mein Herz sollte nicht schneller schlagen, wenn ich sein Gesicht vor meinem inneren Auge sehe. Und ich sollte ihn auf keinen Fall vermissen.

Seufzend greife ich nach dem Kleid und packe es aus, während ich durch die Schaufensterscheibe nach draußen blicke, die Straße runter, Richtung Miami. Vermutlich sitzt er gerade mit fünf nackten Frauen in einem Whirlpool, schlürft Champagner und hat mich längst vergessen. Ja, so wird es sein.

Ich schüttle den Kopf und wende mich der Puppe zu.

Du kennst mich doch gar nicht, wispert Dashiels Stimme in meinem Kopf und sein Bild flackert vor mir auf, wie er neben mir auf dem Wohnzimmerteppich lag. Nackt, mit seinem makellosen Körper und seinem unverschämten Lächeln.

Er hatte Recht. Damals kannte ich ihn wirklich noch nicht. Und ich wünschte, es wäre dabei geblieben.

Dashiel

Manchmal, wenn er zur Abwechslung gute Laune hat – oder eine Frau beeindrucken will – stellt sich Tyron hinter die Theke unserer Hotelbar und mixt die Drinks einfach selbst. Ich habe Glück, dass es heute nicht so ist, denn auf diese Art kann ich mich wenigstens in Ruhe besaufen. Der Whiskey, den ich seit ein paar Stunden ohne Eis herunterkippe, als hätte ich eine Flatrate, kann das Loch in meinem Inneren zwar nicht stopfen, aber er sorgt zumindest dafür, dass ich die fehlende Stelle nicht mehr so intensiv spüre.

Wer hätte gedacht, dass man eine Frau derart vermissen kann?

Und es ist noch nicht mal ihr Körper, der mir fehlt. Es sind ihr Lachen und ihre schlagfertigen Sprüche, ihre schrägen Outfits und ihre Blicke, mit denen sie mich mühelos zu durchschauen scheint. Dieser eine Abend, den wir hatten, im Haus ihrer Tante ... Erst jetzt ist mir klar, wie perfekt er war. Vielleicht ist das auch der Grund, aus dem ich letzte Nacht noch einmal da gewesen bin. Aber ohne Laney war es nicht dasselbe. Es war bloß ein Einbruch. Etwas Kriminelles. Genau das, wofür sie mich jetzt verabscheut.

»Hey, Joe ... oder wie auch immer du heißt.« Ich hebe mein Glas in Richtung des Barkeepers. Normalerweise halte ich mich hier nicht oft auf und für die Angestellten ist Tyron zuständig. Bis auf Meredith, die er vögelt und Mrs. Keaton, die sich nie einen Fehler erlaubt, wechseln sie ständig.

»Ja, Mister Pine?« Der Barkeeper kommt mit besorgtem Gesicht zu mir herübergeeilt.

Ich drücke ihm das Glas an die Brust und er beeilt sich, es mir abzunehmen. »Nachfüllen.« Als er nicht gleich reagiert, füge ich mit Nachdruck hinzu: »Bitte.«

»Mister Pine, ich würde Ihnen gern ein Wasser dazu servieren, wenn das in Ordnung –«

Ich lache ungläubig und ziehe ihn am Kragen zu mir heran. »Bist du schwerhörig oder was? Gib mir einfach den Scheiß-Whiskey und fertig! Sonst nehm ich ihn mir selber. Ist schließlich mein Hotel.«

»Schon gut, Mister Pine.« Der Barkeeper löst meine Hand von seinem Kragen, so unauffällig er kann, wobei er entschuldigend zu den wenigen Gästen blickt, die um diese Zeit noch da sind. Wahrscheinlich hat er Angst, dass er direkt fliegt, wenn es hier Beschwerden gibt.

Na ja, gut möglich. Mich kann Ty ja schlecht feuern.

Ich sehe ihm dabei zu, wie er mir einen neuen Whiskey eingießt, während in meiner Hosentasche auf einmal mein Handy zu vibrieren beginnt.

Schnell ziehe ich es heraus, weil ich auf einen Anruf von Laney hoffe. Natürlich ist das Quatsch. Sie wird nicht anrufen. Sie ist ein vernünftiges Mädchen und wird sich aus meinem Leben raushalten, so wie es besser für sie ist. Doch obwohl ein Teil von mir genau das will, bin ich enttäuscht, als ich statt ihrer Barrys Nummer auf dem Display erkenne.

Ich sehe mich kurz um, dann gehe ich ran und frage mit gesenkter Stimme: »Was gibt's?«

»Hey Pine, bist du etwa betrunken?«

»Rufst du an, um mich das zu fragen? Dann verschwende nicht meine Zeit.«

»Nein, warte, warte.« Barry räuspert sich und fährt dann fort: »Pass auf, ich hab Neuigkeiten für dich. Der Boss will dich sehen, und zwar morgen Abend auf seiner Jacht. So wie es sich anhört, hat er ein geschäftliches Angebot für dich.«

Schnell blicke ich auf. »Heißt das, er hat den Köder geschluckt?«

Barry lässt sich einen Moment Zeit, aber dann sagt er: »Er war ganz begeistert von dir, Pine. Und vor allem von deiner angeblichen Frau. Ich glaube, ihr habt ihn überzeugt.«

Ich schließe für einen Moment die Augen. Das sind gute Neuigkeiten – verdammt gute. Wenn ich mir erst Herreras Vertrauen erschlichen habe, dann werde ich Dan aufspüren können. Und ein Geschäft, an dem ich beteiligt bin, ist die beste Chance für mich, ihm zu zeigen, dass ich auf seiner Seite stehe.

»Hey, bist du noch dran?«

Ich nicke, dann wird mir klar, dass er das nicht sehen kann und sage: »Ja. Ja, ich bin noch dran. Schick mir dir Uhrzeit und die Koordinaten. Ich werde dann da sein.«

Barry verabschiedet sich und ich greife nach meinem frisch gefüllten Glas. Erst als ich es an die Lippen setze, bemerke ich, dass meine Finger ganz leicht zittern. Langsam realisiere ich, dass es jetzt wirklich um etwas geht. Das ist meine Chance, meine Fehler wieder auszubügeln und meinem besten Freund das Leben zu retten.

Ich trinke einen Schluck, dann hole ich mein Handy wieder raus und rufe, einem Impuls folgend, Laneys Nummer auf. Ich weiß, dass ich sie nicht anrufen sollte. Aber es ist immer so eine Sache mit den Dingen, die man machen oder nicht machen sollte – und mit dem, was man am Ende einfach tut.

Laney

Dad muss doch gemerkt haben, dass was mit mir nicht stimmt, denn kaum habe ich abends den Laden abgeschlossen und mich in meine Wohnung geschleppt, klingelt es auch schon und mir ist gleich klar, dass niemand anderes als Hannah vor der Tür stehen kann.

Als ich aufmache, sehe ich, dass ich Recht habe. Mit einer Tüte vom nahen Supermarkt, einem großen Pizzakarton und mit Sicherheit einem Stapel DVDs in ihrer Tasche kommt sie die Treppe hinauf.

»Han, was machst du denn hier?«, frage ich und versuche, überrascht zu klingen. Stattdessen höre ich mich ziemlich verschnupft an.

Hannah bleibt vor mir stehen und mustert mich von oben bis unten. »Eine kleine Affäre, hm?«, fragt sie dann. »Ich wusste gleich, dass du mir nicht die Wahrheit sagst. Du bist überhaupt nicht der Typ für Affären.«

Ich will etwas erwidern, sie an der Tür abwimmeln, bevor sie noch weiter fragt und ich gleich wieder zu heulen anfange. Doch Geräusche aus der Wohnung gegenüber sorgen dafür, dass ich sie am Arm ihres teuren Chanel-Kostüms packe, zu mir ins Innere ziehe und schnell die Tür hinter uns schließe. Den perversen Whitcomb brauche ich jetzt ehrlich nicht.

»Schön, dass du da bist, aber ...«, sage ich zu Hannah, breche aber sofort ab, als mir der Pizzaduft in die Nase steigt. Es ist blöd, aber ich muss auf der Stelle an Dashiels und meine erste Begegnung in Amandas Haus denken, und natürlich kommen mir dabei direkt die Tränen.

»Süße ...«, sagt meine große Schwester, stellt ihre Sachen auf dem Boden ab und nimmt mich fest in die Arme. »Wieso hast du denn nicht gleich was gesagt?«

»Was hätte das geändert?«, frage ich tränenerstickt.

»Na, dann wäre ich zu dem Typen gefahren und hätte ihn verprügelt.«

Auch wenn ich gar nicht will, muss ich über ihre Worte lachen. Doch irgendwie fange ich gleichzeitig nur noch mehr an zu heulen. Was soll ich ihr sagen? Die Wahrheit auf keinen Fall. Hannah ist so rechtschaffen, sie würde wahrscheinlich sofort zur Polizei gehen.

»Er ist so ein verlogenes Arschloch!«, höre ich mich stattdessen hervorbringen, und irgendwie ist genau das ja auch das Problem.

»Sind sie das nicht alle?«, fragt Hannah, die eigentlich nicht so daherreden sollte, weil sie zurzeit in einer Beziehung ist. Sie drückt mich fest an sich und führt mich zu meinem Bett, das ich in den vergangenen Tagen gar nicht wieder eingeklappt habe. Es ist ungemacht und füllt den halben Raum aus. »Setz dich. Wir essen Pizza und du erzählst mir, was los ist. Dann mache ich Popcorn und wir schauen uns einen schönen alten Film an. Wie klingt das?«

Ich schniefe. »Keine Pizza bitte.«

Han mustert mich skeptisch. »Aber du liebst Pizza.«

Neue Tränen steigen mir in die Augen und vernebeln mir die Sicht. »Er aber auch.«

Meine Schwester runzelt die Stirn. »Das wird aber kaum der Grund sein, aus dem du jetzt so traurig bist, hm?« Sie setzt sich neben mich. »Erzähl schon. Wer ist der Kerl und was hat er getan?«

Für einen Moment denke ich tatsächlich darüber nach. Zur Hölle mit Dashiel Pine und seinen kriminellen Machenschaften. Aber dann kann ich es einfach nicht. Ich will nicht, dass er Probleme mit der Polizei kriegt, auch wenn mir nach all seinen Lügen eigentlich egal sein sollte, was mit ihm ist.

»Können wir nicht einfach nur den Film schauen?«, frage ich darum.

»Wir wissen doch, wie Liebeskummer ist. Wenn man darüber redet, geht es einem besser.«

Ich sehe Hannah an und schüttle den Kopf. »Diesmal nicht.«

Sie seufzt, greift in ihre Plastiktüte und zieht eine Packung Mikrowellenpopcorn hervor. »Also schön, süß oder salzig?«

Ich ziehe die Nase hoch. »Beides, bitte.«

***

Alte Schwarz-Weiß-Filme habe ich eigentlich immer geliebt, aber heute ödet mich sogar Casablanca einfach nur an. Die verträumte Musik, die immer gleichen Sprüche ...

Spiel's noch einmal, Sam. Das ist der Beginn einer wunderbaren Freundschaft.

Bla, bla, bla.

Ich weiß, dass Hannah es nur gut gemeint hat, aber das hier ist nicht die Art von Liebeskummer, die man mit Essen und DVDs kurieren kann. Diese Sache geht tiefer. Es fühlt sich an, als hätte Dash ein Loch in mein Inneres gefressen, von dem ich nicht weiß, wie ich es wieder stopfen soll.

Ich greife in die Popcorn-Schüssel, um es trotzdem mit Frustessen zu versuchen, als auf einmal eine weitere berühmte Stelle kommt.

Vergessen Sie nicht, die Pistole ist genau auf Ihr Herz gerichtet.

Ich mache die Augen zu, weil ich die Antwort gar nicht hören will. Aber das hilft natürlich nicht.

Dort bin ich am wenigsten verwundbar, ertönt es aus dem Fernseher, und ich kann nicht anders. Ich muss an Dashiel denken und sofort steigen mir wieder Tränen in die Augen.

Hektisch wische ich sie weg, aber zu spät. Hannah hat schon gesehen, dass ich weine und legt ihren Arm um meine Schulter.

»Willst du mir nicht wenigstens seinen Namen verraten?«, fragt sie leise.

»Dashiel«, gebe ich zurück, auch wenn es mir schwerfällt, ihn auszusprechen.

Sofort habe ich ein Bild vor Augen und meine Sehnsucht wird nur noch schlimmer. Wenn ich wenigstens ein Foto von ihm hätte! Gedankenverloren ziehe ich Hans Laptop zu mir heran, um den Film zu beenden und Dash zu googeln. Auf der Webseite des Hotels gibt es doch bestimmt ein Bild!

Aber dann halte ich inne. Ich sollte ihn vergessen, nicht anschmachten.

»Hey, ist okay«, sagt Hannah, die mich wohl missversteht, und klappt den Laptop zu. »Wir müssen uns das nicht weiter ansehen. Wie wäre es stattdessen mit Jurassic Park? Oder Alien vs. Predator?«

»Oder *Wie werde ich ihn los in 10 Tagen*«, erwidere ich mit brüchiger Stimme und muss dabei feststellen, dass das mit Dash und mir noch nicht einmal 10 Tage gehalten hat. Wie kann man jemanden so vermissen, den man praktisch überhaupt nicht kennt? Mit dem man nicht einmal eine Woche seines Lebens geteilt hat? Das ist völlig bescheuert!

»Laney.« Hannah dreht mein Gesicht zu sich. »Ich weiß ja nicht, was er gemacht hat. Aber wenn es dich nicht loslässt, solltest du vielleicht einfach bei ihm anrufen und ihm die Meinung sagen. Und dann seine Nummer löschen und ihn vergessen.« Eine kurze Pause. »Ich nehme an, du hast seine Nummer noch nicht gelöscht?«

Ich schüttle den Kopf. So radikal bin ich einfach nicht. Auch wenn es total bescheuert ist, sich noch irgendwelche Hoffnungen zu machen.

»Na also. Dann ruf an.« Hannah gibt mir mein Handy vom Boden neben dem Bett und ich nehme es ihr zögernd ab. Doch noch ehe ich auch nur den Bildschirm entsperren kann, beginnt das Telefon plötzlich zu vibrieren und ich lasse es vor Schreck zurück auf die Matratze fallen. Dann spüre ich, wie mir zuerst heiß und dann kalt wird, als ich den Namen des Anrufers auf dem gesprungenen Display erkenne: Dashiel.

Ausgerechnet jetzt ruft er mich an? In genau demselben Moment, in dem ich kurz davor war, ihn anzurufen? Einen Moment lang denke ich an Schicksal, an irgendeine magische Verbindung zwischen uns beiden. Aber dann wird mir etwas klar: Er darf mich nicht anrufen und ich sollte ebenfalls nicht mit ihm telefonieren. Er muss es gut sein lassen, wir beide müssen das, wir sollten einander vergessen und nie wieder daran denken, wie es war, an diesem einen Abend, der sich so richtig, so vertraut anfühlte.

Ich sehe ihn vor mir, oben ohne in der Küche meiner Tante und für einen Moment glaube ich sogar, seinen männlichen Duft wahrnehmen zu können.

Dann wische ich mit zitternden Fingern übers Display und halte mir das Handy ans Ohr.

»Laney?«

Ich presse die Lippen aufeinander und das Herz hämmert heftig gegen meine Rippen. Was mache ich denn hier? Ich will doch gar nicht mit ihm reden!

»Laney, hey! Bist du dran?«

Ist er betrunken? Er klingt ziemlich fertig. Ich halte die Luft an, will auflegen und warte doch gierig darauf, noch einmal seine Stimme zu hören. Hannah sieht mich fragend und sauer zugleich an. Ich sehe in ihrem Blick, dass sie mir das Telefon am liebsten abnehmen und Dash selber die Meinung sagen würde. Doch zum Glück tut sie das nicht.

»Laney, ich wollte dir nur sagen ...« Er bricht ab und flucht leise. Sicher hat er es sich nicht sonderlich gut überlegt, sich bei mir zu melden und bereut es jetzt. »Ich wollte dir nur sagen, dass ich dabei bin, die Sache hier zu klären, und dass ich ... Ich würde dich danach gerne wiedersehen, okay?«

Ich schließe die Augen und spüre, wie eine einzelne Träne über meine Wange läuft. Ich versuche mich zusammenzureißen, will ihm auf keinen Fall zeigen, dass er mir fehlt.

»Ich glaube wirklich, dass ich ... dass ich das alles in den Griff kriegen kann. Für uns. Verstehst du?« Er macht eine Pause und ich höre ihn durchatmen, und dann klingt er mit einem Mal sauer und verzweifelt zugleich: »Scheiße, könntest du bitte mit mir reden, Laney?! Ich bin nicht irgendein ...«

Er bricht ab. Was soll er auch sagen? Ich glaube, ihm ist klar, dass er nicht irgendwer für mich ist. Und dass es mir nicht leichtfällt, ihn so zu ignorieren. Aber ich muss. Er muss sein Leben regeln und ich meins. Zusammen funktionieren wir nicht. Ich würde ihm nie wieder vertrauen können.

Eine Zeit lang sagt Dashiel nichts und ich höre ihn noch einmal tief durchatmen.

»Das, was wir hatten«, sagt er dann, »das geht nicht einfach weg, nur weil du es ignorierst, verstehst du? Es ist immer noch da. Ich weiß, dass du das genauso spürst wie ich.«

Ich schlucke. Er hat Recht. Natürlich spüre ich es, oder vielmehr spüre ich, wie unvollständig ich mich ohne ihn fühle. Und auch wenn ich weiß, dass das blöd und unvernünftig ist, reiße ich mich schließlich zusammen und sage mit erstickter Stimme: »Ja, du hast Recht, Dash.«

Aber ich bekomme keine Antwort. Und dann ertönt aus meinem Handy das Besetztzeichen. Meine Worte sind nicht mehr bei ihm angekommen; er hat aufgelegt. Ich schüttle den Kopf, lasse das Handy sinken und starre aus tränenden Augen ins Leere. Und jetzt, endlich, nimmt mir Hannah das Handy aus den Fingern.

»Lass uns Jurassic Park gucken«, sagt sie trocken. »Und von mir aus 100 weitere Actionfilme, bis du ihn vergessen hast.«

Es ist besser so, sage ich mir. Aber ein Teil von mir widerspricht und wird es wohl immer tun.

Dashiel

Herrera überrascht mich immer wieder. Die Jacht, auf der wir uns treffen, ist beinahe ein Kreuzfahrtschiff. Ich zähle sechs Decks, entdecke zwei Jacuzzis, einen Helikopterlandeplatz und eine Art Garage an der Seite, in der sich drei Jetskis befinden. Auf dem obersten Deck gibt es eine riesige Leinwand, auf die Bilder

der feiernden Gäste projiziert werden und ich sehe einen Laser, der Kreise am Himmel zieht und irgendwo vom Steuerbord des Schiffes zu kommen scheint.

»Wir legen gleich ab, kommst du?« Barry, der schon über die Brücke an Bord gegangen ist, schaut ungeduldig zu mir herüber.

»Also dann«, sage ich zu den zwei Gorillas, die darauf achten, dass ja kein Unbefugter die Jacht betritt.

Sie nicken mir zu.

Dann atme ich durch und gehe ebenfalls an Bord.

Während Barry mich schweigend durch die Gänge führt, gehe ich im Kopf noch mal meine Ausrede durch, warum Laney – ich meine Ainslie – nicht hier sein kann. Zuerst habe ich mir eine kreative Geschichte überlegt, doch dann wurde mir klar, dass gerade so etwas ziemlich auffällig sein kann. Also habe ich mich für die gute alte Migräne entschieden. Ich werde Herrera ein paar nette Grüße ausrichten und dann sollte sich das Thema Ainslie erledigt haben.

Je näher wir dem Oberdeck kommen, desto lauter wird die Musik. Das ganze Schiff scheint zu beben vom Gehüpfe und der Tanzerei der Gäste. Ich frage mich, wer all diese Leute sind. Ob auch nur ein Bruchteil von ihnen weiß, was Herrera für ein Mann ist?

Zwei Blondinen mit Minikleidern und Champagner in der Hand kommen uns auf den Stufen Richtung Deck entgegen. Sie tuscheln und kichern und wirken extrem aufgeputscht. Mir wird klar, dass es den meisten Gästen vermutlich völlig egal ist, womit Herrera sein Geld verdient. So lange sie auf einer Jacht feiern, teuren Alkohol trinken und sich exklusiv fühlen können, kümmert es sie nicht, ob für diesen Luxus Menschen draufgehen.

Ich versuche mich an die Partys zu erinnern, auf denen ich schon alles war. Hat es mich da interessiert, woher der Gastgeber sein Vermögen nimmt? Im Gegenteil. Oftmals wusste ich nicht einmal seinen Namen.

»Amüsier dich ein bisschen. Ich sag Bescheid, wenn Herrera eintrifft.«

Wir haben das oberste Deck erreicht und Barry ist abseits der Tanzfläche stehen geblieben.

»Wenn er eintrifft?« Ich lasse meinen Blick über die Menge schweifen. »Ist er nicht hier?«

Über die Hälfte der Gäste ist weiblich, trägt zu knappe Kleider und zu grelles Make-up. Sie stöckeln unbeholfen dank Champagner und Cocktails auf viel zu hohen Schuhen herum und kichern, als hätte man ihnen das Hirn geklaut. Kaum zu glauben, dass ich mich in so einer Welt mal zu Hause gefühlt habe. Es ist noch gar nicht so lange her.

»Nein«, sagt Barry nur und wirkt dabei eigenartig nervös.

Ich mustere ihn. Irgendetwas stimmt nicht. Er ist anders als sonst.

»Willst du mir irgendetwas sagen, Alter?« Ich sehe zu Barry herüber, der meinem Bick ausweicht.

»Herrera ist noch nicht da, das ist alles.«

Ich nicke langsam, ohne wirklich zu verstehen.

Warum ist Barry so durch den Wind? Wenn Herrera mich hier herbestellt hat und noch nicht da ist, dann wird er wohl noch kommen. Und wenn nicht ... Dann ist das zwar ziemlich blöd für mich, sollte Barry aber nicht so nervös machen.

»Alles klar«, sage ich gedehnt und lasse Barry dabei nicht aus den Augen.

»Amüsier dich. Die Mädchen in den schwarzen Bunny-Kostümen gehören zum All-Inclusive-Angebot, wenn du verstehst.«

»Nein, tue ich nicht«, knurre ich, während ich nach den Hasenmädchen Ausschau halte.

Ich entdecke eine auf dem Schoß eines widerlichen Fettsacks auf einem Sofa am Rande der Tanzfläche. Und zwei in den Armen eines Greises.

»Sie machen alles, was du willst. Haben keine Tabus.«

Langsam verstehe ich doch.

In Miami gibt es nur eine Sorte Frau, die ausnahmslos alles tut, die keine Tabus kennen. Und die stammt aus dem Violet Skies, dem Club, in dem ich mir auch Serena gekauft habe.

»Nutten«, sage ich, auch wenn das Wort eigentlich nicht ganz der Wahrheit entspricht.

»Sozusagen.« Barry starrt auf seine zu groß geratenen Füße. »Bis später.« Damit flieht er.

Ich sehe ihm nach, dann schaue ich wieder zu den Bunnys herüber. Einige von ihnen wirken zugedröhnt, manche kaum älter als sechzehn. Ich bin froh, dass ich Serena nicht unter ihnen entdecke. Sie ist zwar blöde, aber so blöde, sich über meine Anweisungen hinwegzusetzen und ausgerechnet auf Herreras Party aufzutauchen, wohl doch nicht. Ich habe sie gut versteckt und das sollte reichen, damit sie nie wieder eins dieser albernen Hasenkostüme tragen muss.

»Hallo, schöner Mann.«

Ich drehe mich um und erwarte, dass mich eins der Häschen anspricht, aber es ist eine schlanke Schwarzhaarige in einem Schlauchkleid, die da vor mir steht.

»Hi«, sage ich und gehe los in Richtung Bar.

Anstatt das als eindeutige Abfuhr zu erkennen, folgt mir die Schwarzhaarige.

Ich bestelle einen Whiskey und hoffe, dass meine Ignoranz abschreckend genug ist. Doch leider weit gefehlt.

»Machen Sie zwei draus«, raunt sie dem Barkeeper zu und streckt zwei Finger mit mörderisch langen, goldlackierten Nägeln in die Höhe.

Ich drehe ihr den Rücken zu und betrachte die Tanzfläche, als gäbe es dort etwas Wichtiges zu sehen.

»Toll, oder?«, haucht mir die Schwarzhaarige von hinten ins Ohr. »Wie die Lichter immer kleiner und kleiner werden.«

Ich bin irritiert, habe aber keine Lust nachzufragen, weil sie das als Aufforderung für eine weitere Konversation auffassen könnte. Stattdessen hebe ich den Blick und sehe, dass wir bereits abgelegt haben. Die Küstenlinie wird tatsächlich immer kleiner. Herrera scheint es ziemlich eilig zu haben. Sofern er mittlerweile auf dem Schiff ist.

»Ich bin Melody Rose.« Über meine Schulter hinweg hält sie mir die Hand hin.

»Ja, mit Sicherheit«, lache ich.

»Und du bist?«

»Darren.« Mein Gott, diese Frau hat echt eine Wahnsinnsgeduld.

»Hallo, Darren.« Melody Rose schlingt von hinten die Arme um mich.

Der Barkeeper stellt mir den Whiskey hin und ich nehme ihn, wobei ich mich ein Stück aus ihrer Umarmung befreie. Ich nehme einen tiefen Schluck und schaue zu, wie Miamis Küste immer weiter schrumpft.

»Du wirkst angespannt«, säuselt Melody und streichelt über meine Brust.

Mir reicht es jetzt. Ich drehe mich zu ihr herum. »Hör zu, ich bin hier nicht, um –«

Melodys Hand wandert tiefer und packt mein bestes Stück mit sanftem Druck.

Ich keuche auf und kann für einen Moment nicht weitersprechen.

In Melodys Augen blitzt es zufrieden auf. »Ja? Ich höre ...«

Ich muss schlucken, dann finde ich die Sprache wieder. »Du verstehst da was nicht.« Ich wedle mit meinem Ehering vor ihrem Gesicht herum und löse ihre Hand dann von meinem Schwanz. »Ich bin verheiratet«, sage ich und lasse sie einfach an der Bar stehen.

Ich bin überrascht, wie gut sich das anfühlt.

***

Es ist bereits weit nach Mitternacht, als Barry auf mich zukommt. Ich habe mir eine ruhige Ecke auf dem obersten Deck gesucht, weit weg von Frauen wie Melody Rose und den ganzen Häschen, und leere gerade mein fünftes oder sechstes Whiskey-Glas. Keine Ahnung wieso, aber seit Laney weg ist, ist Whiskey zu meinem Lieblingsgetränk geworden. Bevorzugt Jameson Gold.

»Herrera will dich jetzt sehen.« Barrys Gesicht und Hals sind übersät mit hektischen Flecken.

»Is' wirklich alles klar, Kumpel?«, frage ich und stehe auf.

Ich schwanke und falle zurück aufs Sofa. Wir müssen ganz schön weit draußen sein, der Wellengang ist wirklich heftig, denn ich kann mich keine Sekunde auf den Beinen halten. Ich versuche erneut aufzustehen und diesmal gelingt es mir. Ich halte mich an der Reling fest, zumindest versuche ich es, aber sie entgleitet meinen Fingern, als wäre sie aus Gummi.

Was ist das nur für eine seltsame Jacht?

Ich wende mich wieder Barry zu, der seinen Zwillingsbruder mitgebracht zu haben scheint, denn dieser steht neben ihm und sieht mich genauso vorwurfsvoll an wie Barry. Ich wusste gar nicht, dass er einen hat ...

»Barry und ...?«, frage ich und tippe auf Larry oder irgendetwas ähnlich Bescheuertes.

Barry runzelt die Stirn und dreht sich einmal um sich selbst. Dann zuckt er mit den Achseln. »Barry reicht.«

»Barry und Barry ...«, nuschle ich und reiche dem stummen Zwilling die Hand.

»Herrgott, bist du so besoffen oder was? Nur Barry. Ich bin es, okay? Ich bin alleine. Hier ist sonst niemand!« Er fuchtelt mit den Armen herum, als wolle er ein Flugzeug einweisen.

Barry zwei verkriecht sich unterdes, wahrscheinlich verschreckt von Barrys Rumgewedel, hinter seinem Bruder, bis sie zu einem einzigen Körper verschmelzen.

Ich reiße die Augen auf. »Woah!« Ich verliere vor lauter Erstaunen das Gleichgewicht, taumle einen Schritt rückwärts und lande erneut auf dem Sofa. »Wie habt'n ihr das gemacht?«

»Willst du mich eigentlich verarschen?!«, zischt Barry. »Seit Wochen bettelst du mich an, dass ich dich bei Herrera einschleuse und dann ist es endlich so weit und du hast nichts Besseres zu tun, als die dermaßen die Kante zu geben?«

»Ich bin völlich ... völlich ...«

»Völlig besoffen bist du! Warte hier.«

Damit lassen Barry und Barry mich alleine.

Aber nicht lange. Barry kehrt ohne seinen Zwilling, dafür aber mit einer Flasche Wasser und einem Kübel Eis zu mir zurück.

»Trink das!« Er drückt mir das Wasser in die Hand und ich drehe die Flasche gehorsam auf.

Vielleicht hatte ich doch etwas zu viel Whiskey.

Ich nehme einen Schluck und wundere mich darüber, wie gut Wasser schmeckt. Ich trinke noch mehr, bis ich die halbe Flasche geleert habe.

»Und jetzt den.« Barry gibt mir einen Energydrink, den er anscheinend in der Jacke seines Anzugs verstaut hatte.

»Gummibärenpisse.« Auch wenn ich kein großer Fan davon bin, öffne ich die Dose, denn langsam aber sicher wird mir die Dringlichkeit bewusst, mit der ich wieder halbwegs nüchtern werden sollte.

Wieso habe ich es nur so weit kommen lassen?

Ach ja. Da war dieses Mädchen auf der Tanzfläche. Die mit dem schwarzen Bob. Sie hat mich an Laney erinnert, was mich ziemlich mitgenommen hat.

»Austrinken«, befiehlt Barry.

»Aye.« Ich kippe auch den Rest des süßen Zeugs runter.

»Und jetzt die Handgelenke hier rein.« Barry hält mir den Kübel mit dem Crushed Ice hin und ich versenke meine Hände darin.

»Fühlt sich gar nich' so schlecht an.«

»Schön für dich. Ich gebe dir jetzt einen Tipp. Als dein Freund. Sag gleich einfach gar nichts. Am besten kotzt du Herrera vor die Füße, lässt dich mit einem der Jetskis an Land bringen und ich vereinbare ein neues Treffen für euch.«

»So einfach, he?« Ich kann das Treffen nicht verschieben, auch wenn es vermutlich besser wäre. Aber dafür, dass ich mir den Abend mit zu viel Whiskey versüßt habe, kann Dan nichts. Es wäre nicht fair, ihn länger als nötig in irgendeinem Kerker sitzen zu lassen, nur weil ich meinen Liebeskummer in Alkohol ertränken musste.

»Nein. Gar nichts ist einfach.« Barry fährt sich mit den Händen durchs Gesicht und sieht sich hektisch um. »Du weißt ja gar nicht, worauf du dich da einlässt.«

»Doch. Das weiß ich, mach dir keine Sorgen, Kumpel.«

Barry schüttelt den Kopf und seufzt.

»Gehen wir?«, frage ich.

»Ich bezweifle, dass du das kannst.« Trotzdem steht Barry auf und nimmt mir den Eiskübel weg. »Denk an meine Worte: Kotzen und lallen. Aber anders kannst du wahrscheinlich sowieso nicht.«

»Ich bin nüchtern wie'n ... wie'n Baby«, beteure ich.

»Das Baby einer Alkoholikerin vielleicht.« Barry zieht mich in die Höhe.

Diesmal klappt es mit dem Stehen etwas besser. Immerhin falle ich nicht direkt wieder zurück auf meinen Hintern.

»Komm.«

Ich folge Barry, wobei es sich immer noch anfühlt, als hätten wir den schlimmsten Seegang seit langem.

Aber ich versuche mich zusammenzureißen.

Für Dan.

Für Laney.

***

»Mister Caulder.« Herrera sitzt auf einer ledernen Couch am Heck des Schiffes, so weit von den Feiernden entfernt, dass die Musik nur noch zu erahnen ist, und raucht eine Zigarre, deren Geruch mir Übelkeit verursacht.

Vielleicht kriegt Barry doch noch, was er will und ich übergebe mich gleich über Herreras blank polierte Schuhe.

»Wie schön, dass Sie da sind. Setzen Sie sich doch.«

Ich lasse mich neben ihm aufs Sofa fallen und bin froh, dass ich nicht länger das Gleichgewicht halten muss.

»Ainslie lässt sich entschuldigen und Ihnen ihre besten Grüße ausrichten«, sage ich und bin überrascht, wie klar ich reden kann, jetzt, wo es drauf ankommt.

Vielleicht sorgt das Adrenalin dafür, das mit Hochgeschwindigkeit durch meine Venen gepumpt wird.

»Wie bedauerlich. Geht es Laney nicht gut?«

»Sie hat –« Ich stocke. Hat er gerade Laney gesagt? »Ainslie hat Migräne.«

»Lassen wir doch den Unsinn. Oder was meint ihr, Jungs?«, fragt Herrera an die beiden Schränke gewandt, die vorhin noch auf Türsteher gemacht haben. Jetzt stehen sie links und rechts von Barry, die Jacketts offen, die Waffen an ihren Gürteln gut sichtbar, und nicken einvernehmlich.

Hinter ihnen, auf dem Helikopterlandeplatz, ragt ein schwarzer Hubschrauber auf, der noch nicht da war, als ich an Bord gekommen bin. Sicher ist Herrera damit auf die Jacht gekommen. Ganz bestimmt ist er das. Es ist nämlich noch nicht allzu lange her, dass ein Heli über dem Schiff kreiste.

Aber warum mache ich mir darüber eigentlich gerade Gedanken?

Irgendwie erscheint mir die Tatsache, dass wir einen Hubschrauber an Bord haben, wichtig. Aber noch viel wichtiger ist etwas anderes.

Hat Herrera gerade wirklich Laney gesagt oder sehe ich schon Gespenster?

»Was ist, Mister Pine? Hat es Ihnen die Sprache verschlagen?«

»Ich heiße nicht ...«, beginne ich.

»Bitte. Ich dachte, wir wären uns einig, dass wir mit diesem Unsinn aufhören wollen.« Herrera sieht mich nahezu enttäuscht an.

Scheiße. Er hat mich durchschaut. Und an Barrys Blick erkenne ich, dass er wusste, dass Herrera davon Wind gekriegt hat, dass ich nicht der bin, für den ich mich ausgebe. Deswegen war er auch so nervös.

»Hören Sie«, sage ich, auch wenn ich nicht wirklich weiß, wie ich mich erklären soll.

»Nein.« Herrera hebt die Hand. »Ich verzichte auf Ihre Ausflüchte, Ihre Beteuerungen, Ihre Entschuldigungen und Ihre Bettelei, wenn ich Sie gleich mit dem Kopf voran von Bord schmeiße.«

Ich kann gerade noch ein ungläubiges Lachen unterdrücken. Sicher wird mich hier niemand über Bord schmeißen. »Okay, das reicht.« Ich stehe auf, doch sogleich sind die zwei Gorillas bei mir, packen mich links und rechts an den Armen und zwingen mich vor Herrera auf die Knie.

»Scheiße, was soll das?« Ich versuche mich zu wehren, aber nur einen Augenblick.

Dann entdecke ich die Waffe, die Herrera auf mich gerichtet hat.

»Da schauen Sie, was? Sie müssen wissen, dass ich nicht so dumm bin, wie Sie vielleicht gedacht haben. Ihre Geschichte, die süße Ainslie, Ihr Geschäft, Ihr plötzliches Interesse an einem Deal mit mir, das erschien auf den ersten Blick recht plausibel. Wäre da nicht die Sache mit Daniel Keaton gewesen. Diesem Idioten.«

»Gut. Schön. Ich gebe zu, dass ich nicht verheiratet bin. Laney ist eine Escortdame«, sage ich. Ich hoffe, dass ich zumindest Laney so aus der Sache heraushalten kann.

Wieso habe ich sie überhaupt mit hineingezogen?

Weil du geglaubt hast, du kannst dir mit deinem Geld alles kaufen, wispert eine Stimme in meinem Kopf. Frauen, Sicherheit ...

Es stimmt irgendwie. Ich musste mir nie um irgendetwas Sorgen machen und wenn es Probleme gab, dann haben Grandma oder Tyron oder ich sie einfach wegge-kauft.

Ich habe gedacht, Herrera wäre so beeindruckt von meinem Geld, dass er leichtsinnig werden würde. Dabei war ich es, den die Millionen haben leichtsinnig wer-den lassen.

Das bekomme ich gerade schmerzhaft zu spüren.

»Hören Sie auf mit den Lügen, ich sage es Ihnen zum letzten Mal, Mister Pine.«

Ich presse die Lippen aufeinander und schweige bes-ser.

Offenbar hat Herrera mich von vorne bis hinten durchschaut.

Ich muss mir dringend etwas einfallen lassen, aber der verfluchte Whiskey vernebelt immer noch mein Hirn. Ich habe geglaubt, um ein bisschen mit meinem Scheckbuch zu wedeln und Herrera von mir zu über-zeugen, müsste ich nicht nüchtern sein. Dabei habe ich ja nicht ahnen können, dass die Stimmung derart schnell umschlagen würde.

»Gut so. Schweigen Sie. Aber wissen Sie, was Ihr ei-gentlicher Fehler war? Dass Sie Serena freigekauft ha-ben. Wir überprüfen ziemlich genau, an wen wir un-sere Mädchen verscherbeln. Es gibt zu viele verdeckte Ermittler, als dass wir da ein Risiko eingehen könnten. Meine Clubs, meine Büros, sogar meine verdammten Ferienhäuser sind mit Kameras ausgestattet. Und was stellte sich heraus, als wir wegen Serena ein paar Nach-forschungen angestellt haben? Der Kerl, der sie gekauft hat, ist zufällig der gleiche, der auch Daniel Keaton frei-kaufen wollte. Sein Bürge. Dasselbe Gesicht, zweifellos.

Nur seltsamerweise hat er uns unterschiedliche Namen genannt.« Herrera zieht an seiner Zigarre und mustert mich einen Moment. »In unseren Kreisen ist so etwas sehr verdächtig, doch das konnten Sie als neureicher Hotelerbe ja nicht wissen. Aber machen Sie sich nichts draus. Auch wenn die Sache mit Serena nicht gewesen wäre, hätten wir Sie spätestens dann enttarnt, als Sie in unsere Geschäfte einsteigen wollten. Wir überprüfen nämlich auch diese Leute ziemlich gründlich, bevor wir sie an Bord holen.« Er lacht über sein eigenes Wortspiel.

Ich spüre, wie mein Herz immer schneller schlägt. Ich habe keine Ahnung, wie ich aus dieser Situation wieder rauskommen soll. Herrera hält immer noch die Waffe auf mich gerichtet, seine zwei Gorillas haben mich fest gepackt und wir befinden uns auf dem offenen Meer. Auch wenn das Boot voll Feierwütiger ist, würde von denen niemand mitbekommen, wenn hier hinten jemand über die Reling segelt.

Wenn ich zum Helikopter käme … Ja, was dann? Ich bin zwar einige Male mit einem Fallschirm aus so einem Ding herausgesprungen, das heißt aber nicht, dass ich es fliegen kann.

»Also.« Herrera steht auf. »Was habt ihr zwei miesen kleinen Ratten geplant? Sag es mir!« Seine Stimme klingt mit einem Mal eiskalt.

Ich nehme an, dass er mit den Ratten Dan und mich meint.

»Rede!« Herrera schlägt mir mit dem Kolben seiner Waffe so fest ins Gesicht, dass ich für einen Moment Sterne sehe.

»Mit Sicherheit nicht«, zische ich, als der Schmerz allmählich abebbt.

»Mister Herrera vielleicht können Sie –«, sagt Barry und verstummt sogleich, als Herrera zu ihm herumfährt.

»Du!«, donnert er und geht schnellen Schrittes auf Barry zu, der sich duckt. Die hektischen Flecken sind noch eine Spur dunkler geworden.

»Lassen Sie ihn in Ruhe!«, rufe ich. »Er hat damit nichts zu tun!«

Das stimmt. Barry gehörte zwar schon vor mir und Dan zu Herrera, aber er hat sich mit einem Haufen Geld bestechen lassen, ein gutes Wort bei dem Kubaner für mich einzulegen. Mehr hat er mit der ganzen Sache nicht zu tun. Er wusste immer nur das Nötigste.

»Ich denke gar nicht daran.« Herrera packt Barry, drängt ihn gegen die Reling und presst ihm die Pistole an den Kopf.

»Bitte«, wimmert dieser. »Bitte, ich bitte Sie. Ich habe nichts –«

Herrera drückt den Abzug, ohne mit der Wimper zu zucken und Barry verstummt.

Er reißt überrascht die Augen auf, als hätte man ihm gerade eine überdimensional große Torte präsentiert, dann gibt er ein gequältes Keuchen von sich und kippt hinten über die Reling.

Wasser spritzt auf, Blut bleibt zurück, dort, wo gerade noch Barry stand.

Für einen Moment ist es totenstill und nicht einmal die Bässe von der Party sind mehr zu hören.

»Barry! Nein!«, schreie ich und schaffe es, mich von den zwei Schränken loszureißen. Ich stürme auf Herrera zu. »Sie beschissener –«

Weiter komme ich nicht.

Jemand reißt mir den Fuß weg und ich schlage auf die blank polierten Planken. Ein Tritt trifft mich am Kopf und ein weiterer in die Rippen. Mir bleibt die Luft weg.

Immer mehr Schläge prasseln auf mich ein und ich schaffe es nicht, wieder auf die Beine zu kommen.

Ein weiterer Fußtritt schleudert meinen Kopf in den Nacken.

Ich schmecke Blut.

Höre Herrera lachen.

Etwas knackt.

Noch ein Tritt.

Dann wird alles schwarz.

Kapitel 10

Laney

»Viel Spaß mit der Strumpfhose. Und waschen Sie sie am besten im Schongang, sonst läuft sie ein. Und ...«

Die Rothaarige mit den vielen Piercings, die mir gerade eben die weiße Strumpfhose mit den Schleifchen abgekauft hat, guckt ein wenig verwirrt, als ich das Tütchen festhalte, anstatt es ihr zu geben. Etwas unsanft nimmt sie es mir aus der Hand und sagt dann: »Danke, aber ich brauch das Teil nur einmal. Ich geh dieses Jahr Halloween als Geistermädchen, da macht sich so ein altmodisches Ding perfekt. Ein paar Löcher rein, etwas Kunstblut drauf, Sie wissen schon.«

Was? Sie will die Strumpfhose kaputt machen? Am liebsten würde ich sie ihr direkt wieder aus der Hand reißen, ihr die 15 Dollar, die sie dafür bezahlt hat, an den Kopf werfen und sie aus dem Laden schmeißen. Aber ich brauche nun einmal das Geld.

»Gut, dann ...« Ich zwinge mich zu einem Lächeln. »Viel Spaß damit.«

Die Rothaarige mustert mich. »Sie sehen nicht gut aus. Haben sich bestimmt 'ne Grippe eingefangen. Hühnersuppe hilft, sagt meine Mom.« Damit wendet sie sich ab und verlässt mit meinem letzten Erinnerungsstück den Laden.

Das teure Kleid und den Schmuck habe ich in Tante Amandas Schrank verstaut. Sie wird gar nicht merken, dass sie diese Sachen vorher nicht hatte. Die Schuhe kutschiert vermutlich immer noch der Taxifahrer mit sich herum, dem Dashiel neulich Nacht so einen Schrecken eingejagt hat. Oder vielleicht hat er sie auch seiner Frau geschenkt oder sie auf eBay reingesetzt.

Und sonst? Ich habe nichts, das mich an meine gemeinsame Zeit mit Dash erinnert. Und gegoogelt habe ich ihn auch nicht. Stattdessen habe ich mir selbst ein striktes Verbot erteilt, auch nur darüber nachzudenken, und eigentlich glaubte ich, dass es mit mir so langsam bergauf geht.

Aber ein Blick in den verzierten Handspiegel, den ich für 50 Dollar im Angebot habe, verrät mir, dass das Gegenteil der Fall ist. Ich sehe nicht aus, als hätte ich eine Grippe, sondern als hätte ich eine Grippe gehabt und sei daran gestorben. Meine Augen sind rot gerändert und trüb, meine Haut sieht fast durchsichtig aus. Ich sollte als Geistermädchen gehen.

Ich schüttle den Kopf über mich selbst und lege den Spiegel wieder weg. Hätte ich mir mal einen netten Kerl gesucht, der Tandem fährt und mit mir Picknicks im Park macht!

Gerade will ich ins Lager gehen, um neue Kleider für die Porno-Schaufensterpuppe herauszusuchen, als das Telefon schellt. Oh nein. Hoffentlich ist es nicht wieder er, der es jetzt auch noch über das Festnetz meines Geschäfts versucht.

Ich gehe zurück zu meinem Verkaufstresen, nehme den Hörer aus der unteren Ablage – und entdecke eine fremde Nummer auf dem Display.

Hm. Entweder ist das ein neuer Gläubiger oder jemand, der sich verwählt hat. Ich gehe also kein großes Risiko ein, oder?

Kurzentschlossen nehme ich den Anruf an und melde mich mit meinem Namen.

Sogleich ertönt eine Männerstimme, die nicht nach jemandem klingt, der Geld von mir will, sondern stattdessen ziemlich freundlich.

»Laney? Hier spricht Micah Pine. Ich glaube, du kennst meinen Bruder Dashiel.«

Augenblicklich geht mein Magen auf Talfahrt, als würde ich in der Gondel einer Achterbahn sitzen. Dashiels Bruder? Der Nette, nicht der Tyrann? Weshalb ruft er mich an? Ist das jetzt Dashs neue Masche? Seine Familie vorzuschicken?

»Bist du noch dran?«, fragt dieser Micah ein wenig verwirrt.

»Ja, ich bin noch dran. Entschuldigung.«

Ein leises Lachen am anderen Ende der Leitung. »Du klingst nicht begeistert. Lass mich raten. Mein Bruder hat dich mies behandelt? Dein Herz gebrochen? Dir den letzten Nerv geraubt? Wäre nicht verwunderlich, das macht er nämlich mit allen Menschen so.«

Ich runzle die Stirn. Wow, ein Werbeanruf zugunsten von Dashiel scheint das ja nicht gerade zu sein. »Wir hatten Probleme«, gebe ich zu, »und jetzt haben wir nichts mehr miteinander zu tun. Und Sie können ihm ausrichten, dass das auch so bleiben sollte.«

»Moment, Moment!«, ruft Micah, als ich schon auflegen will, und ich bilde mir ein, im Hintergrund das Schnaufen eines Tiers zu hören. Ich meine mich zu erinnern, dass Dashiel erwähnt hat, dass es im Hotel

Pferde gibt, die für Ausritte am Strand mit den Gästen genutzt werden. Aber sagte er nicht, Micah sei verreist?

»Sind Sie in Miami?«, frage ich.

»Ja, seit gestern, und genau so lange macht mir mein anderer Bruder auch schon die Hölle heiß.«

Ich runzle meine Stirn direkt noch weiter. Das ist ja alles schön und gut, aber was habe ich damit zu tun? Ich kenne schließlich weder diesen Micah noch den anderen Bruder. »Hören Sie. Ich verstehe nicht, weshalb Sie bei mir anrufen.«

»Wegen Dashiel. Ist er vielleicht bei dir?«, fragt Micah und geht gar nicht darauf ein, wie distanziert ich mit ihm rede. »Die Sache ist die, dass Tyron auf eine dringende Abrechnung wartet, unser kleiner Bruder, der dafür zuständig ist, aber seit gestern Nachmittag wie vom Erdboden verschluckt ist. Sein Handy ist leider aus, und na ja ... Unglücklicherweise haben wir keine Ahnung, mit wem er zurzeit privat zu tun hat, aber Tyron meinte sich zu erinnern, dass er kürzlich einen Scheck an eine gewisse Laney Stone ausgestellt hat. Und weil ich es für wenig sinnvoll halte, wie Rumpelstilzchen durchs Hotel zu toben, habe ich beschlossen, sämtliche Laney Stones in der näheren Umgebung abzutelefonieren. Und, na ja, da gibt es genau eine.«

Ich lausche schweigend und kann mir dabei das Lachen kaum verkneifen. Okay, das ist vermutlich der skurrilste Anruf, den ich in meinem Leben je bekommen habe. Dashiel ist ein Gangster. Er gibt sich mit den schlimmsten Typen ab. Er meldet sich seit gestern nicht. Und seine Brüder machen sich Sorgen wegen einer blöden Abrechnung?

285

Moment. Erst jetzt wird mir klar, was ich da gerade eigentlich gedacht habe.

Er meldet sich nicht.

Er hat mit richtig gefährlichen Typen zu tun.

Er hat bei seinem Anruf vorgestern angedeutet, dass er kurz davor sei, die „ganze Sache zu klären".

Oh mein Gott – was, wenn ihm etwas zugestoßen ist?

Auf einmal schnürt es mir regelrecht die Kehle zu und ich muss mich am Tresen abstützen. »Micah, hören Sie zu.«

»Ja, ich höre.«

Was soll ich ihm sagen? Eigentlich gibt es da nur eine Sache: Die Brüder müssen zur Polizei gehen, und das so schnell wie möglich. Ich öffne den Mund, aber bringe kein Wort hervor, und dann fällt mir wieder ein, worum mich Dash gebeten hat. Er will Tyron und Micah, das Hotel, das Erbe der Großmutter, aus allem raushalten. Das ist ihm wichtig.

Auch wenn ich es dort manchmal kaum aushalte, ist es das Einzige, das nicht von diesem ganzen Dreck beschmutzt ist.

Das hat er gesagt, und irgendwie erscheint es mir falsch, diesen Wunsch jetzt einfach zu ignorieren.

»Laney? Noch dran?«, fragt Micah, der mit seiner flapsigen Ausdrucksweise viel eher aus dem wilden Westen stammen könnte als aus Florida. Ich sehe ihn vor meinem inneren Auge, am Gatter eines Pferdestalls lehnend und auf einem Strohhalm herumkauend. Ein friedliches Bild. Aber es passt nicht zur Realität.

»Ja, ich bin noch da. Ich weiß leider auch nicht, wo Dashiel ist, aber ich werde mich mal umhören«, verspreche ich.

»Dann habt ihr zwei denselben Freundeskreis?«

»So ungefähr«, lüge ich und verspreche dann, mich schnellstmöglich wieder zu melden.

»Tja, dann besänftige ich in der Zeit mal den Tyrannen«, sagt Micah, der sich nicht wirklich Sorgen zu machen scheint. Er verabschiedet sich höflich und legt dann auf.

Ich umklammere den Hörer fest und zwinge mich, ganz ruhig und tief zu atmen. Trotzdem fühlt es sich an, als würde ich jede Sekunde einfach explodieren. Dashiel ist verschollen. Sein Handy ist aus. Und mich sollte das nicht interessieren. Aber das tut es, und darum gibt es eigentlich nur eine Sache, die ich jetzt machen kann.

Entschlossen trete ich hinter der Theke hervor, drehe das Schild in der Ladentür um, verlasse das Geschäft und schließe die Tür ab.

Ich muss auf der Stelle nach Miami.

Dashiel

Mir ist schwindelig, Übelkeit krampft meinen Magen zusammen und mein Kopf dröhnt, als hätte ich einen schweren Kater. Doch ich weiß, dass es nicht am Alkohol liegt, dass ich mich so fühle. Ich kann mich bestens daran erinnern, was vorhin auf der Jacht passiert ist. Vorhin oder gestern. Vielleicht sogar vor einer Woche. Denn eines weiß ich nicht: wie lange ich bewusstlos war.

Ich rühre mich nicht, stelle mich weiter ohnmächtig und versuche so herauszufinden, wo ich bin.

Es ist ziemlich laut, der Untergrund, auf dem ich liege, vibriert und ich nehme immer wieder entfernte Stimmen und Rauschen wahr, wie von einem Funkgerät.

Der Hubschrauber. Natürlich. Ich hätte mir denken können, dass Herrera mich mit seinem privaten Heli wegbringen lässt.

Ich lausche weiter, versuche zu erkennen, wie viele Männer mit mir an Bord sind.

Aus dem Cockpit dringt wieder das Funkgerätrauschen zu mir, dann antwortet eine Stimme: »24°43'36.1"Nord 81°36'1614"West.«

Der Pilot gibt seine aktuelle Position durch.

»Ich wiederhole: 24°43'36.1"Nord 81°36'1614"West.«

24° Nord 81° West. Das ist gut, denn es bedeutet, dass wir uns noch nicht allzu weit entfernt haben. Miami hat Koordinaten mit 25° Nord und 80° West.

Die Zahlen, die der Pilot durchgibt, müssen bedeuten, dass wir uns irgendwo über den westlichen Keys befinden. Vielleicht über den Barracuda Keys oder dem Marvin Key. Hier kommt mir mein Narzissmus zugute, denn es ist gar nicht lange her, da wollte ich eine der Inseln kaufen. Einfach nur, weil mir der Name gefiel.

Big Pine Key.

Aber der Preis und das Monroe County haben mir einen Strich durch die Rechnung gemacht. Also ging die 4000 Einwohner starke Insel nicht in meinen Besitz über.

Ich lausche weiter, kann aber im Moment nichts hören. So weit, so gut. Jetzt weiß ich also schon mal, wo ich mich ungefähr befinde. Trotzdem habe ich keine Ahnung, wo man mich hinbringen will.

Da aus dem Cockpit immer noch keine weiteren Geräusche zu mir dringen, beschließe ich herauszubekommen, ob ich gefesselt bin. Ich liege auf der Seite, habe beide Hände vor mir. Ich bewege die Finger, dann die Arme ganz leicht und stelle fest, dass ich dort keine Fesseln spüren kann.

Auch meine Füße kann ich problemlos bewegen.

Das ist einerseits gut. Andererseits bedeutet das, dass Herrera sich ziemlich sicher zu sein scheint. Und das kann nur daran liegen, dass seine Gorillas mit an Bord sind.

Ich wage einen Blick und öffne mein linkes Auge. Zumindest versuche ich es. Doch ein greller Schmerz zuckt durch mein Lid, direkt in mein Hirn und ich sehe nur Schlieren.

Verfluchter Mist. Herrera hat mir mit dem Kolben seiner Waffe offenbar ein schönes Veilchen verpasst.

Ich schließe das zugeschwollene Auge wieder und öffne das andere ein Stück.

Tatsächlich.

Auf einer Bank, keine zwei Meter von mir entfernt, sitzen die beiden Gorillas. Einer hat die Arme vor der Brust verschränkt und scheint zu schlafen, der andere ist an seinem Handy. An den hektischen Bewegungen seiner Finger erkenne ich, dass er irgendein Spiel spielen muss.

Für den Moment sind sie demnach nicht auf mich konzentriert.

Also schön. Gehen wir davon aus, dass außer mir nur diese beiden und der Pilot mit im Heli sind. Wenn ich es auf einen Kampf ankommen lasse, dann habe ich es mit Herreras beiden Leibwächtern zu tun, denn der Pilot wird kaum so blöd sein, das Cockpit zu verlassen und unser aller Leben für einen kleinen Faustkampf zu riskieren. Wahrscheinlich hat er mit Herrera ohnehin nicht viel zu schaffen und ist nur eine Art Chauffeur für ihn.

Im Kopf gehe ich das Szenario einmal durch. Wenn ich es tatsächlich irgendwie schaffen sollte, die beiden Bodyguards zu überwältigen, was dann? Zwinge ich den Piloten zur direkten Landung oder zur Umkehr? Wie gehe ich dann sicher, dass er über Funk nichts verrät und am Landeplatz niemand von Herrera auf uns wartet?

Bevor ich mir darüber weiter darüber Gedanken machen kann, höre ich erneut die Stimme des Piloten aus dem Cockpit. Und was er sagt, könnte in diesem Moment kaum schlimmer sein.

»Im Landeanflug.«

Nein, kommt schon! Wir dürfen noch nicht landen! Zuerst muss ich die beiden Steroid-Monster überwältigen und dann –

»24°42'53.4"Nord 81°37'56.3"West«, sagt der Pilot.

Ich fluche lautlos. Wie war das? 24°42'53.4"Nord 81° ...

»Ich wiederhole ... 24°42'53.4"Nord 81°37'56.3"West.«

Diesmal merke ich mir die Koordinaten, wiederhole sie mehrfach im Kopf. Dann hole ich tief Luft und setze alles auf eine Karte.

Ich springe auf, ignoriere den Schmerz, der dabei durch meinen Schädel rast und stürme auf die beiden Leibwächter zu. Der eine sieht von seinem Handy auf, der andere schläft seelenruhig weiter. Ich packe die Köpfe der beiden und donnere sie gegeneinander.

Der Affe mit dem Handy lässt das Telefon fallen und schaut eher überrascht als schmerzhaft. Der andere gibt ein unwilliges Stöhnen von sich, bevor er die Augen öffnet.

Ich warte nicht ab, bis die beiden sich von meiner Attacke erholt haben, sondern schnappe mir den Feuerlöscher von der Wand und haue ihn einem der beiden mitten ins Gesicht. Er erschlafft und rutscht von der Bank.

Eins zu null für mich.

Jetzt muss ich nur noch gegen den anderen Kerl und den Piloten ankommen, der sich ebenfalls als parteiisch und auf Herreras Seite erweist. Ich kann hören, wie er über Funk einen Notruf absetzt.

Der zweite Leibwächter ist unterdes aufgesprungen und hat die Fäuste erhoben. Er knurrt wütend, dann stürzt er sich auf mich wie ein wildes Tier. Er rammt mir die Schulter in den Magen und mich so gegen die Wand. Mir bleibt die Luft weg. Diesen Moment nutzt der Kerl, um mir seine Faust unters Kinn zu schlagen.

Zumindest versucht er es. Ich schaffe es gerade noch, den Kopf wegzudrehen, sodass mich sein Schlag nicht mehr wie eine mittelschwere Bombe, sondern nur noch wie ein Presslufthammer trifft. Ich schmecke Blut – schon wieder –, lasse mich aber nicht von seiner Rambo-Masche einschüchtern. Ich habe immer noch den Feuerlöscher und den nutze ich, um ihn meinem Angreifer gegen den Hinterkopf krachen zu lassen.

Einmal, zweimal. Erst beim dritten Mal geht der Kerl zu Boden.

Ich steige über ihn hinweg, lasse den Feuerlöscher fallen und sehe mich um. Zwei Gorillas auf dem Boden, ein hysterischer Pilot im Cockpit.

Das war ziemlich einfach.

Der Pilot sagt irgendwas in sein Funkgerät, das ich nicht verstehe, dann zieht er den Heli wieder hoch.

Soll er nur. Je höher, desto besser ist es für meinen Plan. Sofern ich alles finde, was ich dafür benötige.

Noch einmal lasse ich meinen Blick durch den Hubschrauber schweifen. Ich bete stumm, dass ich finde, wonach ich suche. Dann entdecke ich sie. Drei Fallschirmrucksäcke unter der Sitzbank, auf der die beiden Bodyguards gesessen haben.

Ich bücke mich, um sie unter der Bank hervorzuholen, dann schaue ich wieder zum Piloten. Er sieht mich ebenfalls an. Ziemlich finster, wie ich finde. Dabei sollte ich derjenige sein, der hier angepisst ist. Der Pilot wendet sich wieder ab, dann reißt er den Heli zur Seite und ich habe Mühe stehen zu bleiben.

Ich falle auf ein Knie, zerre den letzten der drei Rucksäcke hervor und stehe wieder auf, wobei ich mich mit einer Hand abstützen muss. Ich werfe die zwei Fallschirme in Richtung Tür, bevor ich mir den dritten auf den Rücken schnalle.

Fallschirmspringen gehört zu meinen Hobbys, also mache ich mir keine großen Sorgen, dass ich heile unten ankommen werde.

Was mir allerdings Sorgen macht, ist die Tatsache, dass es stockfinster ist und ich nicht sehen kann, wo ich hinspringe. Mit viel Pech lande ich nicht auf einer der zahlreichen Inseln, sondern mitten im Nordatlantik.

Trotzdem muss ich es riskieren.

Ich entriegle die Tür und öffne sie, was der Pilot mit einem weiteren Manöver quittiert. Er steuert den Hubschrauber zur Seite, anscheinend will er mich nach draußen befördern.

»Ich springe ja gleich«, murmle ich und halte mich an der Wand fest.

Von draußen fegt eisiger Wind rein.

Ich bücke mich nach den zwei übrigen Rucksäcken und werfe die Fallschirme kurzerhand nach draußen, damit niemand auf die Idee kommt, mir zu folgen. Dann trete ich einen Schritt vor, um meinen Sprung vorzubereiten und werde grob von den Füßen gerissen.

Einer der Gorillas hat sich bereits von meinen Schlägen erholt und zerrt mich jetzt an den Beinen zu sich heran. Ich nehme alle Kraft zusammen, trete nach ihm, erwische ihn an der Unterlippe und schaffe es, wieder auf die Beine zu kommen.

Doch auch mein Kontrahent steht auf. Er nimmt Anlauf und stürzt sich auf mich. Ich pralle erneut mit dem Rücken gegen die Wand, doch diesmal dämpft der Fallschirm den Aufprall. Ich reiße mein Knie hoch und ramme es dem Kerl in die Weichteile.

Er gibt einen Schrei von sich, der nicht ganz menschlich klingt und verpasst mir als Dank eine Kopfnuss.

Das war ein Kopftreffer zu viel in den letzten Tagen.

Ich spüre, wie meine Beine nachgeben und ich in mich zusammensacke.

Der Gorilla nutzt seine Chance und wirft sich auf mich. Er schwingt die Fäuste, um mir den Garaus zu machen und ich hebe die Arme, um mein Gesicht zu schützen.

Gerade als der Bodyguard zuschlagen will, ruckt der Heli erneut herum. Mein Angreifer ist kurz abgelenkt und ich lasse die Faust vorschnellen und gradewegs gegen seine Kehle krachen.

Dann stoße ich seinen massigen Körper von mir herunter und springe auf. Meine Beine fühlen sich noch wacklig an, aber darauf kann ich jetzt keine Rücksicht nehmen. Ich stelle mich wieder an die offene Tür, überprüfe den Sitz des Rucksacks und –

Ich trete einen Schritt zur Seite, als ich hinter mir ein wütendes Keuchen höre.

Der Gorilla stürmt schon wieder auf mich zu beziehungsweise auf die offene Helitür. Zu spät scheint er zu erkennen, dass ich zur Seite gegangen bin. Er versucht noch zu bremsen, aber sein muskulöser Körper ist zu schwerfällig und so taumelt er durch die Öffnung nach draußen in die Schwärze.

»Scheiße«, fluche ich, stütze mich an der Tür ab und greife einem Reflex folgend nach ihm.

Ein Ruck geht durch meinen Körper, aber ich habe ihn noch am Jackett zu packen bekommen. Der Riese baumelt jetzt draußen in der Luft und sieht entsetzt zu mir auf.

»Zieh mich hoch«, fordert er und streckt mir eine Hand entgegen.

Einen Augenblick denke ich darüber nach, ihn einfach fallen zu lassen, schließlich wollte er mich gerade ebenfalls einfach nach draußen schmeißen, dann greife ich nach seiner Hand und ziehe.

Zuerst glaube ich, dass ich ihn niemals wieder an Bord bekomme, er ist viel zu schwer. Dann sehe ich, wie eine zweite Hand an mir vorbei gestreckt wird und ebenfalls nach draußen greift. Es ist der zweite Gorilla. Er kniet neben mir und nickt mir zu. Gemeinsam ziehen wir seinen Kollegen wieder nach oben.

»Heilige Mutter Gottes«, wimmert dieser, als er wieder sicher im Helikopter ist. Schließlich sieht er zu mir auf. »Danke.«

Ich stehe auf und bringe etwas Abstand zwischen mich und die beiden Kerle. Auch wenn ich dem einen gerade den Hintern gerettet habe, heißt das noch lange nicht, dass sie mich jetzt auch verschonen werden.

»Du hast zehn Sekunden Vorsprung«, sagt Nummer zwei schließlich.

»Zehn Sekunden reichen.« Ich trete an die offene Tür heran und sage den beiden mal nicht, dass sie mir sowieso nicht folgen können, weil ich die anderen Fallschirme nach draußen geworfen habe.

Ein letzter Blick zurück zu meinen Kontrahenten, bevor ich mich rückwärts in die tiefschwarze Nacht fallen lasse.

Laney

Während ich in meinem Fiat nach Miami rase, so schnell es geht, versuche ich immer wieder, Dashiel zu erreichen. Zahllose Male rufe ich bei ihm an, doch jedes Mal erwische ich nur die Mailbox und traue mich nicht, etwas zu sagen, weil ich befürchte, dass sie sein Handy haben. Herreras Leute, die Dashiel in ihrer Gewalt haben, die ihm etwas angetan haben oder drauf und dran sind, es zu tun, weil er so leichtsinnig war, sich mit den Falschen anzulegen.

Ich versuche, die finsteren Gedanken zu verdrängen, aber es gelingt mir einfach nicht. Gott, ich hätte anders reagieren müssen, als er mich angerufen hat. Als er gesagt hat, dass er drauf und dran sei, alles zu regeln, hätte ich ihn abhalten müssen. Ihn dazu bringen müssen, zur Polizei zu gehen oder was auch immer. Jetzt ist es vielleicht zu spät und allein der Gedanke, dass ich Dashiel möglicherweise nie wiedersehen werde, schnürt mir mehr und mehr die Kehle zu.

Vor zwei Wochen noch war mein größtes Problem, wie ich die Miete bezahlen soll. Jetzt ist der Mann, für den ich mehr empfinde, als ich es für einen anderen je getan habe, möglicherweise ...

Nein. So weit will ich nicht denken. Ganz sicher ist das alles nur ein Missverständnis. Er hat zu viel getrunken, schläft in irgendeinem fremden Schlafzimmer seinen Rausch aus und sein Akku ist leer. Oder er hat das Telefon absichtlich abgeschaltet und ist untergetaucht, damit ihn seine Brüder in Ruhe lassen.

Aber dann war da immer noch seine Ankündigung, die Dinge in Ordnung zu bringen. Ein Datum für ein Treffen oder sowas hat er mir jedoch nicht genannt. Das heißt, es besteht immer noch die Chance, dass er bisher gar nicht mit Herrera gesprochen hat.

Wenn ich doch nur mit ihm geredet hätte! Dann wüsste ich jetzt mehr. Vielleicht wüsste ich sogar, wo ich ihn finden kann. Stattdessen spielen sich vor meinem inneren Auge die schlimmsten Szenarien ab.

Dashiel, am Boden knieend, mit einem goldenen Revolver, der auf ihn gerichtet ist – direkt auf sein Herz.

Ich wische mir hektisch über die Augen. Eines steht fest: Ich kann nicht länger untätig zu Hause sitzen. Ich kann nicht in Everglades City weitermachen, als ob nichts geschehen wäre. Dashiel Pine hat mein Leben genommen, es in einen Würfelbecher gesteckt und es einmal kräftig durchgeschüttelt. Und dabei hat er leider ein paar neue Zutaten hineingegeben, die früher nichts darin zu suchen hatten: Waffenhandel. Miese Geschäfte. Verrückte Rettungsaktionen.

Irgendwie muss ich dieses ganze Chaos entwirren, und der erste Schritt war es, die beiden Brüder herauszuhalten, ganz so, wie er es wollte.

Den zweiten Schritt werde ich jetzt in Angriff nehmen.

Sobald ich die City erreicht habe, bin ich gezwungen, mein Tempo zu drosseln. Dennoch fahre ich immer noch etwas zu schnell und hoffe einfach, dass ich nicht angehalten werde. Ich schlängle mich durch den chaotischen Frühverkehr und nutze jede rote Ampel, um auf der Straßenkarte, die ich an meinem Handy aufgerufen habe, das nächste Stück Weg zu erkennen. Dann bin ich endlich am Ziel.

Ich parke den Wagen, steige aus und Miamis Hitze erwischt mich wie ein Brett, das mir vor die Stirn geknallt wird. Hektisch wische ich mir über die Stirn, dann schließe ich das Auto ab und wende mich dem Gebäude zu, in dem mir hoffentlich jemand helfen können wird. Dem Polizeipräsidium.

Dashiel würde das nicht wollen, das ist mir klar. Er war bei unserem letzten Gespräch überzeugt, dass er Herrera und dessen Leute im Griff hat, und irgendwie verstehe ich ihn sogar. Denn es ist klar, dass Gangster wie Herrera wütend werden, sobald man die Polizei einschaltet und das wiederum würde Dashiels Freund möglicherweise in noch größere Gefahr bringen.

Aber Dashiel leidet auch unter extremer Überzeugtheit von sich selbst und ich fürchte, dass er dazu neigt, sich zu überschätzen – und es muss jemanden geben, der dafür sorgt, dass das für ihn nicht in einer Katastrophe endet. Falls das nicht schon geschehen ist.

Zwar bedeutet dieser Schritt, dass ich auch ihn mit reinreiten werde, denn schließlich hat er, bevor alles eskaliert ist, Geschäfte mit Herrera gemacht. Aber es ist besser, er wird deswegen angeklagt, als wenn diese Gangster ihm etwas antun.

Also gut. Ich straffe die Schultern und gehe dann entschlossen auf den Haupteingang des Präsidiums zu. Ich kann nur hoffen, dass ich das Richtige tue.

***

Der Officer, in dessen Büro ich wenige Minuten später sitze, ist jung und macht einen klugen, engagierten Eindruck. Durch die Gläser seiner eckigen schwarzen Brille sieht er mich hellwach und aufmerksam an.

»Sie möchten also jemanden als vermisst melden?«

»Nein, also schon, aber nicht direkt. Sagen wir, ich habe eine Vermutung, wo er ist, aber ich kann ihn dort nicht erreichen, weil diese Leute gefährlich sind und ihm möglicherweise ...« Ich atme tief durch. So wird das nichts.

Der Officer hebt die Hand. »Okay, ganz von vorn.« Er zieht sich die Tastatur seines Computers heran. »Vielleicht beginnen wir damit, dass Sie mir erst einmal den Namen der vermissten Person nennen.«

Ich öffne den Mund, schließe ihn dann jedoch wieder. Irgendwie bringe ich Dashiels Namen nicht über die Lippen – vermutlich, weil vollkommen klar ist, dass er damit ins Visier der Polizei gerät. »Fangen wir woanders an, bitte.«

Der Polizist zieht eine Braue in die Höhe. »Okay, und wo?«

»Bei dem Mann, der meinen Freund wahrscheinlich in seiner Gewalt hat.« Ich zwinge mich, ihm in die Augen zu sehen. »Miguel Herrera.«

Jetzt schießt auch die zweite Braue des Officers in die Höhe. »Moment. Sie meinen ... Reden wir von dem Miguel Herrera? Dem Schwerverbrecher aus Havanna?«

Ich beiße mir auf die Unterlippe. »Ich fürchte ja«, gebe ich zu und komme mir auf einmal vor wie mitten in einem Gangsterfilm.

Schwerverbrecher, mein Gott. Das Wort hat in meinem Vokabular vor kurzem noch nicht einmal existiert. Jetzt muss ich es irgendwo zwischen Rüschenrock und Tiffanylampe einsortieren.

»Warten Sie einen Moment.« Der Officer nimmt den Hörer von seinem Telefon ab.

»Was tun Sie?«

»Ich informiere meinen Vorgesetzten, damit er gleich die Kollegen von Interpol hinzuzieht. Infos über Herrera gehen bei uns immer an die oberste Stelle, der Mann wird international gesucht und ...«

Der Rest seines Satzes geht irgendwo im wilden Strudel meiner Gedanken und Gefühle unter.

Oh Gott, Dashiel, worauf hast du dich da nur eingelassen? War ihm vorher klar, dass Herrera ein so wichtiger Mann ist? War es diesem Dan klar? Wie leichtsinnig kann man eigentlich sein?

»Bitte«, höre ich mich nach einem Moment sagen, »lassen Sie uns erst reden, bevor Sie die Sache an die große Glocke hängen. Ich fürchte, dass mein Freund in Herreras Geschäften mit drinhängt und ich möchte nicht, dass er Ärger bekommt.«

Der Officer lacht kurz und hart, lässt jedoch den Hörer wieder auf die Gabel sinken. »Kommen Sie. Wenn Ihr Freund sich auf Geschäfte mit Miguel Herrera eingelassen hat, dann muss ihm vollkommen klar gewesen sein, dass ihn das in Schwierigkeiten bringen könnte.«

»Das glaube ich nicht. Er ist jemand, der denkt, dass er immer alles im Griff hat.«

»Tja, dann hat er wohl Pech gehabt. Wer sich mit Abschaum einlässt ...«

Ich schüttle den Kopf und blicke dem Officer in die Augen. »Er ist kein schlechter Mensch, wirklich nicht. Er hat ...«

Ach, ich weiß doch selbst nicht, was Dashiel sich gedacht hat, als er sich auf diese zwielichtigen Geschäfte eingelassen hat! War es die Geldgier? Seine Loyalität zu seinem besten Freund? Der Reiz des Verbotenen? Im Endeffekt vermutlich eine Mischung aus allem; und mir ist klar, dass es nur gerecht wäre, wenn Dash dafür bestraft würde. Aber ich glaube, dass er eine zweite Chance verdient hat – eine Gelegenheit zu beweisen, dass er im Grunde ein anständiger Mensch sein kann.

Den ersten Schritt dazu hat er doch schon getan, indem er beschlossen hat, Dan aus Herreras Fängen zu retten.

Ich atme noch mal tief durch. »Lassen Sie mich erzählen. Von Anfang an. Und dann können Sie Ihre Kollegen dazuholen.«

»Sie wollen mich auf Ihre Seite ziehen«, vermutet der Officer.

Ich nicke. »Fällt das so sehr auf?«

Die Andeutung eines Lächelns huscht über seine Lippen. »Es sind Ihre Augen. Ich glaube nicht, dass Sie in der Lage sind, auch nur irgendeines Ihrer Gefühle zu verstecken, solange Sie keine Sonnenbrille tragen.« Er zuckt mit den Schultern. »Nur so als Tipp für die Zukunft.«

»Tja, danke«, sage ich und senke den Blick.

Der Cop mustert mich, seufzt, dann lehnt er sich zurück und verschränkt die Arme. »Schön, Miss Stone. Dann schießen Sie los.«

Und genau das tue ich. Ich erzähle ihm von den zwielichtigen Geschäften, die Dashiels bester Freund ohne sein Wissen angefangen hat und davon, wie er darin verstrickt worden ist. Davon, wie Dan schließlich verschwunden ist und wie Dash versucht hat, ihn freizukaufen.

Der Officer schüttelt den Kopf. »Es war naiv zu glauben, dass Herrera den Mann gehen lassen würde. Wenn dieser Kerl eines nicht kennt, dann Gnade.«

Mir läuft es eiskalt den Rücken herunter. Wenn er Dashiel in seiner Gewalt hat, dann bedeutet das, dass er auch ihm keine Gnade zuteilwerden lassen wird.

»Entschuldigung«, murmelt der Officer, »das war nicht sehr feinfühlig.«

»Schon gut.« Ich hole Luft, um fortzufahren, als in meiner Handtasche auf einmal mein Handy vibriert. Sofort schlägt mein Herz etwas schneller und ich ziehe es hektisch hervor. »Entschuldigung«, sage ich und drücke auf Annehmen, wobei ich sehe, dass wieder eine fremde Nummer auf dem Display steht. Vielleicht noch mal Micah, möglicherweise hat er meine Handynummer bei Dashiel gefunden oder so. Vielleicht gibt es Neuigkeiten!

»Ja, hallo?«, frage ich schnell unter dem hellwachen Blick des Polizisten.

»Laney?«

Ich erkenne seine Stimme sofort und mein Herz, das eben noch gerast ist, setzt einfach aus.

Dashiel. Er klingt gehetzt und ziemlich fertig zugleich.

»Laney, ich weiß, du willst nicht mit mir reden, aber du musst mir sagen, ob es dir gut geht! Bist du okay? Bist du in Sicherheit?«

»Ich bin ...« Ich schlucke, ehe ich weitersprechen kann, denn auf einmal habe ich einen riesigen Kloß im Hals. »Ich bin bei der Polizei.«

»Was?! Wieso, hat dich jemand bedroht, ist dir etwas zugestoßen? Rede mit mir, Laney!«

Die Panik in seiner Stimme verrät mir deutlich, dass ihm irgendwas passiert ist. Aber er lebt noch. Er lebt und kann offenbar telefonieren, was bedeutet, dass er nicht in irgendeinem Kerker sitzt. Das ist die Hauptsache.

»Es geht mir gut«, erwidere ich.

»Gott sei Dank!« Einen Augenblick lang scheint Dashiel einfach nur erleichtert zu sein, dann fährt er fort, schnell und mit gesenkter Stimme, als hätte er Angst, belauscht zu werden: »Ich bin aufgeflogen. Herrera weiß, wer ich bin. Wer du bist. Einfach alles.«

Kalte Angst erfasst mich. Dashiels Plan ist also gescheitert. Herrera hat sich von ihm nicht hinters Licht führen lassen. Langsam, nur ganz langsam, wird mir klar, dass die Ängste, die ich auf dem Weg hierher hatte, viel mehr waren als nur Hirngespinste. Es ist Glück, fast ein Wunder, dass Dashiel noch am Leben ist.

»Was machst du bei der Polizei?«, fragt er immer noch in demselben gehetzten Tonfall.

»Ich bin hier, um eine Aussage zu machen.« Am liebsten würde ich ihm sagen, dass der Anlass sein Verschwinden ist und nicht etwa, dass ich ihm eins reinwürgen will. Aber das geht nicht. Der Officer darf nicht wissen, wen ich dranhabe.

Ich höre, wie Dashiel aufatmet. »Okay. Okay, Laney, hast du ... hast du denen schon irgendwas – nein, das wirst du mir am Telefon kaum sagen können. Du musst da weg und mich treffen, hörst du? Ich muss dich sehen. Jetzt gleich.«

Sein Tonfall verrät mir unmissverständlich, wie dringend es ist. Und auch wenn ich ihn eigentlich nie wiedersehen wollte, hat sein zwischenzeitliches Verschwinden alles verändert. Ich kann noch gar nicht richtig fassen, dass er mich gerade anruft. Doch trotzdem zögere ich. Denn ich bin mir einfach nicht sicher, was in diesem Moment das Richtige ist.

»Bitte, Laney«, raunt mir Dash durchs Handy zu, als ich nicht gleich antworte. »Gib mir eine Chance. Nur ein Treffen. Und wenn du danach zurück zu den Bullen gehen willst, werde ich dich nicht daran hindern.«

Ich will ihm ja vertrauen, ihm glauben, dass wir die Sache in den Griff kriegen, ohne dass ich ihn ans Messer liefern muss – zu seiner eigenen Sicherheit. Aber ich kenne ihn einfach zu schlecht, um das Risiko abzuschätzen. Und es geht um viel zu viel, um leichtsinnige Entscheidungen zu treffen. Leben stehen auf dem Spiel. Unter anderem seines.

Ich höre ihn atmen, schwer und tief. »Ich brauche dich jetzt«, sagt er dann. »Verstehst du?«

Mein Herz scheint in meiner Brust zerspringen zu wollen und Dashiels Worte bohren sich wie Glassplitter hinein. Und mir wird eine Sache unmissverständlich klar: Egal, welche Fehler er begangen hat, ich kann ihn jetzt nicht hängenlassen. Ich kann einfach nicht.

»Okay«, höre ich mich selbst sagen und weiß dabei genau, dass gerade mein Herz und nicht etwa mein Verstand die Kontrolle übernommen hat.

»Triff mich an der North-west 62nd Street, das Haus mit der orangefarbenen Markise. Und sei vorsichtig. Es kann sein, dass er dich immer noch beschatten lässt.«

»Ist gut«, sage ich. »In einer halben Stunde.« Dann lege ich auf und blicke den Officer an. »Mein Cousin. Er geht noch zur Highschool und seine Freundin hat mit ihm Schluss gemacht. Großes Drama. Ich muss sofort zu ihm.«

Der Polizist sieht mir in die Augen. »Ihr Freund ist also verschollen, nachdem er zwielichtige Geschäfte mit der Mafia gemacht hat, aber das gebrochene Herz Ihres Cousins hat auf einmal Vorrang, Miss Stone?«

Ich stecke mein Handy ein und stehe auf. »Wir stehen uns sehr nah.«

»Dann kann er sich wohl glücklich schätzen, so eine Cousine wie Sie zu haben.« Der Officer glaubt mir kein Wort, das sehe ich an seinem Blick und ich höre es an seinem Tonfall. Aber was will er schon tun? Ich habe nichts verbrochen. Er kann mich hier nicht festhalten.

»Danke. Ich melde mich wieder, wenn ...« Ich hebe die Schultern, dann mache ich kehrt und eile zur Tür.

»Miss Stone.«

Ich drehe mich noch einmal zu dem gewissenhaften jungen Polizisten um.

»Der Name Ihres Bekannten. Sie wollten ihn mir nennen, wenn wir fertig sind.«

Ich verziehe das Gesicht. »Tut mir leid«, sage ich. Dann eile ich aus dem Büro.

***

Als ich das Viertel erreiche, in dem mich Dashiel treffen will, erkenne ich gleich, dass es nicht das beste von ganz Miami ist. Es nennt sich Little Haiti und besteht aus Ansammlungen einstöckiger Häuser, die allesamt schon bessere Zeiten gesehen haben. Jugendliche lungern in den Vorgärten herum, alte Menschen schlurfen gebeugt durch die Straßen. Ein Mann verkauft an einem selbstgezimmerten Stand Zitronen. Das hier passt so gar nicht zu der Welt, in der Dashiel normalerweise lebt. Hier gibt es keine Suiten und Jachten, keinen Champagner und kein bisschen Luxus. Gut. Ich kann nur hoffen, dass Herrera ihn hier nicht vermutet.

Aber was ist, wenn ich ihn gerade auf direktem Weg zu Dash führe? Ich habe nicht vergessen, dass er mich gewarnt hat, dass ich möglicherweise beschattet werde. Kaum hatte ich das Polizeipräsidium verlassen, habe ich den Kofferraum kontrolliert, auch wenn er so klein ist, dass sich nur ein wirklich winziger Gangster darin verstecken könnte. Es war natürlich niemand darin, trotzdem bin ich extrem nervös.

Was, wenn mein Auto verwanzt ist? Oder wenn mir jemand unauffällig folgt? Immer wieder sehe ich in den Rückspiegel, aber die Wagen, die ich hinter mir erkenne, wechseln in regelmäßigen Abständen. Keiner klebt länger als ein paar Minuten an meiner Stoßstange, und sobald ich durch Little Haiti fahre, ist sogar überhaupt niemand mehr hinter mir.

Sollte mir das verdächtig vorkommen? Oder sind die Menschen hier einfach nur zu arm für Autos? Dann vielleicht doch eine Wanze. Ich schüttle den Kopf über den Gedanken, weil er mir so absurd erscheint, aber andererseits ist alles, was mir in der letzten Zeit passiert ist, komplett absurd: Wie ich Dashiel in Amandas Bett erwischt habe. Wie ich mich von ihm habe kaufen lassen. Wie ich mich in ihn verliebt habe. Wie ich erfahren habe, dass er nicht etwa einfach nur reich, sondern ein Nachwuchsgangster mit Kontakten zur Mafia ist.

Also ist es wohl auch nicht so abwegig, dass eine Wanze an meinem Auto klebt.

Drei Straßen, bevor ich die Adresse, die mir Dash genannt hat, erreiche, fahre ich darum rechts ran und steige aus. Zögernd gehe ich um den Wagen, wobei ich mich immer wieder paranoid umsehe. Der alte Mann da hinten an seinem Zitronenstand, warum sieht er mich so penetrant an?

Na ja, wohl kaum, weil Miguel Herrera ihn hier abgestellt hat – denn der Kerl ist mindestens achtzig und wohl kaum noch in der Lage, mich zu überwältigen

Ich schüttle den Kopf über mich selbst und gehe hinter meinem Auto in die Hocke, dann fahre ich mit den Fingern über den unteren Bereich der Stoßstange. Dort bringen die Verbrecher in den Filmen immer ihre Wanzen an, aber ich kann keine Unebenheit entdecken. Ich gehe auf die Knie, beuge mich herunter und sehe mir den Unterboden genauer an, aber dieses Gewirr von Schläuchen, Schrauben und Metallteilen sagt mir nicht das Geringste. Zumindest blinkt nirgendwo ein rotes Lämpchen oder ...

Ich zucke zusammen, als ein Wagen am Straßenrand gleich hinter mir hält. Oh nein. Sicher sind das Herreras Leute. Jetzt werden sie mich gleich packen und in ihr Auto verfrachten, und das Einzige, was Dash in nächster Zeit von mir sehen wird, wird mein Finger sein, den sie ihm per Post schicken. Oder mein Ohr.

»Ma'am! Brauchen Sie Hilfe? Haben Sie eine Panne?«

Ich schließe die Augen. Es ist eine Frauenstimme, die mich da anspricht. Ich richte mich auf, drehe mich um und erkenne, dass es sich um eine junge Schwarze mit einem wild gestylten Afro handelt, die in einem verbeulten Cabrio sitzt und mir mit einer Hand zuwinkt, an der eine Menge Modeschmuck hängt.

»Hi. Brauchen Sie Hilfe? Ich hab einen Wagenheber und Reifenschaum!«

Fast muss ich lachen. Diese Frau ist vieles, aber kein Kopfgeldjäger, der auf mich angesetzt wurde. »Nein, danke, alles gut!«, sage ich schnell und steige dann wieder ein.

Schulterzuckend fährt sie an mir vorbei und ich glaube, dass ich vielleicht gerade etwas zu paranoid bin. Herrera und seine Leute können nicht überall sein, und primär haben sie es immer noch auf Dashiel abgesehen, nicht auf mich.

Ich fahre weiter, biege noch zweimal ab und erreiche dann endlich die North-west 62nd Street. Auf der rechten Seite entdecke ich einen flachen Bungalow mit einer schmuddeligen orangefarbenen Markise. Sieht nicht gerade nach einem Haus aus, das jemand wie Dashiel kaufen würde.

Ohne Angst zu haben, dass er geklaut wird, parke ich meinen klapprigen Fiat in der Einfahrt und sehe mich noch einmal um, ehe ich durch das dämmrige Morgenlicht auf das Haus zugehe. Diese Straße ist ziemlich einsam, nur ein paar Gärten entfernt höre ich leise Stimmen. Keine Schritte dicht hinter mir, keine Motoren. Gut. Ich bleibe vor der Tür stehen und zögere. Nach allem, was war, bin ich extrem aufgeregt, Dashiel gleich wieder gegenüber zu stehen. Aber andererseits will ich nichts dringender. Also gebe ich mir einen Ruck, öffne das löchrige Fliegengitter und drehe den Knauf der dahinterliegenden Tür.

Sie quietscht, als sie aufschwingt und ich ins Innere trete. Ich lande in einem kleinen Flur, von dem mehrere Türen abgehen. Nur eine steht offen und im Raum dahinter brennt Licht. Ich klemme mir den Autoschlüssel wie eine Waffe zwischen die Finger, halte die Luft an und arbeite mich behutsam vor. Es ist nicht auszuschließen, dass sie hier sind, dass sie Dash schon aufgespürt haben und jetzt auf mich warten.

Ich mache einen Schritt, dann noch einen. Die Bodendielen knarren leise unter meinen Füßen. Ich erkenne, dass sich hinter der offenen Tür ein Wohnzimmer befindet. An den Wänden hängen hübsche Aquarelle, in einer Ecke steht ein alter Röhrenfernseher auf einem noch älteren Schränkchen. Ich entdecke einen Teppich mit Rosendruck und eine Flasche Nagellack auf dem Wohnzimmertisch.

Wer wohnt hier, frage ich mich kurz. Doch dann mache ich noch einen Schritt weiter und mir ist schlagartig alles egal.

Ich entdecke Dashiel.

Er sitzt auf dem Sofa, starrt angespannt in meine Richtung und hat den goldenen Revolver auf mich gerichtet. Ich erstarre, doch sobald er mich erkennt, lässt er die Waffe sinken.

»Laney«, sagt er ziemlich erleichtert, dann springt er auf, kommt zu mir und nimmt mich fest in die Arme. Sein vertrauter Geruch überwältigt mich, genau wie das Gefühl, ihn so dicht bei mir zu spüren, und ich schaffe es keine Sekunde lang, mich gegen diese Umarmung zu wehren. Stattdessen erwidere ich sie, vergrabe meinen Kopf an Dashiels Schulter und halte ihn einfach nur fest.

»Dein Bruder hat mich angerufen«, flüstere ich. »Ich dachte, dir ist was zugestoßen. Ich dachte …«

»Es geht mir gut«, sagt er, aber ich höre am heiseren Klang seiner Stimme, dass es nicht so ist. Und dann fallen mir weitere Details auf. Sein teurer Anzug fühlt sich klamm an, seinem Körper fehlt es an der vertrauten Spannung. Er stützt sich etwas zu schwer auf mich, als dass ich ihm glauben könnte, dass er okay ist.

Ich löse mich ein wenig von ihm, schiebe ihn so weit von mir, dass ich ihn ansehen kann, und erschrecke. »Dash, was ...«

Seine Braue ist aufgeplatzt und blutverkrustet, sein linkes Auge ist blau gerändert und fast völlig zugeschwollen. Auf seiner Wange befindet sich eine Schürfwunde, die viel frischer aussieht als die von dem Zusammenprall mit dem Taxi auf seiner Stirn. Und das ist noch nicht alles: Hellrote, verwaschene Blutspritzer befinden sich auf seinem Hemd und seine Kleider sind an einigen Stellen aufgerissen.

»Es geht mir gut«, wiederholt er, doch ich weiß, dass das nicht stimmt. Er ist fertig, am Ende. Er bräuchte einen Arzt und vor allen Dingen Schlaf, aber seine Anspannung verrät mir, dass die ganze Sache noch nicht vorbei ist.

»Du musst dich setzen«, sage ich und will ihn mit mir zurück zum Sofa nehmen, aber er hält mich fest.

»Bist du sicher, dass dir niemand gefolgt ist? Sie dürfen auf gar keinen Fall wissen, dass du wieder in Miami bist. Wenn sie das rauskriegen ...«

»Hey. Sshht.« Ich lege sein Gesicht in meine Hände und sehe ihm in die blauen Augen. »Es ist alles okay. Ich bin nicht verfolgt worden. Und du musst dich jetzt setzen und mir erzählen, was passiert ist.« Mit einem Blick auf seine feuchte Kleidung füge ich an: »Bist du wieder aus Spaß bis North Cat Cay geschwommen und wurdest diesmal von einem Hai attackiert?«

Einen Moment lang starrt mich Dash nur an. Dann lacht er kurz und ein wenig erstickt. »Nein. Von zwei Gorillas und einem Helikopter.«

Okay. Entweder hat er jetzt den Verstand verloren oder gerade wirklich eine Menge hinter sich. Ich tippe auf Letzteres und führe ihn zu einem verschlissenen Sessel, der das am nächsten stehende Möbelstück ist. Schwer lässt sich Dashiel hineinsinken, dann zieht er mich auf seinen Schoß.

Ich schmiege mich an ihn, lege die Arme um seinen Oberkörper und lausche dem schnellen, aber regelmäßigen Schlag seines Herzens.

»Es ist gut, dich zu sehen«, murmelt er.

Ich drücke ihm einen Kuss auf den Hals und wünschte, er würde sich beruhigen. »Erzähl mir, was passiert ist.«

»Ich war auf Herreras Jacht, um meinen ersten Deal mit ihm abzuschließen, aber das war eine Falle. Er hatte mich überprüft und wusste Bescheid. Seine Leute haben mich gefangen genommen und bewusstlos geschlagen. Als ich wieder zu mir gekommen bin, war ich in einem Helikopter über dem Meer. Ich hab meine zwei Aufpasser überwältigt und bin hinausgesprungen.«

Ich richte mich auf und sehe ihn entgeistert an. »Du bist was?!«

Ein Hauch seines vertraut überheblichen Grinsens verzieht seine Lippen. »Entspann dich. Ich hab Erfahrung mit dem Fallschirm. Es war keine große Sache. Ich bin im Meer gelandet und wurde von einem Segelboot aufgenommen, das einem älteren Ehepaar und zum Glück nicht Herrera gehörte.«

»Du bist wahnsinnig«, flüstere ich, dann umarme ich ihn fest und höre, wie er leise keucht. Sofort lockere ich meinen Griff. »Hast du dir was gebrochen?« Ich fange an, sein Hemd aufzuknöpfen und sehe, dass sein muskulöser Oberkörper von Blutergüssen übersät ist. »Du musst zu einem Arzt, Dash. Nach allem, was du durchgemacht hast, musst du ...«

»Hey.« Er packt meine Handgelenke und ich sehe ihn tadelnd an, aber das übergeht er einfach. »Ich brauche gerade nur dich«, sagt er. »Gib mir ein paar Minuten mit dir. Dann bin ich wieder fit.«

Ich lache ungläubig. »Fit wofür, Dash? Du musst jetzt zur Polizei und die Sache den Behörden überlassen. Dein Leben ist in Gefahr, kapierst du das?«

Dashiel schüttelt den Kopf. »Wenn wir die Bullen mit reinziehen, dann fliegt endgültig alles auf. Weißt du, was das für meinen Ruf bedeutet? Für den des Hotels? Außerdem traue ich denen nicht. Die werden Herreras Insel überrennen wie eine Horde Elefanten im Porzellanladen. Und wenn Dan dabei was zustößt, war alles umsonst.«

»Was für eine Insel?«, frage ich tonlos und ahne schon, was als Nächstes kommt.

Dashiel sieht mich an. »Als ich im Helikopter zu mir gekommen bin, haben wir uns gerade im Landeanflug auf eine Insel befunden. In der Nähe der Barracuda Keys. Ich hab ein bisschen recherchiert. Sie ist in Privatbesitz, bei Google verpixelt. Da bewahrt Herrera seine Gefangenen auf.«

Ich höre mich selbst ungläubig lachen. »Schön, dann wirst du genau das jetzt der Polizei erzählen!«

»Laney, nein, das geht nicht.«

Ich befreie mich aus seinem Griff und stehe auf. »Natürlich geht das! Es gibt Wichtigeres als deinen Ruf, Dash! Dein Leben beispielsweise!«

Er sieht zu mir auf und schüttelt langsam den Kopf. »Du verstehst das nicht. Wenn die Cops eine Chance haben, Herrera dranzukriegen, werden sie nichts um das Leben eines kleinen Waffenhändlers wie Dan geben. Ich kann die Verantwortung nicht abgeben. Ich muss das selbst auf die Reihe kriegen.«

Ich wende mich ab, gehe ein paar Schritte und bleibe am Fenster stehen. Hinter dem Haus liegt ein winziger Garten, dann kommt direkt der Zaun zum Nachbargrundstück.

»Laney ...«

Ich höre das Quietschen der Federn, als Dashiel aus dem alten Sessel aufsteht. Dann kommt er zu mir und seine Arme umfangen mich. »Vertrau mir.«

Ich lache trocken. »Das konnte ich ja bisher auch so gut, hm?«

»Auch wenn das jetzt komisch klingt – du konntest es immer. Ich war vielleicht nicht ganz ehrlich zu dir. Aber ich würde nie zulassen, dass der Frau, die ich liebe, etwas zustößt.«

Ein elektrischer Stoß durchfährt mich und ich realisiere im ersten Moment gar nicht, wieso. Dann wird es mir klar. Es liegt an seinen Worten.

Die Frau, die ich liebe ...

Langsam drehe ich mich zu ihm um. Seine Augen ruhen auf mir und er hat so gar nichts mehr mit dem überheblichen Kerl zu tun, der er bei unserer ersten Begegnung gewesen ist. In seinem Blick sehe ich, dass er nichts dringender will, als einfach bei mir zu bleiben. Am liebsten für immer.

Ich schlucke. »Ich liebe dich auch, Dash«, gebe ich zu, stelle mich auf die Zehenspitzen und lasse zu, dass er mein Gesicht packt und mich küsst.

Seine Lippen schmecken nach Salzwasser und als ich meine Hände über seine Haut gleiten lasse, spüre ich überall die Schwellungen und kleinen Verletzungen, die ihm in den vergangenen Tagen zugefügt worden sind. Doch das ändert nichts daran, dass uns die Leidenschaft in diesem Augenblick einfach überwältigt.

Dashiel packt meine Schenkel und ich springe auf seinen Arm, sein leises Keuchen geht in unserem Kuss unter. Er dreht sich mit mir um und trägt mich aus dem Wohnzimmer, ich schließe die Augen und konzentriere mich nur auf seine Lippen, nur auf seine Nähe. Irgendwo setzt er mich ab und ich ziehe ihn enger an mich, streife ihm das offene Hemd von den Schultern und lasse zu, dass er mir mein Shirt auszieht. Wir küssen uns erneut, während er mir die BH-Träger von den Schultern streift. Der BH rutscht hinab auf meine Rippen und Dash presst mich an sich, sodass meine Brüste gegen seine kühle Haut drücken. Meine Nippel richten sich auf und ich keuche leise, während er mich nach hinten drückt, sodass ich auf einem harten glatten Untergrund zum Liegen komme. Dashiels Hände gleiten über meine Hüften, öffnen den Reißverschluss meines Rockes und ich hebe das Becken an, damit er ihn mir ausziehen kann.

Seine Finger fahren an den Beinen meiner mintgrün geringelten Strumpfhose wieder hoch und ich höre ihn knurren: »Das wird und wird nicht besser mit dir ...«

Ich höre mich selbst erstickt lachen. Ach ja. Ich trage schon wieder so einen Liebestöter.

Aber nicht mehr lange, denn Dashiel zieht mir auch die Strumpfhose herunter und meinen Slip gleich mit. Noch immer lasse ich die Augen zu, konzentriere mich nur auf seine Berührung und zucke zusammen, als ich etwas Feuchtes an der Innenseite meines Schenkels spüre.

»Dash, du solltest ...«

»Halt die Klappe«, raunt er, spreizt meine Beine leicht und arbeitet sich mit seinen Lippen weiter nach oben, zu meiner Mitte, vor. »Ich muss dich jetzt haben, Laney. Voll und ganz, okay?«

Ich will etwas antworten, doch ehe ich auch nur ein Wort herausbringe, spüre ich, wie seine Lippen über meine Scham gleiten und kann nur ein überraschtes Stöhnen von mir geben.

Gott, wir sollten das jetzt nicht tun, wir sollten rational handeln, einen Plan schmieden, abhauen, was auch immer. Aber ehe ich protestieren kann, schiebt sich Dashiels Zunge zwischen meine Schamlippen und ich kann gar nichts Klares mehr denken.

Seine Finger spreizen sie leicht und seine Zunge findet meine empfindlichste Stelle, kreist sanft darüber und ich stöhne wieder, winde mich, will gleichzeitig weg von ihm und will es auch nicht. Mein Herz klopft wie wild und mein ganzer Körper ist nur noch auf Dashiel ausgerichtet.

Seine Zunge kreist weiter über meine Mitte, dann schließen sich seine Lippen um dem empfindlichsten Punkt und saugen sanft daran, und gleichzeitig fährt seine freie Hand meinen Oberkörper hinauf, um sacht eine meiner Brüste zu drücken, und ich glaube, dass ich wahnsinnig werde.

»Komm her. Lass es uns tun«, keuche ich.

»Auf einmal doch?«, fragt er mit rauer Stimme und dann spüre ich, wie seine Zunge in mich stößt.

Ich schreie fast schon auf. Dieser Mann macht mich irre. Er sollte sich jetzt nicht anstrengen, er sollte sich hinlegen, sich ausruhen ... Aber mein pochender Unterleib verlangt etwas anderes.

»Du kannst mich haben, Dashiel Pine«, flüstere ich.

Und dann mache ich die Augen auf. Ich sehe, wie er sich langsam aufrichtet und seine Hose öffnet, blicke an ihm hinab und erkenne seine Erektion. Kurz sehe ich mich um. Wir sind in der Küche. Ich liege auf dem Küchentisch und muss darüber irgendwie lachen. Ich habe Sex in einer fremden Küche mit einem Mann, den ich nie wiedersehen wollte und der jetzt überall, aber nicht hier bei mir sein sollte.

Und doch sollte er nirgendwo anders sein.

Wieder blicke ich ihn an. Er greift nach meinen Schenkeln, zieht mich ein Stück zu sich herunter und ich spüre seine Härte an meiner Mitte. Noch nie habe ich ein solches Verlangen empfunden. Ich zwinge mich, ruhig zu atmen, überhaupt zu atmen, und sehe Dashiel tief in die Augen, während er meine Beine festhält und sich langsam, fast schon genussvoll in mich schiebt.

Wir stöhnen beide, als er mich auszufüllen beginnt, und als er schließlich in mir ist, fühle ich mich so vollständig wie nie zuvor.

Ich strecke die Arme aus, ziehe ihn zu mir herunter und mein ganzer Körper prickelt, als er sich mit sanften Stößen in mir zu bewegen beginnt. Ich lasse meine Finger durch sein Haar gleiten, über seinen Rücken, und flüstere: »Ich will, dass das hier ein Anfang ist und kein Ende, Dash ... Versprich es mir.«

»Ich verspreche es«, keucht er und senkt seine Lippen auf meinen Hals.

Ich mache die Augen wieder zu, konzentriere mich nur auf ihn, nur darauf, wie er sich in mir anfühlt und lasse mich von seinen Stößen davontragen, blende die Realität vollkommen aus. Jetzt gerade gibt es nur ihn und mich, und während seine Bewegungen in mir sich steigern, während er mich langsam aber sicher einem unglaublichen Orgasmus entgegenträgt, schwöre ich mir, dass ich alles dafür tun werde, dass meine Worte von gerade wahr werden. Dass wir noch viel Zeit haben. Am besten den Rest unseres Lebens.

***

Es ist später Morgen, als ich an der Tür des kleinen Hauses stehe, um zu gehen.

Dashiel, noch immer oben ohne, steht vor mir mit seinen Verletzungen und seinen Tattoos, und ich präge mir sein Bild genau ein. Das ist der Mann, den ich liebe. Der, der für mich gemacht ist.

Der vorhat, sich in Lebensgefahr zu begeben, um seinen besten Freund zu retten. Ich liebe ihn dafür noch mehr, aber gleichzeitig bringt es mich fast dazu, ihn zu hassen.

»Bitte lass mich dir helfen«, sage ich leise. »Lass mich an deiner Seite sein.«

Dashiel schüttelt den Kopf. »Du hilfst mir, indem du dich in Sicherheit bringst.« Er nimmt mein Gesicht in seine Hände, die jetzt warm sind. »Ich muss wissen, dass es dir gut geht, Laney. Das ist das Wichtigste für mich.«

Ich spüre, wie Tränen in meine Augen steigen. »Dann solltest du verdammt gut auf dich aufpassen. Denn wenn dir etwas zustößt, wird es mir nie wieder gut gehen, hörst du?«

Dashiel sieht mir tief in die Augen und nickt. Er wischt mir mit dem Daumen die Tränen weg, dann gibt er mir einen Kuss, und dann direkt noch einen.

Ich schlinge die Arme um ihn, halte ihn ganz fest. »Geh nicht«, flüstere ich.

»Ich schaffe das schon.«

Noch ein Kuss.

»Schwör es. Bei deinem Leben.«

Dash lacht erstickt. »Du weißt aber schon, dass das nicht ganz logisch ist, hm?«

Mir ist nicht zum Lachen zumute. Ich drücke ihn noch einmal fest an mich, bevor ich ihn loslasse und mache einen Schritt zurück. »Ich seh dich wieder.«

Dash nickt. »Ich schwör's. Aber jetzt kaufst du dir von dem Geld ein Flugticket und wartest, bis du von mir hörst.«

Ich nicke ebenfalls, auch wenn ich alles andere als einverstanden bin. Er hat mir ein eingerolltes Bündel Scheine in die Hand gedrückt und mir gesagt, dass ich aus den Staaten abhauen soll, bis sich alles geklärt hat. Ich habe ihm nicht widersprochen, damit er sich nicht unnötig Sorgen macht; und ich tue es auch jetzt nicht. Stattdessen wende ich mich ab und lange nach dem Türgriff.

»Hey, Mädchen aus den Sümpfen.«

Über die Schulter sehe ich noch einmal zu Dashiel zurück. Wie er dasteht, mit seinem verwuschelten Haar und seinem Dreitagebart, möchte ich am liebsten gleich wieder in seine Arme fallen.

»War keine Lüge, dass ich dich liebe«, sagt er.

Ich zwinge mich zu einem schiefen Lächeln. »Von mir auch nicht.«

Und damit verlasse ich fluchtartig das Haus, ehe ich es gar nicht mehr über mich bringe.

Dashiel muss jetzt sein Ding durchziehen und ich meins. Er wird sich erneut in Lebensgefahr bringen und ich werde hoffentlich das Richtige tun.

Einfach abhauen kann ich nicht. Untätig herumsitzen und warten kann ich auch nicht. Es gibt genau einen Weg, den ich jetzt einschlagen sollte. Ich nicke mir selbst bestätigend zu, dann steige ich in meinen Wagen und fahre los.

Kapitel 11

Dashiel

»Das sollte genäht werden.« Serena tupft mit Watte auf meiner Stirn herum. »Sonst behältst du eine hässliche Narbe davon.«

Ich winke ab und nehme einen großen Schluck aus der Wasserflasche, die ich mir zwischen die Knie geklemmt habe. Ich habe Durst, als wäre ich einen Wüstenmarathon gelaufen. Das liegt wahrscheinlich an den unzähligen Litern Meerwasser, die ich nach meinem Sprung aus dem Heli geschluckt habe. Na ja, und vielleicht auch an meinem Treffen mit Laney. Ich habe sie total überfallen, aber ich konnte einfach nicht anders. Ich musste ihr noch einmal wirklich nahe sein, sie voll und ganz spüren. Wer weiß, ob wir noch mal die Gelegenheit bekommen.

»Du bist unmöglich.«

Ich sage nichts dazu. Stattdessen leere ich die Flasche und werfe sie in den Mülleimer, der sich nur ein paar Meter von mir entfernt befindet.

Auch wenn das Häuschen in Little Haiti, in das ich Serena einquartiert habe, klein ist, hat sie dennoch das Beste daraus gemacht. An den Wänden hängen Aquarelle, die selbstgemalt aussehen und überall steht Dekokram herum, den sie sicher aus den zahllosen Souvenirshops vom Strand hat.

Ich verzichte darauf, ihr Vorwürfe zu machen, weil sie es einfach nicht über sich bringt, hierzubleiben. Auch vorhin, als ich Laney herbestellt habe, war sie wieder einmal nicht da und auch wenn es mich nervt, dass sie sich ständig in Gefahr begibt, ist es rückblickend ein Glücksfall. Wäre sie, wovon ich eigentlich ausgegangen war, hier gewesen, dann hätte ich Laney nicht noch einmal derart nah kommen können.

Ich sehe herüber zu Serena. Es bringt nichts, mich jetzt mit ihr darüber zu streiten. Denn egal, wie die Sache hier ausgeht: Sie war die längste Zeit an diese vier Wände gefesselt.

»Hör zu«, beginne ich, während Serena sich den blauen Flecken an meinem Oberkörper zuwendet. »Was ich jetzt sage, ist wichtig.«

Serena legt den Tupfer beiseite und sieht mich ernst an.

»Dir ist klar, dass ich versuchen werde, Daniel zu befreien.«

Wie immer, wenn ich dieses Thema anspreche, tritt ein trauriger Ausdruck in ihre Augen. Ich weiß, dass ihr die Sache nahegeht und dass sie ihre Sorgen und Ängste mit Alkohol und Flirtereien verdrängt. Mir ist klar, dass sie Dan liebt, dass sie ihn niemals betrügen würde, auch wenn mich ihre Art, mit der Sache umzugehen, manchmal ziemlich sauer macht.

Sie nickt und schluckt sichtbar. »Ja. Und ich bin dir unendlich dankbar dafür. Auch wenn ich mich manchmal nicht im Griff habe, möchte ich dir für alles danken, was du für Danny und mich tust.«

Ich schüttle den Kopf. Es ist mir unangenehm, dass sie mir dankt. Irgendwie erscheint es mir unpassend, denn ich fühle mich von Tag zu Tag mehr schuld an der Misere, in der Dan steckt. Ich hätte ihn gleich am Anfang von den Geschäften mit Herrera abbringen müssen, doch das Geld war mir wichtiger. So war ich damals. »Darum geht es jetzt gar nicht.«

Serena nickt stumm.

»Es kann einiges schiefgehen bei der Sache.«

Serena holt Luft, aber ich lasse sie nicht zu Wort kommen.

»Es kann, aber es muss nicht.« Und um es mir selbst einzureden, füge ich hinzu: »Es wird nicht. Trotzdem müssen wir für den Notfall Vorkehrungen treffen. Es gibt da eine Immobilie in Austin, Texas. Eine Stadtrandwohnung. In meinem Hotelsafe findest du die Adresse und einen Umschlag.« Ich sage ihr nicht, wie viel Bargeld sich darin befindet, denn ich möchte nicht, dass ihre Geldgier siegt und sie sich aus dem Staub macht, bevor ich mit Dan zurück bin.

Sogleich fällt mir auf, wie mies dieser Gedanke ist. Ich muss Serena nicht unbedingt mögen. Dan tut es. Und sie mag ihn. Mehr noch. Und das ist das Wichtigste. Es spielt absolut keine Rolle, was ich von ihr halte. Ich weiß einfach aus Erfahrung, wie verlockend ein Stapel Scheine sein kann. Und deswegen bin ich skeptisch.

Ich lege eine Kopie meiner Zimmerkarte auf den Tisch. »Suite 301. Der Code von meinem Safe ist 3001.« Ich verrate ihr nicht, dass ich ihn extra für sie vereinfacht habe.

»Suite 301, Code 3001«, wiederholt sie brav.

Ich nicke, dann greife ich nach meinem Shirt, um es wieder anzuziehen, denn irgendwie kommt es mir falsch vor, halbnackt vor einer fremden Frau zu sitzen, die nicht Laney ist. Aber Serena hält mich davon ab.

»Lass mich noch das Blut abwischen.«

Ich lasse das Shirt wieder sinken und fahre fort. »Wenn ich bis morgen früh um 8 Uhr nicht wieder zurück bin, dann gehst du auf direktem Weg ins Hotel und räumst den Safe leer. Du nimmst alles mit, außer dem goldenen Umschlag, den lässt du drin. Und dann machst du dich umgehend auf den Weg nach Texas. Ist das so weit klar?«

Serena zögert. Mit einem Waschlappen wischt sie mir die letzten Blutreste, die das Salzwasser und mein eigener Schweiß nicht weggewaschen haben, von der Haut. »Ja. Es ist klar, Dash. Alles bis auf den goldenen Umschlag.«

»Gut.« Ich überlege, ob es noch irgendetwas gibt, was sie dringend wissen muss. Dann fällt mir wieder der Umschlag ein. Er enthält drei Briefe. Einen für Tyron, einen für Micah und einen für Laney. Ich habe sie zur Sicherheit geschrieben, bevor ich zu Herreras Party aufgebrochen bin. »Lass den Safe dann einfach offen, wenn du gehst.«

Zwar hoffe ich, dass es nicht so weit kommt, aber wenn ich nicht zurückkehren sollte, dann gibt es ein paar Dinge, von denen ich möchte, dass meine Brüder und Laney sie wissen.

Als Serena den Waschlappen in ihre Spüle wirft, ziehe ich mir mein Oberteil an und stehe auf.

»Also, wir sehen uns dann morgen.«

»Ich hoffe es.« Serena umarmt mich und ich erwidere ihre Umarmung nach kurzem Zögern. »Viel Glück.«

»Das kann ich gebrauchen.«

Laney

Ich genieße es, wie das kleine Boot sachte hin- und herschaukelt. Die Sonne scheint angenehm warm auf meine Haut und ich bin froh, dass ich nur meinen Bikini trage. Mit geschlossenen Augen taste ich nach meiner Sonnenbrille, setze sie auf und öffne die Lider. Eine Weile starre ich einfach nur in den wolkenlosen blauen Himmel. Dann drehe ich mich auf den Bauch und sehe zu Herreras Insel herüber.

Am Tag, ohne die ganzen Partylichter, wirkt sie nahezu verlassen. Nur die große Villa thront wie ein Herrenhaus zwischen den Felsen.

Sie sieht ebenfalls verlassen aus, aber ich weiß, dass Miguel Herrera noch dort ist.

Ich lasse meinen Blick über den weißen Sand seiner Bucht und das türkisblaue Wasser davor schweifen. Die Palmen biegen sich im sanften Wind und das leise Rauschen der Brandung ist zu hören. Dieser Ort ist ein kleines Paradies. Genau der richtige Platz, um zu ankern.

Und um es sich gut gehen zu lassen.

Ich greife nach meinem Cocktail und trinke einen Schluck. Er ist eiskalt und schmeckt ziemlich süß. Ganz mein Geschmack. Ich stelle das Getränk beiseite, nehme das Schirmchen aus dem Glas und drehe es gedankenverloren in den Händen. Die Zeit vergeht hier draußen unglaublich langsam, also beschließe ich, mich noch ein bisschen auszuruhen. Ich rolle mich wieder auf den Rücken und schließe die Augen.

Erst, als sich nach einer ganzen Weile ein Boot nähert, setze ich mich wieder auf. Ich muss weggedämmert sein, denn am Stand der Sonne erkenne ich, dass es bereits später Nachmittag ist.

Eine mittelgroße, strahlendweiße Jacht liegt nur wenige Meter neben mir. An Deck zwei Männer, die ich als Herreras Leibwächter erkenne, auch wenn sie beide etwas mitgenommen aussehen.

»Das hier ist Privatgelände!«, ruft mir einer von ihnen zu.

»Da haben Sie aber wirklich Glück«, schwärme ich. »Dieses kristallklare Wasser. Gibt es an den Palmen auf der Insel auch Kokosnüsse?«

Die beiden Bodyguards sehen sich irritiert an, dann reden sie leise miteinander.

Ich nutze den Moment, um aufzustehen und an die Reling heranzutreten. Ich hoffe, dass mein knapper Bikini die beiden noch zusätzlich aus der Fassung bringt. Zwar ist meine Haut nicht so knackig braun wie bei den Bikinischönheiten, die sich normalerweise an Miamis Stränden rekeln, aber dafür habe ich umso mehr an Stoff gespart.

»Vielleicht schwimm ich nachher mal rüber und pflücke mir eine oder zwei.«

»Sehen Sie zu, dass Sie mit Ihrem Boot von hier verschwinden!«

»Nicht, solange die Sonne scheint! Euer Boss hat bestimmt nichts dagegen, dass ich hier ankere.«

Als ich von ihrem Boss spreche, sehe ich in den Augen der beiden nur noch Fragezeichen. Einer von ihnen entfernt sich ein Stück und sagt etwas in ein Funkgerät.

»Das Wetter ist wirklich herrlich! Ist Ihnen nicht zu warm in den Anzügen?«

Bevor ich noch weitere dumme Fragen stellen kann, geht alles ganz schnell. Zwei weitere Männer kommen an Bord, werfen Seile über die Pfosten meiner Reling und entern mein Boot wie Piraten. Dann schieben sie eine ausfahrbare Brücke zu mir herüber und kommen kurzerhand zur mir.

»Meine Herren«, sage ich so erstaunt wie möglich, dabei rast mein Herz nicht halb so schnell, wie es sollte. Ich fühle mich, um ehrlich zu sein, sogar ziemlich ruhig.

Die beiden Kerle stellen sich wortlos hinter mich, während Herrera endlich das Deck seiner Jacht betritt. Er sieht zu mir herüber und lacht ungläubig. Wahrscheinlich kann er es nicht fassen, dass ich ihm freiwillig ins Netz gehe. Würdevoll schreitet er an der Seite seiner Bodyguards auf mein Boot.

Vor mir bleibt er stehen und mustert mich eingehend. Seine Blicke sind mir unangenehm, aber ich tue ihm nicht den Gefallen, meine Arme verklemmt vor meinen Brüsten zu verschränken.

»Ainslie«, sagte Herrera und grinst breit. »Wie schön, Sie zu sehen. Wie geht es Ihrem Kopf?«

Ich weiß, dass er weiß, dass ich nicht Ainslie heiße. Trotzdem weise ich ihn nicht auf seinen Fehler hin. »Bestens. Danke.«

»Das freut mich.« Herrera lächelt freundlich, dann schlägt seine Stimmung von einer Sekunde auf die nächste um. In seinen Augen blitzt es auf. »Wo ist Dashiel Pine?«

Ich zucke mit den Achseln. »Ich habe keine Ahnung.«

Herrera lacht. Es klingt hart und kalt. »Aber natürlich nicht. Aber wissen Sie, was? Im Grunde ist es auch egal, wo er jetzt gerade ist. Ich weiß, wo er bald sein wird.«

Ich versuche ruhig zu bleiben, auch wenn mich seine Worte beunruhigen. »Aha.«

»Ich werde Ihrem Mann, Ihrem Freier, Ihrer Affäre oder was immer Dashiel Pine für Sie ist, nämlich schon bald ein Video zukommen lassen.«

»Ein Video? Und was soll das für ein Video sein?«

»Oh, plötzlich zeigen Sie doch Interesse?« Er grinst seine Männer siegessicher an. »Dieses Video, meine Schöne, zeigt seinen guten Freund Daniel Keaton.«

»Das kann nicht sein. Daniel ist seit Monaten verschwunden.« Ich gebe mir nun keine Mühe mehr, die Unwissende zu spielen.

»Verschwunden, ja.« Herrera macht eine umfassende Handbewegung. »Verschwunden ist relativ. Ich würde sagen: Er sitzt fest. An einem sicheren Ort. Und außer mir wissen nur eine Handvoll Männer, wo dieser Ort ist.«

»Sie haben ihn eingesperrt?«

»In der Tat. Und schon bald wird sich Dashiel Pine ebenfalls dort befinden. Dann haben die zwei sich endlich wieder.«

Ich kann nur hoffen, dass er Unrecht hat. Ich bete, dass Dash weiß, was er tut und dass er nicht leichtsinnig wird. Tz, nicht leichtsinnig ist gut. Ich sollte wohl eher hoffen, dass er bei seiner leichtsinnigen Aktion nicht vollkommen den Verstand verliert.

»Ich gebe Ihnen einen guten Rat.« Herrera hat nun seine freundliche Ader wiedergefunden und lächelt.

»Halten Sie sich von Dashiel Pine fern. Sie haben ja keine Ahnung, was für ein Mann er ist.«

Obwohl ich weiß, dass ich es nicht tun sollte, dass ich mich gar nicht weiter auf ein Gespräch einlassen sollte, frage ich: »Was wollen Sie damit sagen?«

»Na ja …« Herrera wirkt, als müsse er überlegen, ob er mir die Wahrheit verraten dürfe. »Ich meine diese Frauengeschichten.«

Ich verdrehe die Augen. Will er mir jetzt all die Frauen aufzählen, mit denen Dashiel mal im Bett war? Ich kann mir denken, dass es nicht wenige waren, aber das war alles vor uns.

Uns.

Dieses kleine Wort versetzt mir einen Stich ins Herz und ich verdränge die Gefühle, die ich für Dashiel habe, schiebe sie ganz weit von mir weg.

»Sie wissen davon? Von dem Menschenhandel? Der Frau, die sich Mister Pine gekauft hat?«

Was? Wovon redet er da? Das ist doch nur wieder einer von Herreras Maschen, oder?

Ich will nachfragen, aber mein Mund ist staubtrocken und ich bringe kein Wort über die Lippen.

»Sie glauben mir nicht?« Der kubanische Mafiaboss hat sein Handy aus der Tasche geholt und hält es mir hin.

Ich greife mit zittrigen Fingern danach und sehe, dass er seine Galerie aufgerufen hat. Das erste Bild zeigt Dashiel in einem Club. Auf der Bühne stehen halbnackte Frauen. Ich rufe das nächste Foto auf. Es zeigt diese Serena – Dashiels alte Freundin – in billigen Stripperinnenklamotten auf der Bühne. Dashiel ist nur von hinten zu sehen. Er hält ein Schild in die Höhe.

»Er hat für sie geboten?«, krächze ich.

»Nicht nur das. Er hat sogar den Zuschlag von mir bekommen.« Herrera wischt mit dem Finger über das Display.

Die nächste Aufnahme zeigt Dashiel mit Serena in einem Separee.

Mir wird schlecht.

»Möchten Sie den Kaufvertrag sehen?« Herrera hält mir das Foto eines Vertrages unter die Nase, aber ich möchte das nicht sehen.

»Gehen Sie jetzt«, fordere ich und wende mich ab.

Irgendwie zweifle ich daran, dass Herrera und seine Leute sich einfach rauswerfen lassen, doch nach ein paar Augenblicken des Schweigens höre ich, wie sie gehen und die Brücke eingeholt wird.

Ich drehe mich noch immer nicht um. Erst als ich höre, wie sich ihre Jacht entfernt, blicke ich ihnen nach. Tränen stehen in meinen Augen.

Dashiel scheint genau die Sorte Mistkerl zu sein, die er zu sein behauptet hat.

Wie ferngesteuert gehe ich unter Deck.

»Das war hervorragend«, sagt einer der insgesamt sechs Interpol-Männer, die sich in der kleinen Kajüte versammelt haben. Sie haben das ganze Boot verwanzt, in der Hoffnung, dass sich Herrera verraten würde.

»Hat es gereicht?« Meine Stimme klingt monoton und so kraftlos, wie ich mich fühle.

Der Beamte nickt. »Ich gehe davon aus.«

Ich lasse mich neben einem der mobilen Monitore, die hier unten überall herumstehen, an der Wand heruntersinken.

»Dann möchte ich jetzt nur noch nach Hause.«

Dashiel

Ich habe mich mit meinem Speedboot über die westlichen Keys herangepirscht und Herreras Insel erst mal in einem größeren Umkreis umfahren. Die Insel ist klein und auch nach der dritten Runde und genaueren Betrachtungen mit dem Fernglas habe ich keine Gebäude entdecken können. Sie wirkt vollkommen unberührt und unbewohnt, wären da nicht ein paar bewaffnete Männer, die scheinbar ziellos über die Insel patrouillieren. Einige von ihnen stehen dort, wo der Sandstrand in die Vegetation übergeht, verborgen im Dickicht der Palmen, andere befinden sich weiter im Inneren der Insel. Dort, wo das Buschwerk dichter ist und einige Felsen aufragen.

Ich schätze, das ich das Verlies, in dem Dan – und weiß Gott, wer noch alles – steckt, von hier aus einfach nicht sehen kann. Vielleicht ist das Gebäude verdeckt von den dunklen Steinformationen oder es befindet sich unterirdisch.

Mithilfe des Fernglases vergewissere ich mich, dass auf der Seite der Insel, an der ich an Land gehen will, gerade keine Wachmänner zu sehen sind. Dann starte ich den Motor und fahre so langsam und leise ich kann näher heran. Gute 300 Meter vor dem Ziel schalte ich das Boot wieder aus, setze den Anker und lasse mich leise ins Meer gleiten. Den goldenen Revolver, eine Taschenlampe und ein Survival Tool habe ich in einem wasserfesten Beutel an meiner Hose befestigt, ansonsten habe ich nichts dabei.

Ich kraule in Richtung Ufer, tauche das letzte Stück und komme dort heraus, wo ich es mir ausgerechnet habe: Inmitten von Sägepalmen, Beach Daisys und Schmetterlingssträuchern. Ich gehe in Deckung und blicke zurück aufs Meer. Das Speedboot ist leider viel zu deutlich zu sehen.

Doch nicht mehr lange. Die Sonne geht bereits glühend rot über dem Wasser unter.

Außerdem habe ich bei meinen Beobachtungen festgestellt, dass sich in den ganzen letzten Stunden nur einmal ein Wachmann an diese Ecke der Insel verirrt hat. Das liegt mit Sicherheit daran, dass sich nördlich der Barracuda Keys, also in Sichtweite, ein Korallenriff befindet, das ziemlich beliebt bei Tauchern ist. Bis in die Abendstunden kommen daher immer wieder kleinere Boote und Ausflugsschiffe hier herausgefahren. Herreras bewaffnete und am Strand Wache haltende Männer würden da nur für Aufsehen sorgen, weshalb sie sich an dieser Seite nur selten aufhalten.

Ich kann nur hoffen, dass sie, sollten sie mein Boot dennoch entdecken, glauben, jemand wäre zum Schnorcheln einfach etwas zu nah an diese private Insel herangefahren.

Alles Kopfzerbrechen hilft nichts. Ich muss es jetzt drauf ankommen lassen.

Ich befreie den Revolver aus der wasserdichten Verpackung und verstaue ihn unter meinem Gürtel. Dann richte ich mich so gut es inmitten des Gestrüpps geht auf und schleiche vorwärts in Richtung Felsen. Das Unterholz knackt bei jedem meiner Schritte, obwohl ich mich schon so langsam bewege, wie ich kann.

Immer wieder schlagen Äste gegen meinen Kopf und ich verfluche es, dass ich nicht auf den Trampelpfaden laufen kann, die Herreras Männer in die Erde gestampft haben. Nach einigen hundert Metern wird der Grund, auf dem ich gehe, etwas fester und ich erkenne die ersten Ausläufer der Felsen. Ich bin also auf dem richtigen Weg.

Doch ehe ich dazu komme, einen ersten Vorstoß zu wagen, höre ich Schritte und Stimmen rechts von mir.

Schnell ducke ich mich hinter einen kleinen Felsen und lausche.

Herreras Männer sprechen Spanisch miteinander und ich verstehe kein Wort. Nur an ihrem Lachen merke ich, dass es nichts Ernstes ist, worüber sie reden. Sie scheinen also weder mich noch das Boot entdeckt zu haben.

Gut so. Ihre Schritte kommen näher und ich ziehe mich noch ein bisschen weiter in den Schatten des Gesteins zurück. Die Stimmen werden immer lauter, als stünden die Männer neben mir. Ich höre knackende Äste in meiner Nähe und bereite mich innerlich darauf vor, gleich entdeckt zu werden.

Doch dann werden sowohl die Schritte als auch die Stimmen leiser und die beiden Wachmänner entfernen sich wieder.

Ich atme auf und recke den Kopf ein Stück. Die beiden befinden sich jetzt zwanzig, dreißig Meter von mir entfernt und werden hoffentlich so schnell nicht wieder zurückkommen. Ich warte, bis sie außer Sichtweite sind, dann schleiche ich weiter auf die Felsen zu.

Je näher ich ihnen komme, desto mehr muss ich meine Meinung revidieren. Vom Boot aus habe ich ihre

Höhe auf acht, vielleicht zehn Meter geschätzt. Jetzt, da ich fast direkt vor ihnen stehe, schätze ich sie auf das Doppelte.

Ich trete bis an den Fuß der Felsen heran und blicke daran hinauf. Der Stein wirkt auf mich nicht sonderlich porös und ich entdecke immer wieder kleinere Vorsprünge, an denen ich Halt finden kann. Einmal mehr bin ich froh, dass ich, entgegen den Bedenken meines Bruders Tyron, Extremsport jeder Art ausprobiert habe. Darunter auch das Freeclimbing. Trotzdem weiß ich, dass ich ein großes Risiko eingehe, wenn ich den Felsen auf direktem Weg passiere. Selbst wenn meine Kräfte mich nicht im Stich lassen und ich mich beeile, werde ich mehrere Minuten bis nach ganz oben brauchen. Das sind Minuten, in denen ich ungeschützt an der Felswand hänge und gut zu sehen bin. Ein leichtes Ziel.

Aber ich muss dieses Risiko eingehen. Die Alternative wäre, um die Felsen herum zu schleichen und einen anderen Weg zu suchen. Einen, den vermutlich auch Herreras Leute nehmen. Und das kann ich unmöglich in Kauf nehmen.

Also bleibt nur dieser Weg. Und zwar schnell. Jetzt, wo die Sonne untergegangen ist, wird es rasch dunkler. Wenn ich mich nicht beeile, sehe ich bald nicht mehr genug.

Ich lausche noch einmal und als von nirgendwo Schritte oder Stimmen zu hören sind, setze ich den ersten Fuß an den Felsen und ziehe mich mit den Armen hoch. Ein stechender Schmerz fährt durch meine Rippen, wahrscheinlich sind sie geprellt oder angebrochen, aber ich ignoriere ihn und klettere weiter. Die ersten Meter sind immer etwas seltsam, dann gewöhnt sich der Körper an die Bewegungen und es geht fast wie von alleine.

Ich greife nach dem nächsten Felsvorsprung, ziehe mich hoch und immer höher. Schon bald habe ich die Hälfte geschafft. Ich wage einen kurzen Blick hinter mich. Ich bin jetzt um einiges höher als die Palmen und kann von hier aus das Meer und Teile des Strandes sehen. Auch mein Boot kann ich noch vage erahnen. Was ich allerdings zwischen den tiefen Schatten der Palmen nicht mehr erkennen kann, sind Menschen. Herreras Wachen könnten also ganz nah sein. Ich kann nur hoffen, dass ich dank der schwarzen Kleidung nicht zu sehen bin.

Genug ausgeruht.

Ich klettere weiter, ignoriere das Ziehen in meinen Schultern und den Schmerz in der Rippengegend. Es ist nicht mehr weit. Ein paar Handgriffe nur noch, dann habe ich es geschafft.

Mein Fuß rutscht ab, doch ich fange mich sofort wieder und halte inne. Steinchen haben sich gelöst, kullern an der Felswand runter, prallen ab und schlagen dumpf auf dem Boden auf.

Ich fluche lautlos und klettere die letzten Meter umso schneller. Jetzt heißt es, keine Zeit zu verlieren. Mit einem Keuchen ziehe ich mich auf die Spitze und lege mich flach auf den Bauch, um mir einen Überblick zu verschaffen und von unten nicht gesehen zu werden.

Vorsichtig rutsche ich an die Kante heran und bin überrascht: Ich scheine mich auf dem Rand eines Kraters zu befinden oder zumindest so etwas in der Art.

Unter mir erstreckt sich ein Plateau, das ringsherum von den Wänden des Felsens gesäumt wird, an dem ich hochgeklettert bin. Anders als erwartet liegt dieses Plateau aber nicht weit unter mir, sondern nur gute zwei oder drei Meter tiefer.

In der Mitte erkenne ich ein Gitter, das im Boden eingelassen ist, als läge darunter ein Schacht. Ein paar Meter entfernt entdecke ich eine Treppe, die nach einigen Stufen einfach im Boden zu verschwinden scheint. Wahrscheinlich befindet sich an deren Ende eine Tür.

Das ist also Dans Gefängnis. Zumindest vermute ich das, auch wenn es mir seltsam erscheint, dass ich weit und breit keine Wachen sehen kann.

Vielleicht ist das wieder eine Falle.

Möglicherweise haben sie mich beobachtet und wissen, was ich vorhabe.

Aber was habe ich für eine Wahl?

Gar keine.

Ich sehe mich noch einmal um, checke, ob sich der Revolver noch an meinem Gürtel befindet und mache mich an den kurzen Abstieg. Dann presse ich mich an die Felswand. Mittlerweile ist es so dunkel, dass ich mit den Schatten verschmelzen müsste.

Wieder einmal lausche ich, ob ich von irgendwoher ein Geräusch vernehme. Doch es ist nahezu gespenstisch still in diesem Krater. Nicht einmal das Rauschen des Meeres ist zu hören.

Geduckt husche ich auf die Treppe zu und nehme die ersten Stufen, bis ich so weit unten bin, dass ich außer Sichtweite sein müsste. Dann horche ich wieder.

Nichts.

Langsam schleiche ich die Treppe weiter herunter, tiefer in den Felsen hinein, bis ich vor mir eine Tür aus dicken Gitterstäben erkenne.

Hier muss es sein.

Ich drücke mich gegen die Wand und spähe durch die Gitter.

Vor mir erstreckt sich ein vielleicht vier mal vier Meter großer Raum. Nein, es ist eher ein Schacht, der gute sechs Meter weiter oben in dem Gitter endet, das ich gerade von meinem Beobachtungsposten aus gesehen habe.

Der Boden besteht aus blankem Stein. Sonst nichts.

In einer Ecke kauert eine Gestalt, die ich erst auf den zweiten Blick erkenne. Es ist zu dunkel, um Einzelheiten auszumachen, aber ich glaube intuitiv, dass es Dan ist.

»Hey, Dan«, zische ich.

Zuerst rührt sich die Gestalt nicht, dann hebt sie langsam den Kopf.

»Dan, ich bin es. Dash.«

»Oh, Scheiße.«

Ich hätte mit ein bisschen mehr Begeisterung gerechnet, aber gut.

»Ich hole dich hier raus«, sage ich und krame nach dem Survival Tool und der Taschenlampe.

Dann betrachte ich die Tür im Licht der Lampe genauer. Sie besteht aus sieben fingerdicken Stäben und hat kein integriertes Schloss. Stattdessen ist sie mit einer Kette und einem Vorhängeschloss gesichert.

Ich höre schlurfende Schritte, dann steht Dan auf der anderen Seite der Tür mir gegenüber. Sein Haar und sein Bart sind viel zu lang, seine Augen blutunterlaufen und glasig und er hat einen so heftigen Sonnenbrand, dass sich sogar Blasen gebildet haben.

»Heilige Scheiße, Dan!«

Er zuckt mit den Schultern, doch selbst diese Bewegung wirkt fahrig und schwach. »Tagsüber gibt's hier zeitweise keinen Schatten.« Er deutet mit dem Kinn zum Gitter hinauf.

Ich verkneife mir eine Verwünschung in Herreras Richtung und mache mich stattdessen an die Arbeit. »Kannst du die auf die Kette richten?« Ich gebe Dan die Lampe durch die Gitter.

Er streckt seinen Arm aus, der viel zu dünn für einen erwachsenen Mann ist und es scheint, als würde selbst die kleine Taschenlampe zu schwer für ihn sein. Es ist ein Wunder, dass er sich überhaupt auf den Beinen halten kann. Ich frage mich, wie ich ihn aufs Boot kriegen soll. In seinem Zustand ist er weder in der Lage, die Felswand zu überwinden noch die Strecke zum Boot zu schwimmen. Ich werde ihn tragen und wohl oder übel den Weg außen um die Felsen herum nehme müssen.

»Ist gut, dich zu sehen, Alter ...«

»Ja, finde ich auch«, sage ich und mache mich daran, die Kette durchzusägen. Es wäre leichter, das Vorhängeschloss aufzuschießen, aber auch um einiges lauter. Und ich möchte mein Glück nicht überstrapazieren.

»Aber ich hatte gehofft, du kommst nicht.«

Ich sehe nicht von meiner Arbeit auf. »Was soll das denn heißen?«

»Ich hatte gehofft, du durchschaust seine Absichten.«

Vielleicht hat Dan einen Sonnenstich, denn ich verstehe kein Wort. Stattdessen säge ich schneller. Er braucht so bald wie möglich einen Arzt.

»Ich hatte gehofft«, fährt Dan fort, »du bringst deinen Arsch in Sicherheit.«

Ich habe es fast geschafft.

»Aber stattdessen fällst du auf Herrera rein und tauchst hier auf.«

Verdammt, ja! Die Kette ist durch. Aus dem besten Material scheint sie ja nicht zu sein. Ich verstaue das Tool wieder in meiner Tasche und fange an, die Kette abzuwickeln.

»Alter, dir muss doch klar gewesen sein, dass es das Ende für uns beide bedeutet.«

Jetzt halte ich doch inne. »Kannst du mir mal erklären, wovon du da redest?«

In Dans Augen flackert es kurz irritiert. »Das Video.«

»Ich weiß nicht, wovon du sprichst.« Ich lege die Kette beiseite und öffne die Tür.

»Das Video, das Herrera vorhin von mir gemacht hat. Auf dem er mich bedroht und sagt, dass er mich tötet, wenn du dich nicht sofort bei ihm meldest.«

»Ich habe kein Video bekommen«, sage ich so sachlich wie möglich. Entweder hat es sich Herrera anders überlegt oder Dan halluziniert. »Aber das spielt jetzt auch keine Rolle mehr, hörst du? Ich bringe dich hier raus und dann wird das alles wieder.«

Ich blicke Dan entgegen und frage mich, warum er immer noch da rumsteht, die Taschenlampe in der Hand, und sich nicht rührt.

»Komm jetzt.«

»Ich kann nicht.« Dan lässt die Schultern sinken.

»Was soll das heißen?« Ich schüttle den Kopf über meine eigene blöde Frage. Er ist vermutlich viel zu schwach.

Kurzerhand trete ich in seine Zelle, in der es unangenehm riecht und in der sich die Hitze gestaut hat wie in einer Sauna.

»Ich helfe dir.« Ich will nach Dan greifen, aber er macht einen Schritt rückwärts.

»Wir müssen erst die Kette durchtrennen.«

»Das habe ich grade gemacht. Bitte, Alter. Lass uns jetzt keine Zeit verlieren.« Ich greife wieder nach seinem Arm.

»Nicht die an der Tür. Die hier.« Er deutet an sich herunter und erst jetzt sehe ich es. Um seinen Fuß windet sich eine eiserne Fessel, die mit einer langen Kette verbunden ist, die irgendwo an der Wand endet.

»Oh, Scheiße«, fluche ich, lasse mich auf die Knie sinken und hole wieder die Säge hervor. Herrera geht wirklich auf Nummer sicher. Als könnte Dan überhaupt noch irgendwo hingehen.

Ich fange erneut an zu sägen. Nach wenigen Augenblicken steht Schweiß auf meiner Stirn und ich frage mich, wie es Dan überhaupt so lange hier unten ausgehalten hat, ohne an Überhitzung, Dehydrierung oder sonst wie durch die Sonne zu sterben.

»Dash ...«, flüstert er mit einem Mal und plötzlich wird es dunkel.

Ich sehe auf. »Mach die Lampe wieder an«, fauche ich. »Ich seh so nichts!«

»Sei ganz still.«

Ich will nachfragen, ob er etwas oder jemanden hört, dann vernehme ich es selber. Schritte auf der Treppe. Das darf doch nicht wahr sein! Sie dürfen uns nicht entdecken. Nicht so kurz vorm Ziel. Ich säge schneller, spüre, dass es fast geschafft ist.

»Gibt es hier irgendein Versteck?«

»Hier unten gibt es gar nichts, Dash.« Mit einem Mal klingt Dan unglaublich traurig und kraftlos. »Wir können denen nicht entkommen. Nie. Und jetzt, wo sie dich haben, gibt es für sie auch keinen Grund mehr, mich am Leben zu lassen.«

Die Schritte sind fast da.

»Sag doch sowas nicht.« Ich lasse die Säge sinken, hole den Revolver heraus und ziele vor mich in die Finsternis.

Dann ertönt auf einmal ein metallisches Krachen und ich weiß, dass die Gittertür zugeflogen ist. Ich gebe wahllos einen Schuss in die Richtung ab, doch die Kugel prallt nur an den Stäben ab, wie ich an dem Geräusch ausmachen kann.

»Verdammt, pass auf mit Querschlägern, Dash!«

Aus der Dunkelheit vor der Tür ertönt ein Lachen. Herrera. »Ich würde an deiner Stelle ganz schnell die Pistole auf den Boden legen und sie zu uns herüberschieben.«

»Ach ja?« Ich richte den Revolver neu aus, versuche auszumachen, wo Herrera genau steht. »Dan, mach die Lampe an«, fordere ich wieder.

»Dann können sie besser zielen und erschießen mich sofort.«

Bevor ich Dan gut zureden kann, spricht Herrera schon weiter.

»Die Waffe, Dashiel. Oder deine Kleine wird ganz furchtbar büßen.«

Laney. Dieser verdammte Bastard soll sie da raushalten!

»Wo ist sie?«

»Das verrate ich dir, wenn du mir die Waffe gibst.«

Ich weiß, dass ich es nicht tun sollte. Es ist möglich, dass Herrera nur blufft. Es ist sogar ziemlich wahrscheinlich, denn wenn sie auf mich gehört hat, ist Laney längst nicht mehr im Land. Doch ich darf, was sie angeht, nicht das geringste Risiko eingehen. Ich könnte es mir nie verzeihen, wenn ihr etwas passiert.

Also gehe ich langsam in die Hocke und lege den Revolver auf den Boden. Ich atme durch, dann kicke ich ihn mit dem Fuß in Richtung Gittertür.

»Wo ist sie?«

Ich höre ein schleifendes Geräusch, vermutlich zieht einer von Herreras Handlangern die Waffe gerade unter der Tür hervor. Ich frage mich, wieso die Hurensöhne etwas sehen können. Wahrscheinlich tragen sie Nachtsichtgeräte.

Herrera lacht wieder. »Dein Werkzeug, Dashiel.«

»Mein ...?« Nicht auch noch das.

»Das Werkzeug, die Taschenlampe und alles, was du sonst noch so bei dir trägst. Na los.«

Ich überlege, wie ich ihn austricksen kann, aber mir fällt beim besten Willen nichts ein, womit ich Laney nicht gefährde. Also schiebe ich ihnen mein Werkzeug herüber.

»Die Lampe, Dan. Gib sie ihm.«

Dan erwidert zwar nichts, aber ich höre, wie die Lampe im nächsten Moment über den Boden kullert.

»Und nun«, sagt Herrera, »wünsche ich euch einen angenehmen Aufenthalt.« Dann sind seine und die Schritte seiner Leute erneut auf der Treppe zu hören. Diesmal verklingen sie allerdings.

»Was?« Ich laufe zur Gittertür, pralle hart dagegen und rüttle daran. »Du mieser Drecksack! Sag mir, wo sie ist!!«

Ich höre, wie Herrera stehen bleibt. »Du willst wissen, wo sie ist?«

»Sag mir, wo sie ist und dass es ihr gut geht.«

»Oh, das tut es.«

Noch ..., flüstert eine Stimme in meinem Kopf, aber der Kubaner ergänzt nichts dergleichen.

»Wo ist sie?«, frage ich wieder.

Die Angst um Laney schnürt mir beinahe die Kehle zu.

»Sie ist zu Hause, nehme ich an.«

»Sie ist ...« Ich kann nicht glauben, was ich da gerade gehört habe.

Er hat sie nicht. Das ist gut. Sehr gut sogar.

Und gleichzeitig bedeutet es, dass ich Dans und mein Leben vollkommen umsonst aufs Spiel gesetzt habe.

Laney

Der Nagellack, die Aquarelle, der kitschige Teppich. Es war nicht schwer, eins und eins zusammenzuzählen. Und als mir die Tür geöffnet wird und ich der wasserstoffblonden Frau von der Party ins Gesicht blicke, weiß ich, dass ich richtig gerechnet habe.

Überrascht sieht sie mich an und öffnet den Mund, um etwas zu sagen, doch ehe sie dazu kommt, sehe ich kurz hinter mich, schiebe sie dann ins Innere des Häuschens und mache die Tür hinter mir zu.

»Laney«, sagt sie und mustert mich von oben bis unten.

Sicher kommt ihr mein Aufzug komisch vor in Anbetracht der Umstände. Die Shorts mit dem gestreiften Bikinitop, darüber der hauchdünne Pareo. Ich bin hierhergefahren, kaum dass wir angelegt hatten.

»Du heißt doch Laney, oder?«, fragt sie mich und wirkt ein wenig unsicher.

»Ja«, gebe ich zu und mustere sie ebenfalls. Ihre langen Beine, die schlanke Figur, das leicht gewellte Haar, die traurigen Augen. »Und du bist Serena. Wir haben uns vor ein paar Tagen kennengelernt. Du hast mir empfohlen, Gabe anzusprechen, um ...«

Sie lächelt dünn. »Ich erinnere mich. Und selbst wenn nicht. Dash redet die ganze Zeit von dir.«

Ach ja, tut er das? Redet er von mir, wenn er zu seiner Hure fährt? Ich schüttle den Kopf über meine eigenen Gedanken. Ich muss jetzt sachlich bleiben. Er hat gesagt, dass ich ihm vertrauen kann, ein für alle Mal. Und dass er nicht zulassen würde, dass der Frau, die er liebt, etwas zustößt. Mir das Herz zu brechen zählt sicher zu „etwas zustoßen" dazu, oder?

Ich atme tief durch. »Was läuft da zwischen dir und ihm?«, frage ich dann.

Serena beißt sich auf die Unterlippe, dann scheint sie einen Entschluss zu fassen. »Nicht so«, sagt sie. »Komm mit. Setzen wir uns. Trinken wir was.«

Sie geht vor ins Wohnzimmer und ich folge ihr nach einem kurzen Moment des Zögerns. Der Cocktail vorhin auf dem Boot war alkoholfrei, aber ich könnte jetzt durchaus was Starkes gebrauchen. Meine Hände zittern und meine Nerven fahren Achterbahn. Ein Wettlauf mit der Zeit findet statt, Dash gegen Herrera, die

Cops gegen Herrera, und ich bin die Einzige, die zu Untätigkeit verdammt ist.

Also setze ich mich und sehe zu, wie Serena ein Glas aus einem Schränkchen holt. Ein zweites steht bereits auf dem Wohnzimmertisch. Sie setzt sich in den Sessel mir gegenüber und gießt erst einen guten Schuss Rum und anschließend Cola in beide Gläser.

»Zitrone hab ich nicht da«, sagt sie. »Betrachte es als vereinfachten Cuba Libre.«

Cuba Libre. Fast muss ich lachen. Steinreicher Kubaner im Knast wäre mir lieber.

»Danke«, sage ich trotzdem und nehme ihr das Glas ab. Ich trinke einen großen Schluck.

»Es ist nicht so, wie du denkst«, beginnt Serena und ich spüre, wie mein Blut in Wallung gerät, denn so beginnen meist nur die ganz üblen Gespräche.

»Also hat er sich dich nicht gekauft wie ein ... Auto oder ein Möbelstück?«

Serena lacht kurz. »Wie das klingt, hm? Menschen, die man sich kauft. Dass es sowas überhaupt gibt.«

»Ja«, stimme ich zu.

Menschenhandel ist widerlich. Und wenn Dash auch nur im Geringsten damit zu tun hat ...

»Beruhig dich, Kleine.« Serena nimmt ebenfalls einen Schluck und lehnt sich zurück. »Wie ich schon sagte, es ist nicht so, wie es aussieht.«

»Sondern?«, frage ich und höre selbst, wie erstickt meine Stimme klingt. Ich will die Wahrheit möglicherweise gar nicht wissen. Aber ich muss.

»Ich schätze mal, der Name Daniel Keaton sagt dir was?«

Ich nicke.

Serena lächelt traurig. »Er war mein Freund.«

»Ich weiß.« Umso schlimmer wäre es, wenn Dash sie sich gekauft hätte.

Serena seufzt. »Dann weißt du sicher auch, dass er großen Mist gebaut hat. Die haben ihn sich geschnappt, um ihn zu bestrafen, aber das war nicht alles. Die haben sich auch mich geschnappt.« Sie blickt zu Boden, auf den kitschigen Teppich. »Weißt du, Herrera handelt nicht nur mit Waffen, sondern auch mit Frauen. Ihm gehören einige Clubs, einer davon ist hier in Miami. Dort sperrten sie mich ein, machten mich mit Drogen gefügig.«

Ich schlucke. Das hört sich schrecklich an. »Tut mir leid«, sage ich leise.

»Muss es nicht.« Sie blickt wieder auf. »Ich meine, es war schlimm. Aber richtig schlimm wird es für die Mädchen erst, wenn sie verkauft werden. Herrera gibt überall damit an, dass seine Frauen keine Tabus kennen. Wer sie sich leisten kann, kann mit ihnen machen, was er will. Das wusste ich vor dem Abend der Auktion und ich hatte eine Riesenangst.«

Ich sehe sie weiter an, kann mir gut vorstellen, wie sie sich gefühlt hat. Es muss grausam gewesen sein.

»Du kannst dir vorstellen, wie geschockt ich war, als ich zu dem Mann, der mich letztes Endes ersteigert hatte, ins Separee gebracht wurde.«

»Dashiel«, erwidere ich.

Sie nickt. »Ich kannte ihn nur flüchtig, aber ich wusste, dass er mit Danny in diesen Mafiageschäften drinhängt. Und dass er ein Weiberheld ist, der es hasst, wenn er eine Frau nicht haben kann. Ich war überzeugt, dass er sich mich jetzt auf diese Weise holen wollte. Indem er mich kaufte.« Noch einen Moment scheint sie in ihren finsteren Erinnerungen versunken, bevor sich ihre Mundwinkel zu einem Lächeln verziehen. »Aber ich hab mich getäuscht. Dashiel hat mich nicht gekauft. Er hat mich freigekauft. Er hat mich nie auch nur angerührt und mich auch nicht auf den Strich geschickt, wie es viele der anderen tun. Stattdessen hat er mich hierher gebracht und versorgt mich seitdem. Und er hat mir versprochen, dass er Dan retten wird. Dass alles wieder gut wird.«

Ich lausche ihren Worten schweigend und wie erstarrt. Es dauert einen Moment, bis ich ihren Sinn erfasse – aber als ich es schließlich tue, würde ich mich am liebsten selbst ohrfeigen.

»Er ist nicht der Mistkerl in der Geschichte«, sagt Serena leise und greift über den Tisch hinweg nach meiner Hand. »Er ist der Held.«

Ich spüre, wie das Herz in meiner Brust heftiger schlägt und sich plötzlich ganz warm anfühlt. Wie konnte ich auch nur eine Sekunde lang glauben, dass Dash sich diese Frau als Prostituierte oder Sexsklavin hält? Ich verstehe, dass er ein schlechtes Gewissen hat wegen der Sache mit seinem besten Freund. Aber es ist definitiv nicht wahr, dass er ein Mistkerl der schlimmsten Sorte ist. Im Gegenteil. Er war vielleicht nicht immer der korrekteste Typ, aber er hat sich Serena gegenüber tatsächlich wie ein Held verhalten.

Sie lacht leise. »Bist du jetzt erleichtert?«

Ich nicke. »Ich bin immer wieder überrascht von ihm. Ich hatte ein völlig falsches Bild.«

»Dashiel hat seine wilde Seite«, sagt sie. »Da sollte man sich gar keine Illusionen machen. Aber im Grunde genommen ist er ein guter Mann. Und ich hoffe ehrlich, dass alles gut geht. Natürlich wegen Dan, aber auch, weil er ein Happy End verdient.« Sie lehnt sich zurück und seufzt. »Es ist hart, wenn man einfach nur abwarten und nichts tun kann, oder?«

Ich runzle die Stirn. Ja, das ist es; und jetzt, wo die Sache mit der Polizei gelaufen ist, spüre ich das umso deutlicher. Schon als ich Dashiel heute Morgen verlassen habe, war mir klar, dass ich mich nicht einfach absetzen würde.

Ich bin auf dem schnellsten Weg zurück zum Präsidium gefahren und habe dem jungen Officer alles gesagt, was ich wusste – nachdem er mir eine schriftliche Zusicherung besorgt hatte, dass Dashiel und Dan straffrei ausgehen würden. In Sekundenschnelle, wie es mir vorkam, wurde Interpol hinzugezogen und ein Plan auf die Beine gestellt. Diese Männer wirkten verlässlich. Sie wollen Herrera unbedingt dingfest machen und ich traue ihnen zu, dass sie es schaffen.

Trotzdem fühlt es sich furchtbar an, dass ich Dashiel jetzt nicht unterstützen kann. Aber wer sagt eigentlich, dass ich nicht kann? Ich habe den Namen der Insel mitbekommen, als ich auf dem kleinen Boot war und die Polizisten sich besprochen haben. Und ich habe eine Lüge gut.

Ich stehe auf. »Ich muss los, Serena.«

»Was hast du vor?«, fragt sie verwundert.

Ich schüttle den Kopf. »Nach allem, was du durchgemacht hast, verstehe ich, dass du dich hier versteckst. Aber ich kann das nicht.« Damit verlasse ich das Wohnzimmer.

»Laney! Was wirst du jetzt tun?«

»Für unser Happy End sorgen«, murmle ich.

Damit trete ich aus dem Haus in die warme Abendsonne.

Dashiel

Ich sitze an der Wand und grüble. Was habe ich falsch gemacht? Was hätte ich anders machen sollen? Werden wir hier jemals wieder rauskommen?

Ja, werden wir, sage ich mir immer und immer wieder. Denn auf Laneys Drängen hin habe ich eine Absicherung vorgenommen. Ich habe ihr die Koordinaten der Insel gegeben und ihr gesagt, dass sie sich an die Polizei wenden soll, wenn sie in zwei Tagen nichts von mir gehört hat. Das ist immerhin ein schwacher Trost, auch wenn ich mir nicht sicher bin, dass Herrera uns so lange am Leben lassen wird. Er wollte uns beide, weil wir ihn gelinkt haben. Unser Tod ist seine Art der Rache.

Vielleicht kann ich ihm einen Deal anbieten. All mein Geld oder so.

Wir müssen nur so lange überleben, bis die Polizei eintrifft. Ich weiß, dass ich sie eigentlich raushalten wollte, doch sie scheinen mir die letzte Möglichkeit zu sein. Es ist besser, wenn Dan und ich einige Zeit in einem Gefängnis verbringen, als hier zu sterben.

Schließlich habe ich Laney ein Versprechen gegeben. Und deshalb darf ich hier auf keinen Fall getötet werden.

Und meine Brüder?

Denen werde ich zwar nicht mehr in die Augen sehen können, wenn ich erst mal einen orangefarbenen Overall trage, aber sie werden einen Bruder im Knast vermutlich auch besser finden als einen Bruder im Grab.

»Hey, Dan. Hast du mal versucht auszubrechen?«

»Hunderte Male.« Dans Stimme hallt von den hohen Wänden wider und klingt unendlich weit weg, auch wenn er neben mir sitzt. »Bevor sie mir diese Kette verpasst haben.«

Er spricht von der Fußfessel, die wir glücklicherweise entfernen konnten. Ich hatte sie, als Herrera eintraf, bereits so weit durchgesägt, dass zwei kräftige Tritte gereicht haben, um die angesägte Stelle endgültig durchzubrechen.

»Ich habe es mit Klettern versucht, aber das Gitter sitzt bombenfest«, fährt Dan fort. »Ich habe versucht, die Wachen durch die Stäbe zu erwischen, sogar mit Graben habe ich es probiert. Ich habe die Sonne genutzt, um mit dem Löffel, den man mir zu den Mahlzeiten gibt, Lichtreflexe in den Himmel zu schicken. Einen Piloten zu blenden oder so. Aber nichts hat geholfen.«

Ich nicke, auch wenn er es nicht sehen kann und schaue nach oben in den Himmel. Er ist tiefschwarz und ich kann unzählige Sterne erkennen.

Dan war nie dumm. Wenn er in all der Zeit keinen Ausweg gefunden hat, wie soll ich dann in Kürze einen finden?

»Am besten«, beginne ich, dann verstumme ich, als aus einiger Entfernung Schüsse zu hören sind. »Sind hier noch andere Gefangene?«

»Soweit ich weiß, nicht.« Auch Dan wirkt jetzt alarmiert. »Normalerweise lässt Herrera keinen am Leben.

Er hat bei mir eine Ausnahme gemacht, vermutlich, weil er noch mehr Geld aus dir heraus erpressen wollte.«

Wir lauschen beide in die Dunkelheit.

Es sind eindeutig Schüsse. Viele Schüsse.

Ich frage mich, was das zu bedeuten hat.

Laney

Ich bin zu spät. Das erkenne ich, als ich das Boot, das ich mir von dem Geld, das Dashiel mir für das Flugticket gegeben hat, auch außerhalb der Verleihöffnungszeiten geliehen habe, an den Strand der kleinen Insel steuere. Überall liegen Boote, überall laufen bewaffnete Beamte und Herreras Leute durcheinander und liefern sich ein Feuergefecht.

Auch wenn die Beamten von Interpol den Mafiosi zahlenmäßig überlegen scheinen, haben die einen entscheidenden Vorteil: Sie kennen sich auf der Insel aus. Während die Cops nur den Strand, ihre Boote und ein paar kleine Felsen als Deckung haben, schießen Herreras Leute aus dem Dickicht aus Palmen und anderen Pflanzen.

Und Dashiel ist irgendwo mittendrin.

Als ich hierherkam, habe ich sein Speedboot gesehen, das mutterseelenallein auf dem Meer ankerte. Er hat es also auf die Insel drauf, aber nicht heruntergeschafft.

Ich nehme all meinen Mut zusammen, steuere das Boot ungesehen aus der Schusslinie und bringe es etwas abseits an Land. Dann klettere ich raus und verschwinde im Unterholz. Noch bin ich zu nah dran, die Schüsse klingen immer noch unglaublich laut.

Doch ich höre noch etwas. Einen Helikopter.

Ich sehe nach oben und erkenne, dass er über der Insel kreist. Und noch etwas nehme ich wahr. Funkgerätstimmen. Mit gesenktem Kopf robbe ich darauf zu.

»Verstanden«, sagt jemand in meiner Nähe.

Dann ist wieder die Stimme aus dem Funkgerät zu hören. »Geisel ungefähr in der Mitte der Insel in einem unterirdischen Verlies. Keine bewaffneten Männer in ihrer unmittelbaren Gegend.«

»Dann können sie warten«, sagt der Cop, der sich irgendwo vor mir befinden muss.

Am liebsten würde ich ihn anschreien, dass Dashiel und Dan ganz bestimmt nicht warten können. Doch dafür müsste ich auf mich aufmerksam machen und dann würde man mich ganz bestimmt wegschicken. Notfalls auch mit Gewalt.

Keine bewaffneten Männer, das klingt gut. Es klingt machbar.

Aber soll ich es wirklich riskieren?

Ich bin keine Polizistin, keine Geheimagentin oder Soldatin. Ich sollte die Arbeit denjenigen überlassen, die es können. Und trotzdem sagt mir irgendetwas, dass Dash und Dan nicht warten können, bis die Cops die Sache geklärt haben.

Ein lauter Knall lässt mich zusammenfahren.

»Eine Explosion«, ruft der Mann mit dem Funkgerät.

Und ich weiß plötzlich, dass ich es wagen muss, wenn ich Dashiel jemals wiedersehen will.

»Irgendetwas ist da explodiert«, rufe ich über das grelle Piepen in meinen Ohren hinweg. Ich stehe an der Tür und versuche, diese beschissene neue Kette, mit der sie verriegelt ist, zu lösen.

»Nicht da. Hier!«, gibt Dan zurück.

»Was meinst du?« Ich drehe mich zu ihm um. Langsam haben sich meine Augen an die Dunkelheit gewöhnt und ich erkenne zumindest Schemen.

Dan steht mitten unter dem Gitter und hat die Hände nach oben gereckt. Und auch wenn ich es nicht sehe, spüre ich es jetzt.

Es scheint zu regnen.

»Es regnet«, sage ich. »Und zwar ziemlich heftig. Vielleicht war der Knall Donner und –«

Dan lacht kurz und humorlos. »Das ist kein Gewitter. Der Knall war eine Explosion und das Wasser kommt von einer geplatzten Leitung.«

»Ich verstehe nicht ganz.«

»Oben gibt es Leitungen für Süßwasser. Das Wasser wird von einem See oder Fluss genommen, was weiß ich. Jedenfalls führen die Leitungen irgendwo dort oben lang.«

»Woher weißt du das?«

»Sie haben von dort oben mehrfach am Tag Wasser mit einem Schlauch zu mir heruntergelassen. Aber nie so viel wie jetzt gerade.«

Nun spüre ich es auch. Ich stehe bereits in einigen Zentimetern Wasser und es wird von Sekunde zu Sekunde mehr. Ich sehe wieder nach oben. Das Gitter ist gut zwanzig Zentimeter in den Boden eingelassen, was bedeutet, dass wir dadurch nicht mehr atmen können, sobald der Schacht vollgelaufen ist.

»Das heißt ...«, beginne ich.

»Wir saufen hier drinnen ab.«

Laney

Es hat noch mehr Explosionen auf der Insel gegeben. Langsam glaube ich, das ist Herreras Art, Beweismittel zu vernichten.

Ich arbeite mich im Zickzackkurs über die Insel vor, bin immer dort, wo die Schießerei gerade nicht ist.

Herreras Männer scheinen zäher zu sein, als die Cops erwartet haben. Gerade habe ich aufgeschnappt, wie einer von den Beamten zum Rückzug aufgefordert hat, bis die Verstärkung da ist. Über mir kreist immer noch der Heli, aber die Schüsse sind deutlich weniger geworden.

Meine Hände zittern, meine Knie fühlen sich weich wie Pudding an, trotzdem fühle ich mich von etwas angetrieben. Von dem unendlichen Wunsch, Dashiel zu retten. Denn etwas in mir spürt, dass er in großer Gefahr schwebt.

Ich erreiche ein Felsplateau, das vollkommen nass ist. Wasser strömt aus einem dicken Rohr an der Wand und fließt in der Mitte des Plateaus zusammen. Dort scheint eine Art Senke zu sein.

Möglicherweise befindet sich da das unterirdische Verlies, von dem die Funkgerätstimme gesprochen hat. Ich sehe mich um und kann niemanden entdecken. Auch die Schüsse scheinen nicht näher zu kommen.

Kurzerhand eile ich auf die Stelle zu, an der das Wasser zusammenläuft und entdecke ein Gitter im Boden, das mit einem Vorhängeschloss gesichert ist. Aber das ist nicht alles. Ich sehe zwei Männer, die darunter im Wasser treiben und mit aller Macht versuchen, es aus seiner Verankerung zu reißen. Den einen Mann kenne ich nicht. Der andere ist ...

»Dashiel!« Ich knie mich hin und strecke die Hand durch das Gitter.

Dash ergreift sie. »Laney, verflucht noch mal, was tust du hier?! Lauf weg, hörst du? Nimm mein Boot!«

Erst jetzt wird mir wirklich bewusst, was hier gerade passiert. Dashiel und Dan sind in diesem Schacht gefangen und haben nur noch wenige Augenblicke, um ungehindert zu atmen. Dann steht das Wasser bis oben hin und ...

Ich entziehe Dash meine Hand, springe auf und laufe herüber zu der Wasserleitung. Ich höre noch, wie Dash meinen Namen ruft, reagiere aber nicht darauf. Hastig ziehe ich meine Jacke aus und versuche damit, das Leck zu stopfen, doch es ist viel zu groß und das Wasser viel zu stark.

Das darf nicht sein. Das darf einfach nicht sein!

Jetzt sind wir so weit gekommen. Dash hat Dan gefunden, ich habe Dash gefunden, Interpol hat Herrera gefunden und trotzdem soll die Sache jetzt so ausgehen? Ich kann doch nicht zusehen, wie Dashiel da unten ertrinkt!

Hektisch sehe ich mich um, bis ich einen Stein finde, der groß genug für mein Vorhaben ist. Ich renne zurück zu dem Gitter.

»Laney«, keucht Dashiel. Er und Dan haben vielleicht noch zwei Zentimeter, bis das Wasser über ihnen zusammenschlägt. Schon jetzt schwappt es immer wieder in seinen Mund. »Laney, du musst ...«

Ich höre ihm nicht weiter zu und hole aus. Lasse den Stein auf das Schloss krachen.

Doch es tut sich nichts.

»Noch mal«, sagt der andere Mann, den ich für Dan halte. »Du musst auf den ...« Er geht für einen Moment unter. Als er wieder hochkommt, hustet er und spricht dann weiter, als wäre nichts gewesen. »... Bügel schlagen. Nicht aufs Schloss.«

Das hätte ich mir auch denken können. Ich hole aus und schlage drauf. Wieder und wieder.

»Laney, ich liebe ...« Weiter kommt Dashiel nicht. Ich höre nur noch ein Blubbern, dann gar nichts mehr.

Warum nicht? Ist es schon so weit?

Nein, das darf einfach nicht sein! Doch aus dem Augenwinkel erkenne ich, dass der Schacht bis oben hin vollgelaufen ist. Ich kann die vagen Silhouetten der beiden Männer sehen. Sie werden von unten gegen das Gitter gedrückt. Sie ertrinken! Ich kann nicht ausmachen, welcher von beiden Dash ist, aber vor meinem inneren Auge sehe ich, wie ihn mehr und mehr die Kräfte verlassen, wie er schließlich nicht länger die Luft anhalten kann und Wasser in seine Lungen dringt ...

Tränen rinnen über meine Wangen, aber ich werde jetzt ganz sicher nicht aufgeben. Wieder und wieder schlage ich auf den Bügel. Meine Fingerknöchel sind bereits aufgeschürft und bluten. Aber das ist mir egal. Das Schicksal hat Dash und mich zusammengebracht und wir werden uns nicht von einem Drecksack wie Herrera trennen lassen.

»Bitte, Dash, halte durch. Du musst durchhalten.«

Noch ein Schlag, dann noch einer. Und auf einmal höre ich ein Klacken. Ungläubig lasse ich den Stein sinken.

Ich habe es tatsächlich geschafft!

Schnell springe ich auf und packe das Gitter mit beiden Händen, reiße es heraus.

Dan taucht hustend an die Oberfläche, aber Dash rührt sich nicht.

»Hilf mir«, fordert Dan noch immer keuchend und greift Dash unter die Arme.

Ich ziehe ihn so weit aus dem Schacht, wie ich kann, doch auf dem letzten Stück verlassen mich meine Kräfte.

Dan klettert neben mir aus dem Wasser. Er sieht erschreckend aus. Doch obwohl er völlig abgemagert ist, schafft er es, Dash ganz herauszuziehen.

»Komm schon, Kumpel, komm schon!«

»Wir müssen ihn auf die Seite drehen«, sage ich und meine Stimme klingt in meinen eigenen Ohren seltsam schrill.

Dan hilft mir und sagt irgendwas zu mir, aber ich verstehe ihn nicht, weil seine Stimme im Lärm der Rotoren untergeht.

Der Hubschrauber!

Ich springe auf und wedle mit den Armen, schreie nach Hilfe. Doch sie scheinen uns bereits bemerkt zu haben, denn der Helikopter geht in einiger Entfernung in den Sinkflug.

»Dashiel!« Ich packe seine Schultern und rüttle daran, als wäre er bloß eingeschlafen und ich könnte ihn so aufwecken. »Dash, da kommt Hilfe, du darfst jetzt nicht aufgeben, du musst bei mir bleiben, okay?!«

Keine Antwort, keine Reaktion. Dashiel liegt einfach nur reglos da und seine Haut fühlt sich eiskalt an. Der Lärm des Helikopters steigert sich noch, dann ertönen Stimmen.

Und ich bete, dass es noch nicht zu spät ist.

***

»Machen Sie Platz, los, los, gehen Sie ein Stück zur Seite!«

Ich verstehe überhaupt nicht, dass der Rettungssanitäter mit mir redet. Ich hocke auf dem Felsboden und halte Dashiels Hand fest umklammert, und erst als Dan mich packt, meine Finger von seinen löst und mich wegzieht, kapiere ich, dass ich im Weg war.

Dashiels bester Freund sagt irgendetwas zu mir, aber ich erfasse seine Worte nicht. Es fühlt sich an, als wäre ich gar nicht wirklich hier. Als wäre ich gemeinsam mit Dash in irgendeiner Zwischenwelt, während in der echten Welt über unser Schicksal entschieden wird.

Ich lasse mich wieder zu Boden sinken und starre das Szenario vor mir an wie einen Film auf einer Kinoleinwand. Der Helikopter steht einige Meter entfernt und seine Blätter rotieren noch langsam. Bewaffnete Polizisten sichern die Umgebung und ein paar andere Männer, die zwar ebenfalls uniformiert, aber nicht bewaffnet sind, haben sich um Dash geschart. Jemand hat sein Oberteil aufgeschnitten, ein ernst aussehender Kerl kniet neben ihm auf dem Boden und drückt ihm mit rhythmischen Bewegungen immer wieder auf die Brust.

Mein Blick wandert hinauf zu Dashiels Gesicht, als einer der anderen Männer zur Seite geht. Seine Haut ist bleich, sein nasses Haar ist wirr, die Lippen sind blau. Und das Schlimmste: Sein selbstsicherer Gesichtsausdruck ist verschwunden. Da ist genaugenommen gar kein Ausdruck mehr auf seinen Zügen. Er sieht aus wie eine Wachsfigur, wie ein Abbild des Mannes, der er vor einigen Augenblicken noch war, und auf einmal macht sich eine schmerzhafte, irrationale Sehnsucht in mir breit.

Was, wenn ich nie wieder in seine strahlend blauen Augen sehen kann? Wenn ich nie wieder sein Lachen höre?

Bilder ziehen vor meinem inneren Auge vorbei. Von unserer ersten Begegnung in Tante Amandas Schlafzimmer und davon, wie wir uns am nächsten Abend auf der fremden Jacht gegenübersaßen, wie er immer wieder gegrinst hat, während wir uns einen Schlagabtausch lieferten, der mir schon damals Herzklopfen verursachte. Absurderweise muss ich an Wilde denken, ausgerechnet jetzt, an einen Spruch von ihm, den ich früher auf seltsame Art für romantisch hielt.

Der Tod muss so schön sein. In der weichen braunen Erde zu liegen, während das lange Gras über einem hin und her schwankt, und der Stille zu lauschen. Kein Gestern, kein Morgen haben ...

Jetzt gerade hasse ich diesen Spruch abgrundtief. Was soll denn daran schön sein? Dashiel darf nicht sterben, er muss leben! Ich erinnere mich, wie er im Pool von

Tante Amanda so tat, als wäre er ertrunken. Wie sehr mich das erschreckt hat. Und jetzt soll er wirklich ertrunken sein?

Jemand schluchzt. Bin ich das? Ich bin mir nicht sicher. Ich schließe die Augen und versuche mich zusammenzureißen, während ich aus weiter Ferne Stimmen höre.

»Mister Pine! Kommen Sie! Atmen Sie, na los!«

»Mister Pine! Helfen Sie mit!«

Ich kann diese Sätze nicht einordnen, denn mein Verstand befindet sich in der Boutique, wo Dashiel von seinem Sessel aus jedes meiner Kleider kommentiert hat, ehe ihn das letzte beinahe sprachlos machte. Ich weiß noch genau, wie er vor meiner Tür aufgetaucht ist und mir gebeichtet hat, dass er mich nicht aus seinem Kopf bekommt ... und wieder war Wasser im Spiel. Das Meer. Dort hatte er versucht, gegen seine Gefühle für mich anzuschwimmen, dagegen anzukämpfen.

Aber dann landeten wir gemeinsam auf dem Teppich und ich weiß noch, wie verblüfft ich war. Noch nie war ich jemandem so nah. Nicht auf diese Art. Und als ich später in der Küche den echten Dashiel kennenlernte, den Mann hinter den Millionen und den teuren Sonnenbrillen, verliebte ich mich endgültig in ihn.

Nein. Ich begann, ihn zu lieben. Jetzt liebe ich ihn mehr denn je. Und er darf mich nicht verlassen.

Ich presse die Finger meiner freien Hand vor meinen Mund, um mein Schluchzen zu unterdrücken. Es gibt keinen Grund zu weinen.

Er stirbt nicht. Er verlässt mich nicht. Das tut er nicht, er hat es geschworen.

In meinem Kopf ziehen weiter Bilder vorbei. Dashiel und ich, wie wir uns in Serenas Versteck voneinander verabschiedeten. Wir wussten beide, dass das kein Abschied für immer war. Wir dürfen uns nicht getäuscht haben.

Ich sehe ihn vor mir, wie er dastand, mit seinem entschlossenen Blick, seinen vielen kleinen Tattoos, die sein Leben zu erzählen scheinen. Hätte ich in dem Moment geahnt, dass wir einander nie wieder in den Armen halten würden, wäre ich nicht gegangen. Und ich hätte ihn nicht gehen lassen. Ich hätte ihn gezwungen, mit mir zur Polizei zu fahren, anstatt ihn selbst auf diese Insel kommen zu lassen. Das alles war Wahnsinn! Es war doch klar, dass er dieser Sache nicht gewachsen sein würde! Was hat er sich nur gedacht? Was haben wir uns gedacht? Dass das alles gut ausgehen muss, nur weil wir es so dringend wollten?

Das haben wir jetzt davon.

Wieder ertönen Stimmen, noch aufgeregter als gerade, und ich halte es nicht länger aus. Ich öffne die Augen, mache mich von Dan los und stürze wieder herüber zu Dash, der immer noch in der Nähe der überfluteten Zelle auf dem felsigen Grund liegt. Auf der anderen Seite des Sanitäters, der ihn wiederbelebt, falle ich auf die Knie, greife nach seiner Hand und halte sie ganz fest.

»Wach auf, Dashiel«, flüstere ich. »Hier ist noch so viel Leben, das auf dich wartet.«

Ich streichle seine eisigen Finger, und auf einmal fallen mir die Bilder wieder ein, die bei unserem ersten Kuss auf einmal in meinem Kopf waren. Ich wollte ihn mit in mein Leben nehmen, weil ich zu dem Zeitpunkt schon wusste, dass er der Richtige ist. Der eine. Ich darf ihn einfach nicht verlieren. Nicht ihn. Nicht so.

»Bitte verlass mich nicht«, flüstere ich. »Ich brauch dich, Dash. Weißt du noch, was du darüber gesagt hast, dass du dich nirgends wirklich zu Hause fühlst? ... Du bist mein Zuhause. Ich liebe dich.«

Auf einmal sehe ich nur noch Dashiels Gesicht. Alles um uns herum scheint sich aufzulösen. Die vielen Männer, die hektischen Stimmen, die kreisenden Rotoren, das rauschende Meer. Da sind nur noch wir zwei. Ich starre Dashiel an, ohne zu blinzeln, hoffe und bete und versuche ihn zu zwingen, wieder zu mir zu kommen.

Und dann ergreift seine Hand auf einmal meine Finger. Mein Herz macht einen schmerzhaften Sprung und ich fasse fester zu. Es ist, als würde Dashiel über einem Abgrund baumeln und ich wäre oben, um ihn festzuhalten.

»Komm schon, Dash!«

Ein Ruck geht durch Dashiels Körper. Der Sanitäter hört mit der Herzmassage auf. Dann strömt auf einmal Wasser aus Dashs Mund über seine bleiche Haut.

Er runzelt die Stirn, beginnt zu husten und irgendwer packt seine Schultern, richtet ihn ein Stück weit auf.

»Atmen, Junge, atmen!«, sagt ein älterer Mann.

Ich hebe Dashiels Finger an meine Lippen, drücke einen Kuss darauf, und höre dabei, wie er gierig die Luft in seine Lungen saugt. Endlich. Ich sehe ihn an. Er macht die Augen auf und sein Blick bohrt sich in meinen. Seine Augen sind gerötet und trüb, aber er erkennt mich, das sehe ich an dem Ausdruck, der darin liegt.

Tränen vernebeln mir die Sicht. »Du hast es geschafft«, sage ich erstickt.

»Nein«, keucht er. »Wir.«

Um uns herum klopfen sich die Männer, die ihn gerettet haben, auf die Schultern. Eine unheimliche Erleichterung macht sich breit.

»Geht es ihm gut?!«, fragt Dan, der ebenfalls zu uns herübergekommen ist, und ich nicke.

Dashiel lässt sich zurück auf den Boden sinken und sieht sich um, als müsse er erst mal verstehen, was hier gerade passiert ist. Dann heftet sich sein Blick wieder auf mich, ich spüre, wie sein Daumen über meine Finger streichelt und ich weiß, dass dies der Zeitpunkt ist.

Etwas Schreckliches ist vorbei und etwas Neues beginnt. Alles kann jetzt gut werden. Und ich weiß, dass es das wird.

Vier Wochen später
Dashiel

»Und da wären wir!« Laney steigt als Erste aus dem Wagen, geht auf dem schmalen Bürgersteig in Position und deutet auf das kleine Geschäft mit dem rosaschwarzen Schild über der Tür. Laney's little Secrets.

Ich steige ebenfalls aus, mache ein paar langsame Schritte und sehe es mir genau an. Die verschnörkelte Schrift. Das viel zu vollgestellte Schaufenster, in dem sich neben einer geschmacklos gekleideten Puppe Tischchen, Uhren, Schmuck und kitschig gerahmte Bilder stapeln.

Und das alles, diese ganze antiquierte Pracht, in einer Stadt wie Everglades City, wo sich die Menschen praktisch nur für Alligatoren interessieren.

»Du solltest dein Gesicht sehen!«, sagt sie lachend. »Was denkst du gerade?«

»Dass du verrückt bist«, murmle ich, wende mich ihr zu und ziehe sie an ihrer schmalen Taille an mich. »Nicht, dass ich das nicht vorher gewusst hätte.« Spätestens, seit sie mir das Leben gerettet hat, indem sie sich selbst zum Lockvogel für Miguel Herrera gemacht hat, weiß ich, dass diese Frau irre ist. Auf eine gute Art.

»Tz, tz, tz«, macht Laney und schüttelt tadelnd den Kopf. »Gewöhn dir deine große Klappe schon mal ab, Dash. Du wirst heute meinen Dad kennenlernen. Der will kein unverschämtes Großmaul als zukünftigen Schwiegersohn.«

»Als zukünftigen Schwiegersohn?« Ich ziehe die Brauen in die Höhe. »Wer sagt, dass ich dich heirate?«

Laney seufzt tief und ich kann den Blick nicht von ihrem Gesicht abwenden. Dem Strahlen ihrer Augen, wann immer sie lächelt.

»Lass mich mal überlegen«, sagt sie. »Vielleicht die Tatsache, dass du mich förmlich angebettelt hast, zu dir nach Miami zu ziehen? Dass du ohne mein Wissen ein paar Handwerker beauftragt hast, die den alten Strandkiosk neben eurem Hotel zu einem neuen Laden für mich umbauen? Dass du gesagt hast, ich soll unsere falschen Ringe verkaufen, weil ich schon sehr bald einen echten von dir bekommen werde? Dass du mir erlaubt hast, deine ganze Suite mit Mädchenkram vollzustellen? Dass du ...«

Ich muss lachen. »Das reicht jetzt!«, sage ich und verschließe ihre Lippen mit einem Kuss. Natürlich werde ich diese Frau heiraten. Ich liebe sie. Sie hat mein ganzes Leben auf den Kopf gestellt, und das im guten Sinn.

Und ihr Mädchenkram hat dafür gesorgt, dass sich die Suite endlich nach einem Zuhause anfühlt. Nach unserem Zuhause. Da wäre ich ja bescheuert, wenn ich Laney nicht zu meiner Frau mache.

Aber eins nach dem anderen.

Als ich sie gebeten habe, zu mir zu ziehen, war sie im ersten Moment skeptisch, und bei meiner Vergangenheit konnte ich es ihr nicht verdenken. Sie hat nicht gleich ja gesagt, also habe ich den Umbau des Kiosks in Auftrag gegeben und sie damit überrascht. Und als sie dann immer noch nicht ja gesagt hat, war ich mir absolut sicher, dass Laney Stone es nicht auf mein Geld und das abgesehen hat, was ich ihr bieten kann, sondern auf mich. Und von da an habe ich aufgehört, sie zu fragen und einfach meinen Charme für sich sprechen lassen. Und vor einer Woche hat sie dann ja gesagt. Sie hat eben ihren eigenen Kopf, aber gerade das gefällt mir an ihr.

Laney löst ihre Lippen von meinen, als neben uns zwei Autotüren zugeschlagen werden.

»Was ist denn jetzt?«, fragt Dan ungeduldig. »Räumen wir den Laden aus oder wollt ihr euch vorher gegenseitig auffressen?« Er hat sich schnell erholt. Zwar ist er immer noch deutlich dünner als früher, aber ohne den heftigen Sonnenbrand und mit einem anständigen Haarschnitt sieht er wenigstens wieder aus wie ein Mensch. Und ein Gutes hatte die Zeit in dem Verlies: Er ist endgültig clean.

Ich stöhne. »Der Typ geht mir auf die Eier. Ich hätte ihn auf der Insel lassen sollen.«

»Dann hättest du jetzt keinen Blöden, der dir und deiner Kleinen beim Umzug hilft, also sei besser froh.«

Laney grinst und löst sich von mir. »Er hat Recht. Und wir haben später noch jede Menge Zeit.« Damit wendet sie sich ab, um den Laden aufzuschließen, während Serena, die ebenfalls ausgestiegen ist, verzückt vor dem Schaufenster steht.

»Wow, Laney, die Sachen sind echt toll!«

»Danke. Deine Aquarelle passen gut dazu. Wenn du willst, stelle ich ein paar davon in meinem neuen Geschäft aus.«

Serena strahlt Laney an und fällt ihr überrascht um den Hals, was ziemlich lustig aussieht, da sie in ihren Stöckelschuhen ungefähr anderthalb Köpfe größer ist als meine Freundin in ihren rosafarbenen Chucks.

»Darum hattest du früher nie was Festes«, vermutet Dan, der neben mir steht und die beiden ebenfalls beobachtet. »Weil du insgeheim auf Hobbits stehst.«

»Für 'nen Mann, der eigentlich längst tot wäre, hast du eine verdammt große Klappe«, stelle ich fest.

»Komm damit klar«, sagt mein bester Freund und tritt dann an mir vorbei in den Laden. »Die hat deine Zukünftige nämlich auch.«

Ich sehe Laney an, die sich gerade von Serena löst, meinen Blick bemerkt und mir zulächelt. »Packst du jetzt mit an oder bist du dir zu fein, Mister Superreich?«

»Du hast immer noch ein ganz falsches Bild von mir«, erwidere ich und betrete dann ebenfalls das kleine Geschäft – wissend, dass ihr Bild von mir in Wahrheit genau richtig ist. Sie hat erkannt, dass ich nicht so fies bin, wie ich alle um mich herum gerne glauben ließ. Zum Glück, denn sonst wären die Dinge anders gelaufen. Wir wären jetzt nicht hier. Und wir hätten nicht diese verdammt gute Zukunft vor uns.

Epilog

Ich stütze meinen Kopf auf der Hand auf, sehe Dash beim Schlafen zu und fahre mit den Fingerspitzen seine Tätowierungen nach. Es ist eine neue dazugekommen. Eine stilisierte Frau mit einem schwarzen Bob, die nichts außer Strümpfen mit großen Schleifen daran trägt. Er hat sich ein Bild von mir stechen lassen. Ohne mein Wissen. Ich wusste nicht, was ich dazu sagen sollte. Zuerst fand ich es völlig verrückt. Habe ihn gefragt, was ist, wenn wir in ein paar Jahren nicht mehr zusammen sind.

Ich weiß noch genau, was er darauf geantwortet hat.

Warum sollten wir nicht?

Er hatte Recht. Nach allem, was wir miteinander erlebt haben, ist eines absolut sicher: Wir passen perfekt zusammen, sind füreinander gemacht. Wir kennen unsere guten und unsere schlechten Seiten, wir wissen, dass wir zueinander stehen, wenn es gefährlich wird und dass wir auch dann wieder zusammenfinden, wenn wir aus irgendeinem Grund total sauer aufeinander sind.

Und wir haben uns versprochen, dass es nie wieder Lügen zwischen uns geben wird. Nie wieder Heimlichkeiten. Dass wir eine Einheit sind. Für den Rest unseres Lebens.

Ich spüre, wie ein Lächeln meine Lippen überzieht. Ich bin so glücklich wie noch nie in meinem Leben. Seit ich bei Dashiel in Miami bin, fühle ich mich hier von Tag zu Tag mehr zu Hause – dort angekommen, wo ich sein sollte.

Es ist nicht alles einfach. Während ich mich mit Micah bestens verstehe, ist Dashs zweiter Bruder wirklich ein komischer, mürrischer Typ, mit dem ich noch meine Schwierigkeiten habe. Es ist manchmal komisch, in einem Hotel zu wohnen und von Zeit zu Zeit ertappe ich mich dabei, wie ich bei Dashiel ein bisschen zu genau nachhake, was er gemacht hat, was er vorhat, und so weiter.

Aber nach und nach pendelt sich alles ein und jeder Tag hier ist leichter als der vorherige. Übermorgen macht mein Laden auf und alle sind überzeugt, dass vor allem die etwas älteren Gäste des Hotels sich nur so auf mein Vintage-Zeug stürzen werden. Und auch meine Eltern fragen endlich nicht mehr, wann ich denn jetzt Architektin werde. Sie scheinen zu spüren, dass ich meinen Platz in der Welt gefunden habe.

Dashiel zieht seine Investment-Firma gemeinsam mit Dan neu auf, diesmal ganz ohne illegale Geschäfte.

Und Herrera schmort gemeinsam mit seinen Leuten im Knast. Die Männer von Interpol haben ihn auf seiner Jacht erwischt, kurz nachdem er von der Insel geflohen war. Die Explosionen, die ich gehört habe, dienten nicht nur dazu, belastendes Material – dazu zählten wohl auch Dash und Dan – zu vernichten, sie waren auch ein Ablenkungsmanöver für den Mafiaboss, damit dieser ungeschoren abhauen konnte. Aber Gott sei Dank hat der Helikopter-Pilot die Verfolgung aufgenommen und konnte den Cops die genaue Lage der Jacht durchgeben. Trotz der Sprengungen wurde genug belastendes Material gegen Herrera und seine Männer gefunden, um dafür zu sorgen, dass sie aus dem Gefängnis nicht so schnell wieder herauskommen werden.

Ich lege mich auf den Rücken, sehe an die Decke und bin einen Moment lang einfach nur dankbar dafür, wie alles gekommen ist. Dann mache ich die Augen zu, um noch ein bisschen zu schlafen. Die Sonne ist gerade erst aufgegangen und wir haben noch Zeit, also ...

»Hey«, brummt eine Stimme neben mir. »Erst begrabschst du mich und dann drehst du dich einfach wieder weg? Was ist denn das für 'ne Art und Weise?«

Ich werde rot und muss gleichzeitig lachen. Er hat also gar nicht geschlafen. Gut zu wissen. »Finde dich damit ab«, erwidere ich leise und weiß im selben Moment, dass er das nicht tun wird.

»Von wegen.« Ich höre das Rascheln der Laken, als sich Dash zu mir umdreht, und dann spüre ich, wie er mir ganz langsam und genüsslich die Decke vom Oberkörper zieht. »Ich bin dran.«

Ich öffne die Lider, blicke in seine blauen Augen und fahre mit den Fingern durch sein verstrubbeltes Haar. »Also schön«, sage ich leise. »Ich gehöre ganz dir.«

»Ich weiß«, erwidert er und zwinkert mir zu. Dann beugt er sich über mich und unsere Lippen verschmelzen zu einem langen, leidenschaftlichen Kuss.

Und mir wird klar, dass wir unser Happy End bekommen haben.

Ende